柏林黑名单

HIS MAJESTY'S HOPE

〔美〕苏珊·伊利亚·麦克尼尔 著　曾雅雯 译

HIS MAJESTY'S HOPE: A MAGGIE HOPE MYSTERY
by SUSAN ELIA MACNEAL

Copyright © 2013 by Susan Elia MacNeal

Excerpt from *The Prime Minister's Secret Agent* by Susan Elia MacNeal
This edition arranged with Bantam Books, an imprint of Random House, Inc., a division of Penguin Random House LLC.
Simplified Chinese edition copyright © 2017 Chongqing Publishing & Media Co., Ltd.
All rights reserved.

版贸核渝字(2013)第114号

图书在版编目(CIP)数据

柏林黑名单 / (美)苏珊·伊利亚·麦克尼尔著；曾雅雯译. —重庆：重庆出版社,2017.12

书名原文：His Majesty's Hope

ISBN 978-7-229-12719-0

Ⅰ.①柏… Ⅱ.①苏… ②曾… Ⅲ.①长篇小说—美国—现代 Ⅳ.①I712.45

中国版本图书馆CIP数据核字(2017)第234688号

柏林黑名单
BOLIN HEIMINGDAN
[美]苏珊·伊利亚·麦克尼尔/著   曾雅雯/译

责任编辑：陈渝生
责任校对：朱彦谚
装帧设计：王芳甜

重庆出版集团
重庆出版社 出版

重庆市南岸区南滨路162号1幢 邮政编码：400061 http://www.cqph.com
重庆市国丰印务有限责任公司印刷
重庆出版集团图书发行有限公司发行
全国新华书店经销

开本：710mm×1000mm 1/16 印张：25.5 字数：385千
2017年12月第1版 2017年12月第1次印刷
ISBN 978-7-229-12719-0
定价：45.00元

如有印装质量问题，请向本集团图书发行有限公司调换：023-61520678

版权所有　侵权必究

谨将本书献给
爱德里亚·巴龙·克内克特

在较高级别的秘密情报工作中,事情的真相往往隐藏在浪漫的风流韵事和戏剧性事件当中。诸多纠结缠绕的情况、阴谋和反阴谋策略、诡计和背叛、十字架上的牺牲和朋友的出卖、真假间谍、双重间谍、真金和钢铁、炸弹、匕首和行刑队,以令人难以置信的方式实实在在地交织在一起。在这些纷繁复杂的事物当中,秘密情报部门的高级特工们怀着极大的激情,不遗余力地完成着他们的工作任务。

——温斯顿·丘吉尔

苏珊·伊利亚·麦克尼尔所获得的赞誉

《伊丽莎白的间谍》

"麦克尼尔的第二部历史题材小说（继《丘吉尔的秘书》之后）上市的时间与女王伊丽莎白二世登基六十周年庆祝活动完美同步。书中的女主角是一位聪颖而又能解密码的数学天才，故事里穿插了大量与第二次世界大战期间间谍工作有关的情节，此外还添加了些许富有罗曼蒂克意味的情感纠葛，这一切安排令本系列小说大放异彩。作者在每个故事的末尾都为读者们埋下了一个出人所料的伏笔，暗示玛姬的任务仍将继续下去。"

——《图书馆杂志》（星级图书评论）

"麦克尼尔将温莎城堡内部及其地下室里的生活都鲜活地展露在了我们面前。"

——《出版人周刊》

《丘吉尔的秘书》

"苏珊·伊利亚·麦克尼尔的小说《丘吉尔的秘书》完美地捕捉到了战时的英国精神。身兼秘书和间谍双重身份的迷人女主角在经历了一系列冒险活动之后，为读者留下了引人深思的谜团。作者的处女作充满智慧，情节丰富而细腻，并且书中悬念重重。"

——斯蒂芬妮·平托夫，小说《愚人村的阴影下》作者
"埃德加·爱伦·坡奖"年度最佳处女作小说奖获得者

"这是一部出色的读物,书中充满了精彩的细节,融合了丰富的历史背景和包括温斯顿·丘吉尔在内的真实历史人物。麦克尼尔的快节奏悬疑小说使人们一瞥二战时期英国国内紧张、艰苦而充满危险的生活。"

——里斯·鲍恩,小说《皇室血裔》作者

"阿加莎奖""安东尼奖"和"麦卡维提奖"获得者

"这部小说让人想起了肯·福莱特的创作风格,而本书以一位不反对红色口红和老式鸡尾酒的年轻美国人作为女主人公,则更加地别出心裁。小说围绕伦敦闪电战展开,呈现在读者面前的是一部紧张悬疑、气势恢宏的处女作。我非常喜欢它。"

——卡拉·布兰科,小说《帕西谋杀案》作者

"作者以饱受战争摧残的伦敦为背景,借着神秘、惊险而又浪漫的故事情节,将本系列小说的灵魂人物——聪明、勇敢的玛姬——首次带到了读者面前。"

——《科克斯书评》

"麦克尼尔在这部历史题材小说中添加了大量与第二次世界大战有关的元素,却丝毫没有拖滞故事情节的发展进度。"

——《图书馆杂志》(小说面世当月的星级图书评论)

"用'赏心悦目'这个词来形容一部以第二次世界大战期间遭遇空袭的伦敦为背景的小说,也许显得有些奇怪,可是这个词真的非常适合作者的这部谍战小说……它既引人入胜,又令人心情愉快。"

——《今日美国》

目录

1	序幕
7	第一章／神秘先生
25	第二章／"恐怖邮差"
41	第三章／利希特神父
57	第四章／"天堂与地狱"
77	第五章／哈达马尔研究所
99	第六章／去往柏林的单程票
121	第七章／犹太人禁止入园
133	第八章／"多萝西的朋友"
151	第九章／初会戈培尔
169	第十章／"冰与火"舞会
191	第十一章／我要留在柏林
211	第十二章／其实这不是代码
231	第十三章／"希特勒的新娘"
249	第十四章／柏林 101 信箱 W9

263　第十五章／再会戈培尔

273　第十六章／虎口脱险

291　第十七章／逃生计划

305　第十八章／真相近在咫尺

313　第十九章／克拉拉·赫斯

321　第二十章／背叛

333　第二十一章／神父被捕

349　第二十二章／我从未停止爱你

361　第二十三章／连数学也背叛了我

367　第二十四章／"谋杀者俱乐部"

375　第二十五章／左右为难

385　第二十六章／第二次圣临

394　写作背景

序幕
XUMU

她将瓮身翻倒过来,
只见一些沙砾状的灰白色骨灰纷纷落入了她戴着手套的掌心里,
而且那当中还混杂着一块被烧焦了的金属物,
其顶端的一颗白色珍珠也被烧得焦黑。

柏林万湖，1941 年 4 月

　　这是一个漂亮的骨灰瓮——外壳黑得发亮，侧面印着一个纳粹十字标志。它看起来很小，实在是太小了，延斯·哈特曼心想。它怎么可能装得下他儿子的遗骨呢？

　　延斯发动了湖面上一艘小船的引擎。这艘船被命名为"罗蕾莱"[①]，此时正停泊在延斯家湖边避暑别墅的船坞旁。现在时值春日，环绕在湖岸边的绝大多数别墅都无人居住，它们的大门紧锁，窗帘低垂，用来宴客和跳舞的客厅也寂静无声，各家各户的船只早在冬天来临之前就被停进了干船坞[②]里。就在一轮新日冲破晨间的薄雾冉冉升起之时，一阵微风吹拂着湖岸边菩提树的枝叶，令其沙沙作响。

　　昨天晚上，当延斯和他的妻子米娜从柏林的夏洛滕堡区抵达他们的避暑别墅时，两人都没要求女管家取掉遮蔽在家具上的白布。因为这看起来似乎很符合当下的氛围，家中的一切都被覆盖在茫茫白色之下，宛若暗夜中的幽灵幻影。

　　他们那七岁的儿子格雷戈尔曾经非常喜爱这栋避暑别墅。他曾和小伙伴们在别墅周围捉迷藏，在湖里游泳，或是攀爬花园里那些高大的橡树，而且一玩就是好几个小时。在雨天里，他曾在窗边的座位上蜷缩着身子读书——他读的通常是霍夫曼的《蓬蓬头彼得》或《格林童话》。在他在这个远离学校和柏林市中心的地方度暑假期间，看起来和别的正

[①] 德国民间文学及传说中的女妖名字，她出没于莱茵河岩石上，以其姿色和歌声引诱水手，致使船毁人亡。
[②] 建于岸边地面以下，坞底低于水面，三面是坚固的坞壁，靠水一面是活动的坞门。船入坞后，关闭坞门将水排干，进行坞内作业。

常孩子似乎也没有多大的不同，甚至连癫痫发作的频率也减少了许多。

他们的家庭医生曾让格雷戈尔服用苯巴比妥米那①和苯妥英②来治疗他的癫痫症，同时还让他采用生酮饮食疗法。在实施这些疗法后的一段时间里，他的病症似乎有了一些好转。可是不久之后，他的癫痫症又卷土重来，而且病情比先前还更恶化了一些。于是，家庭医生建议他们带格雷戈尔去位于柏林米特区的查立特医院，找卡尔·博兰特医生——元首希特勒的私人医生——进行诊疗。

接下来的事态发展得非常迅速。

格雷戈尔被接收入院，并开始接受一系列的医疗检查。后来他又从医院被转送至哈达马尔研究所，以接受更进一步的检查。在那之后不久，延斯和米娜收到了一封信，他们从信中得知，格雷戈尔已经被肺炎夺走了生命。当然，这件事是在他接受了所有可能的医疗抢救之后才发生的。信上还说他们将在收到信的第二天收到装着其儿子遗骨的骨灰瓮。

"我亲爱的小宝贝！"米娜看到信后不由得恸哭起来，眼泪浸湿了信纸，"我的儿子啊！"

"嘘，"延斯边说边轻拍着她的手臂，同时将那张压印着纳粹十字标志的乳白色信纸从她手里抽出来，"他们大概不得不立即对……"他似乎有些哽咽，以至于发音有些艰难，"对他的遗体进行火化，以确保肺炎不会被传播开来。"

而这就是他们眼下置身于柏林万湖的小船"罗蕾莱"之上的原因所在。米娜坐在船上，用双臂环抱着那黑得发亮的骨灰瓮，看着延斯将小船一路驶到了湖中央并将其抛锚。小船在波涛的轻柔推挤下不断发出"嘎吱"的声响，湖岸边一只黑色苍鹭所发出的富有穿透力的刺耳叫声在迷雾中回荡不已。

"他会喜欢待在这里的，"裹着黑色披肩的米娜瑟瑟发抖着说，"他

---

① 一种安眠药和镇静剂。
② 用作抗惊厥和抗癫痫的药。

一直都很喜欢这面湖。"

"没错。"延斯边说边走到她近旁，然后从她手中取过了骨灰瓮。他揭开盖子。"你不要被任何事情扰乱心绪，"他吟诵着特蕾莎修女的祈祷文，"也不要因任何事而沮丧。一切都会过去的。上帝从不曾改变。"他用手指紧紧地扶着骨灰瓮的侧面，"请耐心等候你的上帝，他有能力让你一无所缺。"

他倾斜着瓮体，将灰白色的骨灰倾倒入湖水中，接着将骨灰瓮放在了船上的木质座椅上。他接下来的举动，竟令小船剧烈摇晃了几下，几乎倾翻。"希特勒万岁！"他一面高喊着，一面迅速举起右臂，做出了纳粹敬礼手势。

"希特勒万岁。"他的妻子一面低语道，一面伸出双手紧紧抓住了船舷。由于她用力过度，十指的指关节都有些发白。

随后延斯坐了下来，两人都低垂着头开始祷告。

祷告结束之后，米娜伸手端起了骨灰瓮。"延斯，"她直勾勾地凝视着骨灰瓮的内部说道，"这里面还有一个东西。"

"是什么？"

她将瓮身翻倒过来，只见一些沙砾状的灰白色骨灰纷纷落入了她戴着手套的掌心里，而且那当中还混杂着一块被烧焦了的金属物，其顶端的一颗白色珍珠也被烧得焦黑。

"天哪，"她皱着眉头说道，"上帝啊，为什么格雷戈尔的骨灰里会有一根女孩用的夹发针？"

第一章
神秘先生
SHENMI XIANSHENG

这位病人留着一头棕色的卷曲头发，长着一张棱角分明的脸孔，肩部的肌肉总是紧绷着，眼里时常流露出恐惧的神色。
他是谁？是从哪里来的？他有女朋友吗？还是已经结了婚？他为什么不能——或是不愿——开口讲话呢？

玛姬·霍尔普在浓重的黑暗中摸索着向前移动。她爬上了一根摇摇晃晃的排水管，随后撬开了二楼的一扇纱窗。待从窗户进入室内后，她保持着匍匐前进，同时小心地避开地板上的一些电线，然后静悄悄地潜入了一条黑黢黢的走廊。此时的她已是气喘吁吁了。只见她深吸一口气，站直了身子，全身上下的每一根神经都保持着警觉状态。

在她脚下，一块镶木地板突然发出了"嘎吱"的声响。噢，我要开始行动了，她心里想着。她等待了片刻，减缓呼吸的频率，感觉到心脏在胸腔里狂跳着。她的四周完全是漆黑一片，伸手不见五指。而她唯一能听到的声音，就只是从这幢古老庄园里发出的嘎吱声而已。

除此之外，别无其他声响。

也看不到任何人。

玛姬的腋下已被汗水浸湿，而一股热汗正顺着她的背部往下流。她一面留神聆听四周的动静，一面继续沿着走廊往前走，最后来到了庄园的图书室门口。门是锁着的。唔，门当然应该是锁着的，玛姬告诉自己。在短短的几秒钟之内，她就用自己的一个发卡撬开了门锁。

待她确定图书室里没有别人之后，便打开了随身携带的小手电筒来为自己照亮，同时朝书桌走去。保险箱应该就在书桌下面。嗯，没错，它果然在这里，正如她的教练所描述的那样。

很好，她心里想着，随即在保险箱旁边的地毯上坐了下来。好吧，让我们谈谈。她喜欢以这种方式来描述撬开保险箱的过程：跟保险箱好好地聊上一小会儿。这项特殊的技能是由一位来自格拉斯哥的保险箱窃贼约翰尼·拉蒙斯凯——他出狱后便利用自己的专长做一些战时服务工作——传授给她的。她一面转动密码拨盘，一面侧耳倾听着。当她听到箱锁的制栓落下归位之后——确切地说不是听到的，而是她的手指感觉到了极其轻微的震动——她便知道自己已经找对了保险箱密码的第一个数字。好极了，现在开始试第二个数字。

玛姬用上牙咬着下唇，专心致志地开锁，全然没听到图书室内一扇壁柜门被打开的声音。

一个男人从阴影中走了出来。他又高又瘦，穿着一件纳粹党卫军制服。"你是绝不可能得手的。"他口齿不清地说道，看起来颇像保罗·卢卡斯在电影《一个纳粹间谍的自白》中所扮演的人物。

玛姬懒得搭理他，她把气力节省下来继续转动密码拨盘，以找到保险箱密码的最后一位数字，紧接着保险箱那厚重的金属门"咔哒"一声弹开了。

她一把将保险箱里的文件取了出来，夹在腋下，随即迅速站起身来。只见她抬起手来，用手电筒照向那名入侵者。突如其来的强光令后者无法适从，只得眯缝着眼睛试图扭头避开。

玛姬跑向他，用一只膝盖重重地撞击他的腹股沟。他痛得将身子弯折了下去，而玛姬则乘胜追击，用手肘朝他的后脑勺猛击了几下。片刻之后，玛姬满意地看着他变得不省人事，于是将文件拿在手里，匆匆朝门口奔去。

然而，他并不是真的失去了知觉。只见他突然伸出一只手臂，一把抓住了玛姬的踝关节。她一个趔趄跌倒在地，手中的文件滑落到了房间的另一头。她用脚踢开了他的手，跌跌撞撞地朝门口仓皇跑去。

他挣扎着站起来，紧跟在她身后，很快便追上了她。随即他伸出左臂，从背后轻而易举地抱住了她。与此同时，他用右手死死地勒住了她的脖子。玛姬挣扎着喘气，试图摆脱他，可是她没法找到能让自己使力的平衡支点。他把玛姬抵到墙边，将她的身体转了过来……

"停下，住手！"

随后，那个声音被一个扩音器放大后再次响了起来："噢，看在上帝的分上，住手吧！"

男人松开了勒住玛姬的手臂，然后彻底将她放开了。

"这到底是怎么……"玛姬有些恼怒地咕哝道。

走廊里的灯闪烁了几下，继而被点亮了，只见装饰精美的天花板上挂着几个裸露的电灯泡。事实上，这里并不是某个纳粹党高层人士位于柏林的私邸，而是英国汉普郡的比尤利庄园。这里被视作丘吉尔"特别行动委员会"之"精修学校"[①]。一些新学员则开玩笑说，用"特别行动委员会"的英文首字母缩写词"SOE"来象征"英国豪宅"其实还更为贴切。据玛姬观察，"特别行动委员会"几乎所有的训练都是在这里开展的。

"现在该做什么了？"玛姬嘟囔着在走廊里踱起步来。

一名将近五十岁、满头银丝、表情严肃的男子来到了走廊里。他手里拿着一个附有纸夹的笔记板。"好了，霍尔普小姐……能不能请你跟我们讲讲你什么地方做错了？"

玛姬停下脚步，将双手放在臀部，"罗纳德·索恩利中校。"她十分审慎地叫出了对方的全名，因为她得牢记不能叫他"索利"。"索利"是"索恩利"的简称，不过却是"棘手的家伙"的同义词，也是学员们背后提到他时所用的绰号。"我撬开了门锁，打开了保险箱，拿出了文件夹，还制服了敌人……"

"仅仅是'制服'而已，并非将其杀死。"

玛姬不由得翻了个白眼，"可我正打算这样做呢，长官。"

"你差点儿就让自己在敌人手里送了命，霍尔普小姐。"索恩利厉声说道。

那名身着纳粹党卫军制服的高个子男人走到玛姬身后，用手摩挲着自己的后脑，"你干得不赖，玛姬。可是他们告诉我，要是你没有把我击倒，并佯作杀死我的话，我就得继续追赶你。"

她向他展露出自己最迷人的微笑，"很抱歉我用膝盖踢了你，菲尔。"

"不要紧。"

索恩利依然一脸严肃，"你所犯的最严重错误是没把敌人杀死，这

[①] 供已受普通教育的上流年轻女性学习社交举止，从而为将来进入社交界作准备的私立学校。

是因为……"

玛姬和菲尔互相对视了一下。

这时，从索恩利身后传来了一个洪亮且高亢的带鼻音男声："因为唯一安全的敌人就是死去的敌人。"

"噢，格宾斯上校……没想到你也在这里。"索恩利有些惊讶地说。话音刚落，格宾斯正好从阴影中走了出来。

"你得千万记住，这世上没什么比一名愤怒的纳粹党人更危险的了……你要杀的并非普通人，而是一名纳粹党人。一个德国佬。一个德国兵。"

科林·麦克维恩·格宾斯上校是这个位于比尤利庄园的培训组织的运作负责人。此刻他面带愁容，看起来焦虑不安。他有着一双向内凹陷的深色眼睛、浓密的眉毛和稀疏的胡须。只听得他说道："在被投放到敌军后方的特工中，仅有百分之六十的生还率，霍尔普小姐。你将是第一位被空降到德国的女特工，也将是第一位在这场战争中被空降到敌军后方的女特工。天知道你的生还率有多大。我们认为你此行的风险极高，同时也希望你能做好心理准备。"

玛姬沮丧挫败的情绪渐渐平息下来。她意识到，自己在这次训练中的成败并不那么重要——重要的是自己能否成功完成接下来的实战任务。"是的，长官。"

"你得将一个无线电器件交给柏林的一个秘密抵抗组织，还要在'阿勃韦尔'[①]一名高级官员的家中安装一个窃听器。不知出于何种原因，首相先生特别指示由你来执行此次任务。如果你在执行任务的过程中，发现有必要干掉一两名纳粹党人，那就尽管去做好了。目前的情况不容许我们过于拘谨或感情用事。你懂我的意思吗？"

首相先生特别指示由我来执行这次任务！玛姬心里无比自豪，不过她没在格宾斯面前流露出自己内心的想法。她说："是的，我明白，长官。"

[①] 德语音译，二战期间纳粹德国的反间谍机关，其职能就好比英国的军情五处和军情六处。

"你能讲流利的德语，而且具备一定的特工技能，或许你的确能圆满完成任务。"他说，"不过这项任务非常危险，所以你不能放松警惕，要把事情做得四平八稳，不能留下任何漏洞。"

"遵命，长官。"玛姬一直都梦想着有朝一日能成为一名被派往国外去执行任务的间谍。当她还在担任温斯顿·丘吉尔首相的打字员的时候，当她还在担任伊丽莎白公主的数学家庭教师的时候，就一直都在梦想着自己将来能干这样的工作。现在，她的机会终于来了。

"我得再次重申，"格宾斯说，"霍尔普小姐，在你执行此次任务的过程中，我希望你能果断地下手干掉阻挠你的纳粹党人，杀死那可恶的德国佬。"

· · · · — — · — — · ·

现在还是清晨，可天气已经非常闷热了。灰暗的天空中阴云密布。柏林大教堂的巴洛克式铜绿色屋顶高高耸入云霄，俯瞰着周围众多的建筑物。教堂顶部的黄金十字架指向高天，就像一根正在表达指责意味的手指。

此时此刻，行进在菩提树大道的阅兵队伍正迅速地靠近勃兰登堡门。为了避开他们，伊利斯·赫斯选择在柏林米特区狭窄的鹅卵石小巷里穿梭着。

纳粹党的确有理由进行庆祝。他们不仅已经攻占了荷兰、比利时和法国，而且如今德国军队已经侵入了苏联境内，并在斯摩棱斯克市摧毁了苏联的第十六集团军和第二十集团军，还在斯摩棱斯克市附近的罗斯拉夫尔市赢得了胜利。德国军队看起来是所向披靡、无往不利的。尽管英国与美国签署了《大西洋公约》，可是英国的战败无疑是迟早都会发生的事情。

伊利斯能够听到远处传来"希特勒青年团"有节奏的敲鼓声，还有人群高唱《霍尔斯特维塞尔之歌》的声音。她能看见那些被德国民众悬挂在自家窗口的猩红色旗帜，白色圆圈中印着黑色的纳粹十字标志。在一栋栋建筑物的石灰岩外墙上，张贴着阿道夫·希特勒身着中世纪盔甲、如同"条顿骑士"① 一般骑在马上的海报，海报下面还写着一行字：**忠于元首**。路边的水沟里扔满了头天晚上集会时产生的垃圾、烟头和破碎的玻璃，空气中散发着陈腐的啤酒味和尿臊味。

孩子们用粉笔在地上画了一些方格，这是他们玩一种名为"天堂与地狱"的跳跃游戏时用的。只见男孩女孩们玩得兴高采烈。他们先扔下一颗小石子，随后踢着它跃过地面的一个个方格，试图将其从一连串方格的这一头踢到另一头，然后再重新踢回来。男孩们看上去都非常整洁，女孩们的头上编着复杂的发辫。所有的孩子都长着圆圆的红润脸蛋。

他们不约而同地发现了一名有一只畸形足的小男孩，只见他正拄着一根拐杖走路，将一只扭曲的脚踝拖在身后。他尽可能地贴近墙边跛行着，不想引起这群孩子的注意。然而这群孩子却群起而攻之，驱赶他离开墙边。紧接着，他们在他周围手拉手围成了一个圈。可怜的小男孩四处查看，想找到一个可以逃脱的方法。其中一个年龄稍大的男孩开始唱一首熟悉的童谣：

"狐狸啊，你偷走了鹅，

快把它还回来！

快把它还回来！

不然，持枪的猎人将会逮住你，

不然，持枪的猎人将会逮住你。"

另一个孩子也跟着唱了起来：

"他用那又大又长的猎枪，

朝着你开枪，

朝着你开枪，

你浑身都会染上鲜血，

然后死去。

---

① 1198年3月5日，条顿骑士团成立于阿卡——今巴勒斯坦境内，其后一直以阿卡作为总部至1291年。其早期成员全来自德意志民族，骑士团屈服波兰后被迫接受波兰人。

你浑身都会染上鲜血，
然后死去。"
远处教堂整点报时的钟声响了起来。
"孩子们！"伊利斯一边拍手一边喊道，"够了！快停下来！已经够了！"闻听此言，孩子们纷纷扭过头来，愤愤地看着她。

那个长了一只畸形足的男孩趁着其他孩子的注意力被分散的当儿，冲出了他们围成的圆圈，急急地向右拐进了一条小巷子里。他用力拄着拐杖，尽可能快地跛行着离开了。那群孩子见状纷纷拾捡起地上的小石子，挥手朝那逃跑的男孩扔去，不过却懒得去追他了。"你去看阅兵吗，小姐？"一个女孩朝伊利斯喊道。

"不去。"她回答道，"我得去工作了。"

"那真是太可惜了！"那个女孩一边回喊道，一边笑嘻嘻地在地上的方格里跳跃着。男孩们则兴奋地拍击着彼此的后背。

伊利斯摇摇头走开了，"上帝啊，救救我们吧。"

· · · · — — — · — — ·

伊利斯经过一座挤满了狂欢人群的大桥，浑身汗涔涔地走进了米特区的查立特医院。

她来到了护士更衣室。这个房间很小，各面墙边都安放着灰色的储物柜，中间还有一张低矮的木制长凳。其中一面墙上贴着一幅海报，画有一位英俊的医生和一名坐在轮椅上的残疾男子。海报下方写着：**这名遗传病患者一生花费了德意志民族共同体六万马克。同志们，这当中也有你们的钱。**

伊利斯轻巧地脱去了自己的裙子和上衣，却继续戴着以一个小小的黄金十字架做挂坠的项链，十字架的正中还镶嵌着一小块钻石。这时更衣室的门被打开了，一个名叫弗里达·克莱因的护士走了进来。"你好！"伊利斯笑着同她打招呼。对伊利斯来说，跟弗里达一起轮班工作总是比跟别人在一起感觉更好些。

"你好啊。"弗里达应道。说完她放下手里的东西，开始换起衣服来,"天哪,我真希望自己能和你一样有型,伊利斯。"她边说边低头看着自己那略显扁平的胸部,"你看起来可真是活脱脱的'莱茵少女'①啊。"

"我想我丰满得有些过头了。"伊利斯叹了口气说,"我妈妈也时常提醒我要注意保持身形,别让自己太胖了。我还想拥有像你那样的锁骨呢,看起来真是优雅。"

与伊利斯丰满的曲线相较,弗里达显得瘦削而骨感。

伊利斯有着一双深蓝色的眼睛和栗红色的卷发,弗里达是一位金发白肤的女子。弗里达看起来沉着冷静,而伊利斯的性格则更加活泼。伊利斯讲话时语速非常快,而且很多事情都能让她兴奋不已。当她得到了一个头更尖细的新镊子,听到了节奏强劲的摇摆乐,或得知跟某位美国电影明星有关的任何八卦消息时,都会情不自禁地踮起脚尖起舞。这两位年轻女子的友谊从学生时代一直延续到了现在,她们都从少女时期就开始盼望着自己将来能以护士为职业。

她俩都换好了灰色的护士服,还套上了熨得笔挺的白色围裙,戴上了亚麻布制成的燕尾帽。"你能帮帮我吗?"伊利斯边说边指了指自己围裙后面的系带。

"当然。"弗里达将伊利斯身后的两根带子系成了一个蝴蝶结。然后她转过身去,"现在你可以帮帮我吗?"

伊利斯也帮弗里达系好了带子,随即还顺手拍打了一下对方的臀部。两人大笑着离开更衣室,肩并肩朝护士站走去,准备开始工作。

. . . . ——— . —— . .

在一间散发着外用酒精和碱液肥皂气味的检查室里,一名穿着病号服的金发小女孩开口问道:"你们会为我抽血吗?"

整间检查室里只有一面墙上挂着一幅画,那是画家海因里希·克尼尔为阿道夫·希特勒所画的官方肖像——画上的元首正襟危坐,用严肃

---

① 华格纳歌剧《尼伯龙根之歌》中守卫莱茵河黄金的少女之一。

而漠然的目光凝视着在此处所进行的医疗检查。

伊利斯笑着摇了摇头。"不会的，"她回答道，"今天没有血液检查。医生只是想看看你的两只耳朵而已，目的是查明感染症状是不是已经消失了。"

这个名叫格蕾特尔·鲍罗斯的女孩坐在一张病床上，手里抱着她最心爱的棕色小泰迪熊。她讲话时略微表现出言语障碍的症状，只见她厚厚的下嘴唇有点儿向外突出，上面还残留着亮晶晶的唾液，而她的舌头显得有些偏大。她长着一张圆圆的脸蛋，下巴却很尖，厚厚的眼镜片下面隐藏着一双杏仁形状的眼睛。

伊利斯笑着说："你知不知道蜈蚣外出前最怕的是什么？"

格蕾特尔耸了耸肩。

"答案就是——穿鞋！"

小女孩的脸上展露出了些许笑意。伊利斯从柜子里取出一只耳镜，用酒精对耳塞部位消了消毒，然后将其先后塞进小女孩的右耳和左耳进行检查。

"赫斯护士？"

"其实你私底下可以直接叫我伊利斯。"

"伊利斯——我的耳朵为什么总是会疼呢？"格蕾特尔很想知道自己的病究竟是怎么回事。伊利斯清楚知道，耳部感染症状在患有唐氏综合征的病人身上十分常见。"这只是一种很常见的疾病而已，"她边说边将耳镜收好，回到病床边，伸出手来轻轻抚摸着小女孩的背部，"你现在感觉好些了，对吗？你吃的药还奏效吧？"

"既然我已经感觉好些了，那我为什么还是得来看医生呢？待会儿给我诊断的是那位新医生吗？"

伊利斯发现格蕾特尔真是个机灵敏感的孩子，"他是博兰特医生。他想确认一下你的耳部感染是不是已经彻底好了。"

这时检查室的门被打开了，卡尔·博兰特医生随即走了进来。他在查立特医院算得上是新人，因为他是1941年冬天快结束的时候来到这儿的纳粹党卫军医生之一。这群医生总是戴着印有黑色纳粹十字标志的红底臂章，还带来了一套新的规章制度。博兰特医生年轻而又英俊，留着一头浓密的深色头发，举止无可挑剔，浑身上下都散发出一种颇具权威的气势。

伊利斯将格蕾特尔的病历本递给医生。他伸手接过去之后，便直截了当地在病历本左下角的黑框里画上了一个红色的叉，这样一来病历本上总共就有三个红叉了。接下来，他转头看向门口，还点了点头。只见两名肩宽体壮、身着白大褂、戴着纳粹臂章的护理员迅速走进了检查室。

"我可以回家了吗？"格蕾特尔问医生。

"现在还不行，小家伙。"博兰特微笑着回答，"我们得确保你以后不会再遇到这样的情况了。"

这话令格蕾特尔两眼放光。"噢，谢谢你，医生先生！"她口齿不清地说道。与此同时，她在两名护理员的陪同下朝自己的病房走去，一路上始终将泰迪熊紧贴着她那瘦小的身体。

"把这个交给护士站。"博兰特对伊利斯说，并把格蕾特尔的病历本递还给她，随即他便朝检查室的门口走去了。

"我应该跟她的父母说些什么呢？"在伊利斯多次为格蕾特尔做耳部检查的过程中，已经从孩子嘴里听说了一些关于她父母的事情。

医生凝视着伊利斯项链上的十字架挂坠，"你把病历本交给护士站就行了，其余的事情都交给她们去处理。"

他那直率生硬的语气刺伤了伊利斯。"遵命，医生先生。"她答道，随即迈步跟在他身后。

博兰特医生转过头来，皱了皱眉，不过再度开口时他的语气似乎比先前更柔和一些了。"去吧，"他说，"她们需要依照病历本上的信息来填写一些表格。"

· · · · — — — · — — · ·

伊利斯沿着走廊来到了护士站。她把病历本交给了当班的护士。"又来一个？"一名头发灰白的女护士看着病历本上的几个红叉，语带抱怨地嘟哝着。

"那些红叉是什么意思呢？"伊利斯问道。

"这表示我有大量的文书工作要做。"

"是什么样的文书工作呢？"

这名头发灰白的护士名叫弗林特，她瞪了伊利斯一眼。"就是那种让我不得不留在这里加班，却不能回家陪伴我的丈夫和孩子们的工作，就是这样。"她没好气地说道，接着将格蕾特尔的病历本放在了桌上一叠病历本的最顶上。

这时伊利斯瞥见了弗里达，后者正站在护士站的拐角处，她的这位朋友用一根手指指着天花板。伊利斯明白这个手势是什么意思，便朝弗里达点了点头，并举起一只手来，掌心朝外——就这样，她们通过手势交流，约定好五分钟后在屋顶碰面。

跟弗里达见面之前，伊利斯还想去看看一个病人。她沿着走廊来到了一间病房，里面摆满了狭窄的白色病床，住在这儿的都是受伤的士兵。他们当中有些人正在睡梦中呻吟着，有些人神情漠然地注视着玻璃窗外铅灰色的天空，还有一群人围成一圈，坐在各自的轮椅上玩着扑克牌。

伊利斯打算为一个被护士们称为"神秘先生"的年轻病人做些检查。在过去的几天里，他一直表现出间歇热的症状。这位病人留着一头棕色的卷曲头发，长着一张棱角分明的脸孔，肩部的肌肉总是紧绷着，眼里时常流露出恐惧的神色。他是谁？是从哪里来的？他有女朋友吗？还是已经结了婚？他为什么不能——或是不愿——开口讲话呢？

"他还好吗？"空军上尉埃米尔·艾格斯问道，同时用下巴尖指着睡在他邻床那个缠着绷带的身体。艾格斯是一名身型健壮的金发男子，长着一张圆胖的娃娃脸，他是纳粹德国空军的一名指挥官。艾格斯在法国战场惨遭不测，不过却在随后的紧急迫降中幸存了下来，然后便被送回柏林来养伤。

"这跟你有什么关系吗，艾格斯上尉？"伊利斯一面告诫他，一面甩了甩手中的温度计，继而将其塞进了"神秘先生"的嘴里。尽管她很年轻，可仍然对这些伤兵要求严格，而他们看起来似乎也乐于在医护人员面前表现出顺服的态度。

"唔，是没有太大的关系……"艾格斯尽最大努力令自己看起来显得顺从而谦和。

"没错。"伊利斯用比先前更为温和的语气回应道，随即拿起挂在床尾框架上的病历本看了看，"他是你们空军团队中的一员，一名飞行员，在一次紧急迫降中受了重伤。后来柏林城外的一名兽医发现了他，并尽其所能地为他进行了包扎，然后把他送到了这里。经过诊疗后，我们发现他身上有多处内伤。"

"他能好起来吗？"艾格斯问道。他并不认识这名伤员，可当他得知他们隶属同一个团队之后，便不由自主地对对方怀有了一种真挚的关切之情。

伊利斯虽然年轻，但这并不妨碍她成为一名现实主义者，"我希望他能好起来。"说着她将温度计从他嘴里取出来仔细端详着，上面显示的温度是38.3摄氏度。"他的体温仍然有些偏高。"她在这名飞行员的病历本上做了一些记录，然后便走向艾格斯的床边，"今天你的腿感觉怎么样啊，上尉？"

艾格斯拉开原本覆盖在自己身上的粗布被单和灰色羊毛毯，露出了一截缠着绷带的残肢，"它恐怕还是没有任何知觉。"

. . . . ——— —— . .

没过多久，伊利斯便在医院的屋顶上与弗里达碰了面。铺在屋顶地面的焦油沥青毡上随处可见被人丢弃的烟蒂，一根排水管下方的缝隙里还塞着一个被揉得皱巴巴的"米尔德索特"香烟盒。此时的阳光非常强烈——柏林在1941年经历了有史以来最热的一个夏天。弗里达点燃一支香烟，吸了一口之后便将它递给了伊利斯，"我讨厌这个地方。"

伊利斯伸手接过香烟，长长地吸了一口。"你指的是查立特医院，柏林，还是整个德国？"她边问边从口中吐出了一连串淡蓝色的烟圈。

"全部。所有的一切我都讨厌。"

她俩倾身伏在栏杆上,看着呈现在眼皮底下的柏林:在烈日照耀下泛着微光的施普雷河,在习习微风中摇摆不定的红色纳粹长条旗,以及国会大厦那被火烧得发黑的圆屋顶。

阅兵队伍仍在菩提树大道继续行进着,不过她们在医院的屋顶上并不能听到欢呼声和音乐声,迈正步的士兵们用钉有平头钉的黑色靴子踩踏地面的声音也没法传到这儿来。在她们正下方的医院环形车道上,停放着一辆巴士。它的车身是深灰色的,车窗上涂了一层白色的油漆。

"我也有同感。尤其是在博兰特医生那伙人来到这里之后,这种感觉就更强烈了。"

"还有好些事情是你所不知道的呢。"弗里达用两根纤细的手指夹着香烟,将其凑到自己嘴边,她的手指抑制不住地微微发着颤。

"这话是什么意思?"

"你有没有注意到,近来的病历本上总能见到一些由主治医生画上的红叉或蓝色减号?"

"是的,"伊利斯回答道,"我今天还看到一位病人的病历本上被医生画上了第三个红色的叉。当我向弗林特护士问及此事时,她说这跟后续的文书工作有关。"

"文书工作,没错。"弗里达抬手将附着在她舌尖上的一丁点儿烟草扯了下来。这时候,两名年轻护士下方那辆巴士的尾部开始喷烟,只见一群孩子被几名穿着白大褂的护理员领着上了车。

"或许这跟强制绝育政策有关。"伊利斯说出了她的想法。根据《预防遗传病法》的规定,德国境内的所有医生都得将其所遇到的智力发育迟缓者、精神病患者、癫痫患者、盲人、聋哑人、身体畸形者以及同性恋者的情况进行上报——并且确保此类患者不得生育后代。身为天主教徒的伊利斯对此项规定持相当抵触的态度。

"大概是吧。"

"恩斯特怎么样啊?"伊利斯借由这一提问巧妙地转变了话题。

弗里达那张如同牛奶一般白皙的脸竟因愤怒而涨得通红,"他一切都好——至少像一名不再被允许为任何病人动手术的外科医生一样好。"

恩斯特·克莱因是弗里达的丈夫。他是一名犹太人，目前被勒令禁止行医。

"我真为他感到难过。我完全能够想象他此刻的感受该有多么糟糕。"

弗里达紧抿着双唇。"冲锋队①简直像恶魔一般。如今他们竟然连我们的宠物也要掳走——你能相信吗？他们不允许犹太人饲养狗、猫或鸟。而且这些从我们手中夺走的宠物并不会被转送给好心的非犹太家庭饲养——因为他们认为这些宠物已经经受了某种'种族污染'——上帝啊！所以它们全都会被杀掉。"弗里达用脚尖踢了踢地上的小石子，"昨天晚上，四名冲锋队军官冲进寡妇考夫曼的家里，带走了她的猫。你能想象那是怎样的一幅画面吗——四个大男人气势汹汹地闯入一位寡妇家中，其目的就捉拿一只猫？考夫曼一直在哭，不过小巴利可没那么容易就范。当然，我们并不敢打开门来看外面的情形。不过从当时的动静声来看，小母猫巴利肯定狠狠地对他们进行了一番抓挠。"

"那么，玛尔蒂怎么样了？"伊利斯问道。玛尔蒂是弗里达和恩斯特养的一只小白鸽。这对夫妇为她起名时，采用了查尔斯·古诺的歌剧《浮士德》中玛格丽特的监护人的名字。

"她很安全——起码目前是这样的。"

"你想让我为你们代管玛尔蒂一阵子吗？我会好好照顾她，直到能将她送还给你们为止。"

"那敢情好了。毕竟你们仍然可以正大光明地饲养宠物，也可以自由自在地做你们想做的任何事情。"弗里达将遮挡住眼睛的几根头发丝拂开，然后抹掉了脸颊上的几滴热泪。这时她的表情变得更柔和一些了，"当然，这不是你的错，伊利斯。"紧接着她又补充道，"你有听说什么新的消息吗？"

柏林的犹太人正被逐步遣往各个犹太区和劳动营聚居。在他们收到的指示信中会告诉他们应该前往何处、携带哪些物品以及乘坐哪趟

---

① 成立于1921年8月3日的德国纳粹党武装组织，队员穿褐色制服，佩戴"卐"字袖标。

列车。

"我会回去问问我母亲的，"伊利斯说，"我想她在这件事上应该能帮上忙。"

事实上，伊利斯的母亲曾拒绝为她打探这类情报，而伊利斯本人也总是对她那严厉而又专横的母亲心存惧怕。不过这一回她已决意要再度向母亲提出请求，并且不达目的决不罢休。

"谢谢你。"弗里达显然松了口气。

两名年轻女子就这么静静地抽着烟。传递在两人之间的香烟不断冒出缭绕的烟雾，看起来像极了一只在空中飞舞的长颈苍鹭。这时伊利斯开口道："你有没有……"

话才说到一半，她便硬生生地住了口。

"考虑过和他离婚？"弗里达补充了她想提出的问题。"没有，从来没有。我们彼此都深爱着对方，我只是后悔我们没在还能搬离德国的时候就决然地离开这里。我们本来可以搬去香港生活的，可当时我内心的惧怕令我们错失了良机。"

"很抱歉，"伊利斯用鞋后跟踩熄了烟蒂，"我不应该问你这个的。"这时候，借着明亮的晨光，伊利斯瞥见一名金发小女孩正排着队，准备登上停在楼下的那辆巴士。她手中抱着一只破旧的棕色泰迪熊。

"我想，那个女孩是我的病人。"伊利斯说道，她的蓝色眼睛随即变得有些黯淡。她和弗里达齐齐注视着楼下的情形。病人及护理员们全都上了那辆巴士，随即车很快便沿着车道开走了，车尾的排气管里冒出了滚滚黑烟。"说到那些巴士，"伊利斯说，"它们被称为'渡鸦'，这是为什么呢？"

弗里达耸了耸肩说："大概是因为它们的颜色和渡鸦相似吧。"

伊利斯觉得有些困惑。她刚刚瞥见的金发小女孩无疑就是格蕾特尔。难道这个小病人身上发生了一些她所不知道的事情？是病情突然恶化了吗？

第二章

"恐怖邮差"
"KONGBU YOUCHA"

"只要你自己不收到信就好。你会熬过去的。
对我们来说,目前最重要的事情就是要努力活下去。
我每天都在心里跟死神对话,
'你今天休想夺走我的性命。
滚开,你这个混蛋!'"

克拉拉·赫斯的脸上涂抹着纯白色的面膜,看起来与日本歌舞伎的妆容颇为相似。此时她正在闭目养神。

她像一只猫一样慵懒地躺在自己办公室里的一张长沙发椅上,她的办公室就在德国军事情报机构"阿勃韦尔"里面。她身上穿着一件朱红色的丝质睡袍,还喷了些"香奈儿五号"香水。一个女人正在为她的脚指甲涂上指甲油,另一个女人将润肤霜涂抹在她的手部皮肤上并对其进行按摩。除此之外,还有一个女人正将卷发夹从她的头发里取出来,留下一头光滑的银灰色卷发。

克拉拉的个头比大多数女人都更高,身材却又苗条得像芭蕾舞演员。她的长相和身形宛如珍·哈露[①]与霍斯特 P. 霍斯特[②]那擅于捕捉女性之美的镜头下所呈现的布伦希尔特[③]之合体。她特别偏爱香奈儿男女通穿款针织紧身西装,脖子上还总是戴着一串黄金珍珠项链,而这种着装风格在柏林的女性当中并不常见。克拉拉的修长身形、优美体态及强势的气质,令她能如鱼得水地驾驭自己的服装。她是阿道夫·希特勒、赫尔曼·戈林及约瑟夫·戈培尔的好友,还常常与他们在歌剧院或交响乐团合影。即便如此,她的着装风格也从未引来任何质疑。

可是近来克拉拉·赫斯参与这类合影的频率已经降低了不少。她最后一次接受的任务——暗杀英国国王乔治六世和绑架伊丽莎白公主,以此为德军最终入侵英国并加冕爱德华和沃利斯·辛普森为英国新国王和王后做好准备——并未顺利完成。事实上,任务是以彻底失败而告终

[①] 活跃于20世纪30年代的美国著名女演员及被世人公认的性感女神。
[②] 1906年出生于德国,1943年移居美国,成为当时时尚摄影界的先驱人物之一,被称为时尚摄影之王。
[③] 德国中世纪史诗《尼伯龙根之歌》中的女王。

的。她的此番失利在"阿勃韦尔"内部引来了人们私底下的议论纷纷，大家都认为她已经失去了以往的魔力，也失去了元首的青睐和信任。

这时，办公室的厚重大门被打开了，她的秘书宣告道："赫斯夫人，卡纳里斯海军上将按您的要求来见您了。"

"让他进来吧。"克拉拉应道。

威廉·卡纳里斯是"阿勃韦尔"的负责人，相貌气度不凡。他留着满头白发，两丛浓密而蓬松的眉毛也全白了。只见他大步流星地走进克拉拉的办公室，随即来到她的长沙发椅跟前站定，说道："希特勒万岁！"他通过安在办公室各面墙上的几块斜边镜看到了克拉拉的映象，此外还在一面墙上看到了一幅阿道夫·希特勒的油画肖像。

克拉拉依然闭着眼睛，"我们在伦敦的特工已经做好准备了，威廉。他正等着我向他传达接下来的行动指示。"

"很好。"卡纳里斯说着便坐了下来。这时为克拉拉做手部按摩的女人已经完成了该环节的工作。接下来，她开始用浸透了金缕梅洗剂的化妆棉来清洗克拉拉脸上的面膜。卡纳里斯继续说道："我们会与戈林和哈尔德配合行动。现在是时候逼迫英国投降了，而'海神行动'将为实现此目标起到极其重要的作用。"

"我并非苏联人的仰慕者。"克拉拉边说边坐直了身子。此时她脸上的面膜已经被清洗干净了，一双冰蓝色的眼睛也睁开了。无可否认，她的眼睛非常漂亮。不过美中不足的是，其中一只眼球略微有些斜视。她继续说道："可是当我们入侵波兰的时候，苏联的总参谋部向我们分享了他们用来控制人口的方法。而且，他们用在集中营里那些工人们身上的方法实在是太鼓舞人心了。"

克拉拉身旁的一名女人伸手打开了一个鳄鱼皮化妆包，随即从中取出了各式粉底盒、胭脂罐和各色口红。

"是的，我也听说他们已经开始将人口控制的方法运用在集中营里了。"卡纳里斯说。这时一个女人开始在克拉拉脸上化起妆来。

"我们可以通过往饮用水中投放药物的方法，对任何种族实施人口控制。倘若我们在入侵伦敦之前就先将此类药物投放到其供水系统中，势必会对英国的士气造成重挫。这样一来，丘吉尔的伟大演说也将失去其效用。届时英国人定会放弃抵抗、束手就擒的。"

"仅仅在他们的供水系统中添加一些化学药品，就能实现这样的神奇功效？"卡纳里斯似乎不大相信，"不过，你要知道，这一切都取决于你。倘若这次行动失败了的话……"他最终还是没将那些不吉利的话说出口。

克拉拉一言不发，直到那个女人为她化完了妆。之后只听得她吼了一声："给我镜子！"那女人赶紧递给克拉拉一面银手镜。她向左向右微微转动着脑袋，仔细端详着自己的面容。"就这样吧。"她对那名女人说道。后者点了点头，开始动手将化妆品收进化妆包里。

"'海神行动'是绝不会失败的，"克拉拉向卡纳里斯保证道，"我与法本公司①的首席化学家就行动细节进行过多次研究和调整。"这时她脸上绽放出了灿烂的笑容，珠玉般的皓齿从深红色的嘴唇下显露了出来。过去在她以著名女高音歌手的身份扮演瓦格纳②歌剧作品中的角色时，常常以这样的笑容引得柏林歌剧院的观众们起身为她疯狂地鼓掌欢呼。"现在，我得换好衣服去电影院同戈培尔先生见面。我们将一起观看《我控诉》的预映——这是他最想看的一部电影。"

. . . . . — — — . — — . .

弗里达来到了柏林的富裕郊区格鲁内瓦尔德，敲响了赫斯家供仆人出入的那扇门。约瑟夫·戈培尔一家就住在离这儿很近的一栋大房子里。

和她的犹太裔丈夫不同，弗里达可以不受宵禁限制，随意出门。即便如此，甚至尽管她有着典型的雅利安人长相，并且随身携带着身份证，此时她也因自己竟置身于纳粹高官的居住区而心生恐惧。

几秒钟后，一直在等着朋友到来的伊利斯为她打开了房门。"很高

---

① 一家建立于1925年的德国化工企业，是由若干个自第一次世界大战起就有紧密合作关系的大型化工公司所组成的，总部设在美因河畔的法兰克福。
② 德国作曲家，以其歌剧闻名。

兴见到你。"说话间，伊利斯给了她朋友一个最热情的拥抱，后者手中还拿着一个用布罩起来的鸟笼和一个装着种子的牛皮纸袋。

"我也很高兴见到你。"弗里达在门前的椰垫上蹭了蹭鞋底，随即走进了散发着烤面包香味的厨房，"这就是可爱的玛尔蒂。"说着她将鸟笼放在长餐桌上，然后揭开了笼子外面的护罩。只见笼子里的玛尔蒂——一只长着白色羽毛的鸽子——正歪着头，用一对亮晶晶的黑眼睛打量着眼前的两名年轻女子。

伊利斯弯下腰，把脸凑到笼子跟前，"你好，小玛尔蒂。我希望你能在这儿过得愉快，唔，直到你能回到你真正的家为止。"

弗里达对此不以为然，"你说得就好像这事儿很快就能实现一样。"

"来吧，快坐下，"伊利斯为她的朋友拖出一张椅子，"我们先吃点东西。"

弗里达在椅子上坐了下来，伊利斯用黑乎乎的粗粒芥末酱作为调料，迅速地做好了几个火腿三明治，另外还倒了两杯牛奶摆在桌上。

眼下德国的很多食物都是定量配给的，不过对于有着极高社会地位的赫斯家族来说，向来不会面临任何食物短缺问题。弗里达看到厨房的架子上摆满了来自战败国的掠夺品：装在细长瓶子里的奥地利杏仁杜松子酒，装在矮胖瓶子里的波兰辣根伏特加，盒装的比利时巧克力，以及大瓶装的法国香槟酒。

就在伊利斯刚坐下来的当儿，弗里达已经拿起一块三明治，迫不及待地咬下了一大口，将自己的嘴塞得满满当当的。伊利斯意识到自己的朋友肯定是饿坏了，心中不由得掠过一丝痛楚，"待会儿我再为你准备一些食物，好让你带回家去跟恩斯特一起享用。"

"谢谢你。"弗里达从塞满食物的嘴里勉强挤出了这几个字，同时伸出手去端起了牛奶杯。

"玛尔蒂，我们将会一起度过一段愉快的时光，对吗？"伊利斯对笼子里的鸽子说道。后者起初一脸疑惑地盯着她看，随即便开始用嘴去啄食掉落在笼子底部的一粒种子。伊利斯转头看着她的朋友，"恩斯特还好吗？"

"不怎么好。"满嘴的食物令弗里达说话有些艰难,"自从他跟我这样一个金发的非犹太姑娘结婚之后,人身安全暂且能得到保障,不过他们现在让他……"说着她用力咽下了一口食物,"他得送信给犹太人,通知他们前往指定的劳动营去报到,而这样的信件想必令每一个犹太人都闻风丧胆。他在送完一天的信件之后,唯一能做的就是睡觉。我想,对他来说,躲在自己的睡梦中或许比面对残酷的现实要好受得多吧。"

"我想我明白他的感受。"伊利斯脑海里浮现出了恩斯特以往的模样。他曾是一名小儿外科医生,整个人充满了生机和活力。如今他却被禁止去医院工作。伊利斯无法想象不再是医生的他看起来会是怎样的情形。

"我们已经聊了太多关于我的事情了,"弗里达又喝了一大口牛奶,"现在来说说你的情况吧,你钢琴弹得怎么样了啊?"

"还行,"伊利斯回答道,"我更希望能以登台演出为目的来学习弹琴,即便那样的日子得等到战争结束之后才会到来。可是我母亲却希望我在她的派对上为她伴奏,所以……"无论伊利斯的母亲让她做什么,她通常都会顺从。哪怕心怀怨恨,她也无意去违逆母亲的意愿。

弗里达的脸上勉强挤出了一丝笑容。她清楚知道伊利斯的母亲在纳粹德国有着怎样的身份,也知道其在"阿勃韦尔"的名望,而这一切都令她对伊利斯的母亲心存惧怕。可是如今存在她心底里最大、最深切的愿望就是能让丈夫留在柏林,好好地活下去。"那么……你母亲还好吗?"弗里达尽力使自己的语气显得自然而随意。

伊利斯尽力不去想她母亲与纳粹党的关联。常言道——医学和科学均与政治无关,因此伊利斯本人与政治并无任何关联——可她母亲的工作却……她和弗里达对此都心知肚明。不过她们为了维持彼此之间的友谊,通常都尽力避免谈论此类话题。

"我今天还没见到她呢,弗里达。可是我向你保证……我今天晚上一定会跟她谈谈关于恩斯特的事情。"

"我知道'阿勃韦尔'并不负责管辖与驱逐犹太人有关的事务,可是我曾在报纸上见到过她在一场音乐会上与海因里希·希姆莱合影的照片……我想，她多多少少还是应该有一些影响力吧？"

"你放心，弗里达，我会竭尽全力来帮助你和恩斯特的。"伊利斯在胸口画了一个十字，郑重许下承诺，"我说的句句属实，阿门。"在她说出这些话的时候，胃里突然感到了一阵抽搐，因为她想起了当她上一次请母亲保护恩斯特时，后者高声叫嚷着表示反对的情景。

弗里达也用手指在胸口画了个十字，"阿门。"

． ． ． ． ．－－－．－－．．

"特别行动委员会"并非普通的间谍组织。它并不因循常规行事，运作模式灵活多变，而且目标也不是军事性的。"特别行动委员会"的目标是：破坏和颠覆。它常常和位于敌人领土上的地方抵抗组织合作，以挫败敌人，从而最终解放被纳粹德国占领的欧洲大地。该组织的总部位于伦敦贝克大街64号，由背景各异的管理人员及特工组成。它时常被人称为"贝克街游击队"，这是沿用了"福尔摩斯"系列小说中夏洛克·福尔摩斯侦探所成立的非正规少年侦探团的名称。而丘吉尔首相则为其赋予了"点燃欧洲烽火"的使命。

弗兰克·纳尔逊爵士是"特别行动委员会"的主任，此时他正坐在其办公室的木制大办公桌后面。他长着高高的颧骨，嘴唇很薄，细软的头发上涂抹着大量的"百利"发乳来为其定型。他取出一个贴着"玛格丽特·霍尔普"标签的厚重文件夹，封面上印着一行红色粗体字：**最高机密**。

文件夹里装着的都是以单倍行距格式打印的纸质文件。文件内容显示：玛格丽特·霍尔普出生于英国，不过却主要是在美国被抚养长大的。她于1940年5月开始成为英国首相温斯顿·丘吉尔的私人秘书之一。她曾发现并破解过由一名纳粹党的潜伏间谍隐藏在一幅报纸广告中的密码，从而拯救了首相的性命，也让圣保罗大教堂脱离了被摧毁的厄运。

考虑到她的这些经历，以及她能熟练驾驭法语和德语的能力，军情五处的处长彼得·弗莱恩将其招募为自己手下的一名特工。后来她获派前往温莎城堡执行任务，并设法令年轻的伊丽莎白公主免遭绑架。在执行任务期间所经受的磨砺令她的体格和忍耐力都得到了极大的提升，也使得弗莱恩决定推荐她成为"特别行动委员会"成员的候选人。待她被成功录取之后，在1941年冬春两季花了大量的时间接受各式各样的集训营训练。

接下来，玛姬·霍尔普又获派前往蒙塔古男爵的比尤利庄园，在"特别行动委员会"的"精修学校"里接受了为期六周的培训。当她在比尤利庄园通过了最终的测验之后，便顺理成章地来到了贝克大街，准备前往"特别行动委员会"那栋已由沙袋筑起了防御工事的总部办公楼。

在前往目的地的路途中，玛姬从一名手摇铁铃的"救世军"① 士兵身旁经过，随即又在街边见到了一位身着海军蓝制服的老妇人，并在其面前的篮子里投入了一枚硬币。玛姬还看到戴着锡制头盔的空袭预防巡视员们正在清扫昨夜空袭后留在街道上的碎玻璃。

她走进了"特别行动委员会"的办公楼，向当班的守卫出示了自己的身份证明文件，随即便被一名身着制服的年轻女子领着前往纳尔逊的办公室。玛姬刚一走进办公室，纳尔逊便立即站起身来，"快请坐下吧，霍尔普小姐。"

玛姬刚经历了漫长而折腾的一天。她头上戴的是一顶有着硬宽边的低冠贵妇帽，此时帽子已经有些歪斜了。她脚上穿着自己仅存的一双没有破洞的长筒袜，几绺深红色的头发从脑后的发髻里散落了出来，而她唇上的口红早已在不知不觉间脱落得无影无踪了。她辗转乘坐了三趟列车才从比尤利庄园来到了伦敦的贝克街，她在其中一趟列车上弄丢了自己的防毒面具，又在另一趟列车上搞丢了手套，最后她在第三趟列车上弄丢了自己的好心情，情绪低落到了极点。当她从最后一趟列车下来之后，仅有一点点时间赶到戴维位于骑士桥街的公寓去放下自己的行李

---

① 是一个于1865年成立，以军队形式作为其架构和行政方针，并以基督教作为信仰基本的国际性宗教及慈善公益组织，以街头布道和慈善活动、社会服务著称。

箱，便又得匆匆前往"特别行动委员会"的总部办公楼。

"谢谢你。"她一面应道，一面在一张有靠背的木椅子上坐了下来。落座后，她将双踝交叉，然后把两只没戴手套的手交叠着放在大腿上。

此时正值伦敦的夏季。透过纳尔逊办公室的几扇防空袭贴条玻璃窗，玛姬能看到窗外一棵山楂树繁茂而光滑的叶子。这间办公室给人一种简朴的感觉，办公桌上除了一盏银行家台灯和两个相框——其中分别装着乔治六世国王和温斯顿·丘吉尔首相的照片——之外，就再无其他陈设了。纳尔逊低头继续看着玛姬的个人资料，"你能为我沏一杯茶吗，霍尔普小姐？"

沏茶？玛姬紧握着双手想道，在我即将空降到德国的当儿，他却有闲情逸致让我为他沏茶？不过她尽力让自己的语调保持平和，"噢，我也想喝一杯茶，先生。如果你有糖的话就更好了。当然，如果你没有的话，我也可以理解。"

纳尔逊抬起头来，朝她挤了挤眼，随即便恢复了严肃的神情。他清了清嗓子说道："我知道你才刚刚从比尤利庄园回来，霍尔普小姐，可是任务不等人。"

"我的任务是什么呢，先生？"

"你的任务有两个，"他从眼镜边框上方凝视着她，"首先，你得将一个急需的无线电器件交给柏林的一个秘密抵抗组织。此外，你还要执行一项更为艰巨的任务，那就是设法进入一名纳粹高级官员家中的书房，并在里面安装窃听器。"

"我明白了。"玛姬思忖着，"这名纳粹高官是谁？"

"是赫斯指挥官。"他低头继续看着面前的文件，"据我所知，正是这个赫斯在幕后操纵了去年12月那场暗杀国王并绑架公主的阴谋，对吗？"

"是的。"玛姬答道。与此同时，她觉察出纳尔逊正在观察自己的神情，不过她并未将内心活动显露在脸上。

"那么你这次相当于是再度与她交锋了。"

"可以这么说吧。"倘若你的文件里没有提及"阿勃韦尔"的克拉拉·赫斯指挥官的曾用名是克拉拉·霍尔普——也就是我那据说已死于交通事故的母亲,那么我也不会主动向你提及与之相关的任何细节问题,纳尔逊。

"我要告诉你,霍尔普小姐,迄今为止还没有哪一位女性曾被派往欧洲大陆去执行过任务。首相先生一直对任用女特工心存顾虑,我也一样。不过,正如我们曾告诉过你的一样,此次首相先生特别指示由你来执行本次任务,所以就把你请到这儿来了。"他把面前的文件夹合上,然后起身走到窗边,"我们觉得女人能更为容易地出入各种场合,并且不至于令人生疑。随着战争的扩大化,我们派出的男特工也越来越容易引起别人的怀疑了——人们总是对其存有'他为什么没有上战场呢?'或诸如此类的疑问。"

玛姬扬起了下巴,"当然。不管怎么说,我可以向你保证,先生,我曾接受过专业的培训。男人们能完成的任何工作,我都可以胜任。"

纳尔逊转身看着玛姬说道:"我想,你的个人立场或许会令你具备额外的动力来执行本次任务。不过你要记住,务必不要让个人情感蒙蔽了你的头脑。你去到敌人后方,完成你的使命,然后就离开那里,就是这样。你的行动要利落而且迅速。事实上,你的行动时间非常短促——不会超过四个晚上。"

"我的掩护身份是什么?"

纳尔逊在他的办公桌上找到了另一份文件,将其打开浏览一番之后,他说:"我看看……你将伪装成'阿勃韦尔'一名官员的情人。他是与我们合作的秘密抵抗组织成员之一,也是你渗入柏林的渠道。你要把带去的无线电器件交给他。接下来他还要成为你进入赫斯家的'通行证'。"

"听起来非常清楚明了。"

他翻过一页纸质文件,"你将在德国的乡下空降着陆。我们会派一个人前去接应你,并将你带到一个安全的藏身之所。接下来你将乘坐火车前往柏林,而你的联络人会在柏林火车站接你。你要用这样一个故事来掩饰你的身份:你和你的联络人相识于罗马。当时他正在那儿出席

'阿勃韦尔'与梵蒂冈之间的一场会议，而你碰巧被任用为他的临时秘书，后来，你们俩便疯狂地爱上了彼此。"

"那么，我生命中的这位新恋人，他叫什么名字？"

"我看看，"纳尔逊又翻过几页文件，"找到了——戈特利布·莱勒。"

"戈特利布·莱勒。"玛姬重复道。

"你还得带上这个。"纳尔逊拉开办公桌的抽屉，在里面翻找一番之后，取出了一支金色的口红管，随即递给玛姬。

玛姬对"特别行动委员会"的规矩并不陌生。她接过口红管之后，迅速拧开了其底部的旋帽，只见内中的狭小空间里藏着一颗用橡胶套包裹起来的药片。

"我猜，这应该是氰化物吧？"她将药片取出来察看了一番，然后将其放了回去，重新拧紧了管底的旋帽。

"没错。不过我希望你永远都不会用到它。"

"谢谢你，我也希望如此。"玛姬脸上露出了一个略显严肃的笑容，"我什么时候出发呢？"

"考虑到任务的紧迫性，也考虑到即将到来的月圆之夜对此次行动的益处，我们决定让你在明天晚上出发。我想你应该能在那之前就做好一切准备工作，对吧？而你也愿意执行此次任务，是吗？"

明天晚上就要出发！玛姬想道，可我才刚刚回来而已啊！我甚至还没来得及跟休见上一面……尽管如此，他那套关于月相的观点的确无可辩驳，而她也很想接受这项任务。因为这毕竟是她梦寐以求的工作，也是她所接受的诸多培训终于得以派上用场的机会……"是的，我愿意接受这项任务。还有，我能在规定的期限之内做好准备工作，先生。"

"很好，霍尔普小姐。"两人都站起身来，在纳尔逊的木制办公桌上方握了握手。

"明天早上九点整到这里来报到。"他边说边将她送出了办公室，"首先你会拿到与此次行动相关的所有文件资料，然后再去领取你需要用到的服装。你将于明天晚上在德国空降着陆。"

"唔，"玛姬用德语说道，"这可真是趁热打铁呢。"

"没错，我们的确应该抓住时机、趁热打铁。还有一件事，霍尔普小姐……"

"什么？"

"我希望你的能力已经达到了胜任此次任务的标准。你要知道，你的身家性命，以及柏林那支秘密抵抗组织成员们的安危，全都掌握在你的手中。"

玛姬带着青年人所特有的自信回答道："请尽管对我放心吧，先生。"

· · · · —— —— · —— · ·

弗里达带着两条面包、一块厚厚的火腿、一罐咖啡和一袋白糖回到了她和丈夫所住的公寓里。除了这些之外，她还带回了几根比利时"诺伊豪斯"大巧克力条和一瓶荷兰杜松子酒。

这是一间狭小、昏暗且不怎么通风的公寓，与他们1934年刚结婚时所住的房子简直有着天壤之别。不知怎地，弗里达心里始终存有这样一个念头：或许正是由于他们结婚的时间是在《纽伦堡法案》获得通过之前，所以他们如今才仍然是安全的。即便在纳粹党卫军夺走了他们位于蒂尔加滕公园附近那套宽敞而又日照充足的别墅，连同屋内的家具和工艺品一并带走之时，即便在他们被重新安置在了犹太区一间狭小而昏暗的公寓之时，即便在恩斯特失去了工作之时，即便在他开始被迫送信给犹太人之时，他们夫妻俩始终都能聚在一起。而且，恩斯特仍然还活着——这才是唯一要紧的事情。

她把装满食物的帆布背包放在桌上。"快来看啊，亲爱的，"她佯作兴奋地喊道，"我们终于有像样的食物可以吃了！"

"我可不想吃纳粹党给的食物，"恩斯特说道，此时他正卷着袖子整理信件，"我宁愿饿死也不吃。"

"没准儿我们真的会饿死呢。"

近年来，恩斯特和弗里达都消瘦了不少。究其原因，一方面是出于恐惧，另一方面是严重的营养不良。"唔，我可不会让这些食物被白白浪费掉。"弗里达宣告道。她飞快地撕开巧克力条的锡箔包装纸，咬下了一大口。一时间，满口浓郁香甜的奶油味几乎令她激动得掉下泪来——她已经好久没吃过糖果了。

"这巧克力条肯定是从比利时的某家商店劫掠而来的，而那位可怜的店主很可能已经遇袭身亡了。"恩斯特说，"难道你一点儿都不为此感到困扰吗？"

"唔，他或许的确是死了，可我还活着。"弗里达满嘴包着巧克力反驳道，"还有，倘若我扔掉这可口的巧克力，谁又能因此而受益呢？总而言之，那位店主丝毫也不会因为我的行为而受到任何影响。"

恩斯特从一把摇晃不稳的椅子上站起身来，走到弗里达身旁，然后在她脸颊上轻轻地印上了一个吻。接着，他伸手在弗里达的背包里翻找起来，"噢，我看到她给了你一块火腿。送火腿给犹太人，这可真是体贴啊。"

"有吃的就不错了。"弗里达感到筋疲力尽，有些失去了耐性，"如今他们还打算将两周的食物配给量延长至三周使用呢。我在想，我们可以等战争结束之后再来遵循犹太饮食律法。"

恩斯特不想再与她继续争辩下去。"是的，当然，"他说，"我很抱歉，我知道你已经尽到自己的最大努力了。"停顿片刻之后，他又继续说道："我想给你讲一个笑话。"

弗里达不苟言笑地说："是吗？"

"一个英国人应该被称作什么？"

她扬起一侧眉毛，"我不知道，是什么？"

"一个'白痴'。那么，两个英国人呢？"

"我不知道。"

"一个'俱乐部'。如果是三个英国人呢？"

弗里达不耐烦地叹了口气，"噢，恩斯特。"

"一个'帝国'！"说完，恩斯特原本憔悴的脸上绽放出了灿烂的笑容。刹那间，他仿佛变回了当年令弗里达陷入热恋时那个朝气蓬勃的年轻医生。弗里达颇有些动容，嘴唇不由自主地抽搐了一下。

"现在，你来说说一个德国人应该被称作什么？"他问道。

"别再说了，恩斯特。"她开始咯咯地笑出声来。

"一个'十足的好人'。"说话间他竖起了两根手指，"那么两个德国人呢？"

"住口！"弗里达用手捂住嘴，竭力忍着笑说道。

"一次'政变'。"他伸手揽住了弗里达的腰，将她拉得离自己更近一些。接着他又竖起了三根手指，"如果是三个德国人呢？"

弗里达笑得流出了眼泪。"住口！住口！别再说了！"她大喊道。

"一场'战争'！"他以低沉而响亮的声音说道，同时揽着她在自己怀里转了一个圈。

一阵大笑过后，弗里达开始打起嗝来。"这都怪你。"她用一根手指指着丈夫责备道。

他以深情的一吻作为回应。待两人分开之后，她低头看着桌上的信件，"又有新的信要送了啊？"

他点了点头，"你知道现在他们都叫我什么吗？'恐怖邮差'。这绰号听起来倒蛮符合事实的。"

"只要你自己不收到信就好。你会熬过去的。对我们来说，目前最重要的事情就是要努力活下去。我每天都在心里跟死神对话，'你今天休想夺走我的性命。滚开，你这个混蛋！'"说着她又咬下一大口巧克力，"那么，现在还没有给你本人的信，对吗？那是因为你我的婚姻关系依然存在。还有，我已经托付伊利斯为我们向她母亲求助了。"

"没错，亲爱的，"恩斯特对妻子说，"我现在当然还是安全的。"

第三章
利希特神父
LIXITE SHENFU

"亲爱的,"神父一面回答,一面打开了一扇位于祭坛背后、向下通往地下室的门,并让其他人先行进到门内,"我在很久以前就下定决心,不向上帝之外的任何人或神说'万岁'。"

玛姬气喘吁吁地来到了休位于肯辛顿的带花园公寓门前。他俩上一次见面距今已经过去好几个月了，而今站在这扇平滑的绿色大门前，她无比迫切地想要再次投入休的怀抱。

她刚一敲门，门就一下子打开了，仿佛他一直站在门边等候她的到来似的。他俩彼此对视着，过往的回忆全都一幕幕涌上了心头。随即两人深情地拥抱在了一起。玛姬一面嗅着从休身上散发出的剃须皂和月桂叶古龙香水混杂在一起的气味，一面亲吻着他的温暖颈项。

两人拥抱了许久才分开。"噢，瞧瞧你。"玛姬边说边走进了他的公寓。她先将自己的手提包放在门边的桌子上，然后又取下了头上的帽子。

"瞧瞧你！"他也说道，"看来乡下的空气确实对你有益。你想喝上一杯吗？"

"当然了，谢谢。"

玛姬脱掉鞋子坐上了沙发，然后抬起两只穿着袜子的脚，将其压在身体下面。休走进他那间装潢简单但却实用的厨房，出来的时候手里端着两杯杜松子酒。

"我明天就要出发了，"玛姬告诉他，"我知道这实在是太快了，不过明晚的月相确实接近满月。"

"我不能过问你的工作。"休轻抚着她的头发，还将她头上的发夹一个一个地取了下来。

"我也不能过问跟你的工作有关的事情。不过，我倒想问问你，弗莱恩最近怎么样？"

休将玛姬的头发披散下来，并将她拉近自己。"我们暂时不要谈论跟我的领导有关的事情，好吗？"他在玛姬耳边低语道，"你一定很饿

43

了，想吃晚餐了吗？"

"是的——不过，我们就凑合着随便吃点什么吧。别太折腾了。"

不过休已经花了很多心思来准备这顿晚餐。陶瓷和银质的餐具早已摆上了他的餐桌。此刻他端着酒杯，在玛姬面前点燃了几支新的锥形蜡烛，"我依照'战时推荐食谱'做了一些蔬菜卷饼。这顿饭虽然算不上是周末大餐，但我确实为它提前做足了准备工作。"

"我真是荣幸备至。"她说，"我能帮你做些什么吗？"

"现在已经没什么可做的了。不过如果你愿意的话，可以斟一下酒。"

在两人共进晚餐的过程中，玛姬的目光几乎一直停留在休的身上，她似乎仍不敢相信，她窃窃想念的休此刻竟真的存在于自己眼前。当然，在玛姬参加各式集训营期间，他们一直都通过长长的书信来互诉衷肠。哪怕他们知道彼此的往来信件终究会被信件审查员读到，也并不以为意。两人不时在餐桌上注视着对方，似乎是为了确信自己眼前所见到的并非美妙的幻影。

到了夜里十一点，玛姬不得不离开了。借着一支蜡烛的微光，她低头看了看裹着被单、躺在床上的休。她本想叫醒他，可又突然改变了主意。她决定只吻一下他的额头作为告别礼，然后由着他好好睡上一觉。此刻她发现自己其实很不愿意离开，她几乎没有力气去完成戴上帽子和拉开前门这样简单的动作。为了拖延一点时间，她在离开前又写下了一张便条：**我最亲爱的休，我又要踏上一次新的冒险旅程了。我会尽快回来见你的。**

她原本打算在结尾处写上"我爱你"，后来又决定写上了"亲亲抱抱！——玛姬"。

· · · · · ——— · ——— · ·

为了避开在地铁站躲避夜间空袭的人潮大军，玛姬决定小小地挥霍一把，选择在威斯敏斯特搭乘出租车前往骑士桥街。在这样一个潮湿的夜晚，她发现自己竟是如此地想念伦敦。这里的人，这里蜿蜒曲折而又狭窄的街道，以及街道两旁一间间有着奇特名字——诸如"钉子袋"、"帽子和羽毛"等等——的酒吧，无一不触动着她心中最柔软的那块地方。

终于来到了戴维的公寓门口，她从手提包里掏出钥匙将门打开，随即走了进去。屋内一团漆黑。她关好门，以确保开灯后不会有光线透出门外，从而引起空袭预防巡视员的注意，然后才打开了门厅的灯。这时她听到客厅里传来了些微动静。"嗨！"她喊了一声，全身都进入了紧张状态，看来数月来的集训的确令她变得比从前更加警觉了。

通往客厅的法式双开门打开了，戴维·格林走了出来。他的领带松开了，金属丝框眼镜在脸上歪斜着，衬衫的纽扣也是解开的，满头金发蓬乱不已。他看起来活像是一名不合体统的唱诗班少年。"仁慈的密涅瓦[①]啊！你回家来做什么？"随即他稳定了一下情绪，咧开嘴笑着说，"当然，我并不是说我见到你不开心，亲爱的玛格丽特。"说完他走上前来，在她的两边脸颊上各亲了一下。

玛姬端详着他，"见到你我也很开心，戴维。"而他竟有些脸红起来。"你……是独自在家吗？"她以善解人意而又亲切的语气问道。

"呃，嗯，你知道——最令人尴尬的事情还是发生了——"

只见另一个男人从黑黢黢的客厅来到了法式双开门边。看来他趁着玛姬和戴维说话的当儿，已经扣好了衬衫并整理好了领带。"你好！"他对玛姬说，"我是弗雷迪·莱特。我想你一定是玛姬·霍尔普吧。戴维跟我说过所有关于你的故事。"

真的是这样吗？玛姬从戴维身旁经过，朝弗雷迪·莱特伸出手去，"既然我已经知道你并非夜贼，那么很高兴见到你。"他们彼此握了握手。玛姬觉出了他在和自己握手时所表现出的坚定和自信，"你是……莱特先生，对吗？"

随即她回头瞥了一眼戴维，后者用意味深长的眼神望着她。玛姬对他笑了笑。他人生中毕竟已经有过太多、太多的"不合适先生"了，

[①] 罗马神话中的智慧女神，相对应于希腊神话里的雅典娜。

或许现在也该遇到他的"如意郎君"① 了？哪怕至少是一位"莱特先生"也行吧？玛姬又问道："你在财政部工作？"

"请叫我弗雷迪就好了。是的，我的确在财政部工作。"

"好的，弗雷迪。戴维曾在我面前提起过你。"

接下来又是一阵令人尴尬的沉默。"噢，天哪！"玛姬让自己勉强打了个哈欠，"现在已经很晚了，而且我今天可真是累坏了……那么我这就上床睡觉去了。晚安，戴维。还有，很高兴见到你，弗雷迪。"她开始沿着长长的走廊朝自己的卧室走去，同时说道："我希望你们别介意我这么早就去睡了。还有，我一向都睡得很熟哦，"说完她又意味深长地补充道，"没错，我总是睡得非常地熟。"

"晚安，玛格丽特，"戴维在她身后情绪饱满地喊道，"或许你回来的时机不是那么合适，但我还是很高兴见到你再次回家。"

. . . . . ——— . —— . .

"伊利斯？"克拉拉·赫斯喊道。

她身着缎料服装，佩戴着镶嵌有红宝石的首饰，大步流星地走进了装潢华丽的主卧室。只见她挥手将饰有珍珠的晚装包扔在梳妆台上，一屁股在梳妆凳上坐了下来，随即脱掉了脚上的高跟鞋。她的两只脚又红又肿，还有好几个部位都出现了起血泡的先兆症状。"伊利斯！"克拉拉以更为尖厉刺耳的声音再度喊道。

伊利斯出现在了母亲的卧室门口，身上穿着一件白色的棉质睡袍。

"噢，你终于来了。"母亲像猫一样拉伸了一下背部，"宝贝儿，去帮我拿些阿司匹林，好吗？妈妈今天喝了太多酒。"

伊利斯乖乖地听从了她的吩咐，走到铺着黑色大理石的大浴室里，从墙上那个装了镜子的医药柜里取出了两颗白色的药片。她还用一个沉甸甸的水晶玻璃杯从水龙头接了一些冷水，然后把水杯和药片一起带给了母亲。

---

① 英文是"Mr. Right"，跟"Mr. Wright"（"莱特先生"）发音一样。

"你能再帮我拿一块浸过冷水的毛巾来吗?"克拉拉问道,这时她正着手取下戴在全身上下的首饰,"噢,这真是一个美好的晚上——不过任何事情都要付出代价,难道不是吗?"

"你今晚去哪儿了,妈妈?"伊利斯问道。

"我和约瑟夫见面去了。我们一起看了《我控诉》——那是他最喜欢的一部电影。"

"我看过这部电影的原著小说。"伊利斯皱了皱眉,她非常清楚地记得它曾引起自己多么强烈的憎恶感。这本颇有争议的畅销书的主角是一个患有多发性硬化症的妇人。而这个可怜的女人为了彻底摆脱病痛的折磨,曾请求医生帮助她结束自己的生命。在她遭遇了医生们的拒绝之后,她的丈夫给她服用了足以致死的过量药物,令她如愿以偿地离开了人世。接下来她的丈夫被逮捕入狱,而他辩称自己的行为并非谋杀,而是仁慈之举。最终他被判无罪释放。这部小说受到了天主教会的强烈谴责。

"什么呀?"克拉拉说,"宝贝儿,你发音太含糊了,我根本听不清。关于说话含糊这个问题,我都是怎么跟你说的呀?"

伊利斯咬着牙回应道:"对不起,妈妈。"

"通常人们只会在说着言不由衷的话时才会含糊其辞,这你是知道的。"

伊利斯用牙齿咬着嘴唇,默默地回到浴室,从洗手台上取下一张厚毛巾,打开冷水龙头将其浸湿。然后她用力地将毛巾拧干,再带着它返回了母亲的卧室。

"你的钢琴练得怎么样了啊?"克拉拉问道,"我的派对就在这个周末举办,我希望现场能有美妙的音乐。当然,我还请了一支小型管弦乐队到场演奏,不过我会选几首歌来演唱——只在你的钢琴伴奏下演唱。我会让我的秘书列一份我可能会演唱的歌曲清单给你。"说完她对伊利斯上下打量了一番,然后提议道:"或许我们在接下来的几天里得少吃点杏仁蛋白糖饼了吧?"母亲伸手拍了拍年轻女孩的脸颊,"你的脸看起来略微胖了一些,更别提你的臀部了。我已经为你选好了一件在派对上穿的礼服……"

面对母亲的责备，伊利斯的神情实在没法舒展开来。这一天对她来说可真是难挨啊，起初她为格蕾特尔感到担心，后来又为弗里达和恩斯特而担忧，眼下她又开始担心应该如何向母亲提出那个难以启齿的请求。她的蓝眼睛里开始有泪水在打转，似乎就要滴流下来了。

"噢，看在上帝的分上……你别哭呀，宝贝儿。你有时候实在是太过于敏感了，以至于我觉得和你在一起时都不知道该说什么好了，因为无论我说什么，你都会认为我是在针对你……说真的，你得克服这个毛病。"

伊利斯用力地眨了眨眼睛。如同以往一样，她决定在这样的时刻转变一下话题，"爸爸会参加你的派对吗？"埃拉里克·赫斯是德国最著名的歌剧指挥家之一，他常常在外参加巡回演出。

"我不知道，宝贝儿。"克拉拉解开吊袜夹，然后将长筒丝袜沿着大腿向下卷动，"你怎么不给他打个电话，亲自问问他呢？"她脱掉了连衣裙，接着又依次脱掉了紧身褡、吊袜束腰带和文胸。这些衣物的弹性边框已在她皮肤上留下了红色的勒痕。当她换上一件舒适的黑色丝质睡衣之后，不由得舒坦地吁了一口气。她在床上躺下，抬起一只纤细的胳膊来遮蔽住眼睛，"你为我准备的湿毛巾在哪儿，宝贝儿？"

伊利斯将湿毛巾覆盖在母亲的额头和眼皮上。"噢，这样真是舒服多了，"克拉拉叹息道，"家里有个护士挺好的。你可能还记得，在你最初决定要当护士的时候，我并不是特别开心。但是现在看来，这份工作也并非一无是处。不过我还是希望你能更认真地练习钢琴。比起在医院里干一份低贱卑微的工作，你难道不会更想成为一名能去各地巡回演出的钢琴家吗？"

"我曾经告诉过你，"伊利斯边说边坐在了床上铺着的灰色缎面羽绒被上，"我不喜欢德国古典音乐，我喜欢的是爵士乐。"

"爵士乐！"克拉拉抱怨道，"为什么要听那样的糟粕？"

"唔，事实上，自打你毁掉了我的所有唱片之后，我就没法再听爵士乐了。"伊利斯以一种不带任何感情色彩的语调说道。当克拉拉发现了伊利斯收藏的爵士乐唱片时，一气之下将它们全都扔出窗外摔碎了，随后她又让园丁将唱片碎块扔进了垃圾桶里。那件事发生过后，她和伊利斯足足有好几周都没理睬过对方。

"对我的女儿来说，拥有这样的唱片是很不恰当的——更别提演奏那当中的曲子了。"

伊利斯的脸上浮现出了一丝不易察觉的笑意。她母亲并不知道，其实她已经重新搜集到了那些被毁唱片的高品质复制品——不过这次唱片盒的标签上不再写着班尼·古德曼、迪兹·吉莱斯皮和路易斯·阿姆斯特朗，而是以巴赫、贝多芬和布鲁克纳来取而代之。

"你的纳粹十字记号项链去哪儿了？"克拉拉拿起额头上的湿毛巾，用一只眼睛瞥向伊利斯，"就是镶嵌着钻石和红宝石的那一条？你怎么还戴着这条老旧的十字架项链呢？"

"我喜欢这个十字架——再说它还是祖母传给我的呢。"

克拉拉重新将毛巾放下，覆盖住额头和眼睛。"你已经没再想着要成为修女了吧？"她叹了口气，"她们过着贫穷、纯洁而顺从的生活，可我却一心希望能将你抚养成一个非凡卓越的人。"

伊利斯不想在这件事上与母亲争论，尤其是现在。她深吸了一口气，"妈妈，我想和你谈一谈。关于和我一起在医院工作的朋友弗里达，她跟一个名叫恩斯特·克莱因的男人结了婚……"

"噢，那个犹太人，你以前跟我提起过。他们还没有生出混血杂种来吧？"

"还没有，"伊利斯咬了咬牙继续说道，"弗里达还没有生孩子。事实上，她现在非常担忧，因为她认为恩斯特可能很快就会被遣往某个劳动营去。"接下来，伊利斯又仓促地讲出了一连串的话，"他是一个好人，一位好丈夫，可敬又有责任心。同时他也是一名优秀的外科医生。他过去曾在查立特医院与我共事。我知道我曾向你请求过要帮助他……依照如今的情形来看，即便跟雅利安人成婚的犹太人也不一定能留在柏林了。所以，如果你能……能做些什么来……"还没说出口的话就这么被她硬生生地吞了回去。

克拉拉一直默不作声。

伊利斯鼓起勇气再度开口说道："妈妈,他是弗里达的丈夫,弗里达很爱他。"

克拉拉吁了一口气,"如果她爱他的话,就应该为他将去劳动营为人民工作而感到骄傲。"克拉拉说完便将双手交叠着放在胸前,"好了,现在你走吧,我累了。明天我还得早起呢。"

"好的,妈妈。"伊利斯还有好多话想说,可是她了解母亲刚才的语调意味着什么。她知道这场谈话得就此结束了,"晚安。"

但我不会就此作罢的,伊利斯心想。

. . . . ——— . —— . .

伊利斯回到自己的房间,在一张摆放着几个旧瓷娃玩偶和一本老旧的《追随基督》①的梳妆台前坐了下来。她解开自己的两条麻花辫子,然后仿效美国电影明星的做法,用烫发棒将满头松散的头发烫得卷曲。在她用樱桃红的哑光口红涂抹了双唇之后,便将身上所穿的式样端庄的睡袍脱下,换上了一条下摆呈圆形的蓝色连衣裙,内里加穿了一条有褶饰边的衬裙。

她在两只耳朵背后和胸口各喷洒了一些"托斯卡"香水,接着将几个枕头塞进被单里面,将其伪装成躺卧着的人体形态。接下来,她又将一双中跟舞鞋从窗口扔了下去,随即攀出窗外,沿着墙边用以支撑玫瑰花的棚架爬了下去。

树丛里传来了一个微小的声音,"你怎么过了这么久才出来?"只见一个年轻男子从树荫下走了出来。弗里茨·弗洛梅尔留着一头金色长发,两只眼睛都被额前的头发遮挡住了。他身着一件宽松的西装和一条锥形裤,脚上穿着一双由米色和黑色皮革拼接而成、前端有翼状装饰皮的牛津鞋,腋下还夹了一根手杖,全身上下都散发出一种花花公子的习气。他伸手将她的一双鞋递了过来。

---

① 其作者迪特里希·潘霍华是德国信义宗牧师,认信教会的创始人之一,也是一名神学家。

"你看起来不错嘛,弗里茨。"伊利斯说完,在他的一侧脸颊印上了匆匆一吻,然后接过他递来的鞋子穿在脚上。

"可是不及你那么光彩照人。"他一面应着,一面用嘴搜寻着她的唇。两人亲吻了好一阵子才分开。"你准备好了吗?"他拉着她的手问道。两个年轻人快速地穿过树丛,沿着街道一路跑向格鲁内瓦尔德轻轨列车站。他在路上唱起歌来,"倘若不能摇摆,人生还有什么意义……"

他们就这样手牵着手,在空无一人的漆黑街道上奔跑和歌唱,"嘟啊,嘟啊,嘟啊,嘟啊,嘟啊,嘟啊,嘟啊,嘟啊!"

· · · · ——— · —— ·

柏林摇摆乐团的派对从来都不会在同一个地方举行,每次派对的日期和地点都没有任何规律,知情者们只能通过特别的口哨声和便条来了解派对的情况。

今晚派对的举办地点是舍纳伯格区一座废弃的艺术装饰剧院。一个戴着大礼帽和单片眼镜、身材苗条的男人站在剧院门口,向排队进入剧院的人群募集捐款。可是,当伊利斯和弗里茨走到队伍前方时才发现,原来这负责募捐的人竟是个身着男装的女人,她的嘴里还在津津有味地咀嚼着一支雪茄。

剧院里面闷热、拥挤而又喧闹不已。空气中混杂着烟味、汗味和依兰花——依兰香水——的甜香气息。一支摇摆乐团——由一群身着白色外衣、系着黑色领结的男子所组成——正在临时搭建的舞台上演奏着乐曲《来吧!来吧!来跳摇摆舞!》。只听得铜管乐器发出的声音雄浑而热烈,铙钹铿锵作响,低沉的击鼓声令地面也为之震颤。一些年轻人坐在舞池外一张张咖啡桌边的铁椅子上,随着演奏的节拍"噼噼啪啪"地打着响指,不过大多数人都在舞池中央扭动着身姿起舞。

这时坐在舞池另一头的几对情侣看到了伊利斯和弗里茨,纷纷朝着二人挥手示意。于是他俩从跳舞的人群中穿梭而过,来到了那张桌子跟前。可是眼下桌边只有一把空椅子了,于是弗里茨坐下后拉着伊利斯坐在了自己的大腿上。与他们同桌的一名女子猛吸了一口手中的"鼓手"牌香烟，转头看着正在热舞的人群。"我恍惚觉得自己就像置身于泰坦尼克号邮轮的甲板上一般。"她以略显粗哑的嗓音评论道。

伊利斯接过女人手中的香烟，然后才意识到这人其实是一个化了装的年轻男子。"我觉得这里看起来实在是太棒了！"伊利斯的声音压过了周围的喧闹声。

"你听那人的拟声演唱，"弗里茨说着便向后靠在椅背上，随着节奏打起了响指，"他大概是德国人吧，不过他的声音听起来像极了凯伯·凯洛威①。"他伸手轻拍了一下伊利斯的臀部，"你想去跳舞吗？"

她笑了笑，然后把香烟递还给先前那名年轻男子，兴奋地回应弗里茨的提议，"当然想啊！"

就在乐队转而开始演奏路易斯·普利马的爵士乐《唱、唱、唱》时，弗里茨领着伊利斯滑进了舞池。其余的舞者也都是和他们一样的年轻人：有身着马甲、系着温莎领结的男孩，也有穿着碎花裙、披散着一头波浪形卷发的女孩。

弗里茨和伊利斯在拥挤的舞池中翩翩起舞，扭动、旋转、跳跃……每一个动作都顺畅而优雅。"哈莱姆摇摆舞的国王和王后诞生了！"有人这样喊道。伊利斯和弗里茨开始展示更高难度的精湛舞技，其余舞者们则在他俩近旁渐渐围成了一个圆圈，继续起舞。

"跳吧！跳吧！跳吧！"合着人群的欢呼声以及萨克斯管和小号的演奏声，伊利斯和弗里茨继续踢腿、跳跃和旋转着。伊利斯的裙摆向上掀起，露出了内里的吊袜带。

一曲终了，人群热烈鼓掌，乐队又开始演奏一支新的曲子《乘坐列车出行》。弗里茨气喘吁吁地带着伊利斯回到桌边，从自己口袋里掏出了一个酒瓶。他打开盖子，将酒瓶递给了伊利斯，后者伸手接过来，猛喝了一大口。

---

① 美国爵士歌手。他擅长充满活力的拟声唱法，并带领了美国最受欢迎之一的"黑人大乐团"，在 20 世纪 30 到 40 年代大受欢迎。

"天哪，对我来说，只有一件事比跳舞还要好。"伊利斯上气不接下气地说，抬手将一头湿漉漉的长发拂到脑后，用意味深长的眼神望着弗里茨。

弗里茨朝她眨了眨眼，"我这就离开，你五分钟后来跟我会合吧。"

. . . . ———.——. .

就在剧院背后的小巷子里，伊利斯发出了一声心满意足的叹息，同时提起了内裤，将裙摆放了下来。

"我希望有朝一日能在床上和你亲热，而不是在墙边草草完事。"弗里茨背靠着贴满海报的砖墙说道。

"噢，别再说了！"伊利斯笑着抗议，脸已经羞得通红，"别人会听见的！"

弗里茨取下避孕套，转身面朝着墙壁，对准纳粹党卫军征兵海报上一名士兵的方脸撒起尿来。"摇摆舞万岁！"他嘴里喊着，继而拉上了裤子的拉链。

"弗里茨！"

"怎么了？几分钟前你可不像现在这么害羞哩。"

"唔，那可不是一回事。"

"可你毕竟是想要成为修女的女孩呀。"

"你要记住，我还没有立下做修女的誓言呢。"伊利斯一边说，一边将腿上长筒袜的缝合线调整到适当的位置，"而在那之前，我认为享受生命并没有什么不妥。"

这时剧院的金属双开门被打开了，人们纷纷从里面跑了出来。"希特勒青年团！"一个女孩高声喊道。伊利斯不由得倒吸了一口凉气。"希特勒青年团"的成员们时常闯入摇摆乐团的派对，并以其不符合德国人的体统为由予以禁止。他们行事粗暴，令人捉摸不透，跟他们的领袖们如出一辙。伊利斯和弗里茨满脸震惊地看着越来越多的人涌出了剧院。

没过多久，剧院里面传出了有人对着扩音器喊话的声音："我们已经包围了这座剧院！每个人都得在门口留下你的姓名！"一大群身着黑色制服的"希特勒青年团"成员来到了伊利斯和弗里茨所在的小巷子里，试图让人群重新返回剧院。透过打开的剧院大门，伊利斯能看到"希特勒青年团"的成员们和摇摆舞者们之间发生了一些肢体冲突，后者正以脆弱的雨伞来抵挡前者的橡胶警棍。

"快走！"伊利斯抓着弗里茨的手喊道，"我们得离开这儿！"两人以最快的速度跑离了被"希特勒青年团"包围的剧院，最终找到了一间仍开放着的教堂——圣迈克尔教堂。

进去之后，他们赶紧将教堂的大门关上，随后两人喘着粗气在一张靠背长木凳上坐了下来。与先前那喧闹的剧院相比，这里实在是一个无比安宁而又寂静的世界。教堂里弥漫着焚香的气味，一名风琴手正在演奏巴赫的曲子《醒来吧，一个声音在高喊》，一个正忙着为次日的弥撒仪式预备祭坛的神父则向他们投来了恶狠狠的一瞥，不过他什么也没说。

突然传来"砰"的一声巨响，教堂的大门一下子被打开了——来者正是"希特勒青年团"，个个都戴着印有纳粹十字标志的红臂章。坐在长凳上的伊利斯转过头去望着这些不速之客，弗里茨则站起身来，手中紧握着他的雨伞。空气中弥漫着"山雨欲来风满楼"的紧张气氛，压抑而凝重。

那位满头银发的老年神父——他的两只大耳朵几乎完全被头发遮蔽住了——抬起头来观察着眼前的情形。"这里是敬拜上帝的地方。"他以吟诵的语调对那些身穿制服的男孩们说道。他那富有穿透力的声音如同礼拜天早上一样充斥着这里的每一寸空间："你们不该来这里。"

"你才不该来这里！"其中一名年龄较大的男孩驳斥道，他轻蔑地朝地上吐了一口唾沫，"德国人是上帝的选民，希特勒是我们的救主！我们不需要教堂，也不再需要由神父来告诉我们该做什么和不该做什么。"说完他回头看了看同伴们，然后开始喊叫起来："吊死犹太人！让神父们靠边站！"

其余的男孩们都一个接一个地跟着他重复喊叫："吊死犹太人！让

神父们靠边站！吊死犹太人！让神父们靠边站！"

"住口！"祭坛边的神父发出了一声怒喝。

这场丑恶的对峙被突然响起的空袭警报声打断了。

"希特勒青年团"的男孩们彼此对视了一番，又转头看向那名年长的神父。"希特勒万岁！"他们几乎异口同声地喊道，同时还抬起手来敬了个纳粹礼。

"晚安。"神父回应道。

领头的男孩走到了神父跟前，其余的男孩们也紧随其后走了过去。空袭警报仍在鸣响。走在前头的男孩对神父说："你得说'希特勒万岁'。"

神父依然坚持自己的立场，"晚安。"

"说'希特勒万岁'，老家伙。"

神父毫不畏缩地与他们对峙着。

领头的男孩绕到神父背后，伸手取下了后者戴在头上的无边便帽，将其扔到了地上。他朝着帽子吐了一口唾沫，然后抬起脚，将黑色靴子踩了上去。伴随着同伴们的欢呼声和空袭警报声，他丢下神父转身离开了，其余的男孩们也跟着他离开了。

神父朝伊利斯和弗里茨点了点头，没去理睬地上那顶被玷污的帽子，"你们可以跟我一起来——我们有一个能兼作防空洞的地下室。"

伊利斯和弗里茨走到了祭坛跟前，这间教堂的风琴手——她是个矮胖结实的老年妇女，长着一双适宜弹琴的大手——也走了过来。

当众人一同前行时，伊利斯问道："你刚才没有跟着他们说'希特勒万岁'。难道你不怕被逮捕吗？"

"亲爱的，"神父一面回答，一面打开了一扇位于祭坛背后、向下通往地下室的门，并让其他人先行进到门内，"我在很久以前就下定决心，不向上帝之外的任何人或神说'万岁'。"

第四章
"天堂与地狱"
"TIANTANG YU DIYU"

卡尔夫人端着一大碗菜泥来到桌边，"这道菜的名字叫'天堂与地狱'，"她将碗放下，对玛姬解释道，"因为它是由天上掉落的苹果和长在地里的土豆做成的。"

翌日清晨，玛姬起床后来到餐厅，一眼就看到了边吃早餐边读报纸的戴维。餐厅里光线很暗，于是她将遮光窗帘拉开来，再将窗户打开了一丝缝隙，好让柠檬色的晨光和温暖清新的空气能透进屋内。

"现在我是不是该称呼你为莱特先生了啊？"她戏谑道，随即在餐桌边坐下，并为自己倒了一杯淡茶。

"天哪，住口……快别再说了！"戴维面红耳赤地应道。在他们成为朋友之后的这四年里，玛姬鲜有看见戴维像现在这般羞红了脸的样子。

"这一切……事情……是什么时候发生的？"她问道。

"就发生在你离家外出去……做，唔，做你在做的那些事情的几个月里。"

玛姬将一些人造黄油均匀地涂抹在一块烤面包片上。"你这次是认真的吗？"她问道。戴维曾有过好几段短暂的风流韵事——其中包括与温莎城堡里那名英国叛徒的那一段——可是他此生还从未与人建立过任何严肃认真的恋爱关系。或许他正在变得越来越成熟？玛姬心里想道，谁知道呢，毕竟我们所有人都在近几年的动荡岁月中改变了不少。玛姬是知道戴维同性恋身份的极少数人之一，而她一直都做到了对这个秘密守口如瓶。

"事实上，我是认真的。"戴维包着满嘴的烤面包片说道。

玛姬低头看了看自己的睡衣和罩在其外的格子纹法兰绒旧长袍。"他已经没在这儿了，对吗？"她伸出手来轻拍了一下自己凌乱的头发，并朝门口看了看。

"噢，是的。他在天亮前就离开了。"

"嘿，真是恭喜你们俩了，这实在是一件令人高兴的事情。"玛姬起身给了戴维一个大大的拥抱，没想到他却因此而被一块面包屑给呛到了，接连咳嗽了好几下。

"当心一点，玛格丽特。倘若我在躲过了那么多场空袭之后，却因一个过度热情的室友和一小块任性的面包屑而丧命，那可真是奇耻大辱啊。"

玛姬坐回自己的座位上，笑容满面地说："我只是太为你感到高兴了，戴维。"

"唔，其实我们的感情生活中并不是只有浪漫和甜蜜而已。"

"真的吗？为什么呢？"

"噢，不过这不关弗雷迪的事，"戴维叹了口气，"倒是跟我父母有关。眼下他们认为我应该尽快找一个漂亮的犹太姑娘来结婚，然后再生儿育女。唉，都是这场战争惹的祸。如果没有战争，我兴许还能设法让自己的单身生活继续保持下去。可现在呢，他们竟突然开始对家族的延续问题表现出了极大的关心。"

玛姬喝了一口茶水，"唔，难道你不能让他们再等等吗？"

"这个问题相当棘手。我的父母并非虔诚的犹太教徒，他们只在重大节日时才去会堂参与敬拜。看在上帝的分上，我父亲最喜欢的食物之一竟然是培根。可是自从《纽伦堡法案》被通过之后，他们就变得焦躁不安起来。如今他们已经向我下达了最后通牒：倘若我不能在三十岁生日之前找到新娘来成婚，他们将彻底剥夺我的继承权。不知道你是否还记得，我的生日是在……"

"是9月3日。我当然记得你的生日，傻瓜。"玛姬思忖着戴维的父母向其下达的最后通牒。这听起来着实很糟糕，不过同时也有些好笑。她不由得"扑哧"一下笑出声来。戴维向来沉湎于奢侈的生活，倘若让他改变现有的生活方式，看起来倒不失为一件……颇为有趣的事情。"你要知道，我们当中有很多人即便没有得到富有亲戚的物质帮助，似乎也能活下去。"

"可我已经过惯了精致的生活，玛格丽特！该死！再说这间公寓也是他们名下的产业。倘若我不能按他们说的去做，就得去找别的住处了。"只见他朝她倾过身去，若有所指地说，"我们都得另觅别的住所。"

玛姬已故祖母位于马里波恩区波特兰街的房子仍然归她所有，可是考虑到那里有太多鬼魂出没，她已经把那栋房子租出去了。"我明白，"她竭力扮出最严肃的表情，"那么你接下来打算怎么办呢？"

"我也不知道。"他咬下了一大口烤面包片，"既然我们聊到了跟爱情有关的话题，那么我想问问你那位相好——他叫什么名字来着——怎么样啊？"

戴维曾跟玛姬从前那位名叫约翰·斯特林的未婚夫是最要好的朋友。在约翰加入英国皇家空军之前，他们俩都在唐宁街10号为丘吉尔首相工作。后来约翰驾驶的飞机在柏林上空被击落，而他的名字则被列在了'失踪或推测已死亡'的名单上。几个月前，约翰的家人为他举办了一场追悼会，玛姬与戴维一道搭乘火车从苏格兰前往伦敦去哀悼他。出于对已故友人的忠诚，戴维并不怎么喜欢玛姬现在的男友休·汤普森。"他叫什么名字来着？斯图？卢？普鲁？"

玛姬皱了皱眉头，"其实你非常清楚他的名字是什么。我想说的是，休很好，谢谢你的关心。事实上，在我昨晚来这儿之前，还先去过一趟他的公寓。不过这不关你的事。"

"你说得对，玛格丽特。"戴维脸上流露出了恰如其分的尴尬神情，"你已经是一名成年女子了——你有权去过自己想过的生活。"

"戴维，我很爱约翰，"玛姬说道，"我真的很爱他。他是我的初恋。而当我得知他的飞机被击落时，当奈杰尔写信告诉我他们认为他生还无望时，我几乎痛苦得快要死去了。你应该还记得，我还在他的追悼会上搀扶着他的母亲完成了仪式。"玛姬扬起了下巴，"不过，生活总得继续。"

"我明白，"戴维略带歉意地说，"那么——休怎么样？"

她笑了，"我可不喜欢随意透露别人的私生活，还有，我想告诉你，我很快就要再次离开了，看来我们又有好一阵子不能见面了。"

"真的吗？"戴维并不确切知道玛姬将要去做什么，不过身为温斯顿·丘吉尔的首席私人秘书，他还是掌握了一些内情的。比如，他知道现今玛姬刚接受完"特别行动委员会"的集训。他问玛姬："这么快就要走？什么任务这么紧急，连休息一下、缓解疲乏的工夫都没有吗？"

"你知道的，我不能向你透露与此有关的任何细节问题。"

"唔，我希望在你回来的时候，我仍然还能拥有这间公寓。如果我想不出别的办法……"戴维起身走到玛姬面前，然后以一种极为戏剧化的姿态单膝跪在地上。他伸出两只手来握住了玛姬的左手，"玛姬，红头发的非犹太姑娘，你能赏脸嫁给我吗？"他笑着说，"当然，是在你归信犹太教之后。"

玛姬惊得差点儿将嘴里的茶水喷出来，"我，呃，我实在是受宠若惊，戴维，我会好好考虑你的提议的。不过，作为一名不可知论者①，我不确定自己能否为了婚姻而归信犹太教。当然，这并不表明我没有对你的求婚心怀感激。"

戴维一脸严肃地站起身来，"我认为，在目前的情形下，不可知论者的处境比犹太人安全多了。另外，玛格丽特，你在执行任务时，可别对敌人心慈手软哦。"

她严肃地笑了笑，"那是当然的。"

· · · · ——— ·—— · ·

玛姬·霍尔普在接受集训时也被教导要这样对待敌人。

当她在这天上午回到"特别行动委员会"的总部时，负责接待她的是诺琳·巴克斯特。诺琳是一个年纪与玛姬相仿的女人，有着苍白的皮肤、玫瑰花蕾色的嘴唇和一头棕色的卷发。"别紧张，亲爱的。"她与玛姬并肩穿梭在贝克大街64号的走廊里，渐渐地倾身靠近玛姬，对着后者的耳朵低语道："你是第一个被空降到德国的女人，我们都为你感到骄傲。"

"谢谢你。"玛姬低声回应道。她们走进了诺琳的办公室，都在一

---

① "不可知论者"指的是既不确切相信上帝的存在，但同时也拒绝认同无神论的人。

张旧沙发上坐了下来。

"好了，你的掩护身份是此次任务中最重要的一个部分。"诺琳说着便从小茶几上拿起一份档案来，递给玛姬，"给你。要记住，你的名字是玛格丽塔·霍夫曼。你于1916年6月2日出生在法兰克福的一个德国商人家里，而你念书的地方是在瑞士，这就足以解释你讲德语时在口音或措辞方面可能会出现的问题。你是在罗马遇到戈特利布·莱勒的，当时他雇用你做他的打字员。"

在接下来的两个小时里，玛姬阅读并记下了档案里的全部内容，其中包括她在柏林的一系列联系人的姓名及其地址。之后诺琳就档案中的内容对玛姬展开了询问，其中不乏一些颇为刁钻的问题，诸如："你的理发师是谁？""你的医生叫什么名字？他的诊所在哪儿？""你是怎么洗衣服的？"

考试结束后，玛姬给家人和朋友们一一写了信。她在信中告诉他们，她即将再次外出执行公务，回来后会再跟他们联系。她分别给住在马萨诸塞州威尔斯利学院的伊迪斯姑妈、住在"布莱切利公园"的父亲埃德蒙·霍尔普、随着赛德勒·维尔斯芭蕾舞团四处巡演的萨拉以及新婚不久的奈杰尔·拉德洛和夏洛特·拉德洛夫妇写了信。至于戴维和休，尽管她已经跟他们当面道别过了，但她还是给他俩各写了一封告别信。

此外，她还立好了遗嘱，并在其中清楚地表明了自己的遗愿：万一不能回来，她要把她最宝贵的资产——她心爱的辉柏嘉[①]计算尺——留给戴维。

写完了信和遗嘱，一位名叫金·菲尔比的特工又对玛姬进行了询问。菲尔比是一名年轻帅气的剑桥大学毕业生，他穿了一件灰色细条纹西装，领口系着一个深红色的领结，胸袋里塞着一张红色的双头装饰方巾。他的态度略显强硬，不过头脑却相当周密。在回答完他的提问之后，玛姬感觉自己在运用掩护身份方面更有把握了。"你要记得，"菲

[①] 德国文具品牌，曾是全球计算尺市场的龙头。

尔比告诫她,"你从现在开始就成了玛格丽塔·霍夫曼。你要试着彻底不去惦记你在这里的真实身份。你越是适应玛格丽塔这个身份,你的安全就越有保障。"

玛姬点了点头。对于要将"玛姬·霍尔普"彻底抛在英国的想法,她丝毫也不抗拒。玛姬有其自己的问题——身为女学究的姑妈在抚养她长大的过程中谎称其父已经不在人世,而她的父亲则在被玛姬找到之前一直都将自己秘密地隐藏起来,至于她的母亲——唔,玛姬仍在试图探寻与此有关的丑恶真相。还有约翰,她曾深爱着他,也曾负气拒绝了他的求婚,而他现在已经不在了。除此之外,休……不时令她感到困惑。可是,玛格丽塔却与这些问题毫无瓜葛。

诺琳匆匆回到她身边。"张开你的嘴。"她说。

听了这话,玛姬有些吃惊地扬起了一侧眉毛,不过她还是按对方说的做了。

诺琳往她的嘴里看了看,"唔,我能从你补过的牙上看出美国的牙科技术的确不赖。不过你要知道,在欧洲大陆,人们所用的补牙填充材料是金子,而非银子。我们得把你的填充材料换一换,我这就为你预约我们的牙医。"

"你们要更换我的补牙填充材料?"

诺琳点了点头,然后朝电话机走去,"你只有两颗牙需要重补,情况应该不算太糟。"

"我们得把事情做得四平八稳,不留下任何漏洞。"菲尔比补充道。

中午刚过,一名来自"特别行动委员会"的牙医将玛姬嘴里的补牙填充材料全都换成了金的,之后玛姬回到了办公室。她的牙仍在痛着,不过这疼痛的感觉倒是分散了她的注意力,令她不再像先前那样紧张了。

在诺琳办公室的木门背后钉着一排挂衣钩,上面挂满了各式服饰。"去吧,把它们穿上试试。"诺琳对玛姬说,"说真的,它们都非常好看。"

玛姬把门锁上,全身上下脱得一丝不挂。她首先穿上了挂在那儿的内衣裤。如果是在从前，她肯定会在换衣服前先请诺琳离开，不过她在各式准军事集训营里度过的那些时光已经足以令她克服了羞怯的心理。接下来她穿上了一件衬衫、一套耶格尔纯毛料西装和一双鞋底沾满了德国泥土的"瑞克尔"牌旧鞋，最后还提上了一个做工考究、式样优雅的皮革手提包。

"这身行头可真够时尚的。"玛姬评价道。

"如果不是在眼下这种非常时期，我可能会因不能拥有那个漂亮的手提包而痛苦得要死。"诺琳说。

"我保证一定会将它完好无损地带回来。"

"你会在手提包里找到一个装了一些德国马克的钱包、扑面粉、你即将入住公寓的钥匙、歌德的《浮士德》，还有希特勒的著作《我的奋斗》。另外，你还得带着一个行李箱，里面装着几套换洗用的内外衣物、你的派对礼服、一件睡衣和一些梳妆用品。为了以防万一，里面还装着德国品牌的卫生巾。"

诺琳仔细端详着玛姬的脸，"你没有化太浓的妆——唔，这很好。纳粹德国的女人们都不化浓妆，而且她们应该也不会抽烟和喝酒。这倒不是说她们不被允许做这些事，大概是习惯使然吧。"她笑了笑，"噢，穿在你身上的服装的确算得上奢侈了！你真该看看我们为即将在本月晚些时候空降到法国的女孩们挑选的衣物，那可真是又丑又邋遢，完全跟时尚不沾边。那些服装的面料粗糙扎人，而且还散发出阵阵臭味儿。相比之下，你就幸运多了。"她未作丝毫停顿，又继续说道："纳尔逊已经把那支藏着氰化物药片的口红给你了吗？现在我们把它放到这个手提包里吧。"

玛姬从自己的包里掏出了那支底部可以旋开的金色口红管，然后将其放入了玛格丽塔的手提包里。这时她嗅到手提包里散发出一股令人心旷神怡的甜香气息。"噢，真好闻，"她说，"这是什么气味？"

"是'姬琪'，"诺琳说，"这就是占领法国的好处之———'姬琪'是法国'娇兰'公司旗下的香水产品，而你的手提包里就放着一瓶'姬琪'香水。至于这个，它可是我们最好的玩具。"诺琳说着便递给玛姬一个红白相间的"米尔德索特"香烟盒子。玛姬将烟盒握在手里翻来覆去地打量，想要弄清楚它真正的功用是什么，"这个烟盒里装着一个带胶卷暗盒的超小型间谍照相机。你带上它吧，以备不时之需。"

诺琳拍了拍一把椅子，"来，坐下吧，我来教你怎么打理头发。"只见她的灵巧手指在玛姬头上快速飞舞着，很快就按照时下最流行的德国发型将玛姬的红色长发盘成了一个优雅的高髻。

"我觉得这个发型很适合围着冬至篝火起舞的场合，"玛姬对着小粉盒里的镜子来回转动着头，"真希望我自己也能盘出这样的发髻来。"

"在你执行这次任务的过程中，应该有足够多的空闲时间可以练习盘发。"诺琳拿起玛姬换下来的衣物，将它们一一折叠整齐，然后用一张牛皮纸包好。"我们会为你好好保管它们的。"她向玛姬保证道，"再说你这次只去短短四天，大概在你还来不及反应过来的时候就已经回来了。"

随后，诺琳递给玛姬一块丝织物，上面写着玛姬的联络代码。她每次与大本营进行联络时，都得用到这个代码，而她最终得将这块丝织物销毁掉。"如果你没了这块丝织物，却又需要用无线电向我们传送信息的话，应该怎么做？"

"那么我就会用一首诗来替代，"玛姬回答道，"我得把那首诗熟记在心。"

"如果敌人知道你已经销毁了联络代码，他们就会竭力令你将那首诗说出来。"说到这儿，诺琳的目光变得非常严肃，"你务必要记住，一旦德国人知道了那首诗，就能向英国发送假信息了，于是你身边很多人的生命将会受到极大的威胁。这就是你需要带着氰化物药片的原因。"接着她笑了笑说，"好了，这就是你的'诗'——是我们特别为你挑选的。"

玛姬原以为那会是莎士比亚或弥尔顿的诗句，或者甚至是从《英王钦定版圣经》的《诗篇》中摘选的内容——可诺琳给她的却跟她所想的并不一样。"我们认为下述真理是不言而喻的：人人生而平等，造物主赋予他们若干不可让与的权利，其中包括生存权、自由权和追求幸福的权利。"

玛姬笑了笑,再次见到《独立宣言》的文字,的确令她感到开心。诺琳让她从那段文字中随意挑选了五个词语:平等、权利、生存、自由、幸福。诺琳将这些词语复制下来,造出了玛姬的代码。这样一来,五个词语变成了:

| e | q | u | a | l | r | i | g | h | t | s | l | i | f | e | l | i | b | e | r | t | y | h | a | p | p |

这串代码将与如下字母表对应:

| a | b | c | d | e | f | g | h | i | j | k | l | m | n | o | p | q | r | s | t | u | v | w | x | y | z |

"考虑到你是美国人,所以我们才特别为你选了这段文字。"随后诺琳指了指玛姬的裙子,"裙摆的褶边里有一个隐蔽的口袋。"

玛姬摸到了她所说的秘密口袋,将那块丝织物塞进去藏了起来。

"噢,还有一件事。"只见诺琳从一个架子上取下了一个袋子,里面装满了黑色的纱线和一些长长的编织针。她从袋子里取出了一条尚未织完的围巾,说道:"玛格丽塔会用编织针织东西。"

"好的……"玛姬说道。虽然她不知道个中原委,但还是表现出了配合与服从的态度。

"你知道原因吗?"

玛姬皱着眉头说:"为德国士兵织袜子?"

"没错,很多德国女人在闲暇时都会这样做。不过,"诺琳用一只手握着那条织了一半的围巾,突然话锋一转,"这条围巾或许能拯救你的性命。你看出其中的图案了吗?"

玛姬眯缝着眼仔细看了看,却发现自己实在难以从用黑纱线织成的珠式线迹中看出任何图案来,反而似乎还发现了好些编织错误之处,"这围巾织得不怎么样。"

"你再仔细看看呢。"诺琳说。

玛姬照她说的做了。"是代码,"她突然意识到了这一点。噢,真是太妙了！她兴奋地喊道："这竟然是摩尔斯电码[①]！"

"当你遇到紧急情况，却又无法用无线电发送信息时，可以将你的信息织入围巾，然后去哈森海德公园，它就位于你的联络人所住的公寓外面。每天早上都会有一位老年妇女坐在公园的长凳上做编织活儿——她是我们在柏林的眼线德法奇夫人。她会将你织出的代码复制下来并反馈给我们。同样地，她也会将来自我们的信息传达给你。待她看过你织在围巾上的代码之后，就得赶紧将织好的线迹拆掉。"诺琳一脸严肃地看着玛姬，"你会编织，对吗？"

"是的，"玛姬答道，"我的确会编织。虽然我织得不算好，还不会织转弯处，不过织出代码肯定是没有问题的。"针织活儿是伊迪斯姑妈教给她的极少数传统女红之一。在编织过程中，建基于几何学及比例分配学的结构逻辑知识时常会派上用场，而这一点对玛姬来说是极具吸引力的。玛姬从诺琳手中接过了编织针和纱线球，随即将它们都塞进了手提包里。

这时，门上突然响起了一阵急促的敲击声。"车已经到了，女士们。"一个女人在门外喊道。

玛姬和诺琳一起来到楼下，一辆光亮如新的黑色"莱利"汽车已经停在了街边，发动机正低速空转着。看到她们之后，车上的司机——一名穿着褐色制服的急救护士——从驾驶室走了出来。"下午好，女士们。"她说着边绕到车尾打开了后备厢。

"谢谢你。"玛姬将自己的行李箱递给了她。"你会和我一起吗？"玛姬转而问诺琳，她尽力让自己的声音显得自信而充满力量。

"当然了。"诺琳已经打开了车门，"来吧，我们上车。"

· · · · — — — · — — ·

当她们来到位于雷丁的惠特利机场时，天色已经渐渐暗了，夏日夜

[①] 摩尔斯电码（又译为摩斯电码）是一种时通时断的信号代码，这种信号代码通过不同的排列顺序来表达不同的英文字母、数字和标点符号等。它由美国人艾尔菲德·维尔发明。在20世纪，世界各国的电报通讯一般都以摩尔斯电码为基础。

晚的凉风习习吹起。她们乘坐的"莱利"汽车在通过安全检查之后，驶入了机场。

司机将车驶入停车场停好，玛姬和诺琳下车走进了机场的候机楼。"你要不要先去一趟洗手间？去柏林要飞好久呢。"诺琳将一只手轻轻搭在玛姬的肩膀上，"别担心——他们不会落下你离开的。"

玛姬来到了洗手间，她站在镜子前端详着自己苍白的脸。我这是在做什么呀？她在心里问着自己。不过，现在想要改变主意已经太迟了。

"飞机就快准备好了！"待玛姬从洗手间返回诺琳身边时，后者告知她，"这是你的护照、身份证和雅利安人血统证明，还有你的定量配给卡。等你签好名字之后——当然是签'玛格丽塔·霍夫曼'的名字——就把它们都塞到你的钱包里去吧。我看看，这里还有一些服装配给票和德国马克。要记住，别把它们全都用在同一个地方。"

玛姬接过诺琳递来的"拉米"牌钢笔，用它在一张纸上反复练习过好几次自己的德文签名之后，才开始在为数众多的正式文件上签署起来。"这些文件都是从德国弄来的？"她边写边问。

"这些是德国的文件，不过却来自纽约的下东区①。"

玛姬终于签完了所有的文件。在忐忑不安的等待中，她感觉胃里翻腾不已。

"再见了，玛格丽塔。"诺琳一面亲吻她的脸颊，一面跟她道别，"对于这项任务，我们不说'祝你好运'，我只想对你说'再会'！我们很快就会再次见面的。"

玛姬的心脏在胸腔里剧烈跳动着，连呼吸也变得急促起来。"别担心我，"她边说边回吻着诺琳，"这不过是小事一桩。"登机的时间很快就要到了。

她接受了那么多艰苦的训练，为的就是在此刻出征执行任务。不过，就在她登上狭窄的舷梯，走向飞机的铰链门时，心里却打起了退堂鼓。我真蠢，实在是蠢到家了——我为什么就不能安于做一名秘书，或

---

① 纽约市曼哈顿区沿东河南端一带，是犹太移民聚集区。

者家庭教师呢？这些原本就是我擅长的事情……玛姬一面思索，一面脱掉了脚上的鞋子，将其放进了她的行李箱。接下来她在两只脚踝处缠上了绷带，卷起裙摆，套上了厚厚的跳伞装并拉好拉链，然后穿上了一双厚重的皮靴。

这不过是和训练时一样而已，这不过是和训练时一样而已……她如同念咒语一般在心里不住地重复着。

"你的降落伞在飞机上。"英国皇家空军的一名中士对她说。这位身着羊毛夹克的年轻男子面色红润、嗓音低沉，讲话时带有一点点苏格兰口音。他协助玛姬向上穿过了位于机身中央的活板门。这是一架哈利法克斯轰炸机，机身底部的舱门是由原来的炮塔改造而成的。这真像是钻进了一头巨大野兽的肚腹，玛姬想道。一进机舱，她就嗅到了一股机油味儿。

来自皇家空军的中士跟在她身后上了飞机。等他们到了降落区之后，玛姬将在他的调遣之下完成空降。机舱的角落里已经摆放着一个叠得整整齐齐的降落伞，旁边另一个小一点的降落伞连接着一个板条箱，内里装着玛姬的手提箱。

飞机的引擎启动后，发出了"隆隆"的轰鸣声。机组成员全都坐在机首，中士就坐在他们身后的一个封闭空间里，玛姬在中士身旁的座位上坐下并系好了安全带。"你还好吗，小姐？"他说，"如果你想呕吐的话，那边的角落里有一只垃圾桶。"

"我想我不会用上它的，中士。"玛姬向他保证道。至少我真的希望自己不会用上它。

飞机开始移动了，起初速度很慢，然后渐渐加速。就在飞机离开地面的那一瞬间，玛姬听到了起落架缩回的巨大响声，同时也感受到了机身的强烈震颤。

"好了，我这里有热茶，"中士取出了一个绿色和银色相间的热水瓶，"不过如果你想来一点杜松子酒的话也没问题。"

"请给我茶就好了。"她说，默默地因着在如此特殊的情况下还有饮品可以享用而心怀感激。"我只要一点点。"在她意识到这飞机上并没有厕所时,赶紧补充道。

"我们这里还有一些乳酪三明治。噢,瞧瞧,还有一块巧克力!"

玛姬的胃里突然翻腾了一下,"是吗?"

"你觉得紧张吗?"他不无关切地问道。

"不。唔——或许有一点吧。"

"能感觉到紧张是好事,"他拍了拍玛姬的肩膀,"这表明你还活着。接下来我们将飞过荷兰上空,然后进入德国境内。或许你现在可以试着小睡一会儿,他们很快就会把机舱的灯全都关闭了。"

玛姬迅速喝完茶,坐在座位上将双腿和双臂分别交叉起来,然后闭上了眼睛。她不由自主地在心里默念起朗费罗翻译的但丁《神曲·地狱篇》第三章《地狱之门》的内容——毕竟,这看来似乎与她此时的心境颇为吻合。

通过我,进入痛苦之城;
通过我,进入永世凄苦之深坑;
通过我,进入万劫不复之人群。

正义促动我那崇高的造物主;
借着神圣的力量、最高的智慧和无上的慈爱,
将我塑造出来。

在我之前,创造出的东西没有别的,只有万古不朽之物,
而我也同样是万古不朽,与世长存。
抛弃一切希望吧,你们这些由此进入的人!

她向来认为自己绝对不会在飞机上睡着,可是她闭上眼睛之后没多久便在梦里看到了无数燃烧的纳粹十字标志,同时还听到了狼群的凄厉嗥叫声。随后,她觉出身旁的中士戳了戳自己的手臂。"快醒醒,小姐,"他说,"我们就要到目的地了。"

玛姬刚从噩梦中惊醒过来，感觉头晕脑涨、浑身乏力。不过这样一来，当她起身让中士帮自己背上降落伞时，反而顾不上为她将要做的事情感到恐慌了。"现在你要把接受训练时所学到的要领都牢牢记在心头，"他对玛姬说，"当你跳出去的时候，要将两腿合拢，下颌稍稍向内收拢。还有，最重要的一点是，在你着陆的时候务必得将双膝弯曲。"

说完他走到地板上的舱门边，用力打开了那扇活板门。一大股冷空气猛地涌入了机舱，风力大得几乎将玛姬吹倒。她朝舱口挪动了几步，低头看着下方的漆黑世界。

"他们也在进行灯火管制。"中士说，"不过，你瞧，我们的人就站在那边的地面上。他正在向我们发出信号呢。别担心，他会好好照顾你的。"

玛姬感觉自己的心跳越来越快。她强迫自己做了几次深呼吸。"时候到了，小姐。"

飞机盘旋着越降越低，速度也慢了下来。玛姬向前迈了几小步，来到离舱口更近的地方站定。她和中士都在舱口边缘蹲了下来。他们可以看到下面的黑暗中闪烁着一团橙红色的火光。"你还好吗，小姐？你想自己跳下去呢，还是希望我来推你一把呢？如果你希望我来推你，也没什么好害臊的，因为好些男士也让我这么做过。"

听了这话，玛姬脸上勉强流露出了一丝笑意，"不用了，我想自己跳下去。"

"好的。"他再次拍了拍她的肩膀。在此时的情境下，玛姬突然对他的鼓励性触碰充满了感激。他继续说道："现在，你要记住——着陆时弯曲膝盖。好了，五、四、三、二……"

玛姬跳了下去，更确切地说，是抬脚跨入了舱口的大洞，旋即便径直往下坠落。在下坠的过程中，她觉得肺部的空气似乎已消失殆尽，而她的身体也因惯性向一侧倾倒。速度等于距离除以时间，玛姬头脑的一部分仍保持着条理分明的思考，可她脑子里其余的部分则因恐惧和兴奋而尖叫不已，这情形简直跟她练习空降的时候一模一样。

她按下了降落伞背带上的一个按钮，降落伞很快就打开了，她感到与伞带相连的双腿和背部都受到了强有力的拉扯，令她疼痛不已。

接下来，她坠向黑暗的速度开始减缓。有那么几秒钟，她开始试着享受这样的飞行状态……可着陆的时刻比她想象的来得更早。

而且更重。

她侧躺在地上，身上好几处地方都饱受着疼痛的煎熬。片刻之后，最初的强烈痛感渐渐减弱了，不过膝盖却一直抽痛不已。这时她听到远处传来了一个男人的声音："晚上好，小姐！很高兴见到你空降在这里。"他将德语和英语混杂在一起喊出了这些话。玛姬抬起头来，看到了手电筒的亮光。

我敢打赌，他为了接应我，肯定已经忙活一整天了。玛姬吐掉了嘴里的泥土和草屑，坐起身来，一把握住伸到自己面前的那只大手，摇摇晃晃地站了起来。她活动了一下手脚，想试试四肢关节的受损程度如何。当她把手伸到腰间，顺利地按下用以卸下降落伞的圆盘形装置时，脸上不由得露出了笑意。

"谢谢你。下次跳伞时，我会记得在着地前弯曲膝盖的。"她以一口流利的德语回应道。

玛姬面前的这个男人将系在板条箱上的降落伞卸了下来，然后从板条箱里取出了玛姬的手提箱。"你的行李在这儿，霍夫曼小姐。"他说着将手提箱递给了她。

"非常感谢你。"玛姬用德语说道。她一面脱下跳伞装，一面在心里告诫自己：不仅仅要讲德语，也要尽量用德文来思考。她的两只脚踝和双膝都很疼，不过受到最大冲击力的是她的左臀部。玛姬伸手拂掉了脸上和头发上的草屑，继续吐出嘴里的尘土，"你叫什么名字？"

"我叫卡尔。如果你现在还能走路，那么我们可以从这儿走到车子那里。"他提起玛姬的行李箱，领着她一路走到了一辆卡车旁边。车头灯上套着灯火管制罩，仅有极其微弱的光线从中透出。

"你先上车吧。"卡尔为她拉开了车门，"我把行李放到后备箱去。"他已经把两个降落伞都折叠好了，另外还拔出了钉在板条箱上的钉子，将其拆卸成一条条的木板。他将玛姬的行李箱、降落伞和木板条都一一放入了车子的后备厢里。

玛姬坐进卡车的前座，这才意识到自己的两条腿和两只手都在抖个不停。她的身体疲累不堪，脑子里却异常兴奋。我终于来到德国了！

他们沿着一条漆黑又曲折的道路行驶着，不久便来到了一座小农舍跟前。卡尔将他的妻子卡尔夫人和一名年轻男子——他们的儿子——介绍给玛姬认识。这对夫妇的儿子名字与姓氏相同，所以全名叫卡尔·卡尔，这令玛姬差点儿笑出声来。

埃德温·卡尔先生今年快六十岁了，留着稀疏的白发，一张饱经风霜的脸上布满了皱纹。他的一双眼睛倒很明亮，不过眼神中充满了恐惧，眼珠总是转个不停，似乎总在担心会有盖世太保突然破门而入似的。卡尔夫人是个皮肤黝黑的小个子女人，言谈举止都显得严肃而干练，让人不难看出这个家里的大小事务应该都是她说了算。小卡尔很年轻，最多不过十六岁而已，长着一张生气勃勃的圆脸。他的身材很结实，手脚都很大，行动略显笨拙。

"快坐下吧！"卡尔夫人一面在温暖而又香气四溢的厨房里忙活，一面对所有人喊道，"晚饭就快准备好了。"玛姬乖乖地听从她的吩咐，在一张已摆好的粗制木桌跟前坐了下来。

铸铁煎锅里的洋葱被炸得"嗞嗞"作响，卡尔夫人用一把夹钳不住地翻转着锅里的洋葱。小卡尔从橱柜里取出了一条黑麦面包，埃德温往三个玻璃杯里倒满了牛奶，然后将它们端到了木桌上。卡尔夫人端着一大碗菜泥来到桌边，"这道菜的名字叫'天堂与地狱'，"她将碗放下，对玛姬解释道，"因为它是由天上掉落的苹果和长在地里的土豆做成的。"

在接下来的用餐过程中，玛姬有些吃惊地发现卡尔夫人的胃口竟然出奇地好。她如风卷残云一般喝光了自己杯子里的牛奶，吃掉了一块蘸了洋葱的面包，还吃掉了相当大一部分"天堂与地狱"。卡尔·卡尔则将母亲吃不下的食物全都塞进了自己嘴里。

众人用过晚餐并清理干净桌子之后，埃德温将火车时刻表和地图取出来放在桌上，以便让玛姬知道她次日清早的行程安排。明天一大早，卡尔先生会开车将玛姬送到火车站，玛姬将在那里搭乘火车前往柏林，与戈特利布·莱勒见面。

"在咱们这个小镇上没有太多的纳粹党卫军，"卡尔夫人告诉玛姬，"不过你仍然得小心行事。你随时都要告诫自己可能有人正在监视你。因为任何人都有可能因为任何事而向当局告发你。"

玛姬伸了一个大大的懒腰，现在已经过了午夜十二点，"抱歉，我想我可能得睡觉了。"

"来吧，我带你去你的房间。"卡尔夫人说。

玛姬向卡尔父子道过晚安之后，跟着卡尔夫人沿着狭窄的木梯来到了二楼。"你的行李箱也在那里面，"卡尔夫人指着一间客房说，"希望你今晚睡得香甜。我们明早再见。"

进入客房之后，玛姬做的第一件事是打开行李箱，将里面的无线电器件和窃听器取出来检查了一番。看过之后，她终于如释重负般地松了口气：两者看起来都完好无损。

她宽衣解带，换上睡衣躺在床上，顿时感到体内涌起了一股无法抗拒的强大困倦感。她还来不及为自己盖上被子，很快就睡着了。

卡尔夫人还在楼下的厨房里清洗碗碟，"你认为她能做到吗？她毕竟只是个女人而已。不过，她或许也有其自身的优势，纳粹党人应该不会相信一个女人竟然会做间谍。"

"希望如此吧。"卡尔先生喝着添加了咖啡代用品的咖啡，小声应道，"我当然希望如此。"

第五章

哈达马尔研究所

HADAMAER YANJIUSUO

"她离开查立特医院之后，
又被送往哈达马尔研究所去接受更进一步的病情评估。
后来她在那儿感染上了肺炎，再后来他们便把她的骨灰寄给了我们。
我们甚至没能在她临终前跟她见上一面，
在她死后也没法好好地安葬她的遗体。
在他们送她去哈达马尔研究所时，我们并不知情。"

当伊利斯收到请她参加格蕾特尔·鲍罗斯追悼会的邀请卡时，着实大感震惊。制作卡片的纸张很厚，呈淡淡的灰黄色，其上压印着黑色的文字。

欧迪文·鲍罗斯先生及夫人诚挚地邀请您
于6月5日、星期天中午12点
前往位于布赖特施德广场10789号的威廉皇帝纪念教堂
出席为我们心爱的女儿格蕾特尔·鲍罗斯举办的追悼会
会后请到柏林夏洛滕堡区尼布尔街27号接受招待宴席

追悼会当天，伊利斯穿戴上了她最好的黑色绉纱连衣裙、帽子和手套。这天很热，伊利斯出了不少汗，连衣裙紧紧地贴在了后腰处，一头捂在帽子下面的秀发也湿透了。

追悼会的仪式相当传统，神父为会众失去了这位小姑娘而深感哀痛。追悼会结束之后，伊利斯随着其他悼念者一起去了鲍罗斯夫妇位于教堂附近的家中。他们住在一栋由石灰岩建成的巴洛克式公寓大楼里。他们的公寓在三楼，房间宽敞而舒适，包豪斯式的简约家具摆放在19世纪铺就的人字形木地板上。敞亮的窗户下面是一个庭院花园，那里的玫瑰花开得正茂，一只乌鸦在苹果树的树梢上"呱呱"叫得正欢。身着黑衣的悼念者们手里端着杯子和托碟，在这间公寓里漫无目的地转悠着，不时还压低声音彼此交谈几句。

"噢，赫斯护士。"格蕾特尔的父亲在人群中发现了她。他的眼神茫然而空洞，声音里不带任何感情色彩，"你能来真好。格蕾特尔总是说你有多么多么地好。你不想喝点什么或吃些东西吗？"说着他指了指餐厅里一张铺着白色亚麻桌布的大桌子，上面摆满了水果、冷切肉、乳酪、各式面包及甜点。一只肥胖的黑苍蝇在桌子上方"嗡嗡"地飞来飞去，最后终于停在了一块表面覆盖着杏仁的德式糖糕上。

"不用了，谢谢你，鲍罗斯先生。"伊利斯答道，"我想让你知道，我是多么为你们的损失感到难过。我认识格蕾特尔不算太久，但我知道她是一个非常可爱的孩子，她总是表现得勇敢而乐观。"

"谢谢你这么说，赫斯护士。"他边说边试着让自己涣散的眼神重新聚焦。

伊利斯不知道接下来该说什么好了。毕竟，小女孩已经离开了人世，那又何必让这位悲痛的父亲内心受到更多搅扰呢。随即她想起了格蕾特尔怀抱泰迪熊的样子，于是便深吸了一口气问道："鲍罗斯先生，我可以问一下格蕾特尔的死亡原因是什么吗？"

"是肺炎，"他语气平平地说，"他们告诉我们，格蕾特尔死于肺炎。"

"他们告诉你们？"伊利斯有些困惑地重复道，"格蕾特尔不是在家中去世的吗？我怎么不知道她又再次入住查立特医院的事情呢？"

鲍罗斯先生眨了眨眼说："不，不是的。她离开查立特医院之后，又被送往哈达马尔研究所去接受更进一步的病情评估。后来她在那儿感染上了肺炎，再后来他们便把她的骨灰寄给了我们。我们甚至没能在她临终前跟她见上一面，在她死后也没法好好地安葬她的遗体。在他们送她去哈达马尔研究所时，我们并不知情。待我们后来得知此事时，一切都已经太迟了。"他说完便转头看着壁炉架上的骨灰瓮，它就摆放在一个装着希特勒油画肖像的画框前面。这是一个外表光亮的黑色骨灰瓮，侧面印着一个纳粹十字标志。

"我为你们的损失感到难过。"伊利斯重复道。这时她脑子里浮现出的是怀抱泰迪熊的金发小女孩登上那辆灰色巴士时的情景。哈达马尔？他们为什么要将格蕾特尔送到哈达马尔去？伊利斯在对格蕾特尔的母亲表示过一番慰问之后便匆匆离开了，接着乘坐轻轨列车前往查立特医院。一定有什么事情不大对劲。

她决定去看看格蕾特尔的病历档案。

. . . . ——— . —— . .

尽管眼下正处于战争时期，英国的足球比赛却仍在如火如荼地继续进行着。

在铅灰色的天空下，来自伦敦西部的切尔西队队员们身着宝蓝色球服，正在绿茵场上对战桑德兰队，后者的球服上有红、白、黑三种颜色。

军情五处的头儿彼得·弗莱恩看起来是个会热衷于观看芭蕾舞剧或歌剧的人，不过他却向来都是切尔西队的铁杆球迷。此时有一大群人——大多数是伦敦人——聚集在球场边上，正忙着向桑德兰队的球星霍雷肖·莱希·卡特喝倒彩，原因在于现今留在足球联盟中的优秀职业球员都已经自愿加入或被招募进了武装部队，可卡特却加入了消防署——这在战争时期是可以免予征兵的职业，所以有些人认为这是他为了避免服兵役而故意采取的一个策略。这样一来，卡特时常受到对手球队球迷们的揶揄和嘲笑。

在远离人群的看台高处，弗莱恩和他手下的年轻干将休·汤普森也随众人一道朝卡特发出嘘声。比赛刚一开始，弗莱恩便点燃了一支香烟。"在玛姬·霍尔普动身离开之前，你和她见过面吗？"他眯缝着眼盯着球场问道。

"只是小聚了一下而已，"休答道，"她接受完集训才刚回来，便又立刻被派出去执行任务了。"

接下来弗莱恩一边抽着烟，一边面无表情地盯着球场。直到切尔西队的一名中场球员不慎失球，从而导致桑德兰队的一名球员趁机将球射进了切尔西队的球门时，他才大声喊道："该死！加油，小伙子们！"

休与弗莱恩共事多年。自从弗莱恩获得温斯顿·丘吉尔的任命，在目前的岗位就职以来，休总是见他以公事公办、不苟言笑的面貌示人，所以眼下他看球时的表现着实令休觉得有些滑稽。

"你和她在温莎城堡的那次任务中干得不错。"弗莱恩评论道。

"谢谢你这么说，先生。"休答道。他也为自己和玛姬在温莎城堡的表现感到非常骄傲。他俩切实合作，解救了被纳粹党人绑架并送往德国的伊丽莎白公主。与此同时，这段经历也拉近了他和玛姬之间的距离。

温莎城堡的任务已经结束了好几个月了，他也因此而获得了晋升，可是……他周遭的环境似乎并没有什么实质性的改变。他迫切地渴望能再去执行下一个重大任务，他也渴求以更繁忙的工作来占满自己的身心，好让他不再去想那些困扰着他的事情。在他和玛姬一起处理温莎城堡那次任务的过程中，他们发现玛姬的母亲竟然是纳粹"司克辛"集团的间谍，而且她杀害了休的父亲——他当时是军情五处的一名特工。休并没有因为这些事情而怪罪玛姬，毕竟她也向来都被蒙在鼓里，对母亲所知甚少。然而，休的内心却因父亲遇害一事而备受搅扰，甚至到了茶饭不思、夜不能寐的地步。

"你应该认识罗伯特森吧？"

"当然。"陆军中校罗伯特森是军情五处的特工，他的主要职责是在英国境内搜寻并捕获德国间谍。

"罗伯特森有一个同事名叫约翰·塞西尔·马斯特曼，后者是'二十委员会'的主席。你了解'二十委员会'吗？"

"不大了解，先生。我只听说过一些与之有关的传闻。"

"其实它更广为人知的名称是'双叉（××）行动委员会'，因'××'与罗马数字'二十'的写法一致，所以马斯特曼便自作聪明地将其称为'二十委员会'。"说到这儿，弗莱恩有些不以为然地翻了个白眼，"这是一个反间谍组织。说到他们的职责，是设法让那些被罗伯特森在英国抓获的纳粹间谍向其在纳粹德国的联络人发送虚假情报。而我呢，想让你去和马斯特曼见个面。"

"是吗，先生？"

"就这么说定了。你明天早上八点钟去伦敦塔桥和他见面。"

休感到兴奋不已。在消沉了许久之后，他终于获得了新的任务。这个"二十委员会"听起来是如此真切，而他即将成为其中的一份子。

"明天早上去和约翰·塞西尔·马斯特曼见面。我知道了,先生。"他笑容满面地说。

"别再傻笑了。"弗莱恩嘟哝着,然后将注意力转回球场上的比赛,"噢,切尔西,你真是让我伤透了心。"紧接着他又喊道:"快去把那该死的球抢过来呀!"

. . . . ー ー ー ・ ー ー ・ ・

这天上午晚些时候,编号"1564"、亦被称为"神秘先生"的病人自他最近一次接受手术后首次睁开了眼睛。

他环顾了一下四周的情形:白色的天花板、灰色的墙壁、光亮的护墙板。他逐一打量着一排排病床上的伤员,只见他们当中有些人在睡觉,有些正在低声交谈,还有少数几个人正在痛苦地呻吟着。病房里的空气中弥漫着外用酒精和漂白剂的气味,金灿灿的阳光透过几扇高高的窗户透了进来。

止痛药的作用仍令他感觉有些头晕脑涨。一开始他全然不记得自己身在何处——不过随着他的记忆很快恢复过来,恐惧感也迅速涌上了心间。他试着动了动身子,却感到浑身都疼痛难忍,一声痛苦的呻吟从他那干裂的双唇间迸发出来。与此同时,他发现自己的声音竟是如此陌生。

艾格斯上尉从他自己的病床上翻过身来。"你先待着别动,"他对"神秘先生"说,"你伤得很重。"说完上尉四下张望了一番,正好瞥见伊利斯从病房外的走廊经过,"护士!"他喊道。

伊利斯还未换下先前去参加追悼会时所穿的黑色绉纱连衣裙。她闻声转头看向病房,"怎么了?"

"噢,果真是你啊。你穿着便装,我差点还以为自己认错人了呢。"

伊利斯虽然一心想去查看格蕾特尔的病历档案,可她仍然表现出了相当得体的职业素养,"有什么事吗,艾格斯上尉?"

艾格斯用手指着躺在邻床的男人,"我们的'神秘先生'……他醒过来了!"

伊利斯快步朝"1564号"病人走去，脚下的高跟鞋踩在地上"噔噔"作响。待她来到病人床边之后，首先检查了一下病人瞳孔的大小及其对光线的反应情况。"你好，"她以一种颇能抚慰人心的柔和语调说道，"你现在是在柏林的查立特医院。你遭遇了一场空难，身体多处遭受内伤。我们已经为你进行了两次外科手术。"对方毫无反应，只是以一种近乎恐慌的眼神茫然注视着她。

她为病人量了体温，结果一切正常，而且他身体的所有感染症状都已经消失了。"你能告诉我你的名字是什么吗？"她问道。

"神秘先生"仓皇地转动着眼珠，似乎是在寻找最便捷的逃跑路线。

"我这就去告诉医生们你已经醒过来了，"她边说边为他掖紧了毛毯，"他们一定会很高兴的。我们都为你感到高兴。"

病人眨了眨眼，试着将自己的目光聚焦在伊利斯的脸上。

"别让他给你带来任何麻烦，"伊利斯用大拇指指着艾格斯说道，"我很快就把医生带来。"她拍了拍病人的肩膀，"坚持住！"

他伸出一只手，牢牢握住了伊利斯的双手，还死盯着她的眼睛，仿佛他认得她一般。两人就这样对视了好一阵子。

"看起来，他好像认识你！"艾格斯看着发生在眼前的这一幕，"你认识他吗？"

伊利斯莞尔一笑，打破了眼前的紧张气氛，"不认识。不过这也不是完全没可能的。总之我会再回来的。"

伊利斯来到护士站，赶紧打电话给博兰特医生，把"1564号"病人醒过来的消息告诉了他。随即她放下听筒，在"神秘先生"的病历本上做了一些记录。

坐在她身旁的弗林特护士抬起头来问道："他能讲话吗？"

"不能，"伊利斯说，"至少现在还不能。但是他的体温已经恢复正常了，而且他对周围的环境似乎还是具备一些感知能力的，只不过他的头脑似乎并不完全清醒。"

伊利斯做完记录之后，将病历本放回到原处。这时她转头看着弗林特护士。"我顺带想问问,格蕾特尔·鲍罗斯遇到什么事了?"她以漫不经心的语气问道,"我还以为她很快就能出院呢。"

弗林特护士翻了个白眼,"我可没办法像你一样随时跟踪了解每一个病人的情况。"她说完便开始整理给医生们的电话留言条。

"你可以让我看看她的病历档案吗?"

"你知道这是不被允许的。"

"她是个那么可爱的小姑娘,我只是想知道她生前究竟遇到什么事了。"伊利斯笑容可掬地恳求道。

"别忘了一句谚语:'好奇心,惹祸根。'"对方警告道。

"算我求你了,好吗?"伊利斯也语不罢休地软磨硬泡着。

"所有的钥匙都放在右上角的抽屉里,"弗林特护士耸了耸肩,"不过这可不是我告诉你的。"

伊利斯颇为识趣地笑了笑说:"今天电话很多么?"

. . . . . ——— . —— .

德国境内所有医院的档案保管工作都做得相当完善,查立特医院自然也不例外,这里的档案全都存放得井井有条。伊利斯没费多少周折就找到了正确的钥匙,并顺利地取出了格蕾特尔·鲍罗斯的红色档案袋。

伊利斯从档案资料中看到了院方针对女孩患有的慢性耳部感染所采取的治疗方法、住院天数以及医生所开具的药方。一切都很正常,没什么特别之处。伊利斯还在病历本的末尾处看到了博兰特医生当初画上的红叉。此外,伊利斯发现档案袋里还装着一封写给格蕾特尔双亲的信件。

亲爱的鲍罗斯先生及夫人:

我们写来这封信是为了告知你们如下事宜:格蕾特尔·鲍罗斯已经被转送至哈达马尔研究所,以便接受进一步的病情评估,也有可能接受一些专门针对儿童的治疗。

我们会将她最新的诊疗情况及时反馈给你们的。

希特勒万岁！

埃洛伊莎·赫尔曼护士
查立特医院

真奇怪，伊利斯十分纳闷，这实在是太奇怪了。

据她所知，查立特医院并没有一位叫埃洛伊莎·赫尔曼的护士。

伊利斯将档案柜的钥匙放回到抽屉里。"下一趟去哈达马尔研究所的车是什么时候出发呢？"她问弗林特护士。

弗林特头也不抬地继续做着手头的文书工作，"今天下午五点就有一趟巴士要从这里出发去哈达马尔。"

. . . . ——— . —— .

那些用来将孩子们从查立特医院送至哈达马尔研究所的巴士都有着深灰色的车身，车窗被漆成了白色——看起来就像一只只浑浊的眼睛。这天下午五点钟，就在其中一辆巴士即将从查立特医院出发的时候，伊利斯——此刻她已经换上了护士装——迅速溜上了车。

"你在这趟车当班吗？"车上的另一名护士问道，"你带你的工作证件了吗？"

"在我包里放着呢。"伊利斯快速思考之后撒了个谎。这时巴士后部传来了一个男孩号啕大哭的声音。

"我叫布丽吉塔·格拉夫，"这名年轻的护士告诉她，"我可以待会儿再看你的证件，现在你得来帮帮我。"整个车厢里都弥漫着一股再明显不过的尿液气味，同时又有几个孩子开始哭了起来。

"我能帮忙做些什么呢？"伊利斯问道。

语毕，她俩一齐转头看向坐在各自座位上的孩子们——他们的人数大约有十五人。只见有些孩子嘴角流着口水，有些在啼哭，还有些正在胡乱挥舞着手脚。这些孩子都患有唐氏综合征、神经性疾病或有着各式各样的先天畸形。除此之外，还有一些孩子的表现跟别的孩子不大一样，他们只是安安静静地坐着而已。不过，伊利斯很快便发现他们是盲人、聋哑人或癫痫患者。车上的孩子当中有一些是混血儿——犹太人和雅利安人的后裔，可是根据1935年通过的《纽伦堡法案》而被判定成了犹太人。

伊利斯开始为那啼哭的男孩搜寻干净的衣物——毫无疑问，他一定是因为尿湿了裤子才哭起来的。与此同时，她因布丽吉塔看起来并不急着向那男孩伸出援手而感到有些恼怒。

"我本来想着别管他的，"布丽吉塔对伊利斯说，"不过去哈达马尔得花好长时间呢，他这么一直哭下去，谁能受得了啊！"

"'别管他'？你为什么会有这样的想法呢？"

"因为等他们到了那儿之后就能洗淋浴了。"

可伊利斯仍然觉得没有理由让那男孩这一路都坐在湿漉漉的裤子上，于是便朝巴士车厢的后面走去。正在哭号的孩子约莫四岁，长着一头浅黄色的头发，鼻子上布满了雀斑。伊利斯曾在查立特医院见过这个小病人，他的耳朵听不见。

她轻轻拍了拍小男孩的肩膀，以引起他的注意，只见他停下了啼哭，抬起头来看着她。"不要紧的，弗里德里希。"她尽量发音清晰、吐词缓慢，好让他读懂自己的唇语。"任何人都可能会遇到这样的情况，"她脸上展露出一个安慰的笑容，"听我说，我们为你准备了干净的衣物。"

接下来伊利斯帮男孩换下了被尿浸湿的长裤和内裤，然后穿上了医院发放的睡裤。"谢谢你。"他以厚重而难以辨明的声音——那是一种从未听过别人说话的人才会有的声音——说道。伊利斯将男孩换下的湿裤子卷起来，塞进了一个袋子里，并在一块湿布上擦了擦手。

"不客气，亲爱的。"她一面回答，一面伸手轻抚着他的淡黄色头发。

布丽吉塔在整个过程中一言不发。

． ． ． ． ． — — — ． — — ．

巴士驶出柏林之后，沿着西南方向往哈达马尔精神病学研究所所在的哈达马尔小镇驶去。这个小镇位于黑森州的林堡—魏尔堡县，地处科隆和法兰克福两市之间。随着巴士越驶越远，伊利斯也觉得越来越不安。

当他们的旅途走了一半的时候，布丽吉塔开始向孩子们分发盛在小杯里的药水。"这是什么？"伊利斯一边从布丽吉塔手中接过对方让自己帮忙分发的小杯，一边好奇地问道。

"这不过是一种能让他们保持平静的药物，仅此而已。"布丽吉塔回答道。

伊利斯将一杯药水递给了弗里德里希，后者接过杯子，对着伊利斯粲然一笑。待药水分发完毕之后，伊利斯走到自己位于车厢前面的座位上坐了下来，并且试着看向窗户外面。她身旁那扇窗户的白色油漆上有一道小小的缝隙，她能透过这道缝隙看到外面的天已经渐渐黑了。她有些不安地意识到：正如他们不能看到车窗外面一样，外面的人同样也看不到车子里面。她没有告诉任何人自己去了哪里，也没有人见到她随车离开了医院。而且，现在没有人能看到她身在何处。

大约在午夜十二点的时候，他们终于来到了哈达马尔研究所。司机把车驶上了研究所的车道。透过司机旁边的窗户，伊利斯能看到外面有一排红砖建筑。车子驶进大门之后，来到了一处看似巴士停车场的地方。

"好了，大家都站起来吧！"布丽吉塔拍着手喊道。因为体内的药物作用及舟车劳顿而显得昏沉疲惫的孩子们都纷纷从座位上站了起来。

布丽吉塔、伊利斯与来自研究所的其他护理员一起，领着孩子们走出了停车场，然后穿过一条被栅栏围起来的窄道——布丽吉塔称其为"有闸水道"——进到了一栋大楼里面。他们继续领着孩子们来到了地下室，继而走进了一个类似于体育馆更衣室的房间。这里的所有窗户都被封死了。

"接下来你们要去洗个淋浴，"布丽吉塔朝孩子们喊道，"请各自找一个储物柜，然后把你们的衣物全都放在里面。务必要记得柜子的号码，这样你们洗完淋浴之后才能找得到自己的衣物。现在你们得把随身携带的珠宝和贵重物品交给其中一位医务人员代为保管。"

弗里德里希有些茫然地看着伊利斯,而她先指了指其他的孩子们,然后又指了指男孩。他会意一笑之后,便开始效仿其他孩子们的行为。

孩子们脱光了衣服,按照指示来到了一张长桌子跟前。每个孩子都得张开嘴巴,让一位穿着白大褂、戴着印有纳粹十字标志红臂章的医生为他们进行简单的检查。那位医生在戴着金牙套的孩子背上画上了一个黑色的叉。检查完毕之后,每个孩子都被拍摄了一张快照。

接下来,孩子们各自分到了一块肥皂。只见他们拿着肥皂,依次走进了铺着白色瓷砖的淋浴房。待孩子们全都进去之后,伴随着"砰"的一声巨响,他们身后的门被关上了。这声音大得令伊利斯吓了一跳,随即她看到一名纳粹党卫军医生将门上的插销插上,还转动了一下门锁。

"他们用来擦干身体的毛巾在哪里?"伊利斯问道,"还有,病号服呢?"

"这些都不需要了。"布丽吉塔面无表情地说。

伊利斯不大明白布丽吉塔说这话的意思是什么。"不需要了?"她走到门边,将窥视孔的盖子滑开。她前倾着身子看向里面,随即猛地移开了眼睛,如同它们被灼伤了一般。"我的上帝啊,"她低语道,"那些孩子……"她摇了摇头,似乎无法接受自己刚刚看到的景象。紧接着她开始使劲地敲门,并且试图打开门锁,布丽吉塔赶紧来到她身旁。"弗里德里希……"在低声说出这个名字之后,伊利斯更大声地对布丽吉塔说:"他们正在那里面渐渐死去!"

"我知道。"布丽吉塔点燃了一支香烟,"你想来一支吗?"

伊利斯神情恍惚地摇了摇头。

布丽吉塔嘴里吐出一大口白烟,缓缓说道:"听我说,在你登上那辆巴士之前,就应该对接下来将会发生的事情有心理准备了呀。不过,话又说回来,我第一次执行任务的时候,也觉得很难接受现实。"

伊利斯再次朝着门上的插销伸出手去,布丽吉塔迅速将她的手拉开了。一组纳粹党卫军医生看着她俩。"有什么问题吗?"其中一名医生不解地问道。

"没有。"布丽吉塔答道，"她是新手，这还是她的第一次。"

"原来她还是个'处女'呢！"一名医生戏谑道，其余的人听了都笑了。

"那么……你们……我们……如何向他们的父母交代？"伊利斯问道。她又看着那扇门说："那些尸体……"

"噢，他们会收到一封信，信中会写明其子女因患上某种疾病——通常是肺炎或盲肠炎——而不治身亡。孩子们的尸体当然会被火化。接下来父母们将收到一个装着孩子遗骨的漂亮骨灰瓮，还有一张死亡证明书。"

伊利斯有些眩晕地将脸转离了那扇分割生死的门。哈达马尔研究所、死亡、骨灰瓮……她一下子明白了格蕾特尔身上究竟发生了什么。

"过一阵子你就会感觉好些的。"布丽吉塔把烟蒂扔在地上，用鞋底踩了几下，"这是我们能为这些不幸的人所做的最好的事情了。从长远来看，这种没有痛苦的死亡方式对他们来说，的确是最好也最人道的。再说了，我们干这活儿的报酬比做日常工作要丰厚得多。"她说着便将一只手放在了伊利斯的肩膀上，"在接下来的等待时间里，你想去休息室喝杯咖啡吗？"

"不想！"伊利斯像是被布丽吉塔的手灼痛了一般，迅速耸肩将其甩开。

"毕竟你是新手，所以一时半会儿接受不了。不过，你会慢慢习惯的。"布丽吉塔以一种更为柔和的语气说道，"我们都是这样过来的。说真的，这其实是一种善行。你得用这样的方式去思考才行。"说完她转身离开了。

伊利斯迈开双腿，以最快的速度跑到了室外的草坪上，她就在这黑漆漆的地方胡乱奔跑起来。最后她摔倒在地，开始剧烈呕吐，一直吐到无法呼吸，眼泪模糊了视线。噢，上帝啊，我的上帝啊，她在心里默默祈祷，噢，上帝啊，请帮帮我，请帮帮我们所有人。

返程的时间到了,伊利斯再次登上来时乘坐的那辆巴士,感觉空虚而麻木。没有了孩子们的车厢,显得无比空旷和安静。布丽吉塔来到她身旁的座位坐下,"你要知道,他们是'不值得活的生命',也是'没用的吃货'。他们在医院里占用了受伤士兵所需的宝贵资源。这些优秀的年轻男人倘若因救治不力而在这场战争中死去,那么他们的优质基因就无法繁衍下去。与此同时,我们民族的后代将会继承那些残缺的基因。所以政府必须出手干预,并采取行之有效的措施来拯救德国。"

"那么上帝在借由摩西颁布的《十诫》中明确提到:'不可杀人。'这又该如何看待?"伊利斯看着身旁涂了白漆的窗玻璃问道。

布丽吉塔皱了皱眉,"这其实并不是来自上帝的诫命,只不过是犹太人用来对付我们的谎言而已。我们根本不必遵循其中的诫命。再说了,这也并不是谋杀,而是一种没有任何痛苦的安乐死,是一种仁慈的行为。"

"那里的医生和护理员,"伊利斯说,"他们都是自愿参与其中吗?"

"是的。"

"那么倘若他们不想干了,又会受到怎样的对待呢?"

"他们大概会被派往东线战场,然后被那里的部队指挥官委任为敢死队成员。"布丽吉塔将一只手放在伊利斯的手臂上,继续说道:"如果你足够聪明,就应该对这件事守口如瓶。你应该知道,这是一项绝对机密的计划,谁也不能将其透露出去。"她停顿片刻之后又开口道,"我知道,这件事起初的确让人很难接受,但是你必须过好这道关。向任何人抱怨此事,都会让你陷入麻烦之中。"

伊利斯的两只耳朵都开始"嗡嗡"作响,她以为自己大概会失去意识,于是闭上了双眼。"我要向高天举目,"她默默祈祷着,"向我的上帝寻求帮助,他是创造天地的主宰……"

可是查立特医院那些被杀害孩童的上帝在哪里?伊利斯心想。祷告了一遍又一遍之后,她觉得自己仍然没有得到上帝的回应,心中除了恐惧就是绝望。后来她在车上睡着了。巴士于午夜时分抵达查立特医院的停车场,她才猛地惊醒。

这时她的脑子里瞬间冒出了一个想法。上帝会不会也在问同样的问题?他是不是在问我们在哪里?

. . . . ——— . ——. .

伊利斯在查立特医院换上了她参加葬礼时所穿的黑色连衣裙。就在她正要走出医院大门的时候,突然看到了大步走在自己前方不远处的博兰特医生。他仍然穿着白大褂,戴着纳粹党卫军的臂章。

伊利斯快步朝他跑去,脚下的高跟鞋踩在水泥地面上,发出清脆的声响。她在人行道上追到了他。"博兰特医生,"她上气不接下气地说,"我得和你谈谈。"湿热的空气中弥漫着汽车尾气的味道。

博兰特看上去就像是听到了蚊子嗡嗡叫的声音一般烦躁,"我正忙着呢,这位护士。你是……"

"赫斯,"她提醒他,"我是赫斯护士。"

"没错,赫斯护士。"他看着她,认出了她的脸,随即笑着说:"我出来是为了去喝一杯像样的咖啡。医院自助餐厅供应的那种添加了咖啡代用品的咖啡简直不是给人喝的。"

"博兰特医生,"伊利斯与他步调一致地走在人行道上,"埃洛伊莎·赫尔曼护士是谁?"

只见他突然停下了脚步,转而凝视着她,"你是怎么知道埃洛伊莎·赫尔曼的?"

伊利斯直视着他的眼睛,"被送到哈达马尔研究所的孩子的父母们都收到了由她署名的信件。"

"对于哈达马尔研究所,你都知道些什么?"博兰特医生追问道。

"我知道……"伊利斯不由得倒吸一口凉气。上帝啊,请赐给我力量。"我知道你们把孩子们送到那里去,是为了杀掉他们。"

博兰特医生毫无征兆地突然伸出手来,打了她一记耳光。她瞬间失去了平衡,跌跌撞撞地倒退了好几步。她的颧骨以至整个头骨都感觉疼痛不已，于是便下意识地抬起手来捂住了发红的脸颊。

"这不是你应该知道的事情！此事压根儿就跟你没有任何关系！"

"它跟我有关系！那些死去的孩子都是我的病人！在他们被杀害之后，他们的父母却只能得知关于死因的谎言！"

"你把这件事告诉给哪些人了？还有谁知道？"博兰特医生一把抓住她的手臂，厉声喝问。

"放开我！"伊利斯喊道，"我没有告诉任何人！"

"对于超出你理解范畴的事情，你最好不要插手干预。倘若我们不摆脱这些……虱子，他们就会迅速繁衍并危及我们的全身。这与道德无关——不过是消灭虱子而已。从遗传卫生学的角度看，与间接支持种族退化的行为相比，对生病的人、虚弱的人或残疾人实施安乐死，实在是更正当和人道得多的举动。"

刚才的风波引得四名纳粹党卫军的军官走了过来。其中两人各掏出了一支枪，另外两个人则将伊利斯推到墙边去站着。在被推挤的过程中，她的背部将抹在墙砖缝隙之间的一些灰泥给蹭了下来。紧接着，她听到了两支枪的保险栓陆续被打开的声音。

"这里一切都好吗，医生先生？"一名军官问道。

在接下来的片刻死寂中，在场的所有人都清楚知道伊利斯正处于命悬一线的境况。正因如此，这短短的几秒钟竟让人觉得像一辈子那样长久。不过，沉寂很快就被打破了。

"是的，放了她吧，"博兰特医生冷静地回答道，"她还太年轻了——对一些事情存有误解。是这样的吗，赫斯护士？我知道你母亲是谁，但我可不愿把你今天的不成熟表现告诉她。"

"是的，我明白了。"她以颤抖的声音吐出了这几个字。

两名军官放开了她，随即转身面对着博兰特。"希特勒万岁！"他们说完便抬起手臂给他行了个纳粹礼。

"希特勒万岁！"博兰特医生也抬起手臂回应道。

伊利斯背靠着墙壁滑下来，跌坐在蜷缩着的两条腿上。

军官们沿着人行道走远了，博兰特医生头也不回地继续寻找一个能让他喝上"像样的咖啡"的地方。

我正向高天举目，上帝，伊利斯对自己说，我要尽到自己的最大努力来制止这一切事情继续发生，可是我也需要一些帮助，对吗？

当伊利斯终于可以站起来继续行走的时候，她发现自己并不想回家去。同时她也无法忍受再回到医院去。随即她脑子里突然冒出了一个《圣经》里的词语——"圣所"。于是，她义无反顾地向前走，很快便经过了施普雷河，然后来到了离勃兰登堡门不远的教堂。她得去那儿和上帝好好谈一谈。

. . . . ———. —— . .

伊利斯对位于柏林米特区的圣海德维格教堂并不陌生。她在这儿接受了洗礼，领受了生平第一次圣餐，并被接纳为会众的成员——多亏祖母帮她抵挡住了母亲克拉拉的反对，这些事情才得以完成。由于这座教堂离医院很近，所以她前往参加晨间的弥撒仪式和傍晚的晚祷仪式都很方便。

圣海德维格教堂是仿造罗马万神殿的式样修建而成的，它也有一个铜绿色的大圆屋顶。在教堂里面，圆屋顶的最高处开了一扇天窗，宛若一只俯瞰着会堂的巨眼。这里的每一根科林斯式圆柱上都垂挂着一面巨大的血红色纳粹旗帜，圣坛背后的墙上高高地挂着一幅加了金框的希特勒画像。一个硕大的木雕十字架从天花板上垂了下来，上面刻着正在哭泣的耶稣。会堂里的各个小圣坛上都点着蜡烛，闪耀的烛火穿透了黑暗，照亮了教堂内的整个空间。

伊利斯走进教堂，用右手的手指在圣水池中蘸了点水，然后依次在自己的额头、心脏和双肩轻触了一下，画了一个十字，口中低语道："奉圣父、圣子、圣灵之名，阿门。"接下来她沿着过道向前走去。没走出几步，她就地跪下，又用手在胸前画了一个十字。

伊利斯环顾四周，看到一位老年妇女正朝着奉献给天使长圣米迦勒的小礼拜堂走去。她的满头白发相当浓密，在脑后绾成了一个大圆髻。在天主教的传统中，圣米迦勒被视作"孩子们的守护天使"。在目前的情况下，伊利斯认为自己找不到比他更适合的祈祷对象了。

伊利斯将一枚硬币投进了木制的小奉献箱里，然后拿起一根棕色的蜡烛，将其点燃了，随即跪在铺着帆布刺绣品的低矮台阶上祷告起来。在昏暗的灯光下，她手中蜡烛所发出的金蓝色火光不住地摇曳着身姿。她祈祷又祈祷，同时还在胸前画了一个又一个十字。祷告完成之后，她伸手在胸前画完了最后一个十字，站起身来。

"打扰一下，夫人。"她看到了小礼拜堂中的另一个女人，后者也刚完成了自己的祷告。伊利斯继续问："请问，你知道利希特神父在哪儿吗？"

"我猜他应该在他的办公室里吧。"女人说，"噢，孩子，你正在发抖呢！你还好吗？"

可是伊利斯已经走开了，眼神空洞的她以一种不带任何感情色彩的语调回应道："我得找到利希特神父。"

. . . . —— —— . .

圣海德维格教堂背后有一栋砖混建筑，教堂行政主管约翰·利希特神父的办公室就在这里面。他的脸瘦削而棱角分明，长着一只鹰钩鼻子，一头深色的细软头发往后梳着，头上还戴着一顶黑色的无边便帽。他的额头上和双眉之间都布满了深深的皱纹。他在奥劳长大，是家中最小的儿子，上面还有六个哥哥姐姐。他曾就读于奥地利因斯布鲁克大学，后来成了一名神父。从"水晶之夜"[①] 开始，他便每天都在教堂的晚祷仪式上公开为犹太人祷告，因此他本人一直都处在纳粹党卫军的严密监视之下。

他的小办公室里只摆放了一些简单的家具，墙上挂着一个朴实的木制十字架和一张阿尔布雷希特·丢勒的带框画作《祈祷的手》，画框旁边还用大头针钉着凯绥·柯勒惠支创作的海报《再也没有战争！》。利

[①] 指的是1938年11月9日至10日凌晨，希特勒青年团、盖世太保和党卫军袭击德国和奥地利的犹太人的事件。"水晶之夜"事件标志着纳粹对犹太人有组织的屠杀的开始。

希特正坐在苍白的灯光下复习他为星期天的布道所准备的笔记，这时伊利斯在敞开的木门上轻叩了几下。

"怎么了？"神父被突如其来的敲门声吓了一跳，不过待他看到伊利斯后，憔悴的脸上顿时绽放出了一个温暖的笑容，"伊利斯！我真没想到你会来这儿！你还好吗？"他站起身来继续说道，"一切都还好吗？快来，到这儿来坐下吧，孩子。"伊利斯重重地坐在了他办公桌对面的一张直背椅上，脱口而出："你恐怕不会相信我将要告诉你的事情，神父。"

"在如今这个世代，什么事情都有可能发生，我想我已经不会再为任何事情而感到大惊小怪了。"说完，他盯着伊利斯的脸看了一会儿：她脸色苍白，表情坚定严肃，而且整张脸看起来像是骤然老了好几岁似的。"我来给你倒一杯凉水怎么样？"他提议道，"然后你就可以开始讲述你的故事了。"说罢，他从办公桌上的大水罐里为她倒了一杯水。

伊利斯接过水杯，喝了一大口，继而毫无保留地向神父讲述了自己的见闻。

待她讲完之后，利希特神父搓了搓两只瘦削的手，取掉了鼻梁上的眼镜，"呃，我想告诉你的是，孩子，我——我们——已经知道这件事了。纳粹党人在其内部将他们的'优生计划'称为'人道主义死亡计划'或'儿童安乐死计划'。该计划借助一些医疗救助基金会的帮助，已在德国境内广泛实施开来。"

伊利斯不禁有些吃惊，"你——你们已经知道了？教会已经知道了么？"

"是的，这个计划由纳粹党卫军的全国领袖菲力普·鲍赫勒——希特勒总理府的头儿——和你们医院的卡尔·博兰特医生牵头执行。还有一件事你也应该知道，卡尔·博兰特医生同时也兼作阿道夫·希特勒的私人医生。"利希特打开办公桌的一个抽屉，从一个文件夹里掏出了一封信的复写副本，"你看看这个。"

伊利斯读道："我身为全人类的一员，身为一名基督徒、一名神父、一名德国公民，现向在德意志帝国担任主任医师一职的你宣告：你对那些在你的命令和准允之下发生的一切罪行负有极大的责任，而位于德国人民头顶那片高天之上的上帝将会对你施行报应。"这封信是约翰·利希特神父写给博兰特医生的。

伊利斯无比震惊，"那么，他……他是如何回复你的？"

"他并没有回复。我们曾就与犹太人命运相关的事宜跟党卫军的好些成员写过信，也打过电话，可是我们并没有收到任何回应。按照冯·普赖辛格主教的话说，我们面对的是一群'罪犯兼蠢货'。我们已经听说了你所描述的事情，可问题是我们还没有掌握与之相关的证据。正如你所知道的，如今大多数的天主教医院已经被关闭了，曾在那些医院担任护士的修女们则被遣往了农村的修道院。倘若没有掌握绝对无可辩驳的证据……"说到这儿，他停顿了一下，"伊利斯，你是一名护士，对吗？"

"没错，所以我才得以知道那些事。我在米特区的查立特医院工作。我也就此事找博兰特医生询问过。"

"他是怎么回答你的？"

伊利斯一想到自己被人抵在墙边，同时还被两支枪分别指着心脏和头部的那一幕，不由得一阵哆嗦，"可以这么说吧，他不愿意回答区区一名护士的任何询问。"

"那么倘若一名护士，一名神父……再加上柏林的主教一齐去问他呢？"

"冯·普赖辛格主教也会出面处理此事吗？"

"伊利斯，其实教会老早就想出面了。可问题是：根据德国政府于1933年与罗马教廷签订的协定，天主教会不得对希特勒的政权进行任何干涉。而且，最重要的一点是，我们没有证据。在这样的情况下，即便我们对纳粹进行声讨，他们也会找借口对自己的罪行矢口否认。"他揉了揉自己的鹰钩鼻子，"你是一名护士，在推行那项残忍计划的医院工作。既然你能查阅那里的档案，那么你就可以……"

伊利斯脸上露出了一个略显严肃的笑容，"把冯·普赖辛格主教需要的所有证据都拿到手。"

"这是一项非常危险的工作，伊利斯，"利希特神父警告道，"如果你被抓住了……"他停顿了一下才继续说道，"即便是你母亲那样的人物也救不了你。"

伊利斯仿佛看到了被钉在十字架上的耶稣，这一刻，她决定要不遗余力地去做这项工作——无论母亲会怎么想，无论结果会如何，"'你手若有行善的力量，不可推辞，就当向那应得的人施行。'《圣经·箴言》第 3 章 27 节不是这样说的吗？"

利希特神父笑了，"看来我们的会众里有人不但听了布道，而且还将其牢牢记在心里了，这对我来说实在是一种极大的激励。"

"再说了，"伊利斯说，"《圣经·路加福音》第 12 章 51 节中提到：他来不是'叫地上太平'，而是'叫人纷争'。"

笑意从神父那憔悴又干瘦的脸上消失了，"不过你要记得，我的孩子——正是由于此，他才被钉在了十字架上。所以，你务必得多加小心。"

第六章

去往柏林的单程票
QUWANG BOLIN DE DANCHENGPIAO

"你是要单程票还是往返票?"
玛姬的脑子里突然出现了一大片空白。
尽管她能讲一口流利的德语,可她压根儿就没想到对方竟会问这个问题。
她就这么目瞪口呆地伫立在售票窗口前,两颊绯红。
她想不出对方问这个问题的用意何在。她的真实身份这么快就要被暴露了吗?
她要执行的任务还没真正开始就要结束了吗?
纳粹党卫军再过多久就会来逮捕她呢?

第二天一大早,卡尔先生将车开到了铺着瓦顶的汉诺威火车总站门口停下,玛姬就坐在他身旁的副驾驶座位上。两人抬眼望去,只见站内各处都飘荡着红色的纳粹旗帜。汽车的发动机仍在低速空转,卡尔先生下车从后备厢里取出了玛姬的行李。

"祝你好运,小姐,"他把行李箱递给玛姬,"我就不把车开进去了。"

"谢谢你为我所做的一切。"玛姬说着与他握了握手,随后两人各自分开了。

在火车站里面,除了售票处的玻璃窗口内有一个用报纸遮着脸、熟睡打鼾的售票员之外,一个人影也见不着。

玛姬突然感觉自己就像一名可耻的冒名顶替者。会不会有纳粹党卫军的成员突然到这儿来逮捕我?她心里暗想,心脏在胸腔里"怦怦"跳个不停,两只手的手掌都被汗水浸湿了。她将自己的思维转变成德语模式,并在头脑里重复了一下她准备提出的请求,同时又让自己再次熟悉了一下躺在钱包里的德国马克。接下来,她深吸了一口气,抬起一只戴着手套的手,敲响了售票处的玻璃窗。

"噢——?"负责售票的男子颤动了一下身子,原本遮在他脸上的报纸随即落到了地上。只见他抬起头来,使劲儿眨了眨眼,然后用两只拳头揉了揉眼睛,"你好,小姐,我能帮你做些什么吗?"

玛姬感觉自己的心跳明显加速了,可她仍竭力摆出一副平静而漠然的神情,"请给我一张到柏林中央火车站的车票。"

"你是要单程票还是往返票?"

玛姬的脑子里突然出现了一大片空白。尽管她能讲一口流利的德语,可她压根儿就没想到对方竟会问这个问题。她就这么目瞪口呆地伫立在售票窗口前，两颊绯红。她想不出对方问这个问题的用意何在。她的真实身份这么快就要被暴露了吗？她要执行的任务还没真正开始就要结束了吗？纳粹党卫军再过多久就会来逮捕她呢？

"你是要单程票还是往返票？"售票员重复道。

玛姬重重地咽下一口唾沫，开始用目光搜寻可能的逃生路线。

售票员突然大笑起来，那发自肺腑的笑声异常响亮，"亲爱的小姐啊，看来你显然和我一样需要在清晨喝上一杯咖啡！"

玛姬用僵硬的嘴唇勉强挤出了一丝笑意。"是的，我想我的确需要一杯咖啡。"她赞同道。"请给我一张到柏林中央火车站的单程票。"她最终说道，并从钱包里掏出了几张钞票来付费。

"列车将在六点零五分出发，请在二号站台候车。"

"好的，谢谢你。"

"对了，这里有一份最新的火车时刻表。"售票男子递给她一张纸。可是当她伸手接过来的时候，却不慎将其边缘撕裂了一点。这名男子见状立刻重新取了一张新的时刻表递给她。

如今在英国，包括纸张在内的一切民生物资全都实行了定量配给制，玛姬对此也已经习以为常了，所以这位售票员的做法着实令她难以置信，"没关系的，我不在乎。这一点都不影响使用。"

"不行！"售票男子正色道。他伸手将边缘破损的火车时刻表揉成一团，随即扔进了垃圾桶里，然后用铿锵有力的语调说："既然要做一件事，那就要把它做好！"

玛姬知道这是一句古老的德国谚语。她在这名情绪突然有些激动的售票员跟前沉默了片刻，轻轻地接过了那份崭新的、完好无损的火车时刻表。

"希特勒万岁！"售票员说着朝她敬了个纳粹礼。

"希特勒万岁。"她也回应道。

到了早上六点钟，火车站的人渐渐多了起来。他们当中有些人带着手提箱，有些人背着双肩包，大家都和玛姬一样坐在上过蜡的木制长椅上等候着列车的到来。当时钟指向六点零五分的时候，一辆冒着蒸汽的黑色火车沿着火车站后面的轨道朝站台驶来。随着一记尖厉刺耳的刹车声，它在二号站台边停了下来。

玛姬上了火车之后，很容易就找到了自己的座位。她掏出一本先前在火车站购买的《柏林摩根邮报》，假装聚精会神地阅读新闻，实则是想让自己平静下来。

尽管玛姬知道这份报纸的宗旨是以政治宣传为主，可她还是为自己所读到的报道而感到不安：一篇文章的大字标题是**《19 架英国皇家空军的飞机在英吉利海峡上空被击落》**。还有一篇文章的标题是**《英国自战争开始后已失去了总载重量达 12 432 000 吨的船只》**。玛姬将报纸翻过一页，又有一些文字很快映入了她的眼帘：**据希腊渔民报告，英国皇家海军成员对正在游泳、孤立无援的德国水手进行了射杀。**以及：**在杜布诺之战中，苏联的两支部队及 156 辆坦克在两天之内便被摧毁。**她将报纸折叠起来，转而望向窗外。

玛姬看到了一大片沐浴在金色阳光之下的广阔牧场，其间不时点缀着一丛丛幽暗的古老橡树林和几只吃草的奶牛。这时，一名身着制服的男子走到近旁来为她检票。玛姬的心脏一通狂跳，戴在手套里面的两只手也全是汗水。不过，她仍尽力摆出一副百无聊赖的模样，而那名检票员似乎并未从她身上发现任何异常之处。

过了一会儿，又有一名警察走过来检查她的身份证。现在她感觉没那么紧张了，而那名警察不过对她的证件草草查看一番之后，便相安无事地走开了。

玛姬从手提包里取出《我的奋斗》，试着读了起来。她是几年前在已故祖母的房子里第一次读到这本书的，那时正值希特勒入侵波兰之际。想起那时的情形，她竟有一种恍若隔世的感觉。"简而言之，种族杂交会产生如下后果："玛姬读道：

"（a）降低更高级别种族的整体水平；

"（b）导致人类体格和智力水平退化，并逐渐引致更多疾病的爆发。

"而这样的后果绝对违背了永恒造物主之意愿。由此可见，这实在是一种极大的罪孽。"

　　玛姬咬牙切齿地将书收了起来。阳光透过车窗玻璃照进车厢，不那么新鲜的空气也渐渐变得暖和起来。她转而开始玩报纸上的纵横填字谜游戏——这倒不失为一个练习德语的绝好机会。就在她快要完成的时候，忽然听到了火车汽笛的鸣响和尖厉刺耳的刹车声。随即她明显感到车速渐渐减慢，最终列车完全停了下来。

　　"中央火车站到了！"一个透过扩音器传出来的清脆声音宣告道，"本次列车已经抵达柏林！"

· · · · ー ー ー · ー ー · ·

　　休见到了约翰·塞西尔·马斯特曼，不过并不是在对方的办公室里见到的。

　　马斯特曼曾就读于德国弗莱堡大学，可惜运气不佳，竟在1914年——第一次世界大战爆发的年份——获派以"交换讲师"的身份前往该校任教。随后，他因自己的"敌国公民"身份而被拘禁在柏林"鲁勒本"垃圾焚烧厂内的战俘营，被囚时间长达四年之久，而这正是他不喜欢待在室内的原因。于是，他提议让休到伦敦塔桥来与他会面。

　　还差一刻钟到早上八点，休提前来到了伦敦塔桥边。这是一个空气潮湿的早晨，灰蒙蒙的天空预示着今天很可能会是个阴雨天。不过，无论在什么天气之下，这里的景色都是那么壮观——远眺泰晤士河对岸，休能看到伦敦塔的高大石墙，也能看到圣保罗大教堂的巨大圆顶。与此同时，塔桥下层的悬索桥、桥基上的两座维多利亚哥特式高塔及塔桥上层的悬空人行道本身都称得上是气势恢宏的人造景观。

伦敦塔桥

没过多久,马斯特曼现身了。他长着高挺的鼻子,留着一头浓密的棕色头发,脸上带着近乎严肃的笑意。他戴着一顶安东尼·艾登[①]常戴的那种洪堡帽[②],腋下还夹着一把长雨伞。"我想你一定就是休·汤普森了,"他省去了客套话,开门见山地说,"我们一起去散散步,怎么样?"

他俩沿着塔桥上层的人行道向河对岸走去。由于时间还很早,他们是这里唯一的行人。在一片寂静之中,陪伴他们的就只有偶尔从下层悬索桥传来的车辆行驶声和耳畔的呼呼风声。浑浊的泰晤士河在他们脚下不知疲倦地奔流着。

"我猜弗莱恩已经把我们的情况告诉你了。"马斯特曼开口说道。

"是的,先生。"休答道,"他跟我讲过:军情五处捕获德国间谍,并设法将其转变成为我们服务的双重间谍。"

[①] 英国政治家,第二次世界大战时作为丘吉尔的副手担任外相,后来在20世纪50年代出任英国首相。
[②] 即 Homburg hat,这种帽子有点像圆顶硬礼帽,但帽缘却稍微上卷,帽冠中央有折痕,帽身饰以缎带。

"被捕获的间谍并不多。不过他们一旦被我们逮到，就会被送入伦敦监狱或位于拉齐米尔楼的'020营地'去接受审讯，接下来我们将判断能否将其争取过来。"马斯特曼脸上流露出略显阴郁的微笑，"我们甚至还会夺走他们的薪水，用来支持战时供应。"

"那些不愿意叛变投降的间谍会怎么样？"休问道，他指的是一个名叫约瑟夫·雅科布斯的德国间谍。此人于今年1月跳伞降落在了英国亨廷顿郡的拉姆西，随即被当地的志愿军捕获，他们发现他在跳伞落地的时候扭伤了一只脚踝。雅科布斯被逮捕时仍然穿着飞行服，并且随身携带着伪造的身份证明文件、一个收音机、一些英镑及一根德国香肠。

"他接受了非公开审讯，并根据英国国会于1940年通过的《叛国罪法案》被判有罪。大概就在一周之前，他才刚被伦敦塔的行刑队执行了死刑。"

"我知道了。"休应道。

"至于另一名被捕获的间谍，他在听说了发生在雅科布斯身上的事情之后，表现得相当顺从。我们已经设法说服他以双重间谍的身份为我们工作。"马斯特曼说着做了个鬼脸，"与'双重间谍'有关的关键词是'虚假情报'。我们让他们将一些虚假情报发送给他们位于柏林'阿勃韦尔'的联络人。然而——这可是一个大大的转折哦——我们必须得在虚假情报当中混入一些真实信息，从而令其显得更为可信。所以这其实是一场游戏，一场风险非常高的游戏。"

这时一只海鸥从他们头顶掠过，发出了高亢嘹亮的叫声。休说："明白了，先生。"

"我们的俘虏是一个名叫斯特凡·克鲁格的德国人。你将和他一起工作。"

"能说说关于他的情况吗？"

"克鲁格是一名来自'阿勃韦尔'的间谍，于1940年底空降到英国，任务是炸毁一间制造喷火式战斗机的工厂。结果，他刚一落地就被捕获并被转交给了军情五处。最终，他被送往位于拉齐米尔楼的'020营地'接受陆军中校罗伯特森的审讯。你知道罗伯特森吧？"

"是的，先生。"

"罗伯特森非常善于对人的性格作出判断。他很快便看清了克鲁格内心的想法，并将其判定为一个自负的家伙——罗伯特森称克鲁格认为自己是类似于'坠入凡间的天使'之类的角色。"

休动了动嘴唇，露出了一个颇具讥讽意味的笑容。

"不过这个克鲁格更像是一个唯利是图的家伙。他行事完全没有顾虑，为了实现自己的目的可以不惜一切代价。他不知害怕为何物，而且丝毫没有爱国心——事实上，这对我们极其有利。他对希特勒或纳粹党都缺乏忠诚，而他现在之所以愿意为我们工作，是因为他认为这份工作很适合他，而且还能让他得到一些在普通监狱中无法获得的特殊待遇。比方说在伦敦塔的'王后排屋'里过着较为舒适的软禁生活。"

休举目注视着他们即将前往的那座中世纪城堡，这才明白了马斯特曼选择会面地点的理由，"他为我们做了些什么呢？"

"克鲁格诓骗德国人相信——借助军情五处制作的假照片——他已经成功地完成了自己的任务，对位于南安普敦伍尔斯顿那间制造'超级马林'喷火式战斗机的工厂实施了破坏性的袭击。"马斯特曼说着便大笑起来，随即他撑开了自己的大黑伞以遮挡突如其来的大雨，"军情五处的特工们将碎石和瓦砾倾倒在工厂附近，制造出爆炸现场的假象。此外，我们还在《每日快报》上登载了一则与此次'袭击案'有关的报导。克鲁格在'阿勃韦尔'的联络人对这一切都深信不疑。"

"太棒了，先生。"休忘了撑开自己的伞，全身都被雨淋得湿透了，"这实在是一个妙招。"他只顾着说话了，丝毫没去在意自己最好的一件西装已经被雨浸湿了。

"很高兴你能这样想，"马斯特曼回应道，"因为你将会负责他的下一次'任务'。任务内容是以代码的形式发送的。"只见老人掏出一页纸，"这是我们拦截到的代码。"

休从他手里接过那张纸。这时有几滴雨水滴在纸页上，墨水迅速晕开了。在他看来，这不过是些字母和数字的胡乱组合，似乎没有任何意义。

NAF9H20
51649900161
515700247
51604700350
51595000479
51588900466
51588480049782
5158165005055
515804570056176
515764560058494

他把纸上的内容记了下来，然后将其递还给马斯特曼，后者接过纸片塞进了自己的胸袋里。休问道："这些都是密码吗，先生？"

"是的。尽管我们有克鲁格的密码盘，但也无济于事。所以我们已经让克鲁格本人试着解码了，不过同时也得让布莱切利最优秀的成员来协助我们解码。我建议可以请埃德蒙·霍尔普来帮忙，毕竟他与弗莱恩也有一些工作往来。而你也曾与他一起工作过，对吗？"

"噢，是的。"休说道，他竭力使自己的面部表情显得自然一些。

"你得就此事与他再度合作。"马斯特曼紧盯着休的脸庞，"这对你来说应该不会有什么问题吧，汤普森先生？"

"是的，先生，"休撒谎道，"当然没有问题，先生。"

· · · · — — — · — — · ·

当他们来到伦敦塔的时候，雨已经渐渐小了。

伦敦塔

呈现在他们面前的是一座诺曼式的古堡，四周都是厚厚的石墙。伦敦塔其实并不是一座单一的塔楼，而是一片风格各异的建筑群——其中包含诺曼风格、中世纪风格和都铎式建筑风格，其顶部都有着华丽的风向标和面目可憎的怪兽雕像。在过去的好几个世纪里，伦敦塔都是一座声名狼藉的监狱：伊丽莎白女王、沃尔特·罗利爵士、塞缪尔·佩皮斯以及无数不知名的犯人都曾被关押在此，而他们当中的许多人——包括伊丽莎白女王的母亲——都曾在这里被砍了头。

1939年，在英国国会向德国宣战前夕，伦敦塔向公众关闭了。如今，它以"战俘集散中心"之名被用作军事用途。目前伦敦塔基本完好，只有少数角落可见轰炸造成的破坏痕迹。

休和马斯特曼向伦敦塔东侧入口的卫兵出示了各自的证件，然后被伦敦塔的军方负责人克劳德·威廉·雅各布爵士带入了塔内。"先生们，欢迎你们来到国王陛下的皇家宫殿及军事堡垒。"雅各布说。

三人从雨中穿过，很快就来到了"王后排屋"跟前。这排都铎式建筑物坐落在一片草坪广场之上，正面的外墙上都镶嵌着装饰性的木框。几只乌鸦在茂盛的草坪上大摇大摆地漫步，旁若无人。

他们来到了其中一扇都铎式样的门边，看见门的左右两侧各站着一名卫兵。这时又来了一名卫兵，领着他们进入门内，并沿着狭窄的阶梯上到了最高楼层。卫兵打开了一扇门上挂着的好几把锁，随即让他们进到了房间里面。

这个房间有着厚厚的墙壁和几扇狭窄的窗户。一个空空的壁炉嵌在其中一面墙内，另一面墙边安着一个水槽和马桶。房间的一角摆放着一张没整理的床，窗户旁边有一张简易书桌，桌面上高高地堆叠着各式各样文件和书。

一位长着深色头发、唇上留着两撇细长八字胡的年轻男子正坐在低矮的书桌边阅读，他听到动静声之后便抬起头来。"是什么风为我吹来了如此尊贵的访客？"他以一口标准而流利的英文问道。

"早上好，克鲁格，"克劳德·威廉·雅各布爵士说，"你应该认识马斯特曼，而这位是……"

马斯特曼接过话头继续介绍道："这位是休·汤普森。汤普森，这位就是斯特凡·克鲁格先生了。"

休点了点头。说实话，他并不十分清楚这塔里的礼仪。雅各布爵士离开了，不过先前领他们来这儿的卫兵却留在门口把守着。

"先生们，请坐下吧。"克鲁格说。休和马斯特曼坐在了薄薄的床垫上。

"现在是你该执行下一个任务的时候了，克鲁格先生。"马斯特曼说。

"没错，"克鲁格喜笑颜开地瞥了休一眼，"我也是这么想的。我在德国的联络人倘若有一阵子没有我的消息，就会开始紧张起来。"

"事实上，我们的人一直都以你的身份跟他们保持着联络。"马斯特曼将那张纸递给了克鲁格，"我想你已经试过用密码盘来解码了吧？"

"是的。"克鲁格耸了耸肩说道，"可这样做了也没什么用。恐怕我看不出这些字母和数字究竟有什么含义。"他把那张纸递还给了马斯特曼。

"我会让我们的人来解码，"马斯特曼告诉他，"待密码被破译之后，我们会再回来找你的。"

休歪着头，若有所思地问道："你在'阿勃韦尔'的联络人是谁？"
"为什么问这个？"克鲁格笑着反问，"你在德国有认识的朋友吗？"
休对此提问保持着沉默。

"克鲁格先生。"马斯特曼用带有警告意味的语气提醒对方注意言行。

"好吧，好吧，"德国人说，"负责与我联络的两名特工分别是里特尔和克洛泽。"休并不认识这两个人。克鲁格又继续往下说："他们在一个被称之为'老板'的人手下做事。你听说过他吗？"

听了这话，休的心头突然涌起了一股强烈的恨意。他默默点了点头表示肯定，不过他可比克鲁格知道得更多——那个"老板"其实是个女人。事实上，她正是玛姬的母亲。

没错，休的确听说过她，也对她非常了解——因为多年前她曾暗杀了休的父亲。

此时休的内心被仇恨啃啮着，痛楚难当。休不是行事鲁莽的人，他不会通过大喊或摔门的方式来宣泄心中的愤懑，而是选择默默地将其积压在心底深处，任其在那里幻化成灼人的烈焰。

. . . . ━━━ . ━━ .

伴着尖厉的刹车声，火车在柏林中央火车站停了下来，大量的蒸汽从火车头的烟囱"嘶嘶"地往外冒。玛姬将她的行李箱从头顶上方的行李架上取了下来。我到了！她心里想着，心脏一阵狂跳，我终于到柏林了！

玛姬头脑中对德国的概念，仅仅与这个国家的著名数学家——弗里德里希·贝塞耳、波恩哈德·黎曼和大卫·希尔伯特——及其知名学府——哥廷根大学、慕尼黑大学与维尔茨堡大学——有关。而她对柏林的想象，则仅局限于一部以30年代的柏林为拍摄背景的电影中的画面。那部电影由恩斯特·卢比西导演，玛莲娜·迪特里茜领衔主演，鲍豪斯布景，库尔特·威尔配乐。

当然，存于她想象中的柏林已经不复存在了，取而代之的是由希特勒所统治的"第三帝国"。

眼下她的任务是什么呢？要赶紧找到前来接她的戈特利布·莱勒。假装你们正在热恋，假装你们正在热恋，她在心里不住地告诫自己，可这样做却似乎令她更为紧张。她不愿去想任何跟爱情有关的事情，当然也不愿去想休或约翰。在贝克大街的"特别行动委员会"总部，他们告诫过你——要活在当下。别去想任何跟过去或将来有关的事情——那样做只会给自己招来麻烦。

柏林中央火车站是全欧洲最大的火车站，有"宫殿级火车站"之称。可是当玛姬置身于闷热又潮湿的空气中，坐在硬硬的木长凳上时，其宏伟的新文艺复兴建筑风格却怎么也提不起她的兴致。她重新戴好帽子和手套，密切留意着膝上的手提包和脚边的行李箱。她事先已被告知，戈特利布将在外套的翻领纽扣上别一朵蓝色的"勿忘我"，以此来呼应她那顶特制帽子上的"勿忘我"花朵装饰。为了缓解内心的不安情绪，玛姬从手提包里掏出了那条尚未织完的围巾来继续编织。在见到德法奇夫人之前，多练习一下编织手艺也是好的。

就在玛姬刚织完一排全低针时，两名警察来到了她面前。"早上好，亲爱的小姐。"两人中个头更高的那位捋着自己浓密的白胡须说道。他看起来比另一名警察更为年长，而且年龄似乎已经大到不再适合做警察了——他那位更矮更精瘦的同伴也是如此。

"早上好，警官们。"玛姬以轻快的语气回应道，同时将手中的围巾塞回到手提包里。起初她还以为，身为女人的自己应该不容易在柏林引起别人的注意，可事实显然并非如此。

"你是从哪里来的？"

"汉诺威火车总站。"玛姬说着勉强挤出了一丝笑容。

"那么，你来柏林是为了做什么呢？"

一些路过的人纷纷驻足，停下来看她接受警察们的询问。看到自己引来了这么多人的关注，玛姬的心跳得更快了，"我来见一个朋友。"

"一个朋友？"

她觉得有些头晕。头顶上的荧光灯亮得有些刺眼，被她坐在身下的长凳似乎也显得更硬了。唔，这没什么大不了的。"一个对我来说很特别的朋友。"说这话时，玛姬竭力令自己的姿态和神情显得轻佻而妩媚。

两名警察互相交换了一下眼色，"你的行李箱里装着什么？"

倘若他们打开了她的行李箱，就会找到里面的无线电器件和窃听器。此刻她的胸中涌动着一股强烈的恐惧感。

"是炸弹！"她将头歪向一侧，用力眨了眨眼，然后朝他们展露出一个灿烂的笑容。

两名警察盯着她直视了片刻之后，又相互对视了好一阵子。随后他俩同时大笑起来。他们的笑声是那么的响亮，那么的发自肺腑，以至于一些旁观者也忍不住随他们笑了起来，然后便转身离开去忙活各自的事情去了。现场的紧张气氛就这么消散了——危机得以避免。

"唔，你得确保炸弹的定时器在正常运作哦，亲爱的小姐。"高个儿警察说，还拍了拍搭档的背。

"希望你在柏林过得愉快。"另一名警察说道，同时用手帕擦了擦额头，"他是个幸运的家伙——我指的是你的相好。"

警察们刚一走开，玛姬便看到了戈特利布。根据事先所得知的描述，无疑能确认那人就是他了：中等身材，体格健壮，一头剪得极短的金色头发——颜色淡得近乎发白——以及一双明亮如窗的绿色眼睛。他的脸形很长——甚至长到没法和英俊挂钩的程度——像极了雕刻在中世纪墓碑上的骑士的脸，耳朵向外突出。他在外套的翻领纽扣上别了一支天蓝色的"勿忘我"，头上戴着一顶折痕分明的软呢帽。

他也看到了她，两人的目光相遇了。"我最亲爱的玛格丽塔！"他一面喊着，一面穿过候车室朝她奔来。

玛姬从凳子上一跃而起，小心翼翼地拖着行李箱朝他跑去。当两人相遇时，她伸出双臂环抱着他，仍提在手中的行李箱"砰"的一声撞上了他的后背。

"噢，"她笑道，"对不起。"还好，她心里想着，起码他身上的气味并不难闻，像是剃须皂和4711古龙男士香水混杂在一起的味道。"我亲爱的戈特利布！"她大声喊道。

"让我好好看看你。"他将两只手分别放在她的左右肩头，轻推着她往后退了几步，好让自己能看清她的模样。他细细打量着她，眼神如痴如迷。"我真是太想你了！"他说完便满怀深情地亲吻她的手。

　　玛姬也凝神回望着他。倘若他的耳朵没那么向外突出的话，他看起来还真像是从德国战时宣传海报上走出来的人物，玛姬想道。这个念头差点儿令她爆发出一阵歇斯底里的大笑——这大概也与她正处于极为困倦及紧张的状态有关。她努力将已经冒到喉咙眼的大笑转化为一个迷人的微笑。

　　可是这个尝试看起来极有可能会以失败而告终，一阵大笑几乎从她嘴里喷薄而出，她赶紧伸出双臂环抱着他，然后迅速地将自己的嘴唇印在了他的唇上。在经历了看似激情四溢、实则令人感觉尴尬又荒唐的几秒钟亲吻之后，玛姬放开了男友。她觉得自己的举动实在有些荒谬，不过经过了这一番折腾，那阵想要大笑的冲动总算是过去了。

　　"你看起来仍然一如既往的漂亮，宝贝儿。"待戈特利布缓过气来之后，终于再度开口道，"你坐了那么久的火车，一定又累又饿。来吧，让我先带你回家去梳洗一番，接下来你可以吃点东西，再好好休息休息。好吗?"他用一只手提起了玛姬的行李箱，接着将另一只手臂伸到了她的面前。

　　玛姬用一只手臂挽住了他的臂膀，笑着说道："当然好啊，一切都由你来安排吧，亲爱的。"

· · · · ——— · —— ·

　　玛姬和戈特利布离开了火车站，乘坐无轨电车前往他位于克罗伊茨贝格区的公寓。当电车经过柏林市中心的米特区时，玛姬发现这一带的景况和伦敦实在大相径庭。除了一栋仅外观毁损、内部却相当完好的建筑之外，她在这里几乎看不到什么空袭所造成的破坏。那栋仅遭受了外部损伤的建筑令她不由得想到了约翰。没准儿这就是约翰干的。要么是他，要么是奈杰尔，或是我们的其中一个朋友干的。这个想法令她感到有些不安——在她从伦敦的"闪电战"中幸存下来之后，却如此真切地意识到——原来她所认识的人也在向别人扔炸弹。

戈特利布所住的公寓楼位于一条绿树成荫的街道边上，他的房间在七楼。公寓楼的门把手上有一只铁铸的小老鼠，而它上方有一只同样材质的猫，后者正以心无旁骛的神态紧盯着自己的猎物。"它们可真可爱。"玛姬评论道。

戈特利布为玛姬打开了门，让她先行跨入门内。

公寓楼里散发着地板蜡的气味和经年累月积淀下来的陈腐气息。他们来到了一个电梯轿厢跟前，它被一道铺着地砖、弯曲破旧的楼梯包围着。"你先上电梯吧。"戈特利布用提着行李箱的那只手打开了电梯外面的那道门，随即又用另一只手拉开了里面的铜格栅。

"你确定这个电梯是安全的吧？"玛姬谨慎地问道。她可不希望自己大费周折地来到柏林，最终却因电梯故障而丧生。

"绝对安全。"他说。听了这话，玛姬的脸上又绽放出了笑容。

伴随着"嘎吱"一声响，电梯在七楼停了下来。"到我们的楼层了。"戈特利布说完，一一打开了电梯轿厢的两道门，然后领着玛姬走进了昏暗的走廊。这里弥漫着烹饪猪肝和洋葱的味道，她还听到了一只狗的叫声，是从某间公寓里传出来的。

她跟着戈特利布来到了一道漆成黑色的双开门前，只见门上标记着"7B"。戈特利布宣告道："现在我们到了！"

这时走廊对面的一扇门"吱呀"一声打开了，一位上了年纪、目光锐利的小个子德国女人随即走了出来。

"早上好，凯勒夫人，"戈特利布说，"我可以向你介绍玛格丽塔·霍夫曼吗？她是我的一位好朋友，从罗马来。"

"你好！"玛姬说道。

那女人身后跃出了一条迷你雪纳瑞犬，一直狂吠不已。"安静点，凯撒！"年长的女人对狗喝道，却并没有理会玛姬。

她对戈特利布说："我想让你知道，莱勒先生，我并不欢迎无监护人陪同的女性访客。对于目前所盛行的新道德观，我也实在无法苟同。"

戈特利布一面向她展露出自己最迷人的笑容，一面掏出钥匙说道：

"我明白，凯勒夫人。"

"而且，我希望你们不会制造任何噪音。你明白吗？我可不想在深夜听到你们纵酒作乐的声音。请务必遵守秩序！"

"没问题，凯勒夫人。"他转动了一下插在锁孔里的钥匙。

凯勒夫人叹了口气，继续说道："当你刚搬来这里的时候，他们跟我说你是一个勤奋好学而又安静的年轻人，并且立志要成为一名神父。可现在呢，你却往家里带回了……"说着她对玛姬上下打量了一番，"……女人们。"

"不过只有一位女子而已，凯勒夫人。"戈特利布平静地纠正道，同时打开了门。趁着对方还来不及作出回应，他赶紧让玛姬进到了屋里。

"多管闲事的老太婆。"他咕哝着说。

"我会告发你的！"在他将厚重的双开门关上的当儿，对方不依不饶地喊出了这样一句话。

玛姬对这间公寓的第一印象是：干净且显得过于空旷。事实上它完全符合斯巴达式的简朴风格。她不由得问道："你就住在这里？"

"这正是我的寒舍。"戈特利布答道。

这里的各面墙上都没有任何装饰物。一眼望去，整间客厅里唯一的家具就只有一张被虫蛀坏了的旧沙发和一盏黄铜落地灯而已。沙发旁边摆放着一叠报纸，一张小折叠桌上摆放着一只"VE 301"国民收音机。几扇平板玻璃窗内挂着式样古老的百叶窗帘，窗外是汉诺威广场。

玛姬走到窗边看了看外面。楼下广场的一张长凳上果真坐着一位满头银发的妇女，她正弓着身子做编织活儿，手中的银针在阳光下闪闪发光。噢，我的德法奇夫人。

"离窗子远点！"戈特利布厉声说道。

"怎么了？为什么？"玛姬疑惑地问道，不过她还是顺从地离开了窗边，并且关上了百叶窗帘。

"如今我们在一切事情上都得非常小心。我们必须明白，自己随时都有可能被人监视。不要相信任何人。难道你在英国的间谍学校没学过这些吗?"

"我当然学过啊。"听了这话,玛姬不由得怒火中烧。

"这不是你第一次执行任务,对吗?"戈特利布盯着她问。

"不是。"玛姬应道,随即觉出自己语气中带有过于明显的防御意味,便又补充道,"我曾在伦敦工作过,也在温莎城堡……"

"不过这是你第一次在国外执行任务?"戈特利布以一种难以置信的语气问玛姬,"这是你第一次与纳粹打交道?"

这是一个只能用"是"或"不是"来回答的问题,霍尔普。"是的。"

"上帝啊,我怎么会遇到这样的情况?"戈特利布惊喊道。

玛姬实在是太累了。跳伞令她的肌肉酸痛不已,至今未消。她感觉非常孤独,而且也开始承认自己心里其实有些害怕。而现在,她的联络人——也是她在柏林唯一认识的一个德国人——竟然在怀疑她的能力?"在你亲眼见过我工作之前,请别对我妄加论断。"她没好气地说。

戈特利布瞪了她一眼,随即举起双手,作出投降的姿势,"行,好的。"

公寓里的一扇门后面是一间从未用过的厨房,另一扇门后面有一间浴室。浴室里铺着深绿色的瓷砖,角落里还摆放着一个浅橙色的大浴缸。"这里每周只有星期六和星期天才能洗澡。"戈特利布告诉玛姬,"还有,请注意节约用纸。你瞧,卫生纸上都印着'按需适量取用'的字样。"

公寓的向阳面有一间带阳台的卧室。站在阳台上,可以俯瞰一个有着漩涡喷泉的院子。卧室里只有一张双人床和一个带台灯的小床头柜。床上方的天花板上悬挂着一个木制十字架。床头柜上放着一摞书,从上至下依次是《圣经》、歌德的《浮士德》、伊纳爵·罗耀拉[①]的《心灵修养》以及迪特里希·潘霍华的《追随基督》,《圣经》的封面上还摆着

[①] 西班牙人,罗马天主教耶稣会的创始人。他在罗马天主教内进行改革,以对抗由马丁·路德等人所领导的基督新教宗教改革。

一串白色的念珠。卧室的一面墙上用平头钉钉着一张明信片，其上印有德国拳击手马克斯·史迈林的照片。玛姬拉开床头柜的抽屉，想确认一下那里面是否藏有监听设备。打开抽屉后，她发现里面除了一支瓦尔特手枪外便别无他物，于是很快将抽屉推过去关上了。

"看来你过着极简主义生活。"玛姬评论道。

"在我进入'阿勃韦尔'之前，正在学习如何成为一名神父。"

"唔，"玛姬将那本伊纳爵·罗耀拉的著作拿在手里翻阅了一下，"你是耶稣会的信徒吗？"

"当然。"

"你同时也是一名拳击手？"她说。她发现除了墙上钉着的明信片外，窗台上还放着一副拳击手套。"耶稣会信徒和拳击手，看起来像是两个截然不同的矛盾体。"

"这倒不完全如此。拳击这项运动或许是残忍了些，不过它至少很公平。参与者得遵循一定的规则，为了赢得荣誉而全力奋战。"他表情严肃地笑了笑，"而且，正如戈培尔所言，参赛双方都会流血。"

他们一同站在卧室里，彼此都觉得有些尴尬。"你就睡在这里，"戈特利布吩咐道，"我去睡沙发。"说完他转身朝客厅走去。

"噢，别这样，"玛姬说，"我不能……"

"我去睡沙发。"他以一种不容商榷的语气重复了一遍。

接下来，玛姬以有条不紊的方式，继续在这间公寓里搜寻着隐藏的监听设备。

"这里很安全。"戈特利布说。

"我只是想确保万无一失。"

"那么随你的便吧。"

戈特利布这间符合斯巴达式简朴风格的公寓有一个显而易见的好处——任何监听设备在这里都无处遁形。玛姬看了看他的冰箱，里面只有酸奶。

"酸奶还不属于定量供应的食品，"戈特利布说，"希望你喜欢它。"

"我来这儿可不是为了享受德国美食，亲爱的。"待玛姬很满意地确定这间公寓并无危险之后，便走过去将卧室的百叶窗帘关上，然后打开了床头柜上的台灯。她打开自己的行李箱，取出了放在其中的无线电器件——仍然完好无损。她返回客厅，将它交给了戈特利布，"我听说你需要这个？"

"太好了，"他说，"希望它在经过了这番长途跋涉之后还能正常使用。"

"我也希望如此。"

"我要把它交给我们的联络人，"戈特利布说，"由于纳粹党卫军能追踪无线电传输信号，所以我们只在紧急情况下才会采用无线电通信。"他看着她，突然话锋一转，"你得站直了！"

原本就保持着良好站姿的玛姬不禁吃了一惊，"什么？"

"别忘了，你的伪装身份是一位高贵的德国女人——你得昂首挺胸地站直了才行。"

"我本来就站直了呀。"她反驳道。

"还不够！"

玛姬想起了汉诺威火车总站那位售票员所说的话："既然要做一件事，那就要把它做好！"唔，她想道，当我在柏林的时候，就得……只见她抬起下巴、收紧小腹、将双肩用力往后一拉。

"嗯，现在好多了，"戈特利布承认道，"我想，现在你一定很饿了……"

"我快要饿死了！"

戈特利布摇了摇头，"别表现得这么激动。德国人通常不会用如此……强烈的方式来表露情感。请对自己的情绪稍微加以抑制。"

玛姬尽量忍住不朝他翻白眼。"现在我非常乐意去享用午餐。"她竭力让自己的谈吐表现得自然而又不失礼节。

"好的。我们走吧。"

第七章
犹太人禁止入园
YOUTAIREN JINZHI RUYUAN

在玛姬看来,街上的行人并无任何特色可言。
他们都有着略显呆板的面部特征和健壮的身型,
与海因里希·齐勒的讽刺画中的人物别无二致。
除了普通行人之外,街上还有一些身着制服的人。
纳粹党突击队员们身着褐色制服,戴着印有纳粹十字标志的臂章;
纳粹党卫军的制服是黑色的;普通警察们则穿着深蓝色的制服。

戈特利布原本打算乘坐轻轨列车前往蒂尔加滕公园，不过玛姬却说服他搭乘巴士过去。"这是我第一次来这儿，我想看看柏林各处的情形。"她以玛格丽塔的身份说道，不过这也符合玛姬那富有好奇心的性格特征。

"好吧，就按你说的做。"戈特利布说。

他们在戈特利布所住街区尽头的巴士站等车。当一辆黄色的双层巴士驶来之后，他们一起上了车，玛姬很快找到一个靠窗的座位坐了下来。巴士驶离路边，汇入了车流当中，在克罗伊茨贝格区穿梭着。这天天气很好，天空湛蓝无云，不时有阵阵暖风吹过，街道两旁栗树上的花朵正在盛开。玛姬的耳边充斥着各种各样的声音——有轨电车的铃声，持续而稳定的马蹄声，还有从远处传来的汽笛声。两人乘坐的巴士在店铺林立的大街小巷中穿梭着，玛姬看见一辆由马拉着的储冰车停在了一家零售商店门口，几名身材瘦长结实的男子正握着铁制的冰钳，将正在阳光下渐渐融化的巨大冰块从车上卸了下来。

和伦敦的情形一样，柏林各家商店的橱窗里也没摆放多少商品，食物就更是稀少了。每家商店门口都有排着长队等待购物的家庭主妇们，她们全都戴着头巾，胳膊上挽着篮子。玛姬看到好些建筑物上都有轰炸后留下的痕迹，地上也时常看到烧焦的砖块和石头。此外，不少建筑物门口都堆砌着用作防御工事的沙袋。一眼望去，随处都能看到红色的纳粹旗帜和写着各式标语的横幅。

在玛姬看来，街上的行人并无任何特色可言。他们都有着略显呆板的面部特征和健壮的身型，与海因里希·齐勒的讽刺画中的人物别无二致。除了普通行人之外，街上还有一些身着制服的人。纳粹党突击队员们身着褐色制服，戴着印有纳粹十字标志的臂章；纳粹党卫军的制服是黑色的；普通警察们则穿着深蓝色的制服。无论在哪里，玛姬都能看到人们抬起手臂来相互行"纳粹礼"——她认为他们行礼的频率已经高到几乎令人感到滑稽的程度了。街上的每一个人都迈着自信而从容的步伐，却并不显得趾高气扬。玛姬不得不承认，德国人这种高视阔步的行走姿态实在令人无可挑剔。

"快把头低下来。"戈特利布突然压低声音命令道。

然而太迟了。玛姬已经看到了一个赤身裸体、头套绳索的男人被悬挂在一棵老橡树的树枝上。他的脸因缺血而近乎发黑，两只眼睛像玻璃珠一样无神，而他的舌头伸到了嘴巴外面。看这景况，他应该已经死了。即或不然，也离死不远了。一群纳粹党卫军的军官正围在他四周。只见他身下立着一块牌子，上面用油漆写着：**我是一名犹太人，曾与一名雅利安女子通奸，我实在该死**。在那群军官面前，一个只穿着内衣裤的女人双膝跪地，凄凄惨惨地哭个不停。与此同时，其中一名军官正用一把折叠式剃刀将她头上的两条金色长辫子剃掉。

"你——什——么——都——别——说。"戈特利布紧咬牙关，略微动了动嘴唇，轻声叮嘱道。

震惊得无以复加的玛姬顺从地照做了。这时她环顾了一下巴士车厢内仅有的几名乘客，他们要么在翻阅手中的报纸，要么将头转向了别处。

玛姬竭力抑制住了想要呕吐的感觉。她按照自己在"特别行动委员会"的训练营里所学到的方法，开始做深呼吸。

巴士终于抵达了蒂尔加藤公园。这是一座位于柏林市中心的大公园，园内树木繁茂、空气清新。戈特利布和玛姬走下巴士，进到了公园里面。他俩像热恋中的年轻情侣一样，手牵着手在橡树、枫树和桦树丛中的一条条砾石小径上漫步。树木的枝叶非常茂盛，几乎没有丝毫阳光能穿透树荫照入林中小径。"你准备好吃午饭了吗？"戈特利布问道。

"没有，"玛姬直截了当地回答道，"我不饿。在看过那样的一幕之后，自然也不可能会感到饿了。"

戈特利布摇了摇头，"你必须得吃点东西才行。瞧，那儿有一家

'新湖餐厅'——我们去吃点什么吧。"走近后,玛姬看到餐厅的门口立着一块牌子,上面有一行手写的字:**禁止狗、犹太人、吉普赛人入内。**

神思恍惚的玛姬在餐厅外面一张野餐桌旁边的长凳上坐了下来,戈特利布径直朝里面的柜台走去。玛姬头顶上是一片湛蓝的晴天,身旁的湖水在阳光的照耀下熠熠生辉,公园里的空气很清新,还带着各种植物的芬芳气息。这时,离她不远的栗树丛中传来了孩童笑闹的声音,玛姬闻声转头看向他们,只见孩子们正玩得不亦乐乎,而负责看护他们的保姆们则坐在一张张自带的折叠帆布躺椅上七嘴八舌地聊着天。附近还有几只黑头灰鸦,正忙着将地上的面包屑啄起来吃掉。怎么会这样?玛姬感到无比困惑。眼前的这一幕和先前在巴士上看到的情景怎么可能同时存在?还有,刚才发生的那一切难道都没有人看到吗?还是他们压根儿就不愿去看呢?

戈特利布回来的时候,手里端着一个托盘,"这里看起来很像慕尼黑,不是吗?"

玛姬从未去过慕尼黑,不过玛格丽塔应该去过,于是她笑着点了点头。

戈特利布将托盘上的一杯白葡萄酒、一杯水、一盘贻贝和一片黑面包取下来放在桌上。他们附近的餐桌边也坐了一些用餐的客人,不过还不至于近到能听清他俩谈话的程度。即便如此,戈特利布和玛姬知道他们仍然应该小心行事。

"白葡萄酒和贻贝。"玛姬有些惊讶地咕哝道。真是奇怪的组合。为什么不是椒盐脆饼干配啤酒呢?

"自从德国占领法国之后,葡萄酒的供应就变得充足起来。而甲壳类动物目前也还没开始实行定量供应。"戈特利布解释道。

"你自己不打算吃点什么吗?"

"我目前正在进行拳击训练,"他答道,"训练期间得戒烟、酒和面包。"

"哦,原来如此。"看来戈特利布还真过着禁欲主义的生活呢。这时玛姬皱了皱眉,将面前的食物推到一边。

她仍然觉得想吐。

"希特勒和他发动的这场战争给我们整个国家带来了极大的灾难,"他压低声音说道,"有很多人都是这么认为的。我们正试图做到在反对纳粹的同时,又对德国保持效忠。"

"可是事情怎么会到了那样的地步?为什么没有人站出来仗义执言呢?"

"说起来容易做起来难啊。"

"哼,我看不出这有多难!"玛姬突然将自己不太成熟的一面表现了出来。

"你,"戈特利布倾过身去,在她耳边低语道,"真是愚蠢。说得好听一点,你实在太天真了。你要知道,在这一切发生之前,我原本正在大学里学习如何成为一名神父。我的父母都为我感到骄傲,而我唯一想做的就是侍奉上帝。然而,接下来……我却不得不转而侍奉希特勒。"

"但你并不是非得这样不可。"玛姬反驳道。

"你以为我有选择的余地吗?根本没有。我能在'阿勃韦尔'工作还算幸运的了,至少不用上战场去杀人。在'阿勃韦尔',还有一些与我志同道合的人。我们正在尽己所能地帮助更多的犹太人逃走,也为在希特勒之后建立一个新的德国奠定基础。"

玛姬喝了一小口白葡萄酒。她意识到自己不应该将眼下发生的一切事情都归咎于戈特利布。"唔,你原本是在学习如何成为神父?"她换了个话题问道,"那么你为什么没有立誓去做神父呢?"

"因为战争来了……"他意味深长地看了她一眼,"当然还因为我后来遇到了你,亲爱的。"

"当然。"戈特利布在见过刚才那可怕的一幕之后,如何还能保持他的信仰呢?"我想你现在仍然还相信上帝是存在的吧?"

"是的。"他喝了一大口水之后答道。

玛姬伸出手去轻抚着他的脸颊,任何人看到后都会认为他们是深陷爱河的情侣。"唔,我有些好奇。在这个由全能而又无所不知的上帝所创造的世界里，为什么会有如此之多的罪恶？"

戈特利布和她拉开了一点距离，"上帝偶尔会从这个世界退去，让我们凭自由意志行事。罪恶的存在也许对我们有帮助，甚至对我们的灵性成长也是极有必要的。正如耶稣基督也是先遭受了十字架上的极大磨难，然后才得到了复活的大荣耀。"他的神情看起来严肃而黯淡，"我着实认为罪恶和苦难都来自上帝——不过我认为它们是上帝用来试炼我们的工具罢了。它们能帮助我们学会在感觉不到上帝的爱时——甚至在周遭的环境都与我们为敌时——仍然相信，上帝深爱着我们。"

"如果事实果真如此，那我实在看不出人相信上帝的益处何在。因为他留下我们独自与罪恶抗争——正如我们所看到的那样。这对我们的灵性长进有用吗？一个人竟被吊死在那棵树上！这件事对他的灵性成长有何益处？"

"这个问题的答案，"戈特利布带着忧伤的笑容承认道，"只有上帝才知道。"

. . . . ——— . —— . .

蒂尔加藤公园里，玛姬和戈特利布并肩走在蜿蜒曲折的小径中，树干上覆盖着苔藓的参天大树伸出繁茂的枝叶，为他们遮挡着阳光。他们能听到从马道上传来的"嘚嘚"马蹄声、树丛中的鸟鸣声和远处的车流声。"这里是目前为数不多的几个仍能让柏林人感到轻松自在的地点之一。"戈特利布告诉她，"它曾是只供王室成员狩猎的保护区，现在任何人都可以来。"这时远处传来了一阵警笛鸣响。

玛姬在路边看到了一块指示牌：**犹太人禁止入园**。她想到了普莱西诉弗格森案[①]、吉姆·克劳法[②]以及美国南部各州按照"隔离但平等"原则对黑人实行的种族隔离政策。纳粹并不是人类历史上首先实行种族隔离政策及限制基本人权的政党。"并不是所有人都能来。"她忍不住纠正道。

戈特利布点了点头,"没错。"这时他们刚好经过胜利纪念柱。这是为庆祝普鲁士在普丹战争中获胜而兴建的。纪念柱顶部有一个巨大的希腊胜利女神雕像,看起来颇像一位天使。"我们德国人称她为'金埃尔莎'。"戈特利布指着带翅膀的女神雕像,"而我们的好些纪念碑或建筑物都被冠上了类似于此的绰号。"

胜利纪念柱

[①] 1892年6月7日,具有八分之一黑人血统的荷马·普莱西故意登上东路易斯安那铁路的一辆专为白人服务的列车,根据路易斯安那州1890年通过的相关法律,白人和有色种族必须乘坐平等但隔离的车厢。根据该条法律,普莱西被认定为"有色种族",遭到逮捕和关押。于是他将路易斯安那州政府告上法庭,指责其侵犯了自己根据美国宪法第13、14两条修正案而享有的权利。但是法官弗格森裁决州政府有权在州境内执行该法,普莱西最终败诉,以违反隔离法为名被判处罚金300美元。普莱西接着向路易斯安那州最高法院上诉,但该法院维持了弗格森的原判。本案是美国历史上一个标志性案件,对此案的裁决标志着"隔离但平等"原则的确立。

[②] 泛指1876年至1965年间美国南部各州以及边境各州对有色人种(主要针对非洲裔美国人,但同时也包含其他族群)实行种族隔离制度的法律。

"噢，德国人可真有幽默感。"玛姬说，"当然，每座城市都需要属于它的阳具象征物。"

听了这话，戈特利布有些吃惊地扬起了一侧眉毛，然后将一只手臂伸给了玛姬，"来吧，既然我们已经到了蒂尔加藤公园，那么你就得看看这里的杜鹃花。它们可是名声在外呢。"

他们在古已有之的原始森林中走了许久，玛姬有一只脚的后跟被新皮鞋磨出了水疱，令她疼痛不已。随着气温越来越高，她的头上和颈项都开始渗出汗珠。

"那些花绝对值得你不辞劳苦地去观赏，这点我可以向你保证。"戈特利布在旁边为她打气。

最后，他们终于来到了一面被粉色、鲜红色和珊瑚色的繁花包围的湖边。这些花成簇地聚集在湖岸边的小灌木丛中，或是点缀在繁茂而又高耸的树篱中。放眼望去，美得令人窒息。玛姬不由得倒吸了一口凉气。"实在是太美了！"她赞叹道。

"那么，"戈特利布说，"你看了这个之后，怎能还不相信上帝的存在呢？"

"因为我是一名数学爱好者。"

"我念大学时是优等生，"戈特利布说，"不过我得承认，我从未对数学产生过丝毫兴趣。"

"什么？"玛姬以一种极为夸张的语调惊呼。

"我只是无法看出数学和真实的世界究竟有何关联。"

"可是数学本身就是真实的世界。它无所不在。你仔细观察过杜鹃花的花瓣吗？唔，从内往外数，从第三层开始，每一层花瓣的数量都是前两层花瓣数量的总和，而这正好符合斐波那契数列的特点。其实，这种数列在生活中随处可见——晶体的结构、旋涡星系中的恒星分布、葵瓜子的分布样式。数学是大自然的语言，是大自然用来直接与我们沟通的一种方式。"

看着玛姬满怀激情的回应，戈特利布朝她扬起一侧眉毛，"这也可能是上帝用来跟我们沟通的方式，难道不是吗？"

"可是数学的规则并不一定就意味着这世上存在着一位神。"

"唔,"他反驳道,"但它们也并不能否认神的存在。我倒宁愿选择相信这一切都是神的作为。"

"我倒是更愿意相信科学,而不是去相信天上有一位看不见摸不着,却对我的个人生活非常关注的老人。"

"纵观历史长河,曾经存在于这个世界上的绝大多数人都相信上帝的存在。"

"在人类历史上,绝大多数人也相信地球是一个平面,还相信太阳一直绕着地球转呢。"玛姬反驳道。

戈特利布笑了笑,"我相信上帝,也相信耶稣及圣徒们。"

"还有魔鬼,是吗?"玛姬此言一出,他们身边的空气顿时变得死寂无比。尽管此时气温很高,玛姬仍不由自主地打了个寒噤。

"至于说魔鬼,"戈特利布若有所思地说,"我曾经认为魔鬼并不真的存在于现实世界中。不过,现在……"

"现在怎样了?"

"这么说吧,我现在完全相信魔鬼正在这个世界上积极地工作。"戈特利布清了清嗓子,"顺带说一句,那场大型派对——名为'冰与火'的舞会——将在本周六的晚上举行。"这时一对年长的夫妇正好从他们身旁经过,戈特利布迅速抓起玛姬的一只手,并将它凑到自己唇边轻轻地吻了吻。那对夫妇笑着离开了。"这是一场生日宴会,举办地点是在格鲁内瓦尔德。届时你要将窃听器安装在指定的书房里。当然,你将以我女友的身份出席派对。"

是克拉拉·赫斯的书房,她心里想着。

也就是我母亲的书房。

"我已经等不及要去执行任务了。"玛姬说。

· · · · · ━━ · ━━ ·

温斯顿·丘吉尔首相正忙着砌砖。

正午的阳光照射着查特威尔庄园,温斯顿·丘吉尔首相嘴里叼着一支雪茄，头戴硬草帽，穿着一套帆布制的连体工作服，站在一堵砌了一半的砖墙边忙活着。他一手握着泥刀涂抹灰泥，另一只手将红色的砖块一一砌上墙去。他头顶上的天空中积满了乳白色的云朵，预示着一场暴风雨即将来临。一只知更鸟正站在一棵苹果树的矮枝上，好奇地盯着他看。

与绘画一样，砌砖也是他用以排解内心忧郁的一种方式。此时此刻，他一面砌着砖，一面陷入了沉思，不过他并没有完全沉溺于自己的内心世界，所以仍然听得到身后响起的脚步声。"弗莱恩！"他朝来者打招呼。

"下午好，首相先生。"弗莱恩回应道。

"递一块砖给我。"

弗莱恩顺从地从草丛中的砖堆上取了一块红土砖，递给了丘吉尔。

"有什么新消息吗？"

"先生，马斯特曼仍在与我们囚禁在伦敦塔中的双重间谍斯特凡·克鲁格继续合作，如今休·汤普森也加入到了他们的行列中。他们的工作进行得不错，不过我们目前仍未破译德国方面最新的密码。马斯特曼说，汤普森已经把密码带去了布莱切利，好让埃德蒙·霍尔普试试看能否解密。"

"再给我一块砖！"首相用泥刀刮掉了多余的灰泥，"那么，既然说到了霍尔普家族，我的前秘书工作进展得如何了？"

"我们已确知霍尔普小姐顺利抵达了柏林，她带过去的无线电器件及窃听器都完好无损。按照计划，她将于明天晚上把窃听器安装在指定地点。不过，我仍然不确定派她前去执行此次任务究竟是不是个好主意。"

丘吉尔用泥刀从独轮手推车里又舀了一小团灰泥。"这当然是个好主意，弗莱恩。"他以低沉而响亮的声音说道，齿间仍叼着那支雪茄，"其实这主意是我想出来的。克拉拉·赫斯被你们情报工作者称为'富有战略意义的人力资本'，不过她在温莎城堡的失利极大地削弱了她的势力。倘若我们不派霍尔普小姐去执行这次特别的任务，克拉拉·赫斯又如何才能发现我们的玛姬其实是她的女儿呢？倘若不用这个方法，我们如何才能钓到她这条大鱼?"

"要是霍尔普小姐发现她被用作诱饵来……"

"霍尔普小姐不会发现的。即便她真的发现了，只要我们的目的能实现，那也值了。"

"你真的认为克拉拉会转而为我们干？目前她在'阿勃韦尔'可有着很高的职位哩。"

"她是有很高的职位，不过目前她的地位岌岌可危，只要再犯一次错，就会出局。我还知道一件关于克拉拉·赫斯的事情，她有着类似于蟑螂的特性，是一个善于在恶劣环境中求生存的人。"

一阵脚步声传来，两个男人应声抬起头。来者是克莱米·丘吉尔——首相的妻子。她穿着一件印花连衣裙，头戴一顶宽边帽，"先生们，现在该吃午饭了。"

"丘吉尔夫人。"弗莱恩说着朝她脱帽致意。

"噢，再等等吧，克莱米——我才刚开始砌砖呢。"

"唔，厨师为准备午餐可忙活了一早上呢。倘若你不换好衣服准时用餐的话，肯定会惹恼他的。还有，比弗布鲁克勋爵和阿特利先生都已经到了。"

丘吉尔先生在自己的连体工作服上擦了擦手，"好吧，亲爱的。"

"你们刚才是在谈论我们的霍尔普小姐吗？"当他们一行三人朝屋里走去时，克莱米问道。

"噢，你知道我不能跟你谈论这类事情的!"首相嘟囔道。

"温斯顿，你们不能把人当作棋子一样摆布。我相信你和弗莱恩先生都知道这一点。"

"现在是战争时期，克莱米。我们只是做了自己必须做的事情而已，霍尔普小姐应该会是第一个对我们的行为表示赞同的人。"

"这可是人命关天的大事呀，温斯顿。"

"此事已经获得了国王陛下的批准。而且我对咱们的红头发间谍非常有信心。"

"但愿你是对的，亲爱的温斯顿。"

第八章

"多萝西的朋友"
"DUOLUOXI DE PENGYOU"

原来她都知道了,戴维这才意识到了这点。
可是他得让她亲口说出来才行,
"你究竟是为什么事情而感到受辱的呢?"
"因为你是……'多萝西的朋友'。
正因为如此,我为你感到羞耻,也对此深感厌恶。"
她将双臂交叠着放在胸前,紧抿着粉色的嘴唇。

休离开位于军情五处的办公室，乘坐拥挤不堪、气味难闻、蚊蝇飞舞的地铁赶往尤斯顿火车站。他将在那里搭乘火车去布莱切利。

休其实并不想和埃德蒙·霍尔普见面。不过，由于他俩都是专业的情报工作者，眼下休需要埃德蒙帮助自己完成手头的任务，更何况休也知道自己应该将工作摆在比任何个人恩怨更高的位置上。话虽这么说，休仍然因即将到来的会面而深感不安。

待休看够了车窗外广袤的绿色草场和白色的羔羊之后，他乘坐的列车沿路经停特林、切丁顿和莱顿布扎尔德三个站，顺利抵达了布莱切利——一座位于伦敦西北面四十英里①处的小镇。"政府密码学校"就在布莱切利，它也被称为"X基地"或"布莱切利公园"，不过后者是更广为人知的称谓。

布莱切利公园由一大片修建于维多利亚时代的都铎式风格建筑群所组成。如今这里住满了擅长玩填字游戏的军人和学者，不过他们真正的工作是破解纳粹的军事密码。

休站在布莱切利公园高大的前门边，向守卫出示了自己的身份证件。不一会儿，守卫挥了挥手，放他通行。休穿过草坪，朝建筑群的主楼走去。尽管此时天气很热，一群青年男女——皆为密码破译人员——仍在草坪上玩着一种类似棒球的儿童游戏。只见他们用一根扫帚柄和一颗旧网球玩得不亦乐乎，笑闹声不绝于耳。休从他们身旁经过，来到了主楼的哥特式大门边。这里由两名身穿制服、握着步枪的守卫把守着。他再次出示了自己的身份证明文件，之后被顺利放行。

休进到了一个由浅粉色的大理石柱支撑着的大厅。这里的天花板很

---

① 1英里约合1.6千米。

高，墙上全都覆盖着深色的木镶板，厅内的空气并不怎么流通。他向接待员询问自己该上哪儿去找埃德蒙·霍尔普。

接待员是一位身着绉布西装的瘦小老人，他坐在一张金属小桌后面问道："他知道你要来吗？"老人正在吸一支烟斗，空气中弥漫着烟草的香味。

"是的，我事先已经跟他约好了。"休回答道。

"请稍等一下。"这位年长男子将手中的烟斗放在一个玻璃烟灰缸里，随即拿起了桌上的电话听筒。他拨动了四个数字，"你现在能和一位名叫休·汤普森的特工见面吗，先生？"他暂停片刻之后又接着说，"好的，好的，当然，先生。"

老人放下电话，抬起头来，用一双明亮而灵活的蓝眼睛看着休，"他说他现在正在忙着，不过他会尽快和你见面的。"说完他朝一扇彩色玻璃窗近旁的一个硬木板凳努了努嘴，只见板凳上方的墙上还贴着一幅宣传海报——布莱切利公园乐队即将演奏珀塞尔的歌剧《狄多与埃涅阿斯》，"你何不去那边坐着等他呢？"

. . . . ——— . —— . .

三个多小时过去了，休还在等待埃德蒙·霍尔普。在这期间，他不时起身踱一踱步，然后又坐下，并试着在脑子里破译那份德国密码。失败了好几次之后，他仍然绞尽脑汁地思索着。他的肚子开始"咕噜"直叫，于是他看向大厅里那位接待过他的老人，问："我能去哪里找到吃饭的地方呢？"

"这里有一间食堂，"老人答道，"离四号楼不远。你从主楼的后门出去之后先往左拐，然后可以在路上再找人打听一下。"

"如果我不在的时候霍尔普教授来了……"

"我会告诉他你去哪儿了。"老人朝他眨了眨眼，"别担心，小伙子。"

. . . . —— . —— . .

可是休却着实有些担心。他为"二十委员会"主席马斯特曼委派给自己的新工作而担忧。他担心密码无法被破解。与此同时，与埃德蒙·霍尔普共事也令他感到不安。他还担心自己能否通过与克鲁格合作而实现诓骗克拉拉·赫斯的目的，令赫斯以为她的计划正得以顺利进行——但事实却不然。不过一直以来，在休的内心深处，真正最担心的还是玛姬。

在好几次走错了路之后，他终于辗转来到了食堂。这里散发着烹饪油脂的气味和洗碗水的味道，墙上贴着各式宣传海报。其中一张海报上印着一个男人的脸部特写，他的嘴上有一个黑色的叉。这幅海报的文字说明是：**管好你的舌头——口风不严战舰沉**。休还留意到了另一张印有一名垂死士兵的海报，其文字说明为：**你的无心漫谈也许会带来严重后果**。

当他掏出几枚硬币来购买茶水和奶油卷时，突然听到身后不远处传来了一阵笑声，便转过头去看了看。只见几名男子正聚在一张桌子跟前用餐，他们都穿着皱巴巴的西装。从食物的外观看起来，他们吃的好像是"牧羊人"馅饼。很快，休清楚无误地从这群人当中认出了埃德蒙·霍尔普。

就算埃德蒙或许正因撇下苦苦等待的休，独自前来用餐，但却又在食堂被休撞见而觉得尴尬，他也并没有将这样的情绪表露出来。"汤普森先生！"他举起一只手臂高喊道，"到我们这儿来坐吧！"

休端着茶水和奶油卷走了过去。桌边的一名男子站起身来，把自己的位子让给他，"你好。"

"这位是休·汤普森。"埃德蒙向留下来的人介绍道，"汤普森先生，这两个家伙分别是乔什·库珀和艾伦·图灵。"他边说边依次指着两人为休作介绍。

两人同休打过招呼之后，便又重新和埃德蒙一起投入到了关于"考拉兹猜想"的热聊当中。只听得库珀兴奋地说："我听说保罗·埃尔德什曾发布悬赏令，以求召集能解决这个问题的人，悬赏金额高达五百美金呢。"

埃德蒙从齿缝间吹出了一记口哨，"太好了。埃尔德什现在在哪里呢?"

"我猜他应该在普林斯顿吧,"图灵咬下了一口"牧羊人"馅饼,继续说道,"他不会长久待在一个地方的。"

"他毕竟是一名匈牙利犹太人啊,这也怪不了他。"埃德蒙说,"他能及时逃脱纳粹的迫害已算幸运了。我听说……"

休觉得自己实在不能再这样继续浪费时间了。"埃德蒙,"他说,"我并非有意打断你们的谈话,可是我想问一下,我能和你单独谈谈吗?"

埃德蒙看着另外两名密码破译专家,"先生们,你们介意吗?"

"一点也不,"图灵说完便和库珀一道起身准备离开,"我们还有一个漫长的夜晚可以聊天呢。再见,汤普森先生。"

休环顾了一下空荡荡的食堂,然后清了清嗓子。"霍尔普教授,"他开口说道,"你大概已经知道了,我现在和约翰·马斯特曼一起工作。"

"你指的是'二十委员会'的马斯特曼吗?"

"没错。事情是这样的,我们拘禁了一名德国间谍,而他现在正扮演着双重间谍的角色。最近他收到了一则以密码形式发来的新信息,可他却声称无法破译其中的密码。"

"这么说,马斯特曼想找人试着破译那份密码信息,是吗?"埃德蒙叹了口气,"好吧,我接受这个任务。"

"谢谢你,先生。你身上带着纸吗?"

埃德蒙从自己的衣袋里掏出了一张皱巴巴的纸和一支旧钢笔。

休把记在自己脑子里的数字和字母都写了下来。待他写完之后,便把纸递给了埃德蒙。后者眯缝着眼睛看了看纸上的代码,随即从衣袋里掏出一只打火机来。他将打火机打燃之后,再将那张纸放到火苗上,然后和休一起眼睁睁地看着它彻底被烧成了灰烬。

"那名间谍有一个德国标准版的密码盘。"休补充道,"可整个'二十委员会'却没人能找出这份密码和他的密码盘之间有任何关联。"

埃德蒙表情严肃地笑了笑,"我会看看的——有消息我再告诉你。"

这次会面似乎就这么结束了。埃德蒙站起来之后二话没说，转过身去头也不回地走开了。

不过，这位教授走出几步之后又停下了。他转过身来再次面对着休，"你有关于……"

休非常清楚地知道，埃德蒙想问自己是否有玛姬的消息，"我和她最后一次见面是在伦敦。她现在已经……离开了。"

"好的，好的。"埃德蒙一面嘟囔，一面再度转身离开。休留意到他的背略微有些佝偻，一边走一边喃喃地补充道："那好吧，那好吧。"

"不过你大概应该知道……"

"知道什么？"

休鼓起勇气脱口而出："此次任务的密码是由你的……是由克拉拉·赫斯发送的。"

"我知道了。"埃德蒙应道。随后他朝休挥了挥手，"就这样吧。"

待埃德蒙离开食堂之后，休斜倚在食堂所在的五号楼墙边，感觉双腿有些发软。他从身后的裤兜里掏出一只小银瓶，将其举到嘴边喝了起来。

. . . . . ——— . —— . .

戴维·格林并不习惯与女人约会。

正因如此，当他与罗莎蒙德·莫泽面对面地坐在"萨沃伊烧烤餐厅"里一张铺着白色亚麻桌布的餐桌跟前时，感觉极其窘迫不安。乐队演奏的乐曲在用餐客人的低语声和餐具酒器的轻撞声中缓慢地流淌着。

罗莎蒙德是个漂亮的女子。在戴维看来，身着急救护士队制服的她，着实算得上是"惊艳"了。她的年纪还轻，五官精致，受过良好的教育——毕业于牛津大学圣希尔达学院。她留着一头栗褐色的秀发，皮肤白皙，嘴唇饱满，两只眼睛炯炯有神。由于她的父母与戴维的双亲是朋友，两家人向来来往密切，所以戴维可以说是看着她长大的。可是戴维比她年长得多，因此在两人的成长过程中，戴维几乎没怎么将她放在眼里，时常忽略她的存在。不过，当戴维打电话问她是否愿意抽个时间和自己一起吃顿饭时,她虽然答应了下来,但语气却冷淡至极,这令戴维颇感惊讶,几乎不敢相信自己的耳朵。

此时与她面对面地坐在餐厅里,令戴维备觉尴尬。

"唔,"戴维说,"你看起来真漂亮。"

"是的,"罗莎蒙德直率地应道,"你刚才已经提到过这一点了。"这倒是实话,在此次见面的过程中,戴维已经对她的容貌恭维过三次了。

他清了清嗓子。"那么,你的父母还好吗?"他再度开口问道。

"他们都很好。"她回答道,"目前我母亲住在乡下,我父亲在海军部工作。我不知道他的具体工作是什么,他也不会告诉我们,因为那是需要绝对保密的。"

沉默了片刻之后,她以牵强的语气问道:"你的父母怎么样啊?"

"他们很好,"戴维说,"是的,很好,非常好。"他在心里暗自责骂自己此时为何显得如此笨嘴拙舌。在通常情况下,当他以不受任何约束的单身男人身份向女人们献殷勤时,总是能轻而易举地讨得她们的欢心。可眼下他却是在和一个女人约会,而这个女人也许会将与他有关的任何事情告诉她的父母,接下来她的父母很可能会将同样的事情再向戴维的父母转述。戴维的父母已经向他下达了最后通牒:他要么赶紧为自己找个新娘,要么就只得放弃他的信托基金和父母的遗产。

他当然不能告诉罗莎蒙德:他之所以约她出来吃饭,只是为了看看他究竟有没有可能会对跟自己背景相似的犹太女人动心,以及双方是否有足够多的共同语言,以至于有朝一日两人兴许能定下心来组建一个家庭。可是依照目前的情形来看,这样的事情几乎不大可能发生,因为她甚至不愿跟他有丝毫的目光接触。

乐队转而开始演奏爵士乐专辑《蓝色香槟》里的曲子。

"你看起来似乎有些不大自在。"戴维终于开口说道。

"不自在?"罗莎蒙德压低了声音,随即正视着戴维的眼睛继续说道,"我知道……我知道你是……怎样的人,戴维。我知道关于你的一切事情。当我们在牛津大学求学时,你一直都是众人闲谈议论的焦点。

你是我家族的朋友，而这对我来说实在是一种耻辱，简直是奇耻大辱。如今犹太人在这世上的处境已经够艰难了，可你却非得……那样做。你给我带来了很糟糕的影响，戴维。我为此失去了不少朋友。"

原来她都知道了，戴维这才意识到了这点。可是他得让她亲口说出来才行，"你究竟是为什么事情而感到受辱的呢？"

"因为你是……'多萝西的朋友'①。正因为如此，我为你感到羞耻，也对此深感厌恶。"她将双臂交叠着放在胸前，紧抿着粉色的嘴唇。

戴维叹了口气，"没错，我的确有幸与多萝西·帕克②女士见过一次面，可这并不……"

罗莎蒙德扬起一只手臂，"《圣经·利未记》第20章13节这样说：'人若与男人苟合，像与女人一样，他们二人行了可憎的事，总要把他们治死，罪要归到他们身上。'"

听了这话，戴维一时竟有些语塞。他知道人若犯了"严重猥亵罪"将会招致怎样的后果。如果他的行为被人发现的话，他可能会被逮捕和监禁，甚至被罚做苦工。由于"多萝西的朋友"通常被认为是病态之人，所以他们常常得接受诸如阉割、脑叶白质切除术、阴部神经手术及电休克疗法等"治疗"方法。同性恋者在牛津大学尚且只是引来众人侧目，那么在伦敦，尤其是身为政府工作人员的同性恋者，就更得小心行事了，千万不可掉以轻心，"我为……我为我给你带来的困扰和冒犯向你道歉，我是真心的。"

"你本人并没有冒犯到我，"罗莎蒙德阐明道，"可你的行为却起到了这样的作用。我知道你们将彩色的装饰手帕插在西装的上衣口袋里，还在公共厕所解便时采取特殊的站位方式，以此来向陌生人表明自己的性取向。这样的行径实在令人厌恶，而且违反自然规律，这在上帝眼中也是极其可憎之事。"

---

① 美国20世纪著名演员兼歌手朱迪·嘉兰在其电影代表作《绿野仙踪》中饰演女主角多萝西。影片中多萝西身边的朋友都是与众不同的，而她真诚地接纳了他们。
② 美国作家。她的诗歌经常犀利直率地讽刺当代美国人性格上的弱点。其短篇小说也同样具有讽刺意蕴。

戴维像是受到了某种打击似的，面部肌肉略微抽搐了一下，"这么说，上帝给了你这样的启示？"

"我是听拉比①这样说的。上帝希望我们以贞洁而自持——或诸如此类的态度——来对待婚姻。这是他给我们的诫命。而且，神圣的婚姻关系只能在一男一女之间缔结。"

"那么你为什么接受我的晚餐邀请呢？既然你和我在一起并不舒服，为什么要屈就自己来和我见面呢？"

罗莎蒙德环顾了一下餐厅，一面用手势召唤先前为他们递上菜单的侍者，一面回答道："首先，是因为我父母希望我来赴你的约。我不愿忤逆他们的意思，也不愿向他们解释我不想来见你的原因。毕竟，他们对于你的……癖好……完全是一无所知，我可不愿劳神费力地去颠覆他们长久以来对你的看法。其次，多年来我在牛津大学一直因为你而蒙羞受辱，我希望趁这个机会把我的感受告诉你。再者，对我来说，眼下的粮食配给实在太缺乏了。"说着她抬起头来看着伫立在旁的侍者，"请给我一份烤肉，要五成熟的。"

· · · · · ━━ · ━━ · ·

第二天早上，伊利斯按照自己对利希特神父的承诺，偷偷溜进了查立特医院的档案保管室。她发现特殊档案装满了无数个抽屉，这些档案的主人都是被查立特医院判定为"不宜继续存活"的病人，而他们也都被遣往了哈达马尔研究所。

每一位病人的档案袋中都包含了大量的文件。其中包括：哈达马尔研究所的同意接收函，通知病人父母其子女患上了诸如肺炎等病症的信，仅供纳粹党人查看的真实死亡报告，病人因虚假原因丧生的死亡证明书，通知死者父母其子女已因病亡故及骨灰稍后寄返的信。这当中往往还包含一封由死者父母寄来的信——他们通过这些由颤抖的手写成、沾满泪痕的字迹来请求获知与其子女有关的更多情况。

---

① 犹太宗教领袖，尤指有资格传授犹太教义，或精于犹太法典的犹太教堂主管。

伊利斯还在这些档案袋中找到了一封来自元首希特勒的公函，他在信中准允博兰特医生及其他医生在德国全境展开大规模的谋杀行径。这封公函的签署日期正是德国发动战争的那一天。

柏林，1939 年 9 月 1 日

全国领袖菲力普·鲍赫勒及卡尔·博兰特医生奉命授权给指定姓名的医生，让他们在对患有不治之症——在现有医疗条件下——的病人进行全面而细致的检查之后，有权决定是否对其施行人道主义死亡计划。

签署人：阿道夫·希特勒

上帝啊，请帮帮我吧，伊利斯默祷着，心脏怦怦直跳。她用颤抖的双手把一些文件放入一台反转显影复印机里进行复印，机器运作时所发出的刺鼻硫黄味不禁令她皱起了鼻子。

她正心烦意乱地复印着文件，档案保管室的门突然被打开了。"赫斯护士！"她听到了一个声音，"你在这里做什么？"

一看到弗林特护士，伊利斯不由得吓了一大跳，随即竭力掩饰着内心的慌张，"噢，呃，博兰特医生说复印机坏了，问我能不能试着修好它。"

弗林特护士扬起一侧眉毛，"对于如何处置出故障的复印机是有规章可循的，这你也知道。我们凡事都得按章行事！"

伊利斯绽放出一个最灿烂的笑容，"我想我快要修好它了，弗林特护士。"

"如果你看到一名技术人员正试图履行护士的工作职责，你会作何感想？"她击了击掌，"快离开那台机器，赫斯护士。"

在离开复印机之前，伊利斯迅速将她复印好的文件收集起来。

"把它们给我。"弗林特护士命令道。她的个头比伊利斯更高，体重也至少比她重了六十磅①。伊利斯顿时觉得房间里的空气变得无比闷热。

她只得将手中的文件递了出去。

"赫斯护士,这些都是机密文件。你究竟为什么要对它们进行复印?"

"正如我刚才所说的,我正在修理复印机。"

弗林特护士眯缝着眼睛,"它看起来似乎没什么问题啊。"

伊利斯努力使自己的两只嘴角朝上扬起,勉强笑道:"唔,现在当然没问题了,因为我已经把它修好了呀。"

弗林特护士将手中的文件扔进了离自己不远的一个废纸篓里,转而对伊利斯说:"下次别再这么做了。"

"遵命,夫人。"

弗林特护士伸出手来握住伊利斯的一只手肘,拽着她离开了档案保管室。伊利斯知道,她的这次任务——起码可以算作一次小小的尝试——算是以失败告终了。

. . . . . ——— . —— . .

在查立特医院的一间病房里,编号"1564"、亦被称为"神秘先生"的病人静静地躺在病床上,目不转睛地盯着雪白的天花板。

目前他最大的问题是他似乎没法说话——可是医生们却检查不出他的声带遭受了什么损伤。博兰特医生将他的这一症状定义为"炮弹休克"②,还说这是"战争创伤后遗症"的一种表现。医生们认为,他的这种症状也许会永久持续下去,但也可能会瞬间消失。

伊利斯认为"神秘先生"最需要的是有人能陪他聊天,所以当她

---

① 1 磅约合 0.45 千克。
② 这一怪病首现于第一次世界大战中,但其严重伤害至今仍难以解释。早期的医学观点基于常识认为这种伤害是"震荡"的结果,也就是颅内大脑受到严重震荡,于是"炮弹休克"被认为是一种生理伤害,所有被"炮弹休克"的士兵在制服上都能有一条"伤兵带",他们会被遣散并接受战争受伤赔偿。随着战争深入,越来越多医学观点认为"炮弹休克"属于神经性疾病。

为他检查生命体征的时候，一直同他说着话。"今天天气很好，"她边说边用自己温暖而稳定的双手为他诊脉，"你可能还不知道，蒂尔加藤公园的杜鹃花现在开得正艳呢。"

她为他解开伤口上的绷带和纱布。"噢，伤口恢复得不错，"她以抚慰性的语气说道，同时为他换上了一块新纱布，"看来你很快就能痊愈了。"她说这些话的时候，一直都看着他的眼睛，注视着他的瞳孔。他能理解她所说的话——对此她深信不疑。尽管他假装无视她的存在，而且看起来心存惧怕，可她仍能从他的反应中看出这一点来。

她将他的头抬起来一些，然后为他拍松了枕头。"好了，"她说着便将他的头重新放回枕头上，"我会去问一下医生我们什么时候才能让你坐起来。一旦你能坐了，我们就能把你放在轮椅上，接下来我会推着你出去呼吸一下新鲜空气，晒晒太阳。那样岂不是很好吗？当然比现在这样要好多了。"

"神秘先生"伸出一只手来，握住了伊利斯的一只前臂。他凝视着她的双眼，伊利斯能从中看出他的感激之情。

"别客气。"她轻轻拍了拍他的手，"我过几个小时会再回来为你检查生命体征的。"

. . . . — — . — — . .

从医院下班之后，伊利斯径直去了圣海德维格教堂，利希特神父的办公室就在那里。

"很抱歉我没能拿到那些档案。其实我就差一点点就做到了，没想到在复印文件的时候却被人发现了。"一想到当时的情形，伊利斯仍然不寒而栗。

"我并不想让你将自己置于险境当中。"利希特神父说。

"我得设法查明每天载着孩子们离开的巴士去了哪里，以及接下来发生了什么。"伊利斯反驳道，同时在自己胸前画了个十字。

利希特神父神情严肃地点了点头，"不过倘若你发现他们对你起了疑心……我知道你母亲在纳粹党内有相当高的地位，可即便是她，恐怕也没法帮到你……"

"这事与我母亲无关，"伊利斯说，"纯粹是我个人的意愿。我相信上帝希望我这样做。"

"那么，愿上帝与你同在，我的孩子。"神父起身穿上了外套，"现在我恐怕得走了。"

"你要去哪儿？"伊利斯问道。

他笑着说："去参加查经聚会。"

· · · · ——— · —— ·

利希特神父所说的查经聚会每周都会在寡妇汉娜·冯·索尔夫家中举行一次。

其实这个查经聚会小组是由柏林一个纳粹抵抗组织的成员组成的。他们来自各行各业：有商业大亨、零售商人、天主教的神父、路德教的牧师、共产主义无神论者、工厂厂主及工会会员。这些看似毫不相干的人之所以能团结一致地凝聚起来，是因为他们都对纳粹主义充满了憎恨，同时也都有着结束希特勒政权的强烈愿望。这支秘密抵抗组织成立于1936年，那时成员只有寥寥数人，但如今已发展壮大到了二十多名成员。每个人都清楚地知道，一旦组织被暴露，他们无疑都会被盖世太保抓到并处决。

在索尔夫夫人家中的客厅里，利希特神父在戈特利布·莱勒身旁坐了下来。房间里的家具布置和装潢全都采用了装饰艺术风格，随处可见对称之美。坐在这里的大多数男人看起来都相当壮实，被他们坐在身下的精致椅子看起来似乎随时都有被压垮的风险。

今天到场的成员总共有十二名。索尔夫夫人吩咐年轻的女佣为大伙儿端来了一盘表面撒了糖粉的油煎饼。"我来倒茶吧，海尔格，"索尔夫夫人对女佣说，"这里暂时不需要你了。"

她为每个人都倒上了一杯葛缕子茶。待他们喝过茶、吃完点心之后，她便宣布聚会开始。"莱勒先生，"她对戈特利布说，"你先来发言，好吗？"

戈特利布抬眼看了看身边的一张张苍白脸孔，"我很乐意告诉大家，我们那位从英国来的朋友已经平安抵达了。"

听到这个消息之后，众人一齐鼓起掌来。

"还有我们的无线电通信员现在已经拿到他所需要的器件了。"

"这真是太好了。"索尔夫夫人将两只手的手指紧扣在一起。

"不过，我们还得设法将窃听器安装在赫斯夫人的书房里。"

"她的'冰与火'舞会不是在明天晚上举行吗？"索尔夫夫人问道。

"没错，"戈特利布答道，"我有些担心，毕竟她并没有这方面的经验……"

"她？"柏林大教堂的路德教牧师尊德尔先生吃惊地说，"原来是一个女人？"

"关于这一点，我的感受跟你一样。"戈特利布应道。

"一个女人，"索尔夫夫人冷冷地念叨着，"我的天哪。"

众人都没有留意到她的反应中所蕴含的讽刺意味。

"按照我们的计划，"戈特利布继续往下说，"她将在明晚把窃听器安装在赫斯夫人家中的书房里，后天晚上就离开这里回英国去。可是，正如我刚才所说的，我对她有些担心。她只在英国执行过一两次小任务——这还是她第一次执行海外任务。如果事情出了任何岔子，将由我来确保窃听器能够安装妥当。"

"我会为她祷告的，"利希特说，"也会为你祷告——求神帮助你们得以成功完成任务。"

"我也会为你们祷告的。"尊德尔先生说。

索尔夫夫人用一张亚麻布餐巾擦掉了沾在嘴唇上的糖粉，"利希特神父，你有什么要说的吗？"

"我认识一个在查立特医院工作的人，此人或许能拿到博兰特医生辖下的一些档案。"

"你确定冯·普赖辛格主教会出面处理那件事吗？"

"只要我们掌握了确凿的证据，他就会出面，冯·索尔夫夫人。"利希特神父回答道，"届时慕尼黑的迈克尔·冯·福尔哈伯主教、明斯特的克莱门斯·奥格斯特·格拉夫·冯·盖伦主教以及认信教会的迪特里希·潘霍华牧师应该都会出面。"

"太好了。那么尊德尔先生，你那边有什么新闻吗？"他们就这样喝着茶聊天，直至深夜。

. . . . ——— —— . .

当伊利斯回到位于格鲁内瓦尔德的家中之后，一下子便想明白自己应该怎么做了。或许她没法拿到那些档案——或者说暂时还拿不到——可是她或许能够拯救一两个生命。

她家的阁楼很宽敞，不过除了用来储物之外便别无他用。家中的女佣们每年会上阁楼两次，分别是为了取用和存放圣诞节装饰品。除此之外，家里再没其他人会涉足其间。不过，眼下距离圣诞节还有一段漫长的日子。伊利斯认为自己接下来只需略微花点力气把阁楼打扫干净，再将放在那儿的旧行李箱和破旧家具挪到一边，就能腾出一个舒适的生活空间了。

此时伊利斯的母亲并不在家，而女佣们又以为她还在医院没回来。她赶紧抓住这个绝佳的机会溜到了阁楼里，对其进行清理和打扫——不过她的一举一动都非常当心，尽量不弄出什么动静来。在刚过去的春夏两季里，阁楼的窗户都不曾打开过。所以当伊利斯刚进去时，里面的空气已经浑浊到了几乎令人窒息的地步。我可以在这儿藏下多少个人呢？她手握拖把杆思索着。她的连衣裙外面套着一条脏兮兮的围裙，头发上裹着一张方巾，浑身落满灰尘，而且累得直喘粗气。

阁楼里原本就摆放着一张双人床。伊利斯对其进行了一番检查，确信没有老鼠在那上面做窝。现在看来，这里还能再容纳两张床，或许三张也行？

她还在阁楼里找到了一张卷起来存放的旧床垫，其面料是印有深蓝色条纹的亚麻布。伊利斯还记得自己在参加"德意志女子青年同盟"的一次露营活动时曾用过它。这张床垫很薄，阁楼的地板又很硬，不过它应该还是能发挥一些作用的。

这里还有一些以往用过的便壶。唔，它们应该能派上用场，伊利斯心想。现在孩子们还需要干净的寝具和毛巾、一些换洗衣服、足量的水和食物……

我这是疯了吗？两名纳粹党卫军的军官将她抵在墙边，同时还有另外两名军官用枪指着她，那情形仍然历历在目。不过她很快又想到了格蕾特尔和弗里德里希，还有其余更多的孩子们。

她心满意足地环顾了一下已经可以住人的阁楼，踮着脚尖溜了出去。

· · · · · —— —— · —— · ·

夜已经很深了，然而恩斯特·克莱因却还没有完成他这天的工作任务。他敲响了埃丝特·曼德尔鲍姆的家门。片刻之后，门内传来了慢吞吞的脚步声。又过了好一阵子，他才听到了门上的锁定插销转动时发出的响亮"咔哒"声。

"外面是谁啊？"屋内一个略微发颤的声音问道。

"是我，曼德尔鲍姆夫人。我是恩斯特·克莱因。"

随后他听到门边传来了椅子挪动的声音，接下来门终于被打开了。"克莱因先生，"站在他面前的女人将满头浓密的银发在脑后盘成了一个圆髻，"见到你真高兴。请进屋来吧。你想喝一杯现今用来冒充咖啡的饮品吗？"

恩斯特因他即将说出口的话而恨透了自己。

"不用了，曼德尔鲍姆夫人。"他答道，"我有……我有一封信要给你。"他从自己的帆布背包里取出一封信，迅速递给了她，仿佛那封信会灼痛他的手指似的。

这是一个标准规格的淡灰黄色公事信封，上面以黑体字整齐地印着她的姓名和住址，寄件人地址则写着"德国犹太人协会"。

"看来，"曼德尔鲍姆夫人不带任何感情地说，"它终于还是来了。"她打开信封，取出内中的信纸读道："被召集者应于星期三早上九点在犹太教堂集合。届时请穿上工作服，并携带易于搬运的手提行李以及够吃两三天的食物。另外，请带上你的贵重物品和现金。不得携带火柴和蜡烛。"

"这不是要没收你的财产，只是给你委派一些工作而已。"恩斯特说。

"委派工作？给我这把年纪的人委派工作？"曼德尔鲍姆夫人对此话嗤之以鼻，"其实这就是一份死亡判决书，你我都知道这一点。"

他沉默了片刻之后，问道："你打算怎么做？"

她无可奈何地耸了耸肩，"我能怎么做呢？"

他俩就这么面对面地呆立了一会儿。随后恩斯特从包里掏出了一块写字夹板和一支笔，"我很抱歉地告诉你，曼德尔鲍姆夫人，你得在这上面签上你的名字。"

"没问题，"她不假思索地从恩斯特手中接过笔，在指定处工工整整地写上了自己的名字，"如果上帝住在我们这儿，人们一定会去打碎他的窗玻璃。"

恩斯特露出了一个苦涩的笑容。

"至少你目前还是安全的，"她说，"还能和你的非犹太妻子平安度日。"

这时恩斯特从他的胸袋里取出了另一封信。当曼德尔鲍姆夫人看到信封上以同样的黑体字印着他的姓名及寄件人地址时，不由得瞪大了眼睛。

恩斯特点了点头，"事实显然并非如此。"

"我会在犹太教堂见到你吗？"

"也许吧，曼德尔鲍姆夫人。也许可以。"

第九章

初会戈培尔

CHUHUI GEPEIER

玛姬曾见过这两人的照片,
他们是德国宣传部部长约瑟夫·戈培尔与妻子玛格达。
戈培尔是一名极瘦的小个子男人,
长着一张干瘪起皱的长脸,一只脚略微有些内翻。
不过,他那双深邃明亮的深色眼睛、光洁优雅的双手、
富有磁性的男中音却令他整个人散发出一种奇特的魅力。

戴维和弗雷迪并排着躺在戴维的床上，两人头下各枕着一个厚实的鹅绒枕头，眼睛都注视着天花板，正来回传递着吸食同一支香烟。他俩时不时地抬起手来，往摆在两人中间的水晶烟灰缸里抖一抖烟灰。

"你要知道，这样做是不对的。"弗雷迪开口说道。

"恰恰相反——你看起来似乎还蛮享受的嘛！"

"不，不，我指的是你邀请罗莎蒙德·莫泽和你共进晚餐那件事，实在是大错特错。"

"我知道。"戴维叹了口气说，"不过她也没必要这么刻薄啊。"

"唔，其实她有这种反应也在情理之中，不是吗？不过，说真的，关于你想找个无辜的姑娘来结婚的想法，真是错得离谱。罗莎蒙德——不，任何一个女孩——理当同一个真正爱她的男人结婚。"

"我知道，这些我都知道。"戴维用两只手捂住眼睛，"可我实在是太绝望了，所以才病急乱投医的。不然，我还能怎么办呢？"

弗雷迪转过身来面对着他，"你应该以光明正大的方式来采取行动。要对你所选择的结婚对象以诚相待，对她说出真相。"

"说出真相？"戴维苦笑道，"这样一来，恐怕就没人会愿意和我结婚了吧。"

"黛芙妮·布鲁克斯怎么样？"

"黛芙妮？可她是一名女同性恋啊！"

弗雷迪笑道："你说的没错。我实在忍不住去想：她的父母没准儿也希望她能尽早结婚哩。"

"噢！"戴维感叹道。弗雷迪凝视着他，等着他自己想明白。最后，戴维总算理清了头绪，"噢！对啊！倘若我和她结婚的话，婚后我们可以各行其是……"

"而且互不干预。"

"唔,可她不是犹太人……"

"但她可以皈依犹太教啊。"

"而且,我不确定她是不是想生孩子。"

弗雷迪一把握住了戴维的手,"别操之过急,这件事我们得从长计议。我想的是,我先来安排一个晚餐聚会,邀请她和她的女友前来参加。席间我们可以和客人们一起喝点葡萄酒……"

"你可真是个天才!"戴维兴奋地喊道,"你太聪明了,亲爱的。"

弗雷迪笑着说:"唔,我还能为你想到一大堆用来报答我的方式呢……"

．．．．———．——．．

这天是弗里达的休息日。

自从她嫁给犹太人之后,生活就受到了诸多限制,许多以往能做的事情都不能再做了。她不能去蒂尔加藤公园散步,不能去电影院,甚至被规定只能在下午四点之后才能去商店排队购买定量配给的食物——等到了那时,恐怕所有商店的食物都已售卖一空了。

于是,暂时无事可做的弗里达系上一条围裙,开始对他们所住的公寓进行大扫除。她动作麻利地扫完了地,还将地板和窗户也擦洗得一尘不染。接下来,她开始清理家具表面上的灰尘。为了打扫恩斯特的书桌,她只得将桌上的文件全都挪到别处。

这个举动让她看到了那封信。

"天哪。"她喃喃地说,用颤抖的手指拿起了信封,只见上面赫然印着"恩斯特·克莱因医生"字样以及他们夫妇的住址。她的双眼一下子被灼痛了。

由于恩斯特仍在为"德国犹太人协会"派发信件,所以现在还说不准这封信究竟意味着什么,或许它就是一封无关紧要的普通信件而已。弗里达犹豫了片刻,用发抖的双手将装在信封里面的信纸拉了出来。即便她已有心理准备,可当信纸上的内容刚一映入眼帘,她便感到一阵突如其来的眩晕，以至于身体失去平衡，一下子跌坐在了破旧的沙发上。

信中指定的日期就在两天之后。

恩斯特是不是甚至不打算把这件事告诉她了？或者他准备等到临行前的最后一分钟才将一切对她和盘托出？

恩斯特将被遣往一座劳动营。她压根儿就不指望由纳粹建立的所谓"劳动营"会让人受到像样的对待。

弗里达不知道自己此时还能做些什么，只得呆坐于沙发上，在寒冷中默默等待着。时间就这么一分一秒地流逝。等到太阳落山之后，她仍然一动不动地在黑暗中静坐着。

· · · · ——· —— · ·

恩斯特下班后回到了公寓里，可他并不知道家中有人。待他打开天花板上那盏照明灯的开关时，不由得倒吸了一口凉气。

"你在干什么呀？怎么不开灯呢？"话音刚落，他就看到了弗里达手中的那张信纸，这一瞬间，他立刻明白她刚刚做了什么、看到了什么以及知道了什么。

他走过去，坐在她身旁，握住了她的一只手。

"我想让你……"他的声音略微有些沙哑，不过他仍继续往下说，"……帮我结束自己的生命。"

"什么？"弗里达可没料到他竟会说出这样的话来。倘若他想让她帮助自己逃命、躲藏或是去抢劫银行以贿赂某人，她都可以接受。可是让她帮助自己的丈夫自杀？这可绝对不行！"我是一名护士——我的职责是救死扶伤。我不能帮助你——或任何人——结束自己的生命。这太疯狂了。简直疯狂到了极点。"

恩斯特站起身来，将两只手的手指全都插进自己的头发里，反复往后摩挲，直到每一根头发都竖立起来，"眼下我正置身于一个疯狂的处境中，弗里达！无论怎样我终究都是会死的。与其让那帮纳粹混蛋得逞，我倒更宁愿自行结束生命。难道你认为我将面临的情形会比自杀更好吗?"

"他们也利用你说的那套关于生死的逻辑来对人们施行安乐死。查立特医院里那些有精神疾患或发育不良的孩子们……"说到这儿,弗里达的声音略微有些发颤,"伊利斯还不知道这个秘密,可它正逐渐被越来越多的人所知晓。"

"这不是一种逻辑!我不是小孩,"恩斯特开始在狭小的公寓房间里踱起步来,"我是一名成年人,在各方面都有自主能力。这是我自己的决定。我现在就想死,就死在家里,死在你的身边。我希望能在尊严无损的情形下死去。我看过那部名为《我控诉》的电影,我们是一起去看的……"

"自杀是一种罪,是不可饶恕的大罪。"

"我是犹太教徒,"他说,"我不相信罪,至少我对罪的看法和你不一样。而且我也不相信地狱的存在——除非,除非我们现在生活的世界就是地狱。"

弗里达低下头,用两只手捂住自己的脸,啜泣着说:"我做不到!"

"那我就自己来。"

"你?"弗里达抬起头来,"可你没有那种药啊。"

"我无需药物也能从屋顶往下跳,无需药物也能将绳索系在自己的脖子上,然后踢翻垫在脚下的椅子,无需药物也能……"

"住口!"弗里达尖声喊道。随即她又以更为柔和的语气再度开口:"别再说了。"只见她用双手捂住了眼睛,"我得好好想一想,请给我一些时间。"

"好的,你尽管去想吧,"恩斯特对妻子说,"我们——更确切地说,是我——还有两天的时间。"

· · · · — — · — — · ·

下午五点,查立特医院里的各条走廊上都挤满了准备换班的医务人员。

伊利斯得尽快离开医院,然后回家换上礼服,准备参加她母亲的派对。眼下她正在对自己管辖范围内的病房进行最后的巡查。她动作娴熟而麻利地为病人们一一测量体温、血压和脉搏,一切都进展得非常顺利。

最后她来到了"神秘先生"的病床前,此时这位病人正在睡梦中发出痛苦的呻吟。伊利斯伸出一只手去摸了摸他的额头,发现他的体温很高,而他显然正经受着噩梦的折磨。"糟糕!"她低声自语道。她原本还期望他已经顺利度过了术后感染期,可事实却并非如此。于是,她将病人翻过来平躺在病床上,然后将一根四号输液针扎进了他一只手肘内侧的血管里。

"不!"他突然用英语呻吟着说,"不!别这样!快住手!"他挣扎了一下,立马又平静下来,再度进入了深度睡眠状态。他的深色睫毛轻轻地覆盖在眼睑部苍白的皮肤上,睡得安详极了。

伊利斯却被吓了一大跳。英语?她有些困惑地想道,他终于开口说话了——可他说的却是英语?她环顾了一下四周——并无别人听到他说话的声音。

她清楚地知道,倘若有人听到他讲的是英语,就会告发他。接下来他将会接受审讯,最后很可能会被处以绞刑。

这样一来,又有一条生命将从这个世界消失。伊利斯想到了家中的阁楼,它已经被整理好了,足以让人藏匿于其中。与孩子相比,成年人在里面藏身或许会更容易一些……伊利斯脸上浮现出一丝不易察觉的狡黠微笑。与此同时,一想到自己能在母亲的眼皮子底下——而且是在她举办派对的当晚——将一名英国难民藏进自家阁楼里,伊利斯不禁感受到一丝快意。我这么做不是为了我自己,上帝啊,她在心里默祷着,可是如果我的确能从这件事中得到些微的快乐,这也不算多大的罪过,对吗?你会宽恕我吗?

伊利斯将连着软管的四号输液针从病人手肘上拔了出来,将其挂在他的床框上。"来吧,'神秘先生'。"她一面低语着,一面将他的轮床推出了病房。一路上她径直看着前方,并努力让自己显得更自然一些。她的心脏在胸腔里剧烈地跳动着,"让我为你找一个更隐蔽的地方来养病。"

　　　　·　·　·　·　·　－　－　－　·　－　－　·　·

　　"情况非常紧急。"伊利斯对着话筒说，她的手指不自觉地拉扯着话筒和电话机之间的螺旋线。

　　"我是一名神父，不是出租车司机。"利希特神父拒绝道，"而且我今晚还得主持弥撒仪式呢。"

　　"这件事……真的很重要。我不能在电话里跟你说得太多，可这的确是生死攸关的大事。"

　　"是跟你在找的档案有关吗？"

　　"不，是别的事情，不过这两件事也并不是完全没有关联。"

　　利希特神父取下了金丝眼镜，用手摩挲着鼻梁上留下的红色压痕，"好吧。你需要我做什么？"

　　伊利斯抬眼看了看窗户外面，不由得因夏季的白天总是过于漫长而心生埋怨。她认为等到天黑之后再行动是最好的，可她必须准时赶回去参加母亲的派对，而且她还得弹钢琴为克拉拉的演唱伴奏呢。倘若她不能准时出席派对的话……

　　"你七点钟来查立特医院门口接我吧。还有一件事，神父……请务必记得带上一件神父外袍。"

　　　　·　·　·　·　·　－　－　－　·　－　－　·　·

　　玛姬和戈特利布正在为"冰与火"舞会穿衣打扮。"派对的名字竟然叫'冰与火'？"玛姬在戈特利布的卧室里涂抹香水，"你知道吗，美国诗人罗伯特·弗罗斯特曾写过一首名为《冰与火》的诗歌：

　　"有人说世界将毁于火……"

　　戈特利布正站在浴室镜子前为自己系上蝶形领结，他接着吟诵道：

　　"有人说毁于冰……"

　　"你也读美国人的诗？"玛姬十分震惊。

　　戈特利布放下了手中的领结，"粗野的德国佬，竟然会读除了歌德作品之外的诗作，这令你感到很惊讶，是吗？"

"因为……噢，算了。我看起来还行吧？"

诺琳事先已预料到了玛姬会需要一件正式的礼服，于是她在行李箱里放入了一件蓝色礼服。可是戈特利布却告知玛姬：按照规定，参加这次派对的所有年轻女性都得穿上白色礼服，年长的女性则需穿着黑色礼服。

所幸的是，诺琳事先也为玛姬准备了一些服装配给票。这天白天，玛姬去了一趟位于维滕贝格广场的"卡迪威百货公司"。她在那儿买到了一件白色的雪纺绸晚礼服，同时也花掉了大部分服装配给票和大量的现金。

"你能帮我系一下领结吗？"

"当然可以。"玛姬很快便为他系好了领结。在这过程中，她刻意不去注视他西装翻领上的纳粹十字徽章。

"你带上窃听器了吗？"

"它就在我的手提包里。"

"希望它没有散架。"

尽管玛姬很紧张，可她还是咬了咬嘴唇让自己保持镇定。戈特利布的态度令她原本就绷得紧紧的神经更加不堪重负，"我用两层手帕包着它的。"

"很好，很好。"他走到门口，打开了房门，随即以优雅的姿态朝她弯下身子，"你先请。"

玛姬迈着轻快的步子走出门去，"谢谢你，亲爱的。"

· · · · — — — · — — ·

伊利斯躲在查立特医院门口附近的隐蔽处，等候着利希特神父的到来。待神父将他那辆旧车驶到医院门口停下时，她赶紧走了过去。在此之前，她已经设法将"神秘先生"从病床挪到了一张轮椅上。

"感谢上帝！"她迅速看了看四周的情形——他们周围一个人影也见不着，"我需要你的帮助。"

利希特神父推开车门走了下来。他并没有关闭汽车的发动机,任其空转着。神父看到了坐在轮椅里的年轻男子,后者朝他勉强挤出了一个笑容。"这下子我知道你为什么不愿意在电话里谈论这件事了。"神父低声嘟囔着。

"利希特神父,来见见'神秘先生'吧。'神秘先生',这位是约翰·利希特神父。"

"幸会。"利希特神父简短地寒暄道,伸手拉开了汽车后座的门,然后协助伊利斯将轮椅上的男子扶进了车里。

"神秘先生"朝利希特神父点了点头,随即又因身体疼痛而面露痛苦之色。

"他不怎么喜欢说话。"伊利斯向神父解释道。片刻之后,她又问"神秘先生":"你还好吗?"她倾过身去,将遮住他双眼的深色卷曲头发拂开,继而用手试了试他额上的温度。他仍在发烧。她将利希特神父带来的神父外袍从他头顶套了下去,随后又为他盖上了一条毯子。

"听我说,"她在伤员的耳边用英语低声说道,"我知道你是英国人——因为我听到你在睡梦中讲的是英文。如果这件事被别人知道了,你将会……遇到很多麻烦。所以,我打算把你带到一个安全的地方去。"

"神秘先生"困倦地闭上了双眼。伊利斯突然意识到,残存在他体内的大量吗啡令他根本无法长时间保持清醒。

"你的朋友的确属于沉默寡言的类型。"利希特神父评论道。说话的同时,他和伊利斯一起坐上了汽车前座。

"你知道得越少越好。"她回应道。

"我明白。现在我们去哪儿,亲爱的小姐?"

"去格鲁内瓦尔德。"

"格鲁内瓦尔德?"

"我的家就在那儿。"伊利斯摇下车窗,大口呼吸着傍晚的温暖空气。"我把家里的阁楼整理出来了,为的是让孩子们躲在里面。尽管他不是孩子,但那阁楼应该也能在这种时候派上用场吧。"

利希特神父开着车在柏林米特区的大街小巷中穿梭着,伊利斯开始不由自主地在自己腿上敲打着手指。"我知道你很紧张，"神父说，"不过你最好将自己的情绪隐藏得再好一些。"

伊利斯不再敲打手指，"我感到很害怕。"

利希特神父透过后视镜瞥了一眼后座上那名安静的男子，"是因为你要将你这位沉默的朋友藏起来吗？"

听了这话，伊利斯突然爆发出一阵略显神经质的大笑，"不是的，是因为我要迟到了。我母亲要举办一场派对，如果我没能按时赶到，她一定饶不了我。"

· · · · — — — · — — ·

一位司机开车载着玛姬和戈特利布前往格鲁内瓦尔德。戈特利布的腿上放着一大束裹着包装纸、系着银色丝带的兰花，这是他们要送给派对女主人的礼物。一路上的大多数时候，他俩都一言不发，只是手牵着手看着车窗外的风景。最终是玛姬打破了沉默，"派对是在……"她有些艰难地说出了接下来的人名"……克拉拉·赫斯的家里举行吗？"

"没错，"戈特利布回答道，"格鲁内瓦尔德是柏林的富裕郊区，过了夏洛腾堡区之后很快就到了，就在奥林匹克体育场附近。"

"我知道了。"

"我们不能在那片区域随意出入。"戈特利布说。

"这样啊，真的吗？"玛姬故作惊讶状。他以为我是什么都不懂的白痴吗？

"我知道你很紧张，"他说，他非常清楚地知道司机能听到他们的对话，"不过别担心。"

"唔，别担心，"她重复道，"当然没什么好担心的。"

· · · · — — — · — — ·

这辆黑色的加长型轿车终于进入了格鲁内瓦尔德境内。它沿着树木成荫的街道蜿蜒行驶着，最后停在了一扇高耸又华丽的大门跟前。一名守卫对玛姬和戈特利布的身份证明文件分别进行了检查。与此同时，另一名守卫以锐利的目光扫视了一下车内的情形，还看了看车尾的行李箱。玛姬一度还担心这两名守卫恐怕会听到她的心脏在胸腔里怦怦直跳的声音，不过他们显然没有听见，因为他们最终挥手放行了。

汽车驶入了一条以碎石铺就的循环车道，车道里面是一栋有着白色外墙的新古典主义风格别墅。他们前面还有好些车闪着灯，列队等候前行，其中不乏勃兰登堡汽车、梅赛德斯-奔驰汽车和迈巴赫汽车。他们跟在车队后面缓缓驶过了一座喷泉和几只大摇大摆的孔雀，随即来到了别墅的宏伟大门前。门外处处都悬挂着长条形的红色纳粹旗帜和各式装饰性彩旗。这究竟是一场派对还是一次集会啊？玛姬心里挺纳闷。

一个身穿黑色制服的看门人为玛姬打开了车门，随即又伸出一只戴着白手套的手来扶她下车。

"谢谢你。"她说。戈特利布从另一侧车门下车，绕到她的身边，弯下腰吻了吻她的手，接着朝她伸出了一只手臂。他或许是有些自负，玛姬心想，而且他的耳朵也确实大得有些可笑，不过他的举止倒是非常符合礼仪的。她伸出手去挽着他的胳膊，深吸了一口气，然后与他肩并肩地走上了大理石台阶，穿过双开门，进到了克拉拉·赫斯的家里。

· · · · · — — — · — — · ·

"就是这里了！"伊利斯指向一栋白色的大别墅。"不过，别走前门。把车开到供仆人进出的侧门去……嗯，就在那边。"

利希特神父按照伊利斯的嘱咐，绕过了等着进入前门的车队，将车驶到一扇侧门去接受安全检查——整个过程都由伊利斯来负责应对。"是的，"她一面出示自己的身份证明文件，一面说道，"我是克拉拉·赫斯的女儿。"

"那这两个人是谁？"守卫皱着眉头问道。

伊利斯不耐烦地叹了口气，"唔，他们是神父。这不是显而易见的吗？"

"他们到这儿来做什么？"

"他们当然是来做谢饭祷告的。"

守卫有些半信半疑。

"听我说，我们快要迟到了。说真的，我不想告诉我母亲克拉拉·赫斯，说我们迟到的原因是在门口被守卫……"

"好吧，"守卫挥手让他们通行，"祝你们拥有一个愉快的晚上。"

利希特神父如释重负地松了一口气。

"就把车停在这儿吧。"伊利斯比画着手势。

"现在所有的仆人都在忙着为派对做准备，"她说，"起码我希望如此。来吧，你得帮我把他送到屋里，然后再从后楼梯上去。接下来，你就可以做谢饭祷告了。"

她似笑非笑地望着神父，"毕竟，我不想撒谎。"

· · · · — — — · — — ·

这里可真大啊，玛姬进门环顾四周之后，不由得暗自感叹。在她身旁，戈特利布将手中的兰花花束交给了一名女仆。他们沿着一道螺旋形楼梯来到了一个铺着大理石地砖的大房间。仆人们端着银托盘在这里来回穿梭着，托盘里的每一个水晶香槟酒杯上都蚀刻着一个小小的纳粹十字标志。壁炉上方，墙壁上挂着一幅康拉德·霍梅尔为阿道夫·希特勒所画的巨大油画肖像——身着全套军礼服的元首正在乌云密布的天空下凝望着面前的战场。戈特利布从身旁一个仆人的托盘上取下两杯香槟酒，"给你，亲爱的。"他将其中一个杯子递给了玛姬。

玛姬接过杯子，喝了一小口，勉强挤出了一丝笑意，嘴角微微上扬，"谢谢你。"

他们进入的下一个房间比先前那个还要大，这里有着爱奥尼亚式的柱子和一座大到足以用来烘烤一头野猪的壁炉。社交聚会的常客们往来其间，男人们穿着军礼服或燕尾服，胸前都别着纳粹十字徽章。女人们穿着白色或黑色的丝质长礼服，戴着有金属饰扣的长手套。整个房间里弥漫着蜂蜡蜡烛燃烧的气味及花香味——房间里随处可见插着白玫瑰或雪绒花的花瓶。一支弦乐四重奏乐团正在演奏巴赫的曲子。戈特利布评论道："雪绒花是元首最喜欢的一种花。"

"它们看起来可真美。"玛姬语气平淡地说。

两人穿过了一个又一个房间——每个房间的墙上都挂着希特勒的画像,最后进入了一间藏书室。玛姬在这儿看到了一幅克拉拉年轻时的巨大肖像画,画中的她正在瓦格纳的歌剧《罗恩格林》中扮演埃尔莎一角。突然间,玛姬觉得有些头晕目眩,她得赶紧让头脑恢复清醒,还得让自己的双手停止颤抖。"我们到外面去待一会儿吧。"她对戈特利布说,同时指了指通往花园的双扇落地玻璃门。

戈特利布将两人的空酒杯放在了一名仆人手中的托盘上,然后双脚并拢,将一只手臂伸给了她,"满足你的愿望是我的职责所在。"

这栋别墅的花园非常宽阔,呈对称分布,园中有一些神祇的大理石雕像和几处漩涡喷泉。几只青绿色的孔雀拖着具有虹彩光泽的覆羽,在如同天鹅绒一般柔软的草坪上大摇大摆地漫步,而它们的眼睛却警惕地留意着四周的动向。一条条宽阔的小径在玫瑰丛中蜿蜒延伸,种在花园四周的白桦树在落日余晖的照射下泛着亮白色的光辉。

"这里可真像怪物公园啊。"玛姬感叹道。

"怪物公园?"戈特利布表示不解。

"没错,那是一座意大利的公园。园中林木茂密,绿林中零散分布着造型怪异却颇具代表性的石头雕塑。"

他朝她倾过身去,在她耳边低语道:"除了我们,这里还有别人。"

玛姬转过身去,看到一对男女正朝他们信步走来。戈特利布显然认得这两个人,只见他停下脚步,朝他们敬了个纳粹礼,"希特勒万岁!"

这对男女也以同样的礼节向他致意。玛姬曾见过这两人的照片,他们是德国宣传部部长约瑟夫·戈培尔与妻子玛格达。戈培尔是一名极瘦的小个子男人,长着一张干瘪起皱的长脸,一只脚略微有些内翻。不过,他那双深邃明亮的深色眼睛、光洁优雅的双手、富有磁性的男中音却令他整个人散发出一种奇特的魅力。玛格达·戈培尔看起来端庄健美,却算不上漂亮。她胸前戴着一个由钻石、黑玉和红宝石做成的纳粹十字徽章,华贵并且闪闪发光。

"你还记得供职于'阿勃韦尔'的戈特利布·莱勒吗?"戈培尔对

他的妻子说,"他和克拉拉·赫斯一起工作。"

"你好,莱勒先生。"玛格达招呼道。

"你好,亲爱的戈培尔夫人。"他亲吻了一下她戴着手套的手。

戈培尔又看向玛姬,后者顿时感到一阵强烈的恐惧感袭上心头。她有些不知所措,只听得对方问道:"这位是谁啊?"

"戈培尔先生,戈培尔夫人,"戈特利布回答道,"请容许我向你们介绍玛格丽塔·霍夫曼小姐,她是我正式的女朋友。"

"很高兴见到你,霍夫曼小姐。"戈培尔没有起疑,弯腰吻了吻玛姬的手。"她长得可真漂亮啊,"他对戈特利布说,"你们俩是怎么认识的?"

尽管此时正吹着温暖的晚风,玛姬却不禁微微打了个寒战。

"我们是在罗马认识的,戈培尔先生。"戈特利布不假思索地回答道,"我去那里参加'阿勃韦尔'与梵蒂冈之间的一场会议,霍夫曼小姐获派为我处理一些秘书工作。待会议结束后,她欣然同意与我共进晚餐。后来我深深地爱上了她,并在临走前说服她一定要到柏林来找我。"

"不过你也是德国人,对吗?"戈培尔试探着问道,他锐利的目光紧盯着玛姬的双眼。

"是的,先生。"玛姬平静地回答,但她戴在长手套里的手已经被汗水浸湿了。她想起了那个用来掩饰自己身份的说辞,"我是在法兰克福长大的,后来去瑞士洛桑念了一所寄宿学校。"

"啊,难怪你有这样的口音。"戈培尔点了点头。

"小家伙们还好吗,夫人?"戈特利布问玛格达,总算将话题从玛姬身上转移开去——戈培尔夫妇养育了六个金发碧眼的可爱孩子。

"他们都很好,谢谢你的关心。"

这时,一名男仆来到通向花园的双扇落地玻璃门边,摇响了手中的银铃,招呼人们进到屋内。花园中的两对男女依着戈培尔跛脚行走的速度,一齐沿着玫瑰丛间的小径朝门口走去。

待那对年长的夫妇进屋之后,戈特利布和玛姬在门外停留了片刻。"我想给你讲个笑话,"戈特利布在玛姬耳边低声说道,"是关于雅利安人的。"

玛姬面无血色地应道："是吗？说来听听。"

"雅利安人……同戈培尔一样体格健壮，像戈林一般身形苗条，和希特勒一样金发碧眼。"

玛姬勉强挤出了一个严肃的微笑，"我们这就进去吗？"

戈特利布朝她伸出手臂，"当然。"

· · · · ——— · —— · ·

伊利斯和利希特神父搀扶着"神秘先生"走在通往阁楼的阶梯上。他们踩在梯级上的每一记脚步声和梯板受压而发出的每一记嘎吱声，都会令他们紧张不安。最后，他们终于把他带上了阁楼，并让他在床上躺了下来。伊利斯小心翼翼地将窗户打开了一道缝隙，探出头去看了看，她只在下面的花园里看到了一对青年男女的身影。

她转身来到病人身边，为他披紧了被子，然后伸出一只手来摸了摸他的额头。"你的体温还是有点高。"她喃喃地说，随即在自己从医院带回来的一个包里翻找起来，那里面装着输液用的针头和管子、几袋生理盐水和几瓶抗生素溶液。"我得继续为你输液了。"她用一块蘸了酒精的棉垫将手擦拭干净，然后将四号输液针扎进了他一只手肘内侧的血管里。待她将输液袋在床头板上挂好之后，"神秘先生"闭上了眼睛，呼吸声也渐渐变重了。

"我们现在要做什么？"利希特神父压低声音问道。

伊利斯借着落日的余晖看了看自己手腕上戴着的小金表，"现在我得去换衣服了。"她转头看了看躺在床上熟睡着的病人，踮起脚尖，张开手臂，给了神父一个热情的拥抱。"谢谢你愿意帮我，神父。"她低语道。她放手时，神父已经满脸通红。

"嘘……，"他提醒道，"小心隔墙有耳。"

"你说得对……我们得离开这儿了。我这就带你去厨房，你可以在那儿为今晚的食物祈福。如果有人问起此事，你就说是我拜托你这样做的。"她眨了眨眼继续说，"这样一来，我就无需因自己曾在这件事情上撒谎而忏悔了。"

　　　　　． ． ． ． ——— ． —— ． ．

所有的宾客都聚集在宏伟豪华的大阶梯跟前。玛姬无意中听到身旁有人在彼此谈论："我真的不明白英国人为什么如此执迷不悟——毕竟，看起来他们不大可能在这场战争中取胜……"

戈培尔上到了阶梯的中间位置，然后转过身来面对着兴高采烈的听众。从他的黑眼睛里流露出来的迷人眼波像是带着魔力一般，一下子便吸引了众人的注意力。

"女士们、先生们，"他高喊道，"希特勒万岁！"

"我很高兴——非常高兴——来这里为永远年轻、永远漂亮的克拉拉·赫斯夫人庆贺生日。"

玛姬正在心里为即将到来的特别时刻——与其母亲的初次见面——做着准备，这时她留意到玛格达·戈培尔脸上流露出了一丝略显阴郁的神色。在戈培尔的妻子眼中，他的言谈举止是不是显得有些热情过头了？

戈培尔继续说道："她既是雅利安女人的典型代表，也是第三帝国的重要成员。我很荣幸地有请……克拉拉·赫斯！"他以饱含热情的手势指向了阶梯顶部。

一个女人出现在了阶梯平台上。她长得既高又苗条，留着一头浅金色的头发，浑身散发出宛如瓦尔基里女神①一般的威严气势。与派对上的其他女人不同，她穿的是一件亮红色礼服。仅凭这一点，她就能在这样的场合成为众人瞩目的焦点了。

玛姬突然开始浑身颤抖。不——不，怎么会这样……戈特利布发现了她的异常，赶紧伸出一只手臂扶住她的肩膀。不可能发生这样的事情，我不相信会有这样的事情发生。玛姬一直都知道这一刻终究会来临，而她已经无数次在头脑中设想过可能会出现的场景。可是，内心的

---

① 北欧神话中的生育和命运女神。

演练终究敌不过现实的巨大冲击。看着克拉拉沿着阶梯缓缓走下来，玛姬觉得头重脚轻，一时间竟有些站立不稳。

第十章

"冰与火"舞会
"BING YU HUO" WUHUI

"派对的名字竟然叫'冰与火'?"玛姬在戈特利布的卧室里涂抹香水,"你知道吗,美国诗人罗伯特·弗罗斯特曾写过一首名为《冰与火》的诗歌:'有人说世界将毁于火……'"
戈特利布正站在浴室镜子前为自己系上蝶形领结,他接着吟诵道:"有人说毁于冰……"

克拉拉·赫斯沿着弯曲的大理石阶梯,朝戈培尔所在的梯级走去,她那张涂着深红色口红的嘴唇始终维持着蒙娜丽莎般的微笑。待她来到戈培尔身边站定之后,他弯腰亲吻了一下她戴着黑色手套的手。

"谢谢你,约瑟夫。"她转而面对着聚集起来的人群,继续说道,"还有谢谢在场的各位。感谢你们能来到这里为我庆贺生日,这就是你们带给我的最好礼物。除此之外,我不需要任何别的礼物了。"她脸上的笑意更深了,"你们当中或许有人还记得,我曾经是唱抒情女高音的歌剧歌手。当然,如今我已经有了比这更重要的工作,可是我不想忘了我的根,同时也想歌颂我们共同的日耳曼文化。今天晚上,就请各位委屈一下自己的耳朵,听我唱歌吧。如今我的音色恐怕大不如前,也许只能唱到次高音了,可是我对音乐的热忱却与从前没有丝毫不同。"

人群在她面前散开。她迈着高雅的步调走下阶梯,继而穿过一间前厅,领着众人走进了一个大客厅。大理石壁炉前摆放着一架大钢琴,不约而同地,人群中爆发出一阵响亮的掌声。只见克拉拉走到钢琴侧面站定,优雅地转了个身,她的红色礼服下摆也随之打了个旋儿。

她伸手指向身旁的钢琴凳,"女士们、先生们,今天为我伴奏的是我的女儿——漂亮而又多才多艺的伊利斯·赫斯。"

一个妹妹?我竟然有一个同母异父的妹妹?玛姬不由自主地喘了一口粗气。

可是钢琴凳上空无一人。

玛姬正在纳闷,突然看见一个满面通红、身着白衣的年轻女子气喘吁吁地从一扇侧门冲了出来。她迅速来到被银质枝状大烛台的光芒照得透亮的钢琴凳旁,坐了下来。

当伊利斯抬起双手、在琴键上摆好姿势之后,人们出于礼貌,对其报以热烈的掌声。

玛姬用力地咬着嘴唇内侧，直到有血渗了出来。她觉得头晕目眩，脑子里嗡嗡作响。不，不可能发生这样的事情。这不是真的。这简直就是一场噩梦。我得赶快醒过来，是的，我敢肯定……

伊利斯将两只手放在琴键上，开始弹奏小调式和弦。克拉拉深吸了一口气之后，开始演唱歌剧《罗恩格林》中奥特鲁德的咏叹调：

"被亵渎的神灵！现在来帮我复仇！
快来对令你蒙羞的罪行施行惩罚！"

玛姬眼前的一切似乎都开始移动起来。"你还好吗？"戈特利布朝她倾过身去低声问道。

"很好，我没事。"她说。她先前涂抹的"姬琪"香水在这炎热的环境下散发出过于浓郁的气味，玛姬觉得自己快要被它的香味熏得窒息了。为了转移注意力，她只得更为专注地聆听克拉拉唱出的歌词，并在德语和英语之间来回转换。

戈特利布小声说："我知道伊利斯·赫斯是一名护士。我原本还以为弹钢琴只是她的业余爱好而已，没想到她的弹奏水平还挺专业的。"

玛姬故意动了动两只脚，想看看它们是不是还能听自己使唤。紧接着她略显痛苦地呻吟道："亲爱的？"

克拉拉仍在继续歌唱：

"奥丁[①]！我呼喊你，大能的神啊！
弗雷娅[②]！高贵的女神，请听我诉说！
请祝福我的谎言和虚伪，
好让我的复仇计划得以顺利实施！"

---

① 北欧神话中的神。
② 司爱与美的女神。

就在这时，身着雪纺绸礼服的玛姬颓然瘫倒在了黑白相间的大理石硬地板上。"空气，她需要呼吸新鲜空气！"戈特利布喊道。

"我是护士！"伊利斯喊了一声，随即从钢琴凳上一跃而起，穿过人群飞快地朝玛姬奔来。她跪在玛姬身旁观察了一下情况，又抬起头来看着戈特利布——他正用双手捧着玛姬的头。"她昏过去了，大概是过于兴奋所致。我们得让她暂时离开人群。请把这位小姐抬到我的房间去。"她对两名伫立在旁的男仆说。

"不要紧的，"戈特利布一把拿起玛姬的手提包，将其塞在自己腋下，然后弯下腰去一把将她抱起，"还是让我来吧。"

伊利斯在前面带路，他们先回到前厅，然后沿着大阶梯来到了一条铺着红地毯的宽阔走廊。"请往这边走。"伊利斯在前面继续领路。他们在走廊里穿行着，身旁的墙上挂满了用镀金画框裱起来的油画，沿途还摆着好些桌子，上面放着罗马诸神的雕塑。不一会儿，伊利斯说："到了。"

戈特利布将玛姬轻轻地放在床上，伊利斯径直奔向浴室，在那里用冷水浸湿了一块毛巾。"给你，"她对戈特利布说，迅速将手中的湿毛巾递了过去。"把这个放在她的额头上。"说完她又跑到窗边，把窗户开得比先前更大了一些。"我去取些嗅盐来。"她说。

伊利斯离开之后，戈特利布打开玛姬的手提包检查了一下。窃听器还在里面。可是伊利斯很快就回来了，戈特利布"啪"的一声关上了手提包。"我只是想看看她自己有没有带着嗅盐，"他撒谎道，"我从来都不知道你们这些女士的手提包里都装了些什么。"

"这是我们不会告诉别人的秘密。"伊利斯说。她将装着嗅盐的小玻璃瓶放在玛姬的鼻子下面轻轻晃动，"这应该能让她醒过来。"

玛姬突然惊醒了。她环顾四周，发现自己躺在一位年轻女孩的床上，随后她看到了戈特利布和伊利斯。我同母异父的妹妹，她回想起来了。先前的昏厥或许并不是真的，不过她倒真的因为这件事所带来的震惊而仍然有些头晕。

"你感觉怎么样啊？"伊利斯以她在查立特医院对病人们说话时所

用的安慰性语气问道。她在对自己藏在阁楼里的那位病人说话时，用的也是同样的口吻。

"我……我很好，"玛姬的声音低沉沙哑，"我只是觉得有些尴尬。"

"这是一场令人感到愉快的派对，"戈特利布对伊利斯说，"我们很荣幸能受邀前来。不过出现在这里的众多知名人士或许令我的女朋友有些兴奋过度了。"

"大概是因为空腹喝了香槟酒吧。"伊利斯莞尔一笑，"或者，也许因为你不是歌剧爱好者，其实我自己也不怎么喜欢瓦格纳的歌剧。"她朝玛姬顽皮地眨了眨眼。

玛姬不由自主地对她报之以微笑。乍一看，她和伊利斯并不相像——玛姬的皮肤白皙、身材苗条、长着一头红发，而伊利斯肤色红润、体形丰满、头发呈黑褐色。不过，她们的唇形和下巴的线条却极为相似。

"我下去为你找些吃的上来吧。"伊利斯提议道。

"不，不用了，我不饿……"玛姬婉言拒绝，并试着在床上坐起来。

"你得听我的，"伊利斯说，"我的职业是护士，所以我在这方面是有发言权的。"她朝戈特利布笑了笑，"在我带着一块三明治和一些喝的东西上来之前，你可以确保让我们的病人乖乖地待在床上吗？"

"当然可以。"他坐在玛姬身边，紧紧握住她的一只手。

待伊利斯离开之后，玛姬低声说："我的手提包……"

"一切都很好。"他有些不满地噘起了嘴。"你可真是虚弱啊，"他低语道，"我搞不明白，他们怎么派来一个如此缺乏经验的人。"他一边说一边直摇头。

"戈特利布……"

他举起一只手，"好了，据我所知，里面的物品全都完好无损。"

"感谢上帝。"玛姬松了口气。

"你不是不相信上帝吗？"

"这只是一种习惯表达方式而已。"

"那么，你究竟是怎么回事？"他的言语中带着一丝恼怒。

玛姬觉得有些气恼，因为戈特利布根本就不信任她。他认为她不能胜任目前的工作。如果你足够聪明，亲爱的，你至少会想到我有可能是假装晕倒的。你的反应不够快，不开窍，这不是我的错。"我是故意晕倒的，为的是能摆脱人群。"

戈特利布扬起两侧眉毛，神情立刻从不屑转变为钦佩，"唔，现在我们有理由提前离开了。你想让我来完成这项任务吗？"

"你提着女士手提包的话，会显得过于惹眼的。"

戈特利布郑重其事地说："我可以把它放在我的衣兜里。"

玛姬想让这个自负的同伴见识到自己称职和专业的一面，"说真的，我自己能行。我也想要完成我的任务。"她在铺着丝绸床罩的床上坐起来，环顾着整个房间。墙上贴着蒂芙尼蓝的墙纸，看起来着实赏心悦目。房间一角摆放着一个维多利亚风格的鸟笼，笼子里的那只鸽子正以好奇的目光端详着玛姬。

"行吧，"戈特利布说，"这可是你自己要求的。"

房间里还有一个梳妆台，镜子背后塞着一根曾在"圣经主日"[①]的宗教仪式上用过的棕榈枝，枝上的树叶已经开始变黄了。梳妆台的台面上摆放着一些伊利斯、克拉拉和赫斯先生三人拍摄于不同场合的合影。照片上的他们要么在溜冰，要么在滑雪，要么身着泳装站在波光粼粼的湖水侧畔。玛姬努力让自己别因伊利斯成长过程中有一位母亲——哪怕是一名令人生畏的纳粹党人——和一位父亲的陪伴而对其心生嫉妒。毕竟这不是她的错呀。

"我回来了……"重新回到房间的伊利斯如是宣告道，只见她手里端着一个沉甸甸的银质托盘。她将托盘放在床边，"这看起来倒挺像客房送餐服务的。我不知道你想吃些什么，所以就带了好几样上来。"伊利斯将一只手放在玛姬肩上，同时还在玛姬腿上铺好了一张亚麻布餐

---

① 也称棕枝主日、基督苦难主日（因耶稣在本周被出卖、审判，最后被处十字架死刑），是圣周开始的标志。

巾。她端来的托盘里装着一碟餐前小点心、一杯水和一个外壁印有纳粹十字标志的精美小瓷杯——里面盛着热气腾腾的咖啡。"快吃吧!"伊利斯敦促道。

玛姬顿时感觉胃口大开,赶紧将托盘端起来放在自己腿上。"谢谢你,赫斯小姐。"她将一小块乳酪泡芙塞进嘴里,"真是太好吃了。"接下来她拍了拍戈特利布的手,"嗨,事实上我现在已经感觉好多了。"

"那我们这就回到派对上去,好吗,亲爱的?"他问道。

"要不你一个人去吧?"玛姬喝着咖啡提议道。喝了好几天代用咖啡之后,她还是第一次品尝到如此美味的咖啡。

"如果你确定……"

"我确定。"玛姬点着头说,随即又伸手拿起一块乳酪泡芙塞进嘴里,"去吧!希望你玩得开心!"

戈特利布朝她眨了眨眼,转身离开了。玛姬心中突然涌起了一阵自鸣得意的满足感——看来他总算明白自己的用意了。

"莱勒先生对你可真是又殷勤又体贴啊。"伊利斯评论道。她转身面对着梳妆台的镜子,拿起了一管口红。

玛姬望着正往唇上涂抹口红的伊利斯,笑而不语。"你要不要试一下?"伊利斯说,并将手中的金色口红管递给玛姬。

玛姬用亚麻布餐巾擦了擦嘴,将托盘放在一边,起身站了起来。她走过去站在伊利斯身旁,对着镜子涂抹起口红来。她嗅出这口红带有紫罗兰的清香,同时也感觉到其上仍残留着伊利斯唇上的热度。两人共享同一支口红的举动令玛姬感到自己和伊利斯之间涌动着一种无以名状的亲密情愫。

"好吧,现在让我看看你,"伊利斯说,"你已经吃过东西了,这很好。你也涂好口红了,非常漂亮。现在我来帮你梳理一下头发吧。"她拿起一把猪鬃梳子,开始帮玛姬梳头。

"现在好了,"伊利斯说,"非常完美。"玛姬透过镜子,看到自己的一头红发已被梳理得整整齐齐。

玛姬的心跳得非常快。她竟然有一个妹妹,一个待她亲切、还为她梳理头发的妹妹。基于以往所看过的书籍和电影中的情节，玛姬认为：为彼此梳头是姐妹间常做的事情。她的妹妹是叛徒克拉拉·赫斯的女儿，其本人很可能也是一名纳粹党成员。玛姬深吸了一口气，想让自己的头脑保持清醒。我有任务在身，不能因任何事情而分心。

她朝伊利斯笑了笑，"赫斯小姐，如果你认为我的要求不算过分的话——尤其是在你为我做了这么多之后——我想请你带我参观一下你漂亮的家。希望你不会介意。"

· · · · ——— · —— ·

"这里是我母亲的音乐室。"伊利斯向玛姬介绍时，心里却一直惦记着阁楼里的"神秘先生"。这是一个相当大的房间，角落里摆放着一架三角钢琴，墙上挂了一幅克拉拉在瓦格纳的歌剧《齐格弗里德》中扮演布伦希尔特女王的大幅剧照。如果他的体温仍在持续升高怎么办？如果某个仆人需要去阁楼里取用什么物品怎么办？如果他在睡梦中喊叫，却被别人听到了怎么办？

房间里的家具上方还摆放着好些银质相框，里面展示的是克拉拉多年来拍摄的照片，其中不乏她在少女时代的旧照。玛姬拿起其中一个相框，照片中的克拉拉只有两岁左右，穿着防雪服，坐在一辆有着大号细轮的华丽马车上。从她的着装风格来看，这张照片可能是本世纪初拍摄的。幼年克拉拉脸上所带着的天真而纯洁的神情不禁令玛姬深受触动。究竟是什么令她有了如此之大的改变呢？

"噢，真可爱。"玛姬感叹道，同时觉得喉咙竟有些哽住。

"既然你现在感觉好些了，我想我们也许还是应该回到派对上去？"

"你知道吗，我听说过许多关于你母亲的事情——是从莱勒先生那里听来的，她是一位如此鼓舞人心、精明能干的女人。所以，我很想参观一下她在家中处理工作事务的地方。"玛姬笑着说，"希望这不会给你带来太多麻烦。"

伊利斯略微有些犹豫。其实她并不想让这趟参观之旅再继续进行下去了，可是她又不愿令客人感到失望。"跟我来吧。"她最终还是应允了玛姬的请求。于是，玛姬跟着她穿过了一扇内门，进到了一间藏书室。房间正中央有一张大书桌，几面墙上都挂着丝绸帷幔，墙内嵌有书架。玛姬在这里也见到了好几幅希特勒的画像，还有鲁宾斯画作《众神云集》的一份复制品。

自己接下来该做什么，玛姬已经了然于心。"噢！"她突然停下脚步呻吟，还用一只手捂住了额头。

"你有哪里不舒服吗？"伊利斯关切地问她。

"噢，我确定自己没事……"玛姬跟跄着走了几步，"噢，亲爱的……我好像又有点眩晕了。"

"快坐下吧，"伊利斯劝道，"我去给你取些嗅盐回来。"

"能再给我一杯水吗？"玛姬在一张黑色皮革沙发上坐下。这兴许能为我多争取到几分钟时间。

"当然可以。你要放松，多做几次深呼吸，我很快就回来。"伊利斯说完便匆匆离开了房间。

我倒希望你别那么快回来。玛姬把手伸进手提包里，翻找着窃听器。

离书桌最近的地方是隐藏窃听器的最佳地点——这是她在比尤利庄园学到的。书桌上摆放着一张克拉拉年轻时候的照片，照片上的她正与乐队的指挥一同向观众致谢幕礼。那名指挥就是她的丈夫吗？玛姬一面拉开书桌的椅子，一面想着。唔，从严格意义上讲，那应该是她的第二任丈夫。

玛姬开始安装窃听器，双手却一直抖个不停，最后竟让它掉到了地上。"该死！"玛姬嘟囔着，跪下来寻找——它落地之后肯定又反弹了几次，不过应该就在书桌下面的某个地方。玛姬双膝双手撑地，努力搜寻着。她在书桌下方发现了一台无线电收发机——难道克拉拉用这个来窃听军事对话吗？

这时她听到了伊利斯的声音，"玛格丽塔？"

天哪，玛姬心里一惊。

"玛格丽塔？"

"我在这儿。"玛姬用虚弱无力的声音回应道。

"噢，上帝啊！"伊利斯赶紧将嗅盐瓶和水杯放在桌上，弯下腰去将玛姬从地上扶了起来。

"真是抱歉……我本想看看这张美丽的照片，可没想到我又感到一阵突如其来的眩晕。"

玛姬借着伊利斯的帮助站了起来。当她们的手彼此相碰时，玛姬在想，尽管她们是陌生人，却有大约一半的基因是相同的。这可真是一件神奇的事情。

"给你，"伊利斯将一个水杯递给她，"快把这杯水喝了吧。"

玛姬"咕嘟"喝下了一大口，"谢谢你。"

伊利斯看了看她的脸，点点头说："很好，你的气色变好了。"

玛姬拿起书桌上的相框问道："这是谁啊？"

"那是我父亲。他是柏林国家歌剧院的一名指挥家。这张照片是歌剧《浮士德》的表演现场，这是我母亲首次担任主唱，我父亲负责指挥。如今我母亲已经退出了歌剧舞台，不过我父亲却仍然担任歌剧指挥一职。如果你对歌剧有所了解的话，就会知道他是一位非常著名的指挥家。"

"你母亲为什么要选择离开歌剧舞台呢？"

"她的声带长了小结，有一部分高音音域唱不了了。现在她唱歌的时候会非常小心地选择曲目，以免暴露出声带的问题。她今晚选的是《罗恩格林》中的低音部分，这她完全可以驾驭。"伊利斯有些顽皮地笑了笑，"奥特鲁德这个角色倒挺适合她的。"

瓦格纳的歌剧《罗恩格林》中，奥特鲁德是一个不懂得爱的女人。伊利斯之所以这么说，是有什么特别的意义吗？

走廊那边传来了说话声。确切地说，是一男一女大声争吵的声音。"我知道我迟到了！"男人以低沉洪亮的声音说，"我早就跟你说过，我会在你的演唱结束之后才回来！"

"这样一来，你就错过了一切！"女人尖声吼道。

"唔，可我终究还是来了啊，难道不是吗？"

"迈尔斯，我真为你感到羞耻。你之所以故意错过我的派对，是因为你讨厌我的朋友们。"

"你指的是你的那些纳粹党朋友吗，那些有目共睹的罪犯？没错，我的确发自内心地鄙视他们——这早已不是什么秘密了。"

"可我们毕竟是党内的高级成员啊。"

"只有你是纳粹党的高级官员，而我不过碰巧是你的配偶而已，我本人与这个政党毫无关联。"

"唉，爸爸和妈妈又开始吵架了。"伊利斯在玛姬耳边低声说道。玛姬看了看伊利斯，后者看上去对父母间恶语相向的情形似乎早已习以为常了。顷刻间，玛姬顿时对同母异父的妹妹心生怜悯。伊利斯在成长过程中的确有父母双亲的陪伴——可是她的生活就真的比玛姬在伊迪斯姑妈身边的日子更好吗？听着她父母喋喋不休的争吵，玛姬觉得大概不是这样的。她还来不及对伊利斯作出回应，便听到了一个声音在发问："你们俩在这里做什么？"

近看之下，玛姬发现克拉拉脸上的细纹比她先前献唱时显得更多了。她那紧闭的双唇边布满了密密的皱纹，比她笑起来时眼睛四周的纹路还要多。迈尔斯·赫斯先生身材高大，肩膀宽阔，留着一头浓密的灰白头发，嘴唇上还有一簇密密的小胡子。

"爸爸，妈妈，请容许我为你们介绍……"

"我是玛格丽塔·霍夫曼。"玛姬插话道。她尽力抬起有些发软的双腿，朝这对夫妇走去。依照眼前的形势，安装窃听器的计划只得暂且搁置一下了。玛姬在心里默默祈祷不会有人在不经意间将其踩到，"我真的很喜欢你的演唱，亲爱的赫斯夫人。还有，见到你不胜荣幸，赫斯先生。"

赫斯先生吻了吻玛姬的手，"我也一样，霍夫曼小姐。"

"谢谢你，"克拉拉说，"我很高兴你喜欢我的演唱……遗憾的是你因为晕厥而没能听完。不过，这是你主观无法控制的事情。"说到这儿，她对伊利斯怒目而视，"迟到则与此不同。"接下来她又问道："你们俩在这里做什么？为什么没待在派对上呢？"

"霍夫曼小姐感觉不大舒服，"伊利斯连忙应道，"于是我把她带到我的房间去休息了一会儿。等她感觉好些了之后，我就带着她在家里四处参观了一下。"

"这个房间是禁止入内的。事实上，它本该是锁起来的才对啊。"

"克拉拉……"迈尔斯开口说道。

"它的外门的确是锁上的，而我们是从与音乐室相通的那扇门进来的。"伊利斯说。

"我知道了。"克拉拉从头到脚打量着玛姬，随即将一双漂亮的眼睛眯缝起来，"我们以前见过面吗？"

"没有，没有——我认为我们应该没见过面吧。"

"霍夫曼……我不记得我在宾客名单上见过你的名字。"克拉拉一边自言自语，一边朝玛姬走近了一步，略微歪着头，若有所思地凝视着这个陌生人。

"妈妈！"伊利斯发出抗议的喊声。

"我是戈特利布·莱勒的女朋友。"玛姬故作平静，不过心脏却狂跳不已。这时她的两只手也开始不由自主地抖动，她赶紧将它们背到身后紧扣起来。"他也在'阿勃韦尔'工作。"

"戈特利布·莱勒？噢，对，他在卡纳里斯手下工作，"克拉拉心不在焉地说，两眼继续盯着玛姬，"你的头发是红色的，这可不太常见，不是吗？"

是的，这是从我父亲——你背叛了的男人——那里遗传而来的，玛姬心想。"噢，我头发的颜色已经比从前更深些了。在我更年轻的时候，它是接近于橙色的亮红色。我也因此常被嘲笑得够呛。"

克拉拉伸出手来，像是要触摸玛姬的头发。玛姬抑制住了想要把对方戴着戒指的手掌推开的冲动。不过，就在克拉拉的手快要触到玛姬的头发之时，她全身竟如过电一般抖动了一下，原本抬起来的手也一下子垂了下去。"你确定我们没见过面？"她再度问道，"我觉得你看起来很面熟，可是我却想不起曾在哪儿见过你的脸了。"

玛姬感觉自己的脸颊有些发烫，"是的，我非常确定。在此之前我从没见过你，赫斯夫人。"

克拉拉有些困惑地笑了笑，"唔，那么我们都回到派对上去吧，好吗？我还得切蛋糕呢。"

"蛋糕！"迈尔斯顿时来了精神。他朝伊利斯眨了眨眼睛，"我想我回来得还真是时候。"说完他向两名年轻女孩儿伸出手臂，伊利斯和玛姬各挽着他的一只胳膊走出了书房。克拉拉先用她的钥匙将连接书房和音乐室的内门锁了起来，然后从通往走廊的门走出去，并把那扇门也锁上了。

・・・・・———・——・・

玛姬耳边不时传来人们彼此交谈的声音："归根结底，我们对犹太人的隔离政策，是受到了美国针对黑人的隔离政策所启发……"，"这是为了种族优生，也就是'社会达尔文主义'所认为的……"，"纽约长岛'冷泉港实验室'的研究表明……"

一名显然已喝得酩酊大醉的上将高声喊道："流血是不可避免的！流血是不可避免的！"两名身着制服的仆人护送着他走向一辆等着接他的汽车，他身后跟着一名珠光宝气的妇人，只见她一面轻拍着他的背，一面以安抚性的语调说道："当然，亲爱的。你说的没错。"

"伊利斯，你跟我来……我想让你去见一些人。"克拉拉快步朝女儿走来。

"我们待会儿再接着聊。"伊利斯低声对玛姬说。

"噢，霍夫曼小姐。"戈培尔来到了玛姬跟前，"我想你应该已经好些了吧？"

"是的，戈培尔先生，"玛姬回答道，"谢谢你的关心。"

"那太好了！让我把你介绍给一些人认识认识。"

玛姬竭力在自己脸上挤出了最明媚的笑容，紧跟在戈培尔身后。没走几步，她便看到了戈特利布，只见他正兴致勃勃地同两名男子聊天。其中一人是身形臃肿的赫尔曼·戈林——既是帝国元帅，也是希特勒的指定继承人，玛姬留意到他的制服上有一排极其显眼的金纽扣。另一名男子已是满头白发，眉毛相当浓密，整个人显得高贵而气度不凡。此人正是"阿勃韦尔"的负责人威廉·卡纳里斯上将——戈特利布的上司。玛姬之所以能认出他们，是因为她曾在比尤利庄园看过他们的照片。戈特利布并没有看到玛姬，她只得独自应变了。

戈培尔领着她来到了一群正就着香槟聊天的宾客跟前。一名三十来岁的金发男子刚开始向众人讲述一个故事，他的一双蓝眼睛里闪耀着喜悦的光芒，"我上周去看了沃尔夫·歌德瑞尔参演的时事讽刺剧《意味深长》。"

"快跟我们讲讲是怎么回事！"人群中一名喝得微醺的妇女提议道。玛姬勉强让自己一直保持着微笑。

"好的，"他说，"一个年轻男人去书店应征推销员的工作，书店老板向他展示自己的销售方法和策略，'整间书店里最重要的地方就是陈列橱窗，对吗？你永远都不该在那里堆放相同类型的书。不过呢，你应该让顾客得以看出它们彼此之间是存有某种关联的。'"

说到这儿，他朝一名仆人示意，又要了一杯香槟酒。将酒一口饮尽之后，他又再度开口道："书店老板说：'你瞧，我将《圣女贞德》放在了《风流浪子》旁边，而马尔提蒂的著作《寒冷的女人》则被摆在了《热食指南》旁边！'这样的陈列实在是再合适不过了，难道不是吗？"

"噢，没错！"艾美·戈林边说边用一只戴着手套的手捂住了胸口。

讲故事的男人停顿了一下，朝观众们顽皮地眨了眨眼，然后才说出了最后的妙语，"'《永恒的犹太人》则应该和《飘》摆放在一块儿，明白吗？你知道的，《飘》又名《随风飘逝》！'"

众人发自肺腑地大笑起来。玛姬也试着加入他们，可她脸上的肌肉却有些僵硬，不大听使唤。

"让他们随风飘去波兰吧，"戈林说，"然后再从那里……"

"我听说他们将住在隔离区里，就像美国政府对待美洲印第安人的政策一样。"

"我听说他们将被船运往非洲的马达加斯加岛。"

"在那之前，我们得先占领苏联，并击败英国。"这时戈培尔转而问玛姬，"霍夫曼小姐，你认为丘吉尔会投降吗？"

噢，天哪。"很遗憾，我认为他不会，戈培尔先生。"

"你为什么这么认为呢？"他两眼发光地问道。

难道他们对她起疑心了吗？她得更加小心才行。身为一名住在罗马的德国人，玛格丽塔不可能知道太多与丘吉尔或英国有关的情况，而她获取这方面信息的唯一渠道就只可能是政府的宣传。"根据我从报纸上读到的文章来看，丘吉尔先生似乎是个相当固执的家伙。"说着她喝了一小口冰冷的香槟，"而且我还听说，他的头脑很少处于清醒状态。"

"一个顽固而且嗜酒如命的傻瓜！"先前讲故事的那名金发男子咯咯地笑了起来，"你说的没错！"他以评估的眼光对玛姬进行了一番打量，玛姬的心里直打哆嗦。

"霍夫曼小姐，你说你曾做过打字员的工作，对吗？"戈培尔问道。

我的确曾做过温斯顿·丘吉尔的打字员，玛姬心想。"是的，先生。当戈特利布·莱勒参加'阿勃韦尔'与梵蒂冈的会议期间，我曾为他工作过。"

"幸运的莱勒先生，"金发男子咧嘴笑道，"戈培尔先生刚才告诉我们，戈林正在寻找一名新的女性打字员。"说完他指了指正与戈特利布聊得热火朝天的肥胖男人。

"噢，是吗？"玛姬心不在焉地应道。此时她只想和戈特利布会合，然后赶紧离开这里。他肯定也知道他们目前正置身于怎样的险境……

"你现在在做什么呢，霍夫曼小姐？"戈培尔正用一双深色的眼睛凝视着她。

"现……现在？"玛姬有些惶惑不安地应道。

"你将来有什么打算吗？你和年轻的莱勒先生之间的感情是认真的吗？"他倾身靠近玛姬，"你需要一个能让自己留在柏林的理由吗？对你来说，戈林提供的这份工作也许能起到一箭双雕的作用呢。"

"更别提为元首和帝国服务所能带来的荣誉感了。"金发男子眨了眨眼补充道。

"啊，这倒也是。"戈培尔微笑着表示赞同。

这时戈培尔夫人插话了："不过你要知道，接下来将会有很多年轻女孩前去应聘这个职位。"

玛姬的脑子飞快地转动着。按照原计划，明天她就该回英国去了。可是为戈林工作这件事……看起来的确是个绝好的机会。她也许能因此而获知很多秘密，然后戈特利布就能将它们发回"特别行动委员会"。她起码得放手试一试。

"你并非一定能获得这个职位。"戈培尔夫人继续说道，"你得接受一次打字测试。"

"当然。"玛姬说道。她的脑子正在转个不停。

"这是我的名片，"戈培尔不顾妻子脸上流露出不满神色，对玛姬说，"你星期一早上八点整到帝国总理府来吧。"

玛姬笑了笑，"非常感谢，戈培尔先生。"她将名片放进了自己的手提包里，向对方保证道："我会准时到的。"

· · · · · ━━━ · ━━ · ·

伊利斯和父亲坐在墙角边一张远离人群的长凳上，"在你回来之前，我一直都会想念你的，爸爸。"伊利斯说，她正与父亲分享着一块以糖霜玫瑰花和银色糖衣果仁做装饰的蛋糕。

"我也会很想念你的，我的小天使。"

"你这次会在家里待多长时间呢？"

"不会太久。目前我们正在排练一场新的《罗恩格林》。我们会先在本地演出，然后在下周星期天前往苏黎世表演。"他亲了亲女儿的前额，"你想和爸爸一起去吗？"

伊利斯向来喜欢跟着父亲的歌剧团到各地旅行，然而眼下她在医院还有工作要做，而且还得照顾藏在阁楼里的暂住客人。她深吸了一口气。"去苏黎世旅行听起来真的很棒，爸爸。"她笑着说，"实在是太棒了。"

. . . . ── . ── .

派对一直持续到深夜。

戈特利布和玛姬在一个角落里彼此商议着。他们都当心地饮用手中的香槟酒，不让自己摄入过多酒精，同时还傻笑着彼此对视。"让我来完成这项任务吧。"他说。

"不，还是我来吧。"

"你还没为此做好准备呢。"

"我已经准备好了！再说了，比起你来，我更不容易引起别人的注意。"

"我真是迫不及待地想让你坐飞机赶紧离开这里！"戈特利布有些气恼地低声说道。

"说真的，我也等不及想要离开这个地狱般的鬼地方了。"

玛姬回到了克拉拉的书房——这一次她是用一根发卡撬开门锁的。她迅速而又顺利地将窃听器安装在了一幅希特勒的金框肖像画背后。你就等着瞧吧，戈特利布。玛姬不无得意地想着，迅速溜出了书房。

两人又各自喝完了一杯香槟，便从房间里的宾客群中穿梭而过，前去感谢主人的招待。既然窃听器已经安装妥当，此时的玛姬只想赶紧离开这里。不过她在离开之前还想做最后一件事，那就是再次与克拉拉进行一番互动。

"噢，这么快就要离开了吗，莱勒先生？"

"恐怕是的。你也看到了，赫斯夫人，霍夫曼小姐今天身体不大舒服。"

克拉拉打量着玛姬的脸。"唔，现在你看起来已经好多了。"她说，目光却一直死死地盯着玛姬的眼睛。在和克拉拉对视的过程中，玛姬发现对方的眼睛虽然漂亮，但其中一只却略微有些斜视。

克拉拉冷冷地微笑着，"那么，再见了。"

玛姬找到了伫立在一旁观看人群跳舞的伊利斯，"我想再次谢谢你给予我的所有帮助。"

"噢，这没什么。"伊利斯和颜悦色地回答道，"我是一名护士，我只是做了自己该做的事情而已。看到你感觉好些了，我真的很开心。"

"唔，谢谢你对我的照顾。"

"别客气了。"两个女孩对视片刻之后，玛姬伸出双臂给了伊利斯一个拥抱。她确信伊利斯一定也会发现她俩相貌上的相似之处。

或许她已经发现了，起码在潜意识的层面上意识到了这一点。伊利斯握住玛姬的一只手，"我知道柏林对你还很陌生，那么倘若你有什么需要——我指的是任何需要——都请让我知道。"说完，她从一个华丽的茶几抽屉里取出了一支笔和一页纸，写下了一串数字。她对玛姬说："这是我的电话号码，家里的和医院的都在上面，你随时都可以给我打电话。"

"谢谢你，"玛姬伸手接过了她递来的那页纸，心中充满了莫名的感动，"真是太感谢你了，赫斯小姐。"

伊利斯拥抱着玛姬，并在她耳边低声说道："你和他们不是一样的人，我能看出这一点来，霍夫曼小姐。"

"是的，我的确不是。"玛姬小声回应道。

"那太好了，我也不是。"

两名新认识的朋友就此挥手告别。

． ． ． ． ． ━━ ． ━━ ． ．

在坐车回夏洛腾堡区的路上，玛姬和戈特利布一直都缄默不语。直到他们回到他的公寓套房并锁上门之后，玛姬才开口说道："窃听器已经安装妥当了。"

"那么，恭喜你了，"戈特利布的语气略显挖苦，"不过，你本来可以事先就把你打算像维多利亚时代的少女那样晕厥在地的计划告诉我的。"

玛姬意识到，这大概是自己能从他嘴里听到的最接近于道歉的一种表达方式了，于是决定不再与他继续纠缠此事，转而说道："而且我今晚其他时候也没有闲着。我试着融入到了那些人当中，或者可以这么说,我至少获得了一次参加打字测试的机会。"

"你融入到了哪些人当中?"由于过度疲惫,戈特利布的眼神略微有些茫然,只见他重重地坐到了沙发上。

玛姬在他身旁坐下,踢掉了脚上穿着的晚装鞋。"噢,"她说,"穿高跟鞋实在是太痛了。"她指了指一只起了水疱的脚,让其屈伸活动了一下。

"你和戈培尔夫妇究竟聊了些什么?"

"我告诉他们,我们俩之所以认识,是因为我曾在罗马担任你的临时秘书。"她答道,"随后,戈培尔说戈林正在寻找一名新的打字员,而我可以在星期一去参加面试。戈林可是帝国元帅啊!想想看,如果我成了他的打字员,我就可以接触到那些备忘录和文件……"

"别想那些没用的了!"戈特利布打断了她。他用力地拉扯着蝶形领结的一端,试图将它松开,"那时你早就离开这里了。"

"可是……要是我没离开呢?"玛姬反驳道,"你能设想一下倘若我获得了这份工作的话会怎样吗?我能将我所获知的信息传递给你!"

看到玛姬竟然提出了改变既定行程的可能性,戈特利布着实震惊不已,"可这并不属于你的任务范畴。"

玛姬竭力保持自制,好让自己不因眼前的沮丧而咬牙切齿,"戈特利布,一个绝佳的机会就摆在我的面前。如果我不抓住这个机会的话就太蠢了。"

"如果你不按照预定计划离开这里的话就更蠢了。"他的一双绿眼睛里流露出严肃的目光,"间谍通常都不长命,而保全你性命的唯一办法就是速战速决。一旦面临长期的周旋……"

"如果我得到了这个职位,就有机会获知非常宝贵的信息。人们总是低估他们的秘书——相信我,我非常清楚这一点。他们会当着我们的面说一些自己在公众面前绝不会说的话,也会做一些自己不会公开去做的事情。我过去常常对此深恶痛绝,不过现在我看出这反而对我们极为有利。"

"依我看,你不能这么做。"戈特利布依然坚持己见,"这会让你在

188

德国陷入非常危险的境地。如果你不小心露出了马脚，从而让人知道了你的真实身份，你将会立刻被枪决，或被吊死——这可比被子弹击中而瞬间毙命要残忍得多。与此同时，我所在的组织很可能也会暴露无遗。"他摇了摇头又接着说，"不行，这实在太危险了。"

"我明白这很危险，不过其风险是可以预测的。"

"你不能去承担这样的风险。"

你有什么资格对我发号施令？"听我说，戈特利布……我可是刚从伦敦过来的。你知道那里的情况有多糟吗？纳粹空军炸毁了整座城市，很多人都被活埋在建筑物的废墟底下。许多孩子失去了父母，而幸存者也大都成了缺胳膊断腿的残疾人。无家可归的人们在全然的绝望中等待着纳粹德国发动下一次侵袭。"

"不行，我不同意你的新计划。"

"唔，"玛姬拿起自己的鞋子，一字一顿地说，"这事可不是你说了算，对吗？"

他站起身来，"明天晚上，你得按时在事先约定好的接头点乘飞机返回伦敦。我们不能偏离原有的计划。"他下巴上的一块肌肉不由自主地痉挛了一下，原本苍白的脸则因为愤怒而略微有些泛红。

玛姬张嘴打了个大大的哈欠，然后伸了个懒腰。"我很累了，我得去睡觉了。"她说完便走进卧室，并关上了门。

"你明天就得离开！"

只听得玛姬隔着门喊道："晚安，亲爱的。"

· · · · — — — · — — · ·

现在是晚上夜更深的时候了，参加派对的宾客们已经喝掉了不少装在高脚水晶杯里的香槟，彼此交谈的音量也越来越大。管弦乐队正在演奏一支约翰·施特劳斯的华尔兹舞曲。随着小提琴被渐渐拉到高音，人们的舞姿愈发豪放起来。

"你丈夫去哪儿了，克拉拉？"戈培尔问道。他正与克拉拉并肩坐在舞池边上，他的畸形足令他很难完成华尔兹舞的动作。

"我想他大概是上床睡觉去了。他很快就会出发去苏黎世,指挥《罗恩格林》的演出。"

"《罗恩格林》——这可是我最喜欢的歌剧。"

克拉拉将一只手臂支撑在长靠椅的椅背上,朝戈培尔倾过身去,"约瑟夫,你对那个女孩了解多少?就是红头发的那个。"

"哦,你是说那个名叫玛格丽塔——希望我没记错——的女孩吗?她是和戈特利布·莱勒一起来的。"

"他们彼此相识很久了吗?"

"这个我不知道,不过他们看起来似乎正处于热恋当中。听说他们是在罗马认识的。"他面带疑惑地看着她,"你为什么问这个呢,亲爱的?"

克拉拉笑着拍了拍他的一只膝盖,"我只是对她有些起疑而已。请安排人手对她进行一次全面的背景调查。"

戈培尔环顾了一下四周,"我想她和莱勒大概刚离开了一个小时吧,我可以让我的手下现在就开始跟踪他们……"

"不,不——今晚不用。"克拉拉摇了摇头,"不过最好尽快开始。就从星期一早上开始吧,我只是想确保万无一失而已。现在,来吧!"她起身朝戈培尔伸出一只手来,"和我一起跳舞吧。可别把这么好听的音乐给浪费了。"

第十一章
我要留在柏林
WO YAO LIUZAI BOLIN

她已经用下针织法织出了好几英寸的长度,现在她凭着自己对摩尔斯电码的记忆,转而用上针和漏针织法,将她所需的电码在围巾上织了出来。这些代码翻译出来的意思是:任务已完成。我会留在柏林。这里有大好机会。星期一晚上方知更多详情。

玛姬一晚上都没怎么睡好，支离破碎的梦境中不时穿插着与当晚派对有关的情节，而且她还梦见好些长了獠牙的蜘蛛——她的头发与它们吐出的黏稠蛛网纠缠在了一起。尽管如此，第二天早上她还是很早就醒了。起床之后，她迅速穿好衣服，戴上了帽子和手套。这天是星期天，戈特利布给她留了一张字条，说自己去教堂望弥撒了。玛姬将那条未织完的围巾塞进手提包，然后提着包匆匆来到了楼下的广场上。

玛姬一眼就看到了坐在一张木制长凳上的德法奇夫人，只见她正用编织针织着什么物件，几只灰鸦围在她脚边的地上啄食。当玛姬走到她身旁坐下时，她朝玛姬点了点头，"早上好啊，小姐。"

"早上好，夫人。"玛姬回应道，并从包里取出了她的黑线织物。她已经用下针织法织出了好几英寸的长度，现在她凭着自己对摩尔斯电码的记忆，转而用上针和漏针织法，将她所需的电码在围巾上织了出来。这些代码翻译出来的意思是：任务已完成。我会留在柏林。这里有大好机会。星期一晚上方知更多详情。

"打扰一下，夫人，"玛姬说，"你能帮我看一下我的织物吗？我的手艺不像你那么好。"

"当然可以，亲爱的。"德法奇夫人说，"让我看看吧。"

玛姬将她的围巾递了过去。妇人仔细看了一下，然后紧抿着嘴唇。"让我来教你用更好的织法吧。"她说。

两名身着黑色制服的纳粹党卫军军官走了过来，在两名女士面前脱下了有骷髅头标志的帽子。"你们在为士兵们织东西吗？"其中一名军官问道。

"当然啊。"德法奇夫人说。

"祝你们好运！"另一名军官说。玛姬笑了笑。哈！她心想，没错，我的确是交好运了。

德法奇夫人在围巾上织完一排后说："你来看看这种织法吧，亲爱的。"

玛姬仔细辨认着对方所织的代码。"赞成。"它翻译出来是这样的。

"谢谢你。"玛姬说。年长的妇人伸手拆掉了自己织出的代码，玛姬也随即拆掉了她所织的，于是那条围巾又恢复了它本来的样子。

"你随时来找我都行。"德法奇夫人说，随即继续做起了手中的针织活儿。

"我希望能在星期二见到你。"玛姬将织物重新放进包里，然后站起身来。因为到了星期二，我就已经知道自己能否得到那份工作。

"我也希望如此，亲爱的。"

. . . . ——— . —— . .

伊利斯这天也起得很早。她蹑手蹑脚地从仆人专用楼梯上到阁楼，想去看看"神秘先生"的情况。

他已经醒了，正躺在床上望向窗外初升的太阳。为了让新鲜空气能进入室内，伊利斯昨天离开前就把阁楼里的圆形高窗略微打开了一道缝隙。窗外传来了断断续续的鸽子叫声、一只哀鸠扑打翅膀的声音和教堂的钟鸣声。

"早上好，'神秘先生'，"她以略微带有德国口音的英语说道，"你昨晚睡得好吗？"她伸出手去为他摸了摸脉，发觉他的脉象很有力。

他看着她，但没有说话。

"很好。"她将一支温度计轻轻塞进他的嘴里，然后为他检查了一下输液袋的情况，"我知道你是讲英语的。因为有一次我听到你在睡梦中用英语说梦话——而那正是我把你带到这里来的原因。我想在你暴露自己的身份之前先把你带到安全的地方。"

听到这儿，"神秘先生"眨了眨眼。伊利斯从他嘴里取出了温度计。"37.8摄氏度，略微有些低烧。接下来我会继续观察你的体温变化。不过依目前的情况来看，你的感染症状已经减轻了不少。"她笑着说。

"我这是在哪里？"他用德语问道。他的发音正好符合英国人讲德语时的普遍发音特点：不带任何口音，元音拖得较长。

"你在格鲁内瓦尔德——柏林的一个郊区。这里是我的家，确切地说是我家的阁楼。我母亲应该……不愿意看到……我把你收留在这里，所以你务必要尽可能地保持安静。你得一直待在这儿，直到我们为你找到更安全的藏身之处为止。"

"你不能这样做，"这次他转而用英语说话了。他显然意识到已经没必要就自己的身份再继续伪装下去，"这样你会因救助敌人的罪名而被逮捕，甚而还有可能被杀死。"

"唔，你不能回医院去。之前你曾用英语在梦中高声喊叫。如果被人发现的话，你必定会被处以绞刑的。"

两人开始细思各自所面临的巨大风险，沉默了好一阵子。

"谢谢你。"他终于开口打破了沉默。

伊利斯站起身来，"你一定饿坏了，我去为你拿些早餐上来。"

然而，就在她正准备转身离开的当儿，"神秘先生"却伸手紧紧抓住了她的一只纤纤小手，"其实不必了。谢谢你。"

两人对视良久之后，他再度开口说道："我觉得我好像认识你。但这根本不可能，对吗？"

"没错，"伊利斯以她对待病人时所用到的最柔和语调迅速回应道，"我非常确定我们从没见过面。现在你躺下好好休息一下吧。我这就去为你带一些面包卷和咖啡上来。如果你想看书的话，我还可以为你带几本书来。另外，你的床下放着一只便壶，如果你没法做到……"

"我可以做到。"他略微含糊地嘟哝道。

为了化解他内心的尴尬，伊利斯说："我很快就会帮你练习重新站立和行走的。"

"接下来呢？"

"这个啊……"她还得继续研究计划中的细节问题，"咱们走一步看一步吧，好吗？"

"你叫什么名字?"他问道,显然不大愿意就这么让她离开。

"我叫伊利斯·赫斯。你呢?"

"约翰,"他答道,"约翰·斯特林。"

. . . . . —— —. —— . .

弗里达在查立特医院的药房里寻找吗啡和苯巴比妥①。找到之后,她将这两种药从架子上各拿了一瓶下来。

这时伊利斯正好也来药房取一些胰岛素。"你来取什么药啊?"伊利斯在弗里达身后问道。"天哪,你怎么取了这么多?这样的剂量足以杀死一头公牛了!你用它们来做什么啊?"待看到弗里达手中的药瓶后,她觉得胃部的肌肉突然抽搐了一下。她一把抓住了朋友的手臂,"这跟博兰特医生有关吗?是他让你……你知道的……"

"不,这跟他没关系。"弗里达低语道,声音略微有些发颤,"这是给恩斯特的。他让我……帮他寻死。"

"什么?你不能这样做!"

"我还有选择的余地吗?即便我不这样做,他也会设法自杀的。伊利斯,你应该明白:既然我是护士,那么我知道应该如何让他在经历更少痛苦的情况下死去。"

"不,"伊利斯坚持道,"别这样。应该还有别的办法的。"

弗里达的气色看起来跟死人差不多,脸色憔悴,目光呆滞而空洞。

"我现在得去做一件事,"伊利斯说,"不过十分钟后我们在屋顶见个面,好吗?"

弗里达叹了口气,勉强应道:"好吧。"

. . . . . —— —. —— . .

伊利斯仔细查看四周的动静,确定周围没人之后,赶紧朝档案保管室走去。可是当她到了档案保管室门口,却发现这里的门竟然被锁上

---

① 一种安眠药和镇静剂。

了——而且是被足足三把挂锁锁着的。见此情形，她只得低下头来做了一次默祷。

一名身穿灰色制服、系着白色围裙的护士走了过来。"这门锁是怎么回事？"伊利斯问她。

这名护士停下脚步，皱着眉头说："这是博兰特医生制订的又一项新规定。"

"可是如果我们需要病人的档案又该怎么做呢？"

"你需要填写一张申请表，待博兰特医生同意并在上面签字之后，你才能在弗林特护士的监督下进去取用相关的档案。"

"我知道了。"伊利斯说。那名护士很快就走开去忙活别的事情了。很好，这下可好，伊利斯心想。即便她再有能耐，也不可能撬开那三把牢固的大铁锁。她得想办法查明博兰特医生把钥匙放在哪儿的。

不过在那之前，她还要先去和弗里达见面。

. . . . — — — . — — . .

在正午阳光的猛烈照射下，伊利斯和弗里达在医院的屋顶上共享一支香烟。

"或许他要去的地方真的是名副其实的劳动营呢。"伊利斯吸了一口烟说，"或许他只会在那儿待到战争结束为止。然后……然后他就能回家了……"说到这里，她不由得停顿了下来，因为她突然意识到自己说的话是多么的荒谬。

"我看过不少与德国人大举入侵波兰有关的宣传影片。"弗里达皱着眉头说，"在影片中，那些住在隔离区里的犹太人看起来快乐又健康。他们当中的每一个人都显得兴奋而雀跃，可不久之后他们都被船运去了马达加斯加岛，或者是别的未知目的地……"说到这儿，她抬手抹掉了流淌在自己脸颊上的两行热泪，"可是你真的认为纳粹党——那些会肆无忌惮地杀害基督徒小孩以及纳粹党人自己小孩的人——会花费时间和金钱去妥善照顾犹太人吗？"

伊利斯陷入了沉默，她想起了自己在哈达马尔研究所的毒气室所看到的情形。"不,"她将手中的烟蒂扔到地上,然后用鞋跟踩压了几下,"不,你说得对。"说完她在自己胸前画了一个十字。

"恩斯特宁愿自杀,也不愿死在他们的手下。"

伊利斯明白,弗里达非常清楚多大剂量的吗啡和苯巴比妥能致命。这样一来,恩斯特便能带着尊严和体面死在自己的床上。

不!伊利斯脑子里有个声音在尖叫。不,事情还没到那个地步——至少现在还没到。自杀不仅仅是一种不可饶恕的大罪,也在某种程度上意味着他们的失败,同时也意味着整个德国的失败,以及人性的沦丧。

"弗里达,"伊利斯的脑子飞快地转动着,"你给恩斯特打个电话,让他在我们下班后来医院找我们。"

"可是宵禁法规定……"

"他只需设法别让自己被人发现就行了。"

"可是我家的电话线被那些混蛋拆掉了。"

"那你就亲自回家去告诉他!"伊利斯指了指楼梯井所在的方向,"我会设法为你遮掩的。你回去把他带到这里来。"

"接下来又怎么做呢?"

伊利斯伸出一只手臂搂着好朋友的肩膀,"我知道该怎么做。现在你快去吧!"

. . . . ——— —— . .

在查立特医院的地下停尸房里,伊利斯和弗里达将恩斯特伪装成一具尸体,并将他全身都覆盖在一张白布下面。在接下来的几个小时里,他必须躺着不动,等着她们来接他。

时候终于到了,伊利斯和弗里达让恩斯特坐上了一张轮椅,然后推着他来到了医院的后门,利希特神父的车正在门外候着。现在已是下午较晚的时候了,日影微微倾斜,阳光却依然灼热。不时有一阵热风拂过,空气中弥漫着汽车尾气的呛人气味。

两名医生朝门边走了过来。白大褂的下摆在腿部随风起伏,他们的手臂上都戴着印有黑色纳粹十字标志的红底臂章。"这里发生什么事情了?"其中一名满头白发、戴着眼镜的医生问道。

"这位病人获得了可在今天外出的特别通行许可。"伊利斯撒谎道。弗里达看上去就像快要晕厥过去似的,而恩斯特则一声不吭地紧咬着牙关。

"是谁批准的?"另一名医生问道。他也留着一头白发,身材又高又瘦。

"博兰特医生。"伊利斯不假思索地回答道。

这时利希特神父打开车门,从车里走了出来。他戴在脖子上的白领圈和头上的黑圆顶硬礼帽令他显得颇具权威。"这位病人要去参加一个特别的宗教仪式,医生先生们。"

"是吗?"第二名医生问道,"是什么仪式呢?"

"是纪念圣徒旦利塞的仪式。"

"仪式在哪座教堂举行?"

"圣海德维格教堂。我本人正是那里的神父。"

第一名医生问伊利斯:"那你又是什么人?"

"我是阿鲁伊莎·赫尔曼护士。"

"那么这个病人的通行证在哪儿?"

"噢,天哪!"弗里达终于鼓起勇气开口说话了。她抬起手来猛地拍打了一下自己的脑门,"我肯定是把它落在护士站了。我得回去把它取来吗?"

"不,不用了。"第一名医生漫不经心地挥了挥手。

"好好享受你们的圣徒纪念仪式吧。"另一名医生说。

"谢谢,医生先生们。"利希特神父边说边回到了他的车里。

伊利斯和弗里达协助恩斯特坐进了汽车后座。"时间不多了,你们赶紧告别吧。"伊利斯提醒道。

弗里达钻进车里去吻了吻丈夫的嘴唇,随即便抽身出来。恩斯特向后靠在椅背上,弗里达又伸出手去将覆盖在他身上的毯子往上拉,直至遮住了他的脸。她后退了几步,用一只手使劲地捂住了自己的嘴,拼命抑制住自己不要哭出声来,"我爱你。"

"我也爱你，宝贝儿。"恩斯特低声说道。

"这是唯一的解决方案了。"伊利斯对她说。随后，伊利斯关上了汽车后座的门，自己钻进了副驾驶座位，"我们会确保他的安全。"

利希特神父转动钥匙将车点着火，一脚踩下离合器，车倒退着开走了。

"我会来找你的……"随着汽车渐行渐远，弗里达兀自念叨着。她弯下身子，神情痛苦地捂着肚子，竭力忍住了哭泣。

· · · · · ——— · —— ·

戴维和弗雷迪在里兹饭店吃晚餐，和他们同桌用餐的还有黛芙妮·布鲁克斯和她的女朋友凯伊·麦奎尔。戴维和弗雷迪都穿着无尾礼服，系着黑色领结，看起来相当精神。黛芙妮穿了一件亮黄色礼服，将她的金色长卷发衬托得更美了。凯伊穿着长裤和一件腕部钉有装饰袖扣的白色丝绸衬衫。她的衬衫领口微开，一头抹着百利发乳的棕色短发向后梳着，显得油光水滑。

"请再给我们来一瓶香槟酒。"戴维朝站在附近的一名侍者喊道。与此同时，另一名侍者正在为他们清理餐盘。

那名被召唤的侍者来到桌边，将一个外壁仍滴流着冰水的空酒瓶收走了。

"这里的就餐环境的确很讨女孩喜欢。"黛芙妮背靠在天鹅绒椅子的椅背上，心满意足地吁了口气。里兹饭店的宽敞餐厅里铺着厚厚的地毯，墙边垂挂着厚重而优雅的帷幔，一盏盏闪耀的枝形吊灯将整个空间都照得透亮无比。此情此景，不禁让人觉得战争似乎跟自己的生活完全扯不上任何干系。

戴维和弗雷迪交换了一下眼色。"嗯……"戴维开始步入正题，这时先前那名侍者带着一瓶新开的香槟走了过来，为各人的杯子里斟满酒。戴维接着往下说："事实上，我们有件事想跟你们谈谈。"

凯伊扬起一侧眉毛，从烟盒里取出了一支香烟。弗雷迪拿起自己的"埃文斯"打火机，殷勤地为她将烟点燃。"谢谢，亲爱的。"她说完便用力地吸了一口。

戴维清了清嗓子，继而端起酒杯，将其凑到嘴边，有些心神不宁地喝了一大口，然后才开口道："我们……想跟你们做一笔交易。"

两个女人对视了一下。"唔，我们正听着呢，请继续说下去吧。"黛芙妮说。

"是这样的，"戴维继续说道，"如今我遇到了一些跟信托基金和遗产有关的小问题。原本看似顺理成章的事情，如今却有了一些附加条件。"

凯伊听后耸了耸肩。"可这种事情怎么会跟我们扯上关系？"黛芙妮不解地问。

"问得好！事情是这样的……"

弗雷迪不由得叹了口气说："你能直接切入主题吗？"

"噢，仁慈的密涅瓦！"戴维怒瞪了他一眼，转而望着两位女士接着往下说，"简而言之，女士们，我如果不赶紧结婚的话，将来就会失去我的信托基金和我父母的遗产。而你们也知道，我对世人视为神圣的婚姻从来不曾有过任何渴求……"说到这里他停顿了一下，转头看着弗雷迪。

"别偏离主题了。"弗雷迪提醒道。

"所以我在考虑——确切地说，是希望——你们两位当中或许有人愿意和我结婚。"戴维深吸了一口气，"如果你们当中有人愿意和我完成这笔交易，成为我的妻子，那么她婚后仍然能维持原有的生活，而我也一样。"

黛芙妮咯咯地笑出了声，"你有没有想过你更想和我们当中的哪一个结婚呢？"

戴维也顽皮地笑了笑，"这对我来说实在难以抉择，就好像是让可怜的帕里斯在众女神当中选出最美的一个一样。"

"我们可不稀罕那个金苹果。"凯伊说。只见她紧抿着宝石红色的嘴唇，思索片刻之后，便伸手握住了黛芙妮的一只手，"我们的感情很好，戴维。我们住在布卢姆斯伯里的一套两室公寓里——当然，其中一间卧室纯粹只是摆设。我们的女房东认为我们俩都是错过了最佳结婚年龄的老姑娘，也是最要好的朋友。我们不时会跟一群志同道合的女人来往，我们会和她们一起看电影，一起参加派对，一起支持某个政治候选人。看在上帝的分上，我们还是空袭预防巡视员呢。我们已经下定决心要与彼此共度此生了，而且要永远幸福下去。"

"当然，"戴维表示赞同，"弗雷迪和我也有一样的打算。我刚才所说的……不过是名义上的婚姻罢了，我的妻子只需偶尔陪我出席一两场家庭聚会，仅此而已。"

"仅此而已？"凯伊怀疑地问道。

"唔，当然，还得改变信仰……"

"改变信仰？"黛芙妮倒抽了一口凉气，"成为犹太教徒？"她摇了摇头说，"很抱歉，我是一名英国国教徒。"

"此外，我的妻子还得……"戴维微妙地停顿了一下"……为我生一个后嗣。"

凯伊和黛芙妮无比震惊地四目相对。尽管两人之间并无言语交流，但很快达成了共识。"不行，"凯伊盯着戴维冷冷地说，"我们可不愿仅仅为了能帮你保住零花钱，就牺牲自己的诚信——更别提还得在这世上诞下一个孩子了。"

说完她便站起身来，愤愤地将亚麻布餐巾一把扔在桌上。黛芙妮也紧跟着她站了起来，"或许我们不像你那么富有，可是我们靠努力工作来谋生，而且也能够养活自己。我们生活得心满意足——至少大体是如此。比起在里兹饭店喝香槟酒，我倒更愿意和我心爱的女人一起在家吃烤面包和豆子。来吧，凯伊，我们走！"

两位女士就这么愤然离席，餐厅里的其他客人见状纷纷望着她们的背影窃窃私语起来。留在桌边的戴维和弗雷迪面面相觑。"唔，"弗雷迪面无表情地将自己的香槟酒杯凑到嘴边，"这下好了。"

戴维抬起头，正好与侍者四目相对。"请给我账单。"他闷闷不乐地说。

"有人来陪你了。"伊利斯带着恩斯特回到家中阁楼,对约翰如是说道。

约翰从床上坐了起来,默默地看着伊利斯和恩斯特。恩斯特主动开口说:"我叫恩斯特·克莱因,是犹太人。很高兴见到你。"

"我是约翰·斯特林,受伤的英国飞行员。我也很高兴见到你。"他以蹩脚的德语回应道。

"唔,恩斯特,"伊利斯说,"你可以把那块卷起来的垫子铺在地上睡觉。我这就去为你找一些干净的寝具和一个洗脸盆,稍后我会为你们带一些晚餐上来。"

"你这样做实在太冒险了,伊利斯。"恩斯特警告道。

"我母亲很少在家。就算她在家,也不怎么关注我的一举一动,仆人们也一样。另外,我家厨房里总是有很多食物,大部分最终都被白白浪费掉了。现在你们俩先休息一下吧。我要去处理一些事情,然后就回来和你们一起商量我们的下一步计划。"

恩斯特的眼里一下子噙满了泪水,"我不知道该怎么感谢你……"

"是啊,"约翰说,"我们如何才能报答你为我们所做的一切呢?"

"我们还是好好想想应该如何让你们平安地离开德国吧。"伊利斯语气坚定地说,"还有,恩斯特,你能为约翰检查一下伤口吗?他看起来恢复得还不错,不过你毕竟是外科医生,有你为他做专业的诊断当然更好。我还得提醒两位,请务必保持安静。"

弗里达已经丧失了思考力,甚至连呼吸的力气也没有了。恩斯特此刻就在克拉拉·赫斯的家里,这可非同儿戏,他的处境相当危险。虽然她很爱伊利斯,可她还是觉得伊利斯天真任性,却并不清楚犹太人的处境究竟有多凶险。恩斯特能在那儿安全地待上几天呢?接下来该做什么?万一某个仆人无意中听到阁楼里的脚步声,或者开始怀疑家中的面包为何消耗得比以前更快，又该怎么办？再往后，恩斯特将会面临怎样的命运呢？

弗里达在更衣室里脱下护士制服，迅速换上了一身便装，并对着门边的镜子戴好了帽子。对于自己接下来该做什么，她并没有什么清晰的计划。她只是机械式地走出了医院，然后沿着人行道继续往前走。

· · · · — — — · — —

"我是来见赫斯夫人的。"弗里达一面说着，一面向把守在"阿勃韦尔"入口处的守卫出示自己的身份证。

"你有预约吗？"门口的一名接待员问道。

"赫斯夫人会想要见我的。"

"你见她是为了什么事情？"

弗里达毫不迟疑地回答道："此事跟她的女儿伊利斯有关。"

· · · · — — — · — —

"你是谁啊？"克拉拉·赫斯从办公桌上的文件中抬起头来，看着刚步入办公室的弗里达。克拉拉很快便留意到，眼前这位年轻女子衣着破旧，而她穿在脚上的一双鞋也磨损得相当厉害，"你是怎么认识我女儿的？"

"赫斯夫人，我叫弗里达·克莱因，我和您女儿伊利斯是同事。我也在查立特医院工作。"

"我可是个大忙人，克莱因小姐。说吧，你来找我究竟是为了什么事？"

弗里达震颤着吸了一口气，"伊利斯是否曾在您面前谈起过我呢？或是我的丈夫？"

克拉拉若有所思地眨了眨眼。只见她放下手中的银色钢笔，目不转睛地盯着弗里达的眼睛。"你就是那个跟犹太人结婚的护士，"她渐渐将记忆中的碎片拼接在了一起，"很抱歉，我做的是情报工作，将犹太人驱逐出境的行动与我毫不相干。"

"我来这儿不是为了与您谈论我丈夫的事情,"弗里达坚持说道,"或者说,至少并不直接如此。我来见您是为了跟您谈谈伊利斯,以及她近来正在做的一些事。"

克拉拉眯缝着双眼,"我女儿?她最近做了什么?"

"如果她所做的事情被人发现了,那么'阿勃韦尔'——尤其是您——将会被置于非常尴尬的境地。"

克拉拉向后靠在皮革办公椅的靠背上,她凝视弗里达的目光也变得愈发冷峻起来,"我听着呢,请继续往下说。"

"我会把我所知道的一切都告诉您,"弗里达继续说道,"不过您得答应我一个条件,那就是恩斯特不能受到任何伤害。您得救救他,让他不被遣往任何地方。然后,我就会把一切都告诉您。"

"亲爱的,"克拉拉的脸上流露出了一丝冷冷的笑意,"你何不坐下来慢慢说呢?"

. . . . ——— —— .

晚上,玛姬和戈特利布再度爆发了争执。

"你怎么还在这儿?"戈特利布大声说,他刚刚回到了自己的公寓套房。白天他先去圣海德维格教堂望了弥撒,然后又去了"柏林拳击俱乐部",借着那儿的沙袋和几名运气不佳的对手,他将自己的满腔怒气尽情宣泄了一通。

玛姬迎着他的目光,"是的,我要留下来参加面试。倘若我得到了那份工作,我就会无限期地继续留在这儿。"

"你……"他用一根手指指着她,"真是个行事鲁莽的笨蛋!"他气得满脸通红,甚至连一双大得有些可笑的耳朵也变红了。

玛姬事先并没料到他的反应竟会如此强烈。"不,我不是,"她反驳道,"我所做的正是我受训去做的事情:评估情况,并采取相应的行动。"

"可那并不是你接收到的命令!"戈特利布情绪非常激动,"你应该服从命令!"

玛姬因他的反应而变得有些害怕了,可她知道自己不能将内心的惧怕表露出来。倘若她在戈特利布面前流露出了任何一丁点儿恐惧或不自信的情绪，那么她就只能搭乘"特别行动委员会"的下一趟班机飞回英国。"我收到的命令中包含有随机应变的成分，"她鼓起勇气反驳，"我已经被告知明天不会有人来接我，而我将在星期二将最新的信息反馈回去。"

"你在这里每多待一天，每多传递一次信息，就会给我们所有人带来更多的安全隐患！"

听了这话，玛姬的脾气终于爆发了。她对戈特利布、对纳粹党、对整个德国，乃至对其境内所施行的种种愚蠢而又残忍的政策，全都已经忍无可忍了。任何一个有理智的民族怎么会任由自己的国家陷入如此糟糕的境地？"倘若你们德国人在1933年的时候能站起来坚决抵抗希特勒的话，我也没必要到这儿来了。"这话的确充满了挑衅意味，可她话已出口，没法再收回了。

戈特利布看起来又是震惊又是气恼，仿佛刚被她打了一个耳光似的，"你知道吗，他们不仅仅会伤害我们。他们会先伤害我们的家人。我有母亲，还有三个姐妹。你认为我想眼睁睁地看着他们被盖世太保讯问、拷打和斩首吗？"

玛姬立刻因自己刚才一时冲动所说的话而懊悔不已。她接下来要做的事情不单单会将戈特利布置于险境，而且也会同样危及到所有他爱的人和他在乎的人。她说话的语气渐渐缓和了下来，"对不起，戈特利布。我因你的家人处境危险而感到难过。我也因你的国家被这些恶魔引入歧途而难过。"

"德国并非这世上唯一有恶魔存在的国度，"他带着狂怒，一字一顿地说，"你们美国有'三K党'[①]、亨利·福特[②]和柯林神父，可见美

[①] 1915年成立于美国佐治亚州的白人秘密组织，反对黑人、犹太人、天主教徒等，并使用恐怖手段。
[②] 美国汽车工程师与企业家，福特汽车公司的建立者。他曾在不知情的前提下被卷入了"二战"。1938年，福特汽车公司参加了德国的军事建设，在柏林开了一个组装厂，为德军提供卡车。

国也并非乌托邦。"

玛姬不禁有些脸红。他说的当然都是事实。她说："正因为如此，我们才需要有所行动，这也正是我要采取行动的原因。让我来告诉你一些小秘密吧，戈特利布。对于那些位高权重的大人物来说，他们对像我这样的秘书、清洁女工或前台接待员往往都视而不见，并将我们视为同电话、打字机一样的工具。正是由于他们以这样的方式来看待我们，那么他们也会毫无顾忌地在我们面前谈论各种不宜公开的秘密。"

"可这不是德国人的作风。"

"德国人也不例外。"玛姬反驳道。

戈特利布起身朝厨房的碗柜走去。他从那里取出了一个酒瓶和两个玻璃酒杯，"你不能这样做。你不能把你自己，还有我们的秘密抵抗组织中的成员们置于险境当中。"

"戈特利布……我很聪明，也接受过专业训练，再说我也有勇气这么做。"

他已经在沙发上坐了下来，将瓶子里的棕色液体分别倒入到两个杯子里。"这是白兰地。"他将其中一个酒杯递给玛姬。

玛姬接过他手中的酒杯。两人都举杯喝了几口。玛姬感觉喉咙有些热辣辣的灼痛感，不过心里倒是舒坦了一些。

"你坐下。"他发号施令。

"不。"

戈特利布很快喝完了自己的酒，然后又倒上了一杯。"请坐下，好吗？"

这次玛姬听从了他的要求，不过她在沙发上选了一处离他最远的位置坐下。

"我们在蒂尔加藤公园的时候，你曾问过我是否相信魔鬼的存在。"他说，"如果是在十年前，我会说我不相信。那时我认为这世上并没有魔鬼作祟，只是上帝偶尔会收回他对世人的爱而已。不过，自那以后，我的想法在慢慢地发生改变。如今我相信魔鬼的存在，我相信撒旦就是与上帝和人类为敌的堕落天使。我还相信此地——柏林乃至整个德国——正是地狱一般的所在,而我们之所以置身其中,是因为我们没有早一点进行抵抗。每天都有可怕的事情在发生……不仅仅是侵略和占领,还有更多。"

"还有发生在犹太人身上的事情。"玛姬说,"没错,这我知道。我听说过'水晶之夜'事件。"

戈特利布脸部的肌肉不由自主地抽搐了一下,"不,你并不知道,或者说你所知道的不过是冰山一角而已。在三十年代初期,有很多人都认为纳粹主义符合共产主义的特征及无神论的主张,而且他们认为纳粹党能帮助德国复兴经济。还有,当时纳粹党允许我们的教堂得以存续下去。唔,他们的确容许我们保留教堂,不过等战争一结束,他们就会拆毁所有的教堂。他们想要建立的是一个没有宗教信仰、鼓吹战争的社会,那里并没有多余的空间来承载爱、同情和怜悯。"

"是的,我已经知道这些事情了。"玛姬又喝了好几口白兰地。

"不,你还不知道纳粹党的全部作为,那实在是恐怖至极。他们正在着手杀害孩童。他们已经开始大规模杀害疯了、聋了、哑了以及缺胳膊断腿或患有精神疾患的德国小孩。他们把那些孩子送到特殊的医院去,然后用毒气杀害他们。"

"什么?"玛姬吃惊地眨巴着眼睛。戈特利布说的话她都听清楚了,可一时半会儿却理解不了。

"我要告诉你的是,他们在杀害孩童。如今,他们将德国境内的犹太人纷纷遣往位于波兰的集中营。你认为他们会如何处置这些犹太人呢?他们没法向犹太人供应足够的食物,那么后者该如何在这个冬天存活下来呢?"

玛姬缄默不语。

"有传闻称,纳粹党在马达加斯加建立了一个犹太人居住区——其实更像是一个集权统治区。我曾听说过一些关于犹太区和集中营的事情。纳粹党人会迫使那里的犹太人每天都工作到精疲力竭为止,然后便将其包围起来进行枪杀,最后再将他们的尸体扔进集体墓穴中草草埋葬了事。还有,既然他们已经在用毒气杀害德国孩童了……那么你认为他们开始用毒气毒杀犹太人的时候还会远吗?"

"他们在杀害……"玛姬艰难地开口说道,"……孩童?"她惊得目瞪口呆,"为什么啊?"

"你了解艺术吗?"戈特利布反问道。

"艺术?"玛姬满心困惑地点了点头。"艺术"跟"杀害孩童"之间究竟有什么关联?

"当纳粹党开始掌权执政的时候,他们举办了一场大型的所谓'颓废艺术'展览,参展画作和雕塑的主题皆与战争的残酷、战后的创伤、生存的痛苦有关。这些先锋派的作品被恶意摆放得混乱而拥挤,画作被故意挂歪,墙壁上涂着许多标语,说明牌的语言尖刻而嘲讽,使其看起来荒唐可笑。纳粹声称,这些'颓废艺术品'是犹太主义和布尔什维克主义的产物,其作者想借此对德国文化构成威胁。

"与此同时,纳粹还举办了一些'真正的'艺术展。他们展出了不少新古典主义风格的雕塑,那是因为创作这些雕塑的艺术家皆来自未受犹太文化影响的希腊和罗马。他们借着主题为'鲜血与祖国'的一系列画作,向人充分展示了战争的光辉、士兵的英勇不屈、妻子们和母亲们的勇敢、种族纯洁性和服从的价值。"

"换句话说,他们是打着展览的旗号来进行政治宣传。"

"他们极力推崇的所谓'真正的艺术品'简直糟透了,"他语带轻蔑地说,"全都是极为粗劣的作品。"

"他们有什么资格在艺术鉴赏方面为所有人做决定?他们以为自己是谁啊?"

"他们将自己视为奥林匹斯山上的神祇,也是种族乌托邦的守护者。"

玛姬倒抽了一口气,"他们真是太狂妄自大了!可这一切与孩子们或犹太人又有什么关系呢?"

"希特勒想用对待我们的艺术品的方式来对待我们的人民。凡是长相难看的人、盲人、吉普赛人、犹太人,都被他视作这个社会中丑陋的存在。希特勒决意按照他个人的意愿来改造德国,将其塑造成一个鼓吹战争文化、无宗教信仰、种族纯净、人人强壮而完美的国度。他不仅仅在艺术和文化领域推行'审美清洗'政策，而且也在人类身上施行同样的政策。"

玛姬不由得哆嗦了一下。"可是，"她从希特勒的观点中看出了一些自相矛盾之处，"每个人最终都会衰老。接下来又该怎么办呢？"

"一个崇尚战争的国家是不会对人怀有同情和怜悯的。"

"那他们会怜悯自己的战士吗？他们会如何对待那些在战争中致残或毁容的士兵呢？"

戈特利布耸了耸肩，"我也很想知道这个问题的答案。"

玛姬感觉自己仿佛被一种邪恶的气息包裹着，几近窒息。她极其渴望能回到伦敦，用热得发烫的水彻底地洗净自己身上的每一寸肌肤。可那样做又有什么益处呢？眼下她比以往任何时候都更能看出自己留在这里战斗的必要性——正如英国的男人们在看到自己心爱的家园被炸毁之后，义无反顾地想要从军入伍一样。

"这就是我不得不留在这里的原因所在。"最终她无比坚定地说。

戈特利布又往两人的杯子里斟满了白兰地。随后，两人不再交谈，默默地举杯对饮。

第十二章

其实这不是代码
QISHI ZHE BUSHI DAIMA

"这对一个女人来说实在是太危险了,"戈特利布在狂怒中喊叫,"你不仅以自己的生命来冒险,同时也将我置于极大的险境当中。就算你我已经……'断绝恋爱关系',可我还是那个将你带到柏林来的人。万一你出了什么事,我的生活将会处于严密的监视之下。这样一来,我们的整个组织都会被殃及。"

星期一上午九点，玛姬来到了位于柏林米特区沃斯大街的新帝国总理府，这里离外交部所在的威廉大街并不太远。

这不过是虚张声势罢了，玛姬抬头望着总理府门口那些象征权力的大理石柱子，它们简直高得有些离谱。从比例上看，这栋由建筑师艾尔伯特·斯皮尔设计的房子，似乎与进出其大门的人类显得极不相称。它看起来令人生畏，却又给人一种了无生气的感觉。虽处处流露出自命不凡的气息，但在诸多方面又显得荒唐可笑。不过，这样的建筑风格倒是跟希特勒的纳粹帝国颇为相称。

玛姬向门口的武装守卫们出示证件之后，便走进了铺着大理石的接待室——这个宽敞得有些过头的房间，似乎也在发挥着一种令访客们深感自身之渺小的功用。她在这里遇到了一名神色严厉的纳粹党卫军军官，后者穿的是底部钉有平头钉的靴子，走起路来发出很大的声响。他看起来很年轻，长了一个倒着的"凹"字形下巴和一双浅色眼睛。

"希特勒万岁！"他将穿着铮亮黑靴的双脚并拢，同时举起了一只手臂。

玛姬知道，尽管自己对纳粹礼深恶痛绝，但在德国也得适时放下个人情感，以求顺利完成自己的使命。"希特勒万岁！"她的应答声在这间空旷的接待室里激起了一阵回音。

"你是玛格丽塔·霍夫曼吗？"对方问道。

"是的。"玛姬答道，心一下子提到了嗓子眼儿。

"亲爱的霍夫曼小姐，请跟我去走廊右侧的第三个房间。"玛姬跟在他身后，经过一道几乎高达十七英尺的双开门，进到了一条长得似乎没有止境、墙上装有镜子的走廊。脚下厚厚的地毯令他们的脚步声消减了不少。在这条走廊的墙边，每隔一段距离就能看到一张镀金小桌子，每张桌子上都摆放着一个插着精美花束的花瓶。整条走廊里都弥漫着沁人心脾的花香。

玛姬很快就来到了等候厅。已经有好些女人候在这里了，她们当中有年轻的，也有年长的，每个人看上去都神情紧张。玛姬找了一个空位坐下，双踝交叉，将戴着手套的双手交叠着放在自己的手提包上。

"女士们，我是霍肯上尉。"开口说话的是一名金发的白人男子。他的下巴很小，和脸的尺寸有些不成比例。只见他清了清嗓子，环顾了一下等候厅里的众多候选人，继续说道："在你们开始接受打字测试之前，请先知悉如下事项：第一，你们今天不会见到戈林先生——只有在今天的测试中进入前三名的候选人，将来才有殊荣接受他的亲自面试。你们得将听到的内容直接用打字机打出来，而不是先用笔记录在本子上之后再打印。戈林先生喜欢在讲话时听到打字机发出的声音——他说这样能帮助他更好地整理思路。"他抽了抽鼻子继续往下说，"第二，戈林先生要求你们进行隔行打印，因为这样便于他做笔记。"

在场的女人们纷纷点头表示知悉。玛姬则因暂时不必与戈林见面而深感欣慰。再说，此次的测试方式也令她松了口气。戈林提出的打字要求跟丘吉尔先生简直如出一辙，她留意到，除了丘吉尔先生希望打字员能以更安静的方式进行工作之外。还好我拥有足够多的听写打字经验，不过我还没用过德国的打字机……

女候选人们一个接一个地进到了等候厅里面的大办公室去接受测试。轮到玛姬时，她起初因为不太熟悉键盘上的某些德文符号，犯了些许错误。再后来，她的测试便渐渐演变成了一场彻底的灾难。

完成测试之后，她回到自己的座位上，只觉得脸颊发烫。你的宏伟计划已经泡汤了，霍尔普。你现在还认为这是轻而易举就能实现的事情吗？

"你的测试怎么样？"一个年轻女孩问道。这女孩的双脚对于她的鞋子来说显得过于肥大了些，裹在丝袜里的脚部赘肉被鞋子边缘挤得冒了出来。

"糟透了，"玛姬回答，"我想我实在太紧张了。你呢？"

"我也糟透了！"那女孩嗤嗤笑出了声，随即又打了个嗝。

霍肯再度出现。一见到他，所有人都提心吊胆地正襟危坐，想知道自己是否通过了本轮测试。"女士们，"他开口宣告道，"我谨代表戈林先生，感谢你们愿意花时间参加此次测试。现在我要通知：科尔海姆夫人、克鲁格夫人、奥斯特尔小姐以及霍夫曼小姐……

"你们在本轮测试中落选了。"听到这里，玛姬的心情很复杂，甚至不知道自己究竟是觉得如释重负还是大感失望。被念到名字的女人们纷纷拿起自己的手提包站了起来，脸上无一不带着失望的神色。

"至于其余的女士们，我们将对你们的身份证明文件进行检查。待检查通过之后，你们将获准参加下一轮面试。"

霍肯转而看着玛姬和另外三个女人，"很抱歉，女士们。"

"没关系。"玛姬勉强应了一句。

．． ．． ．—— ——．—— ．．

玛姬沿着总理府长长的走廊往回走，奢华的大理石地面，墙上精美的镜子，她完全无动于衷。她为自己如此糟糕的表现而气恼不已——她竟然在打字这件事上搞砸了！不过，从另一个角度讲，她又有一种如释重负的感觉，因为她终于彻底完成了任务，现在是时候回到英国去了。这样一来，她又能见到自己的朋友们了，还能安睡在自己的舒适床榻上，从此远离这如同地狱一般的柏林……

"霍夫曼小姐！"一个声音在这条有着极高天花板的走廊里引起了阵阵回声。玛姬回过头去，看到了她在派对上曾见过的那名金发男子。他热情地同玛姬打着招呼："你好啊，亲爱的小姐。我是古斯塔夫·奥贝格。我们曾在赫斯夫人的生日派对上见过面。"

"噢，没错，我记得你。很高兴再次见到你，奥贝格先生。"

"我听说你接受了戈培尔先生的提议。你的测试还顺利吗？"

"不怎么好，"玛姬耸了耸肩，"我太紧张了。"

"唔，这倒是个好消息——至少对我来说是这样的。"

"是吗？此话怎讲？"

"我正在寻找一位……唔，还是让我先卖个关子吧。我能请你去外面喝杯咖啡吗，霍夫曼小姐？我保证能让你喝到真正的咖啡。"

玛姬心生警惕，同时也很好奇。反正她在柏林只能待最后一天了，跟他出去喝杯咖啡又有什么关系呢？于是她欣然表示同意，"那我恭敬不如从命了，奥贝格先生。"

. . . . ——— . —— .

古斯塔夫·奥贝格领着玛姬去了一家离总理府不远的咖啡店。他为两人点好咖啡之后，以一种带有评估意味的眼神打量着玛姬。

"看来，我也许能因戈林的损失而有所收获。"当侍者将他们的咖啡端来放在桌上时，他如是说道。

"我不明白你在说什么，奥贝格先生？"

"我正在寻找一位……陪伴者。"

"奥贝格先生！"玛姬立即起身，准备离开。

"不，别这样！"奥贝格说，"事情不是你想的那样，你误解我的意思了。"他挥手示意玛姬坐下。她犹豫了片刻之后，还是坐了下来。"我不是为自己找，而是为我女儿找。"

哦，原来如此，玛姬心想。"你女儿叫什么名字？她为什么需要陪伴者呢？"

"她的名字是亚莉珊德拉，她的母亲五年前去世了。如今她的身体不大好。不过别担心，她并没有患上任何传染性疾病。只是她必须整天待在屋子里，要么在床上、要么在沙发上打发漫长的时光。这样的生活令她感到厌倦，我能看出这一点来。我想她需要有人陪伴，所以我打算找一位年轻小姐来为她读读书，和她一起做些编织活儿……"说到这儿，他略显神经质地挥动着双手，"总之就是和她一起做些年轻女孩们在一起时通常会做的事情，就是这样。"

"我明白了。"玛姬的脑子飞快地运转着。奥贝格所说的那些事都是她可以做到的。如果能得到这份工作，她就能继续留在柏林，或许她还能从中学到一些新的东西呢。

"此外，由于我是一名鳏夫，而我女儿又身体欠佳，所以我可能还会不时请你代为履行一些女主人的职责。比方说，在诸如晚餐聚会之类的场合，你也许得坐在餐桌下首，朝在座的宾客颔首微笑。"

你的晚餐客人会是哪些人呢，奥贝格先生？而我又能从他们的交谈中偷听到什么重要信息呢？

他又喝了一口咖啡，"在我看来，你的确是最佳人选，再说你已经通过了安全审查。"

他认为我在接受打字测试之前就已经通过安全审查了……"是的，当然，奥贝格先生。"

"我知道安全审查是非常有必要的。可是说真的，我一想到那些繁琐的手续就觉得头疼。"他停顿了一下之后又问，"我听说你有一个男朋友？就是和你一起来参加派对的那个男人么？"

她想到了戈特利布，还有他的母亲和三名姐妹。她得尽可能地不把他牵扯到这件事当中来，因为风险实在是无可估量。于是她回答道："不是的，奥贝格先生，现在没有了。情况……已经改变了。"

"太好了！"奥贝格不由得兴奋地喊道，"呃，不是的，我的意思是，我为你感到遗憾。不过鉴于我们现在住在万湖，那里离柏林市区比较远，所以你目前的处境也许更有利于你接受这份工作。我们的房子很漂亮，就在湖岸边。你觉得如何？"他对玛姬粲然一笑，"你会为我工作吗？我可以为你提供食宿，而且每周二放假一天。"

"那么薪酬如何呢？"

"每周四十马克。"

为了显得更真实，玛姬故意和他讨价还价，"我希望周薪能达到四十五马克。"

奥贝格叹了口气，"你可真会精打细算啊，霍夫曼小姐。好吧，我同意每周付你四十五马克。"

玛姬露出了像"柴郡猫"① 一样的微笑，"那么好的，奥贝格先生。

---

① 《爱丽丝漫游奇境记》中一只喜欢咧着嘴笑的猫。

我很乐意前来为你工作，成为你女儿的陪伴者。"

"好极了。"他朝侍者比了个手势，"现在请给我们一些牡蛎和香槟，我要和这位小姐好好庆贺一番。"

．．．．———．——．．

玛姬神思恍惚地走回戈特利布的公寓套房，准备收拾自己的行李。

"这实在是太荒谬了！"他一面喊叫，一面看着玛姬将她带到柏林来的所有物品一一放进了行李箱，"简直是愚蠢至极。你应该知道这当中所蕴藏的巨大风险，是不是？"

"没错。"玛姬抬起头来，一脸平静地望着他，"我愿意冒这样的风险，为的是有朝一日能打入他们的核心圈子。"

"你眼下的处境已经够危险了！"戈特利布开始踱起步来。他激动得两耳发红，气鼓鼓地说："如果你要留下来，你就单枪匹马一个人去干吧！我不会再管你了。"

"你这是要和我分手吗，亲爱的？"玛姬"啪"的一声关上了行李箱的锁扣，"这可真让我伤心。不过我有能证明我是雅利安人的身份证，只要他们认为我是一名纳粹拥护者就行了。我也不再需要你了。"

"是吗？他们可能会对你的身份证明文件进行非常严格的审查。尽管'特别行动委员会'在这方面的工作的确干得不赖，可是我也不能确定你目前持有的文件是否能经得起如此细致的审查。如果你的真实身份被他们发现了怎么办？你要知道，他们会对你施以绞刑的——因为他们甚至懒得让你上断头台或在你身上浪费子弹。不过，在盖世太保将绳索套上你的脖子之前，你就会将你所知道的一切事情都告诉他们。"

"首先，奥贝格先生以为我已经通过了安全审查。其次，我随身携带着氰化物药片。当然，现在还不是它该派上用场的时候。"说完她为自己戴上了帽子和手套。

"这对一个女人来说实在是太危险了，"戈特利布在狂怒中喊叫，"你不仅仅是以自己的生命来冒险，同时也将我置于极大的险境当中。就算你我已经……'断绝恋爱关系'，可我还是那个将你带到柏林来的人。万一你出了什么事,我的生活将会处于严密的监视之下。这样一来,我们的整个组织都会被殃及。"

"我明白。对此我感到非常抱歉,这是我的真心话。"玛姬清楚地知道,戈特利布为了伪装成她的男朋友,并让她住在自己的公寓里,已经担负了极其重大的风险,"不过,现在毕竟是战争时期。"两人面对面地沉默了好一会儿。"你会抓住这样的机会吗?"她以柔和的声音再度开口,"如果你是我的话?"

"这个问题可不合理!"戈特利布气急败坏。

玛姬失去了耐性。"这当然是个很合理的问题!"她一把抓起自己的行李箱,径直朝门口走去,"所以我必须得抓住眼前的机会!"

"那我现在就回答你的问题:如果我是你的话,我不会这样做。"戈特利布说,"我会让头脑保持理智,我会服从命令。你现在的行为非常不负责任。我们每个人都应该按规则行事。"

"不过我在'特别行动委员会'学到了一件事,那就是:规则是注定会被打破的。"

"'特别行动委员会'?说它是'丘吉尔的乌合之众'还更合适吧。看来我以前对你过于高估了。"

"我们在那里被教导要巧妙利用时机,遇事要迅速应变。"

"可你的行为会为我俩都惹来杀身之祸!"

"现在,你听我说,"玛姬没好气地说,"最初正是由于你们盲目地服从命令,才会让德国逐渐陷入到了如今这种噩梦般的境地当中。"她已走到门边,又转过身来。只见她深吸了一口气,坚定地迎着他那怒不可遏的目光。"恐怕我得就此跟你道别了。"说完她伸出了自己的右手。

然而戈特利布拒绝同她握手。"我希望有朝一日你能再回来,亲爱的,"看着她毅然走出门去,戈特利布不由得摇了摇头,"我会为你祷告的。"

. . . . — — — . — — . .

这天下午,玛姬带着她的行李箱,搭乘火车来到了奥贝格先生位于万湖的避暑别墅。这是一栋漂亮的石砌房屋，临湖而建，门口有两扇高大的铁门。

玛姬拖着行李箱来到了供仆人出入的那扇门边，然后按响了门铃。前来迎接的是女管家贝尔塔·格拉夫夫人，她长着一头浅金色的头发，蒜头形的大鼻子上布满了红点。"我们一直在等着你呐，霍夫曼小姐。"她领着玛姬穿过厨房，又从屋里穿行而过。

"这里可真漂亮呀。"玛姬言不由衷地赞叹道，试图借此打开贝尔塔·格拉夫夫人的话匣子。

"噢，奥贝格先生也是最近才买下这栋房子的。它原来的主人是一个犹太家庭，家主是一家百货商店的老板。"

"那他们为什么要卖掉自己的房子呢？是遇到什么事了吗？"玛姬问完之后却又有些后悔，她其实害怕听到答案。

"噢，他们移民去了国外，而且还把所有的家具都留下来了。它们都很漂亮，是吧？不过这屋子里的鹿角全都是奥贝格先生打猎得来的。他是一个酷爱野外活动的人。"

玛姬从这位健谈的格拉夫夫人口中打听到了不少信息：奥贝格先生整天都忙于工作，几乎不怎么回家。他的儿子卢茨今年十七岁，曾是"希特勒青年团"的优秀成员，眼下正在国家政治学院进修。至于奥贝格的女儿亚莉珊德拉，她遇到了诸多问题，以至于始终无法适应失去母亲之后的生活。

"她遇到什么样的问题了？"玛姬问道。这时她已经被领到了别墅顶层的一个小房间里，这里有着倾斜的天花板和一扇圆形窗户。房间里的陈设非常简单，一张单人床下面铺着一张破旧的地毯，梳妆台上摆放着一个装有希特勒肖像画的相框，相框旁边有一个立着一根蜡烛的绿色玻璃烛台和一盒火柴。

"噢，你应该懂的，就是年轻女孩儿们通常都会遇到的那些问题，诸如青春期的内分泌失调啊，情窦初开的爱情啊，等等。她看起来总是不大高兴，所以你将面临非常艰巨的工作……"说到这里，格拉夫夫人突然伸手捂住了自己的嘴，"我总是改不了这话多的老毛病。你可别介意啊，小姐……"

"我当然不会介意了，"玛姬安慰她，"再说您也没说什么大不了的事情呀。"

"那边的蜡烛和火柴是为应付停电所准备的。近来这一带时常因遭遇空袭而停电。请你六点钟到厨房来和这里的其他雇员一起吃晚饭。到时候再见咯！"

"谢谢你，格拉夫夫人。"

玛姬将行李从箱子里取出来放好，不过她采用的是自己接受集训时所学到的方法——以确保必要时能迅速打包行李并离开。她看了看窗户外面的情形，发现房子的外墙边并没有排水管，而且窗口离地面相当远。

· · · · — — — · — — ·

当玛姬与格拉夫夫人、迈尔先生——园丁兼勤杂工——在仆人餐厅吃晚饭期间，她又了解到了更多关于她的新雇主及其家人的情况。她知道奥贝格非常喜欢这栋位于万湖的避暑别墅，也知道自从他的妻子去世之后，他和各种各样的女演员及夜总会女歌手之间发生过数不清的风流韵事，却从未认真对待过其中的任何一段感情。她还知道他在战争爆发前是一名律师，并且对自己的工作怀有满腔的热忱；那时他经常在结束一整天的工作之后，回了家还会花上好几个小时在书房里继续伏案处理各种文件。

这倒都是些有用的信息，玛姬一面吃着鲱鱼沙拉，一面思索着。

她还了解到，由于奥贝格聋了一只耳朵，所以没法参军。不过他凭借自己对纳粹党的狂热效忠，一路平步青云。这倒不是说他有多么的野心勃勃，只是他的确发自内心地相信纳粹党的种种主张——优等种族论、生存空间论、反犹太主义、领袖原则论等等。此外，他还深得希特勒的钟爱。希特勒认为他身上体现出了德国人的最显著特点：聪明而有教养。

迈尔先生称奥贝格先生是希特勒总理府的金融管理者之一。

"他主要做些什么工作呢?"玛姬问道。

"他负责处理党和国家的重大事务。"迈尔回答道。他嘴里包着鲱鱼,为自己的雇主而感到骄傲不已,"他是非常重要的大人物,他在蒂尔加藤公园附近有一间很大的办公室。"

"是吗?"玛姬说,"那他具体处理哪方面的事务呢?"

格拉夫夫人又吃了几口面包,然后说:"是帝国的秘密事务。"她说完还将一根食指轻轻放在了自己的嘴唇上。

帝国的秘密事务?玛姬想道。这可真有意思……

"总之我们知道他做的都是很重要的事情。"迈尔不无自豪地补充道。

"真了不起。"你们能告诉我这些事可真好。

· · · · — — · — — ·

戴维和弗雷迪从位于伦敦西区登曼街的皮卡迪利剧院走了出来。

"出来做点有意思的事情的确能让心情变好。"戴维评论道。两人并肩穿过人群。

"没错。"弗雷迪回应道,"我真感激诺埃尔·科沃德能写出《欢乐的精灵》[①]这种浅显轻松的喜剧来给我们欣赏,不过听说它也遭到了一些人的批评。"

"什么?"戴维深感吃惊。谈话间,两人向右拐入了一条阴暗的小巷。当他俩脚下的黑色晚礼服鞋踩在鹅卵石地面上时,发出了响亮而清脆的声响。戴维接着说道:"埃米特·福克斯说什么来着?'批评实际上是一种间接的自我吹嘘'。"

"噢,批评者们大多持有这样的观点:'在战争时期竟然用死人来取乐,这实在太令人反感了。'诸如此类,等等。"两人一边交谈,一边沿着小巷继续往前走。他们周围的行人越来越稀少,仅存的光源就只

[①] 大致讲述查理的妻子深爱自己的丈夫,直到死后依然舍不下他,于是在查理再婚时醋意大发,化作鬼魂对他和新任妻子进行骚扰,查理无奈之余只有求助于灵媒。

是一轮半月和满天繁星。

"简直是一派胡言!"戴维以低沉浑厚的声音回应。刚看完的那部舞台剧在他体内所激发出来的热情仍未消退。他说:"我爱死这部剧了,我尤其喜欢玛格丽特·拉瑟福德的表演,她拥有无与伦比的卓越舞台感。"

"我们现在去'白天鹅'酒吧怎么样,老兄?"弗雷迪说着,将一只手搭在戴维的一侧肩膀上,"想在睡前喝一杯吗?"

这时他们身后突然出现了一团阴影,随即便听得一个声音在说:"该死的同性恋!"

戴维和弗雷迪赶紧转过身去,只见那团阴影中突然蹿出了三名男子,他们手中都握着啤酒瓶。

"没错,我们绝对没有看走眼。是吧,比尔?"

"他们穿得像同性恋,走路的姿势也像同性恋,而且他们还打算去同性恋常常光顾的'白天鹅'酒吧……"

"所以他们肯定是同性恋无疑,"一个声音总结道,"该死的混蛋!"话音刚落,此人便将手中的啤酒瓶猛地敲向墙壁,碎玻璃渣瞬间落了一地。只见他伫立在黑暗中,手里的啤酒瓶残块在月光下微微闪着光。

戴维和弗雷迪彼此对望了一下。目前这种敌众我寡的局面对他们极其不利。"请听我说,我们不想惹麻烦……"戴维开口说道。

"或许你是不想,但麻烦却把你找上了,蠢货。"最先开口说话的男人应道。

"抓住他们,伙计们。"

另外两个人分别伸手抓住了戴维和弗雷迪,然后将他俩重重地摔在一堵砖墙上。手握啤酒瓶残块的男人朝他们渐渐逼近,"义人见仇敌遭报就欢喜,要在恶人的血中洗脚。"[①]

弗雷迪将膝盖狠狠撞向按着自己的男人的腹股沟。"噢!"后者如同受伤的动物一般嚎叫了一声,松开了绕在弗雷迪脖子上的两只手。

[①] 引用自《圣经·诗篇》第58章第10节。

"快跑！"戴维喊道。

弗雷迪转而对准那按住戴维的男人脸上出了一拳，后者被击倒在地，一面呻吟，一面用手痛苦地捂住了自己的脸。"不行，"弗雷迪气喘吁吁地对戴维说，"我不能丢下你。"

"你以为自己身强力壮，是吧？"第一个男人冷笑道。他举起手中的玻璃块，猛地朝弗雷迪挥去。可是戴维一个箭步冲过去挡在了弗雷迪面前，男人手中的玻璃块瞬间扎进了戴维的腹部。

"啊！"戴维尖声大喊，"上帝啊！"那个男人迅速将手中的玻璃块拔了出来，那上面沾满了黑红色的鲜血。戴维两眼朝上一翻，一下子瘫倒在了墙边。

这时不远处传来了一些动静，只见一群人从剧院所在的方向走了过来。一个女人看到眼前的场景，不由得发出了一声尖叫，用戴着手套的手捂住了自己的嘴。"这里出什么事了？"人群中有一名男子问道。

两名被弗雷迪击倒在地的袭击者都赶紧站了起来，三个人一同逃跑了。

弗雷迪跪在戴维身旁。"请帮帮他！"他抬起头来看着正朝他们靠近的人群——那些人因眼前这血淋淋的场面而目露惊骇之色，"请打电话叫一辆救护车来！求你们了……请帮帮他！"他用两只手小心翼翼地捧起了戴维的头，"呼吸……快呼吸，我求你了！"

. . . . — — — . — — . .

已经过了午夜十二点，可埃德蒙·霍尔普还待在自己位于布莱切利公园的办公室里。屋里亮着一盏绿色的小台灯，一扇窗户被厚实的遮光窗帘遮得严严实实。埃德蒙·霍尔普再次将休给他看过的那些代码写在了墙上的黑板上。

他回到椅子上坐下，将两只脚都放在办公桌上，端起一个马克杯，小口地喝着盛在里面的杜松子酒。他恍惚觉得那些字母和数字正在自己面前起舞，像是在嘲弄着他。

NAF9H20
51649900161
515700247
51604700350
51595000479
51588900466
51588480049782
5158165005055
515804570056176
515764560058494

他已经对这些数字做过统计学分析了，可还是一无所获。"这该死的'一次性密钥'加密法！"埃德蒙叹息道。他用一只手捂住眼睛，然后用手指揉起两侧的太阳穴。

这时一个人影出现在了办公室门口。"应该没那么糟吧？"艾伦·图灵走了进来。他的一张脸上布满了皱纹，可两只眼睛却明亮而机敏。

"我已经试过所有的方法了，"埃德蒙承认道，"全部都试过了，却一点用也没有。我已经束手无策了……"

图灵转身看了看黑板，然后又看着埃德蒙。他的一双棕色眼睛里有亮光在闪耀，"那是因为你走错了方向。其实这不是代码。"

听了这话，埃德蒙一脸震惊地抬起头来，"什么？"

"我已经说过了，伙计，这不是代码，而是一则信息——而且是非常直截了当的信息。"

埃德蒙再次看向黑板上的字母和数字。图灵用鼻子嗅了嗅，"或许喝点杜松子酒能让你工作起来更得心应手？"埃德蒙低头看了看自己的马克杯，找了个借口将其推开了。"你看，这其实很简单，"图灵说，"你在第一行里面发现了什么重要信息？"他边说边用一根手指指着黑板。

埃德蒙举起两只手来，"我不知道。刚开始我并没有注意到这个。"

"'H_2O'！"图灵不无得意地笑道，"也就是'水'的分子式！"随即他走到黑板跟前继续问道："那么，'NaF'是什么？"

"氟化钠。"埃德蒙应道。他立即坐直了身子，眨巴着眼睛，聚精会神地思索起来，"可是，数字'9'又代表什么呢？"

"即将投入水中的氟化物分别被藏匿在'9'个地点。你再看看第一行下面的九串数字。它们同样也不是代码，而是经纬度符号。总共有九个。"

埃德蒙从办公桌抽屉里取出了一张地图，"如果真是这样的话，那么这九个地点之间的距离非常近……"

"没错！"图灵拍了拍埃德蒙的背。

埃德蒙在地图上寻找着与那些经纬度符号相对应的位置，"它们都是离伦敦很近的地点。"

"我相信你接下来应该能独自查明这些地点了吧，不过，我想事先做一个猜测……考虑到信息中提到了'H_2O'，我想，它们应该都是蓄水库吧。"

"我的上帝啊。"埃德蒙咬牙切齿地说，"这样看来，有人正计划……"

"……将数量不明的氟化物投入到伦敦的九个蓄水库中。"

"可那样做的目的是什么呢？是为了让我们中毒吗？"

图灵咬着下唇思考着，"这得看情况了，得看看有多少氟化物溶解在多少水中——这里有两个变量。我是一名数学家，不是化学家，更不是能了解万事的上帝。"说完这些，他朝办公室门口走去。当他走到门边时，转过头来对埃德蒙说："我建议你还是去洗个澡吧，埃德蒙，你身上的气味可真难闻。"

. . . . . ━━━ . ━━━ . .

克拉拉和家中的厨师一起待在书房里，她正忙着审查厨师为接下来一周所做的晚餐食谱安排，"不，星期五和星期六的晚上就免了吧，那时我会去看芭蕾舞剧和歌剧。"

"夫人……"厨师期期艾艾地开口道。这是一名又瘦又高的女人，长了一只鹰钩鼻子，灰白色的头发上戴了一顶硬挺的白色亚麻帽。

"怎么了？"克拉拉利落地问她，"有什么事就快说，别吞吞吐吐的。"

"最近我留意到……唔，我留意到有些食物会无缘无故就不见了。大部分都是面包，不过偶尔也会有肉和奶酪，还有水果。消失的食物数量并不多，可我还是想让你知道这件事。我不希望有人误以为我或其他帮佣在偷窃……"

一直盯着食谱看的克拉拉抬起头来。"你不必为这件事担心，"她告诉这年长的妇女，然后又说："现在你可以走了。"

当厨师关上了身后的厚重大门时，克拉拉的脸上露出了一个笑容。"噢，我的小宝贝儿，"她自语道，"你现在开始偷家里的面包了，是吗？你太自作聪明了。不过别忘了，姜还是老的辣。"

她拿起电话机上的黑色听筒，拨通了一个号码。"你好，约瑟夫。"她柔声说。

电话另一头起初传来了一阵静电干扰声，随即是一个男人的声音："亲爱的……很高兴接到你的电话！"

"我只是想问问你有没有了解到任何关于玛格丽塔·霍夫曼的新消息。"

"她离开柏林了。"

"什么！她已经离开柏林了？"

又一阵电流噪音之后，戈培尔在电话那头清了清嗓子，"我们得知的最新消息是：她去应聘戈林的打字员，并参加了打字测试，不过并没有被聘用。"

"然后呢？"

"然后她就……消失了。目前她很可能已经离开了德国。"

"那戈特利布·莱勒怎么说？他肯定知道她的下落吧？"

"他们之间爆发了情侣之间常有的争吵，"戈培尔说，"吵完之后她就离开了。戈特利布·莱勒说自那以后她便没再跟他联系过。"

克拉拉沉默着，手指下意识地缠绕着电话绳。

"克拉拉？你还在听吗？"

"她应该还在这里，就在柏林。"

"你为什么如此关注这个女孩？"

"因为我有一种预感，我认为她的真实身份并不像她所说的那样。"

"唔，我倒希望你对'海神行动'的成败能有更多更准确的'预感'。"

听了这话，克拉拉不由得倒吸了一口凉气。事实上她的联系人已经有一阵子没跟她联系了，这就意味着她对最新的事态一无所知。不过她还是对着电话说："事情进展得很顺利，非常好。"

"因为，倘若这次行动失败了——就像温莎城堡的失利一样，唔，克拉拉，我想不用我说你也知道，你和卡纳里斯的关系将会如履薄冰，尤其是这些日子以来……这次恐怕连我也救不了你了。"

"这次行动肯定会按照计划顺利进行的。"克拉拉有些生硬地说。不过她很快便以柔和的语调再度开口："现在，我们来说说今天晚上的歌剧吧。你会去的，是吗？"

. . . . ——— . —— . .

"等战争结束了，你要做的第一件事是什么？"约翰低声问恩斯特。

医生为他检查了伤口。"你恢复得不错，"恩斯特说，并将约翰的衬衫往下拉了回来，"等战争结束后，我要首先找到我的妻子弗里达，然后我们要去一处安全的地方一起继续生活下去。"

约翰坐直了身子。恩斯特看着他，问道："你结婚了吗？"

"还没有。不过等我一回到家，我就会处理我的婚事。我的女朋友叫玛姬。只有想着她，我才有勇气和毅力来渡过眼前的种种难关。"

"能这样真不错。那么，看来我们的处境很相似。"

"我知道她在家里等着我，并为我祷告，这是我目前生命中唯一的安慰。"

晚上，玛姬独自置身于万湖旁一栋别墅顶楼的一个狭小但整洁的房间里，终于有了可以清静思考的机会。

自从她结束集训回到伦敦之后，一连串的事情便接踵而至——接受任务、跳伞、来到柏林、与戈特利布见面……更别提第一次见到自己的亲生母亲、并且知道自己还有一个同母异父的妹妹了。

玛姬梳好头发，关上灯，钻进了被窝里。尽管这里的床褥柔软而舒适，枕头套也散发着淡淡的薰衣草香味，可她还是觉得毫无睡意。她就这么静静地躺在床上，任由思绪天马行空般地驰骋：还有谁曾睡过这张床呢？而那个人如今又身在何方呢？

当她还在伦敦的时候，就得到过如下警告：务必用德语来思考，带着德语入眠，将自己视作真正的德国人……这是一个相当闷热的夜晚，加之房间又不怎么通风，所以玛姬辗转反侧了许久也没法睡着。要是这张床的主人并不是可能已被驱逐出境的犹太人，那么我或许能更快入睡吧，玛姬想道。那我现在该怎么办呢？"特别行动委员会"可没教过我该如何应对眼前的局面。

在等待睡意来袭的过程中，她渐渐意识到自己其实并没有生戈特利布的气。没错，戈特利布是积极抵抗纳粹党的少数英勇人士之一。他冒着极大的风险接纳了她，而即便眼下她已离开，可两人之间的关联却仍然将他和他的组织成员们置于危险的境地。这是值得的，戈特利布，玛姬心想。我相信这一点。其实更准确地说，是眼下的一切付出和牺牲在将来都会是值得的，对吗？

遮光窗帘已被拉得严丝合缝，整个房间漆黑一团。玛姬所能听到的，就只有窗户近旁桦树的枝叶被风吹动的声音，以及从远处传来的飞机轰鸣声。这时她想起了温莎城堡里的莉莉贝特[①]公主和玛格丽特公主——仅仅凭借掠过头顶的飞机的发动机声响，她俩就能判断其敌我

[①] 伊丽莎白公主的小名。

属性。

  如果我留在这里是个错误的决定怎么办？玛姬开始怀疑起自己来。她在动身前曾对诺琳说什么来着？这不过是小事一桩……噢，我真是个笨蛋，玛姬心想，这可不是闹着玩儿的。

  她再次翻了个身，将被单拉上来盖住了头，准备好了迎接今晚的噩梦。

第十三章

"希特勒的新娘"
"XITELE DE XINNIANG"

玛姬拿起了这本专门针对女性读者的纳粹周刊。杂志封面上是一幅德国大炮瞄准英国版图的图画,其上的标题是:
祖国的工厂再次吹响了劳动的号角!
让我们握紧拳头,彻底战胜英国!

次日清早，玛姬在别墅的日光室里跟亚莉珊德拉·奥贝格不期而遇。

亚莉珊德拉又高又瘦，有一双海蓝色的大眼睛，胸前垂着两条金色的发辫。尽管她穿的是一件宽松的茶会礼服，可高高隆起的腹部轮廓却仍然清晰可见。当她和玛姬相遇时，正用一双手满怀爱意地轻抚自己的肚子。玛姬猜测，倘若亚莉珊德拉还没临近预产期的话，那她至少也已经进入了妊娠晚期——而这正是她需要一名"陪伴者"的原因。

"早上好，奥贝格小姐，"玛姬说，"见到你很高兴。"

亚莉珊德拉小心翼翼地坐在了一把会客椅上。"爸爸把我的情况告诉你了吗？"她问玛姬。

"事实上，他并没有对我说太多关于你的事情。"

"他很担心我，"亚莉珊德拉语气平平地说，"还有我腹中的胎儿。请坐下吧。"

玛姬坐了下来，"你怀孕多久了？"

"三十五周。可我感觉像是有三十五个月那么久了。"

亚莉珊德拉脸色苍白，又有些浮肿，而且她的两只脚踝都肿胀不已。不过她的笑容倒是非常可爱。"我原本还在为上前线的士兵打包行李，"她对玛姬说，"可如今我的医生却要求我在家卧床休养。"

玛姬曾听说，有些孕妇在孕晚期的确会遇到这样的情况，"是因为高血压吗？"

"是的。"

"那么你何不去沙发上躺下呢？我来帮你把脚垫高点，这样有助于消除脚踝的肿胀症状。"

女孩从椅子上费力地站起身来，步履蹒跚地来到沙发上坐下。她先脱掉了鞋子，随后缓缓地躺了下去。玛姬找来了好几个绒绣靠垫，将它们全都垫在了她的脚下。"医生要求我整天都得这样待着，可我已经对此厌倦透了。"亚莉珊德拉说，"不过，我还是觉得自己实在是很幸运。"

"哦？"玛姬竭力以平和的语调回应道。在此之前，她还从未听到任何一名未婚母亲以"幸运"这个词来形容自己的处境。

"我是'希特勒的新娘'——我为我的祖国孕育了一个孩子。这可是一名种族纯正的女人所能拥有的最高荣誉。"说话间，亚莉珊德拉脸上的神情略微变得有些黯淡，"不过我父亲却不是这样想的。可不管怎么说，这是每一名德国妇女的责任——为元首孕育尽可能多的孩子。"说到这儿，她伸手轻轻地拍了拍肚子，"当然，他的父亲是一名雅利安人。在我分娩之后，我会把这个孩子送到'生命之源①家园'去。"这女孩的眼中流露出了无比坚定的神色。

"这孩子的父亲是谁呢？"

"他在东边的苏联前线，是一名军官。"她不无骄傲地说，"我们在不同的地方各自尽自己的职责。"

"那么，你……爱他吗？"

"噢，不！"亚莉珊德拉笑道，"我们是在'德国少女联盟'与'希特勒青年团'合办的一场盛大篝火晚会上认识的……"她羞红了脸继续说道，"唔，至于接下来发生了什么，你应该能想象得到吧。"

玛姬眨了眨眼，在心里细细揣摩着自己刚听到的一切，"你想喝点什么或吃点什么吗？要不要我为你取一条毯子来？"

"噢，不用了，你就待在这儿吧。"亚莉珊德拉闭上了眼睛，"或者你来为我朗读，好吗？在那边的桌子上有一本《纳粹妇女》杂志。你能为我读一篇里面的文章吗？"

玛姬拿起了这本专门针对女性读者的纳粹周刊。杂志封面上是一幅

---

① 从1935年起，纳粹德国开始推行罪恶的"生命之源"人种繁殖计划，企图通过此计划实现人种净化，最终达到雅利安人对世界的统治。

德国大炮瞄准英国版图的图画，其上的标题是：**祖国的工厂再次吹响了劳动的号角！让我们握紧拳头，彻底战胜英国！**

玛姬不禁在心里哆嗦了一下，"或许我应该为你读一些更轻松的东西？"

"这本杂志里有一篇关于德国妇女的文章，"亚莉珊德拉调整了一下姿势，让自己躺得更舒服一些，然后用一只手臂遮挡着眼睛，"我想再听听那篇文章。"

"好的，亲爱的小姐。"于是玛姬高声朗读起来，"身为女性的我们正在努力寻求德国的复兴……"她一面朗读，一面竭力克制住自己想要尖叫的冲动。

圣海德维格教堂的晚间弥撒正以利希特神父的祷告而宣告结束，"我在此为身陷纳粹集中营的神职人员，为犹太人，也为所有的非雅利安人祷告。以往所发生的事情，我们是知道的；明天将会发生什么，我们无从知晓；当下正在发生的事情，我们得存心忍耐。犹太人的会堂正在被烧毁，那里也是上帝的家……"

仪式结束后，利希特神父找到了伊利斯。"我们的朋友们情况如何啊？"神父问她。

"总的来说，还不算太糟。"她回答道。

"来吧，孩子，"利希特继续说，"你到我办公室来一趟吧。我想和你谈一谈。"

戈特利布·莱勒已经候在那儿了。他一看到伊利斯，赶紧站了起来。

"伊利斯，这位是戈特利布·莱勒。戈特利布，这位是伊利斯·赫斯护士。"

"你好。"伊利斯说完便仔细地端详着他，"我们……"

"我们在派对上见过面，"戈特利布说，"没错，就是克拉拉·赫斯的生日派对。当我的女朋友晕倒的时候，是你帮助了她。非常感谢你，亲爱的小姐。"

"别客气。"伊利斯坐了下来。

"你是克拉拉·赫斯的女儿?"戈特利布摇了摇头,"我可一点都不羡慕你。"

"那么,你参加派对时带来的那位女伴玛格丽塔·霍夫曼,她真的是你女朋友吗?或者她只是我们中的一员?"

戈特利布的脸上勉强挤出了一丝笑意,"赫斯小姐,你知道得越少,对你来说就越安全。"

利希特神父将两只手肘放在办公桌上,双手合拢摆成了尖塔形状,"伊利斯,戈特利布参与了诸多项目,其中包括将犹太人运送至瑞士的安全地点。"

"真的吗?"伊利斯颇有兴趣地前倾着身子,"你是怎么做到的?"

"我在'阿勃韦尔'与迪特里希·潘霍华共事。"戈特利布回答道,"简而言之,德国人虐待犹太人的丑恶行径渐渐被暴露,而戈培尔则希望能挽回德国人的形象。为了实现这一点,我们挑选一些犹太人,并将其遣往瑞士,让他们在那里向人宣扬自己曾受到了良好的对待,以及他们因自己即将被送往波兰及随后的马达加斯加而感到欢欣快乐……接下来,唔,他们将从人们的视线中彻底消失掉。"

"消失?"伊利斯皱了皱眉头。

"当然,我们会确保为他们提供足够多的钱、身份证明文件、安全的藏身处,等等。"戈特利布安慰她,"我们已经设法以这种方式救出了一些犹太人,可数量并不多。而且这个行动也没法一直持续下去。"

"唔,我需要将两个男人救出去。你能提供什么帮助吗?"

"我们知道你付出了很多,伊利斯。现在我们正在为他们寻找别的藏身处——起码是比克拉拉·赫斯家的阁楼更安全的地方。"利希特说。

戈特利布吃惊地从齿间吹出了一声口哨,"你将两名逃亡者藏在你家里?派对举办期间他们也在吗?"

"其中一个在,"伊利斯承认道,"就藏在众人的眼皮子底下。你能为他们做些什么吗?"

"我们正在对多种可选方案进行研究和比较，伊利斯。不过我还想跟你们两位谈一谈查立特医院正在推行的所谓'儿童安乐死'计划。戈特利布，"神父说，"基于这项计划，查立特医院的一些病人被送至哈达马尔研究所，然后被毒气杀害了。而伊利斯就是一名目击证人。"

"噢。"戈特利布在自己胸前画了一个十字。

伊利斯也做出了和他一样的举动。"那可怖而又凄惨的场景已经深深地刻在了我的头脑里和心坎上，"她说，"我大概永远都不会忘记的——绝对不会忘记。我相信，这些杀害孩童的刽子手的行径终有一天会败露的。而只要我尚存一丝气息，就会设法让这一天早一点到来。"

"既然你已经目睹了他们的罪行，那么，我想知道你有没有见到过相关的文件资料呢？"

"我见过一些。"伊利斯回答道，"他们的做法非常谨慎——以伪造的员工之名给遇害孩童的父母写信，信中谎话连篇。我曾试图将一些重要的罪证复印下来，但没能成功，现在他们已经将那些文件资料全都锁起来了，不允许人随意翻阅。"

"你知道行政办公室的情况如何吗？"

"行政办公室？"

"没错，尽管纳粹党的高层人物全都在总理府办公，但一些所谓的'党和国家事务'则被交给位于蒂尔加滕大街四号的行政办公室负责处理。"

"我在查立特医院工作，"伊利斯耸了耸肩说，"我认为那儿就是我获取相关资料的最佳地点。不过眼下医院的档案保管室大门被三把挂锁锁上了，而且那里的档案保管员似乎也对我起了疑心。我想，他们已经开始竭力隐藏证据了。"

利希特神父闭上眼睛，开始默祷起来。

"我会继续想办法获取相关文件资料的。"伊利斯说。她意识到，随着时间一天天过去，将会有越来越多的孩子被运往哈达马尔研究所去。

"我也会为你向上帝祷告的。"戈特利布说。

"噢，非常感谢你的支持。"伊利斯回应道，她在心里暗暗希望他没留意到自己说这话时的挖苦语调。

"伊利斯，你知道吗，在战争爆发之前，戈特利布正在学习成为一名神父。"年轻男人还来不及作出回应，利希特神父便插话道。

"我原本也打算成为一名修女！等战争结束之后，我会立誓去做修女。"

戈特利布皱了皱眉头。伊利斯有着如同"莱茵少女"一般的身材曲线和一双明亮的蓝色大眼睛，看起来并不像是立志成为修女的女子。不过她对人们听到其志向后的反应早已习以为常。"让我猜猜看，"她对戈特利布说，"你是耶稣会信徒？"

听了这话，利希特神父抬起手来遮挡住了自己脸上流露出的一丝笑意。

"噢，是的。"戈特利布有些惊讶地说，"你是怎么知道的？"

"你看起来非常……"伊利斯斟酌着语句，"……认真。"

"唔。"戈特利布含糊地应道，不知道自己究竟该为此感到高兴还是觉得受辱。

. . . . . ━━━ . ━━ . .

在赫斯家的阁楼里，借着恩斯特的帮助，约翰的健康状况得到了持续不断的改善。

他每天都会自己穿上伊利斯父亲的旧夏装——亚麻布裤子和柔软的衬衫，并且用穿着袜子的双脚踩在地上，绕着阁楼的边缘练习行走。起初他还得依靠恩斯特的帮助才能迈步，后来他渐渐能完全独立行走了，脚步也变得更快更有力量。有时候恩斯特会阅读伊利斯从她父亲的藏书室里找来的书——弗朗茨·卡夫卡的《审判》、托马斯·曼的《魔山》以及阿尔弗雷德·台尔普的《悲剧性存在》——并试着帮助约翰也能读懂这些德文书籍。

每天早上，趁着住在这栋房子里的众人都还没有醒来的时候，伊利斯会悄无声息地上到阁楼，为他们带来一个塞得满满的野餐篮——里面主要装的是三明治，此外还有水果、一大壶咖啡和一个盛满水的玻璃瓶。这些食物和水的分量足够他俩吃喝一整天了。除此之外，她还为他们带来了装在木碗里的剃须皂和刀片、一满罐清水和一个洗涤盆。

她甚至为他们找来了一台收音机。约翰总是将耳朵贴在收音机的喇叭上，收听"英国广播公司"的节目。尽管他已在远离故土的敌国领地待了好几个月，可仍然想要听到自己的母语。当他得知英国仍在顽强抵抗时，不由得备受鼓舞。此刻，收音机里传来了温斯顿·丘吉尔发表的最新演讲：

"我们生活在人类历史上一个恐怖的时代，"首相以洪亮的声音宣告道，"但是我们相信这其中存在着博大和确定的正义。敌人一直在肆无忌惮地折磨着其邻国和整个世界，现在是他们在本土遭受打击的时候了。我们相信我们有能力进行这种经年累月的持续打击，直到他们被我们完全消灭，当然，最好是被他们自己的人民推翻。"

听到这儿，约翰和恩斯特对视了一下。

"这就是我请大家准备遭受敌人猛烈反击的原因。我们对付敌人打击的能力已经增强。他们没有发动军队登陆，我不知道他们为什么还没来，这当然不是因为他们更喜欢我们，也许是因为他们需要积蓄力量，即使是这样，他们需要积蓄力量本身就应该给我们信心，因为这表明我们已经扭转了过去几乎手无寸铁的态势，并逐渐占据上风。但是，我们所有相关的防御部队都应该做好迎接敌人猛烈攻击的准备。你们必须最大限度地保持纪律、警惕、忠于职守和热情。

"我们攻击的同时也会遭到敌人的反击，也许敌人的反击会逐渐加强。重新振作，做好准备，我的朋友和同志们，请继续努力。无论道路多么艰辛，代价多么巨大，我们都不会从我们的目标后退。因为我们知道在这次考验和磨难之后，全人类将会迎来新的自由和荣誉。"

收音机里开始播放英国国歌《天佑吾王》，约翰站起身来，眼眶里盈满了泪水。

等到广播节目彻底结束之后，恩斯特才开口说道："德国人曾对英国平民进行了轰炸，现在又轮到英国对更多的德国平民进行轰炸了。"

身为英国人的约翰看着他面前的德国人,"是的。"
"你认为这些轰炸行为对战争的最终结果会产生影响吗?"
"也许会,"约翰耸了耸肩,"也许不会。"
"这就是典型的'以眼还眼、以牙还牙',对吧?"
约翰看起来有些不安。
恩斯特颓然坐在他卷起来的床垫上,"我想以一名医生的身份告诉你——所有人都流着一样的血。"

．．．．．———．——．．

随着8月一天天过去,玛姬已经熟知了亚莉珊德拉每天的日程安排。每天早上,玛姬会在日光室里为她朗读书刊。中午她们会一起吃饭,然后亚莉珊德拉会睡一会儿午觉。到了晚上,她们又会一起为士兵们做些编织活儿。

在旁观者看来,玛姬和亚莉珊德拉就如同一对好朋友一般。她们时常一起开怀大笑,分享咖啡和方蛋糕,向彼此透露自己心底的小秘密。可是玛姬每次与亚莉珊德拉相处时,都不得不拼命压抑着心中的惊愕和困惑:像亚莉珊德拉这样一个健康而又聪明的女孩,究竟为什么会被诱使去成为德国的生育机器?她为何会不惜牺牲自身的才能,而将"孕育未来的纳粹勇士"视为高于一切的重大责任?

不过亚莉珊德拉却真的相信玛姬就是"玛格丽塔·霍夫曼"——出生并成长于法兰克福,后来去瑞士洛桑念了一所寄宿学校,在罗马与戈特利布·莱勒相识相恋。在她看来,玛格丽塔放弃了原本拥有的一切,追随自己的爱人来到柏林,这实在是一件无比浪漫的事情。

"后来他就这么……抛弃了你?"有一天当她俩一起为士兵织袜子的时候,亚莉珊德拉冷不防问道。

"这件事……很复杂。"玛姬应道。噢,你根本不知道这件事究竟有多复杂。

"真可惜你没怀上他的孩子!"

听到这样的评论,玛姬不由得从手中的编织活儿中惊愕地抬起头来。

"我是跟你开玩笑的！我能看得出来，你是那种以审慎的态度对待男女关系的女人。不过，你爱他吗？"

戈特利布？噢，绝不可能！玛姬在心里呐喊，不过随即她想到了休。"我很想念他，"她坦诚地说，"我真的很想念他。"

"哦。"亚莉珊德拉略显失望地说。显然，她脑子里面设想的是比这更为戏剧化的情节。

"很抱歉，这结局对你来说不够浪漫。我是不是应该跳到施普雷河去淹死自己才对？"

"唔，这样一来就戏剧化多了，甚至还能跟瓦格纳的歌剧情节相媲美呢！"

玛姬忍不住大笑起来，"我倒宁愿让自己保持干爽。"

"罗马是什么样子的？"

玛姬早已为回答这个问题做好了准备，"那里很热，到处都是灰尘。不过当我们在那儿的时候，几乎一直都忙着工作，从未停歇过，所以也没什么机会到各处去看看。"

"你会讲意大利语吗？"

"会一点，当时他们需要的是会说会写德语的女职员。"

"你就是在那里见到戈特利布的？"

"没错，他在那儿参加'阿勃韦尔'的会议。"

"他是……"亚莉珊德拉脸上流露出了极其天真烂漫的神情，"是你的初恋吗？"

玛姬转过头去，望着窗户外面的花园和更远处波光粼粼的湖面。"不是，"她回答道，"我的初恋不是戈特利布。"

"那么，谁是你的初恋呢？"

"他曾是一名飞行员。"

"曾是？"

"他……他已经死了，在执行一次任务的时候牺牲了。"

"一名飞行员……我为你的损失感到难过。"亚莉珊德拉用一只手捂住了胸口,"他是为保卫我们的祖国而牺牲的英勇空军战士。你还想他吗?"

"非常想念。"

两个女孩继续在沉默中编织了一会儿。

"你有没有考虑过……"亚莉珊德拉欲言又止。

"什么?"

女孩羞红了脸,"和我父亲在一起?"

玛姬和奥贝格先生打交道的机会不多,可是她非常清楚对方是如何看待自己的。"胡说!"她笑着说道,并决定就此转换话题,"你觉得我们一边织袜子,一边听唱片怎么样?你想听巴赫的音乐吗?或者我们今天先听听贝多芬的曲子?"

. . . . ━━━ . ━━ . .

随着时间的推移,玛姬渐渐发现,想要避开众人耳目进入奥贝格的书房,其实是一件相当不容易的事情。他总是很晚才回家,到家后又会在书房里工作好几个小时才睡觉。从他深夜离开书房去睡觉到次日清晨起床,这期间的时间间隔实在非常短暂。

终于在8月末的一天,奥贝格很早就下班回家,而且早早便上床睡觉了。玛姬小睡了一会儿,在凌晨两点左右醒了过来。她为了让自己在下楼的时候不发出任何动静,便坐在楼梯上,用两只手扶着梯级慢慢往下挪动。当她来到奥贝格先生和亚莉珊德拉的卧室所在的楼层时,趴在铺着厚厚地毯的走廊上匍匐前行。一路上她都屏住呼吸,并且留意聆听着周围的动静。

最后她总算安全地来到了奥贝格先生的书房门口。她看了看门锁,认为它应该不难撬开。她从自己头顶的发髻上取下一根发夹,轻轻地将其塞进门上的锁孔里。依照她的经验,如果这门锁的类型跟她所想的一致,那么她只需用发夹轻轻一推就能将其打开了。

可惜这锁却跟她预想中的类型并不一致。

该死,该死,该死,玛姬有些恼怒。够了,我已经在走廊里待了太长时间。她环顾了一下四周，同时侧耳倾听了一番，以便确认自己周围并无别人。接下来她得劳神费力地再次回到自己床上，然后再为下一次的尝试好好计划一番。

· · · · · —— · —— ·

这天是玛姬休假的日子，她漫不经心地考虑着自己该在这天做些什么。她的脑子里突然冒出了一个念头：她决定跟伊利斯见个面。尽管她知道这样做是违背"特别行动委员会"的规定的，但当她拿起电话听筒时，还是找到了理由为自己开脱：她毕竟是我的妹妹。现在全世界都陷入了战争，谁知道我们将来是不是还有机会再见面呢？

玛姬认为自己不可能在奥贝格先生的家里接待访客，当然更不愿再次前往克拉拉的家中，于是她提议在万湖湖畔与伊利斯见面。

伊利斯乘坐轻轨列车从格鲁内瓦尔德来到了万湖，然后在波光粼粼的蓝色湖泊附近见到了玛姬。伊利斯在湖畔的沙地上铺开了一张毯子，玛姬将一把从奥贝格家的别墅借来的大伞撑开来遮挡阳光。空气中弥漫着松针的香味。除了她俩之外，湖畔还有一些别的人——年幼的孩子们由各自的母亲带领着，躲在带条纹的遮阳伞下修建惟妙惟肖的沙堡，或在浅水区踏水嬉戏；年龄稍大一些的男孩们挥舞着手中的玩具手枪，在自己用沙子砌成的堡垒之间来回追跑。附近的板栗树丛中传来了阵阵婉转鸟鸣声。两个年轻姑娘先脱掉了脚上的鞋子，随即又开始脱掉她们穿在泳装外面的衣物。

"你感觉好些了吗？"伊利斯关切地问道。她戴上太阳镜，躺了下来。

玛姬佯装自己仍因着与戈特利布分手的事情而略感难过，不过她随即又露出了一丝淡淡的笑容，"随着日子一天天过去，我觉得自己的情绪也在慢慢好转。"毯子下面的沙子很温暖，湖水轻轻拍击岸边的声音带给人一种安适惬意的感觉。自从玛姬来到德国之后，这还是她第一次感到双肩的肌肉明显放松了下来。"弗里茨怎么样了？"玛姬问道。伊利斯曾跟玛姬透露过一些与她的舞伴弗里茨有关的事情。

伊利斯叹了口气，"我的确很喜欢弗里茨，可那种感觉就跟我看到可爱的小狗小猫时，内心所涌起的喜爱之情差不了太多。那不是真正意义上的爱情。而且他并不相信：我会等战争结束之后立誓成为修女。"

"噢，天哪，伊利斯……这的确令人难以置信。"

"我是认真的！我想把自己的一生都献给耶稣。"

"你何不……呃……等到自己年龄大一些了再做决定呢？至少等你有了更多的人生阅历，也经历了真正的爱情之后？"

伊利斯摇了摇头，"我知道自己想要的是什么。"

"你认为这是一种叛逆行为吗？"玛姬的一侧眉毛从玳瑁色的太阳镜上缘扬了起来，"源自你内心深处对母亲的反抗情绪？"

伊利斯的目光追随着一只渐渐飞远的黑色苍鹭，"我从没想过这一点。我觉得这种可能性也是存在的。不过，这并不会改变我爱上帝、也愿意为他献出一生的事实。当然，我仍然会保留护士这份职业，或者甚至有朝一日会成为一名医生，但也得等到这场可怕的战争结束之后。"

"那么你父亲如何看待你的志向呢？"

"他对此并不在意。他经常随着歌剧团去外地演出……不过你刚才说对了，我母亲的确很不喜欢我的这种想法。"伊利斯指着套在自己项链上的一个小十字架坠饰，"她甚至会因为我戴着这个而生气。她更希望我能戴上纳粹十字坠饰。"她的语气中充满了苦涩。

"我猜测，你母亲……唔……她在纳粹党内是很重要的人物？"

伊利斯轻蔑地哼了一声，"从前我妈妈拥有一切：美貌、名望、迷人的魅力、众多萦绕在她身边的俊俏男子……我父亲也包括在内。他曾是我妈妈的指挥。他俩当年的风流韵事曾闹得沸沸扬扬、尽人皆知。他为了能跟我妈妈在一起，不惜与自己的前妻离婚。噢，那真是一场轰动一时的丑闻！"

听到这儿，玛姬不由得咬住了自己的嘴唇。

"不过后来她因声带病变而动了一次手术。术后她发现自己唱不了一部分高音音域，便离开了歌唱舞台。你在上次的派对上也听过她唱歌，其实她只要不是在大型演出中献唱，也还算得上是一名不错的女中音。还有，她的众多仰慕者中还包括戈培尔先生。他把她带入了'阿勃韦尔'，结果她在那儿也成了明星般的人物。就这样，她顺理成章地用情报事业取代了原本的歌剧事业。"

"原来如此。"玛姬回应道。从一个舞台转移到另一个舞台。不过，在克拉拉正式加入"阿勃韦尔"之前，一定已经为德国情报机构工作了很长时间……

"对于那些关于希特勒的政治宣传内容，她全都深信不疑。'希特勒将会拯救我们脱离共产主义！'她曾说，'他会复兴德国的荣耀！'她喜欢用瓦格纳歌剧中的措辞来描述所有事情。还有，她也备受希特勒宠爱——他甚至将她视为与埃尔莎地位相当的恋慕对象。格林·希姆莱也对她怀有类似的情感。至于说戈培尔……唔，我始终怀疑他和我母亲之间曾经有过、或者说现在仍然保持着不伦的暧昧关系。在他们的核心集团内部，她和那些男人们之间保持着对彼此忠诚而又慷慨的朋友关系，而他们又都恋慕着她。她为纳粹党带去了迷人的魅力和文化气息。你认为她能……"伊利斯压低了声音，"……在这样一个政党内部，在众多如此仰慕她的男人们当中，你认为她能发现任何荒谬或错误之处吗？显然不能。她认为他们杰出而又卓越，同时也全盘接受了他们的所有政治主张。"

听了这些话之后，玛姬觉得自己应该以更审慎的态度来进行这场交谈。毕竟，在此之前她和伊利斯还从未谈论过任何政治话题，"那么你的想法又如何呢？"

伊利斯苦笑了一下，"唔，由于我父母在大多数时候都不怎么管我，所以我能自由自在地读书、思考，并且习惯了凡事都自己拿主意。"

随着伊利斯继续她的述说，玛姬的脑子里浮现出了一个漂亮但冷漠、自恋的母亲形象——她对自己的女儿所知甚少，以及一个颇有知名度、全身心投入到工作中的父亲形象。看来伊利斯的童年生活充满了孤独，这与玛姬先前的设想大相径庭。没错，伊利斯是一个聪明能干、有着崇高理想和道德水准的年轻女孩，可她同时也是一个过于严肃认真的孩子。她虽有着老于世故而且极其富有的双亲，但却在全然的孤寂中长大。想到这儿，玛姬心中不禁对伊迪斯姑妈涌起了一股温暖的爱和感激之情。

"你是如何看待这一切事情的呢？"伊利斯突然问道。

"我是……一个乐观的不可知论者，"玛姬答道，她知道自己得小心行事，"也是现世人文主义①者。而且我对政治一窍不通。"她笑了笑，然后提议，"我们去游泳好吗？"

. . . . ——. ——. .

第二天晚上，玛姬再次试图打开奥贝格先生书房的门。这次她用的工具是一根又长又细的编织棒针，结果仍然以失败告终。玛姬使劲咬着自己的嘴唇，抑制住了想要在绝望中使劲捶打那扇门的冲动。

这时走廊里传来了一些动静。玛姬四下看了看，赶紧将手中的棒针藏到身后。她知道她在任何情况下都能为自己的行为进行合理的辩解，即便不行，她也知道如何用手中的编织针杀人——她可以用其通过敌人的眼球直击大脑，类似的杀人方式也能用钢笔或铅笔来完成。

"天哪！"黑暗中传来一个低沉的男声，"你是一个幽灵吗？"

玛姬不安地吸了一口气，"不是幽灵，奥贝格先生。是我——霍夫曼小姐。"

仍然穿着制服的奥贝格先生朝她走近了几步，盯着她看了一会儿——此时她还穿着睡袍。在玛姬看来，他盯着自己看的时间显得过长了点儿。

"你在这里做什么，霍夫曼小姐？"

"我……我睡不着，"玛姬撒谎道，"于是便想着到楼下来呼吸一点更凉爽的空气。"

奥贝格先生又盯着她看了几秒钟。"我也睡不着，"他最终开口说道，"看来我们正被相同的痛苦折磨着。"

他将一只手放在玛姬肩膀上。在黑暗中，鉴于眼下她只穿着轻薄的

---

① 认为有理性的人是拯救他自己的力量所在，反对超自然力。

睡袍，他的这一举动便有了几分占有和冒犯的意味。玛姬能感觉到他放在自己肩头的手有些发烫。她继续保持着静止的姿态，也不去看他的眼睛。"快去睡吧，霍夫曼小姐，"他说，"我这周六晚上会邀请一些重要的客人到家里来吃饭。届时我希望你能坐在餐桌下首，扮演女主人的角色。"

玛姬的脑子飞快地转动着。她想起来他在谈及她的工作职责时，曾提到过这种可能性。她开口问道："你为什么不让你女儿来承担这荣耀的职责呢？"

"亚莉珊德拉目前不适合抛头露面，"他说，"你……你是最合适的人选。"

玛姬觉得自己现在得离开了。"好的，奥贝格先生。"她说着便朝通往仆人专用楼梯的那扇门走去。

"你得在晚宴上穿得漂亮一些，"他在玛姬身后叮嘱道，"如果你没有合适的服装，我女儿那里肯定有适合你穿的，而且你还可以穿戴我那已故妻子的礼服和珠宝，亚莉珊德拉能帮你找到它们的。我想它们对你来说应该很适合。"

"好的，奥贝格先生。晚安。"玛姬打开了通往楼梯的门，迅速朝楼上走去。她的心已经提到了嗓子眼儿。我得在一次纳粹党的晚宴上扮演女主人的角色？而且还要穿戴着一名已故女子的服装和珠宝？噢，我现在究竟置身于地狱的哪一层啊？

玛姬回到了自己的房间，感觉头晕目眩。她隐隐觉得，自己的伪装身份恐怕撑不了多久就会败露。

第十四章

柏林101信箱W9

BOLIN 101 XINXIANG W9

一个由黑色皮革制成的标准型公文包就放在奥贝格的办公椅上。
它是否装有某种小机关,
好让其在被人以非正常方式打开时就会爆炸呢?
它是否带有某种特殊的锁?

在救护车赶来之前,弗雷迪始终跪在一动不动的戴维身旁。一名围观者发现了戴维的金属丝框眼镜——它在戴维遇袭之时掉落在地,眼下竟奇迹般地完好无损——并把它交给了弗雷迪,后者伸手接过眼镜,迅速将其塞进了自己胸前的口袋里。没戴眼镜的戴维,整张脸显得更年轻,也更脆弱。

救护车终于来了。"你要知道,近来伦敦几乎每晚都会遭遇空袭,我们实在忙得不可开交,"其中一名医护人员调整着自己头上的钢盔,抱怨道,"你们这些小伙子真不该在这样的时候出来自找麻烦。"

弗雷迪一脸严肃地抬起头来,"是麻烦找上我们的。"

另一名医护人员检查了一下戴维的伤势,"腹部受了戳伤。目前尚无法判断伤口有多深,不过他流了很多血。我们得赶紧送他去医院接受救治。"

"去哪家医院?"弗雷迪问道。

"我刚才听说盖伊医院还有一些空余的床位。我们准备先带他去那里试试看。"

"你说什么来着?试试看?"

"你要知道,这周又新增了好些伤员,很多医院的床位都已经满了。"说话的医护人员与同伴一起将戴维抬上一个担架,然后把他放进了救护车的后厢里,"不过我们确保他将得到合宜的救治,医生们会将嵌在他腹部的玻璃碎片取出来的。"

空袭警报的哀鸣声突然响了起来。"噢,该死,"医护人员嘟囔着,"去他的闪电战。"

弗雷迪也打算爬上救护车。"等等……你是他的家属吗?"一名医护人员问道。

"我是……我是他的……朋友。"弗雷迪回答。

"请听我说，这位先生……如果你不是他的亲属，那么你现在最应该做的事情是赶紧跟他的近亲联系，然后再到医院来。"

救护车的门在弗雷迪面前"砰"的一声关上了。

· · · · · ━━━ ━━ · ·

弗雷迪知道自己得打电话通知戴维的父母。

他上了一辆出租车。在灯火管制时期，街上的车都开得极慢。过了许久，弗雷迪才回到了戴维位于骑士桥街的公寓。他能听到头顶上方传来的飞机轰鸣声，以及远处的炸弹爆炸声——被轰炸的地点很可能是伦敦东区，不过现在他没有时间细想了。弗雷迪一步两阶地登上楼梯，来到了戴维所住的公寓套房门口。他找到了戴维藏在门顶气窗窗台上的备用钥匙，用它打开了门，然后匆匆跑向戴维的书房。戴尔的办公桌上乱作一团，横七竖八地摆满了各种文件、档案、书籍和信件。弗雷迪打开了桌上的台灯。

"通讯簿……通讯簿，"他一边在桌面上翻找，一边自言自语地念叨着。最后他终于找到了一个皮面小本子，内中的纸页上密密麻麻地记录着许多人的名字及其联系方式。弗雷迪用颤抖的手翻动着通讯簿，寻找格林这个姓氏。他找到了本杰明·格林和露丝·格林的名字，也看到了他们位于英格兰湖区的乡间别墅的电话号码。

他一把拿起了电话听筒。"你好，接线员，"弗雷迪说，"请为我接通这个号码。"他报出了格林夫妇的电话号码。

霎时间，这条街上的一栋房子被炸弹击中了。爆炸产生的冲击波对戴维所住的公寓楼造成了剧烈的震动，弗雷迪甚至被震翻在地。紧接着，屋里的电也断了，不过弗雷迪始终将电话听筒紧紧地握在手中。震动平息后，他动了动四肢，发现它们都还完好无损，没有发生骨折的现象。那通电话竟然也奇迹般地接通了。

"喂，请问你是本杰明·格林先生吗？"弗雷迪对着话筒喊道，"先生，我是弗雷迪·莱特，你儿子的……朋友。我很遗憾地告诉你，戴维遇到了一场事故。他现在已经被送到伦敦的盖伊医院去了。"

弗雷迪坐起身，用手捂住了自己另一侧的耳朵。此时此刻，又一枚炸弹正在这个街区的另一处爆炸，制造了如同地震一般剧烈的震荡。弗雷迪听到窗外传来了救护车此起彼伏的鸣笛声，这才开始感觉到全身都疼痛不已，耳朵里也嗡嗡地鸣响不止。

"是的，我们这里恐怕正在遭遇轰炸，先生。据我所知，他流了很多血。"说到这儿，弗雷迪停顿了片刻，"不是的，先生，他遇到了……歹徒行凶。"他顿了顿又继续说，"是的。没错，先生。那么，希望你们能尽快赶到医院。"说完他匆匆挂断了电话。

他知道自己得去医院了。

. . . ━━ ━━ . ━━ . .

弗雷迪在灯火管制下的伦敦城里快步穿梭着。他能听出空袭机群已经将目标转向了这座城市的另一片区域，不过他途经的街道两旁仍有建筑物的残骸在阴燃着。

当他赶到盖伊医院的时候，戴维正在接受手术。"你是他的家属吗？"一名头戴白色燕尾帽的护士问道。

这一次弗雷迪对这个问题已经有所准备了，"我是他的兄弟。"

"先生，我唯一能告诉你的是：你的兄弟仍在接受手术。"她说，"他流了很多血。他被碎玻璃块伤到了肝脏——用医学术语来说就是遭遇了'肝脏裂伤'。主刀医生正在为他检查具体伤情，然后会尽最大努力修复他的肝脏。"

"他会好起来吗？"

"马兰德医生是我们这里最好的外科医生，先生，而且我知道……"

弗雷迪用一只手按住护士的前臂，弯腰凝视着她的眼睛，"求你了。请跟我说实话，他会好起来吗？"

护士把自己的另一只手放在他的手背上，"目前他的处境仍然非常危险，亲爱的。毕竟他太瘦了——没有太多的脂肪来保护他的内脏。一楼有一间小礼拜堂,如果你想为他祷告的话,随时都可以去那里。"

· · · · — — — · — — · ·

马兰德医生穿着沾满血渍的医师服,在医院的小礼拜堂里找到了弗雷迪,后者正跪在一把靠背长椅旁恳切地祷告着。医生开口喊道:"格林先生?"

弗雷迪并未作出任何反应。

"你是戴维·格林的兄弟吗?"

弗雷迪这才抬起头来,"是的。"

"他的手术已经结束了。"医生开门见山地说,"我们已经对他的肝脏进行了修复。他得过一阵子才能痊愈,不过他会没事的。"

"他会没事吗?"弗雷迪几乎不敢相信自己刚刚听到的。

"是的,他会没事的。"医生重复道,"他结婚了没?"

"什么?"

"他在康复期间需要有人照顾。如果他没有结婚的话,最好得有人能和他住在一起照顾他。"

"噢……让我来吧。我是说,我当然会照顾他的。"

"很好,那么这个问题就算是解决了。祝你们好运。"

说完这话,医生转过身去匆匆离开了。

· · · · — — — · — — · ·

病房里的戴维睁开了眼睛,弗雷迪就陪在他身边。

"噢,你的气色可真差啊,老兄。"戴维以嘶哑的嗓音开口说道。

弗雷迪满脸喜悦地望着他,"我们彼此彼此。"说完他从身旁的水罐里为戴维倒了一杯水,"护士曾嘱咐我,你醒来后需要喝一点水。"

"那么,"戴维说,"我快要死了吗?"

"还早得很呢。"弗雷迪为戴维扶着杯子,喂他喝了几口水。喝完了水,戴维精疲力竭地在病床上重新躺了下来。

"这次你还算幸运。"弗雷迪一面感叹,一面伸出手去,跟戴维十指相扣,"看来你在完全康复之前要一直和我住在一起了。"

"他当然应该和我们住在一起!"

说话的是戴维的母亲,只见她如同一阵风似的快步走入了病房。露丝·格林是一位纤瘦的小个子女人,她头上的浅金色头发已经开始渐渐变白,一双亮闪闪的绿眼睛和戴维一式一样。"噢,我的宝贝儿子啊!"她一面喊着,一面挤开弗雷迪,扑到戴维的病床边,伸出手来轻抚他的头发。"你还好吗,我的小宝贝儿?"她吻了吻戴维的额头,"你真是让我们担心死了。"继而她转头对丈夫说,"你说是吗,亲爱的?"戴维的父亲正站在她身后几步远的地方。本杰明和他的妻子几乎一样高,又长又瘦的脸上戴着一副跟儿子的眼镜颇为相似的银框眼镜。

戴维的脸上一点血色也没有,"噢,仁慈的密涅瓦啊……你们全都聚在了我的病床前。我是真的要死了,对吗?"

"当然不是了,亲爱的。"戴维的母亲满怀柔情地轻声说道。她再次吻了吻儿子的额头,随即又伸手抹掉了留在那儿的口红印子。

老格林先生走到病床跟前,将他的公文包放在床边的地上。"很高兴见到你,儿子。"他不无艰难地开口说道。说完他便转过脸去,偷偷抹掉了眼角的泪滴。

这时,一名漂亮的年轻护士走进了病房,笑吟吟地望着聚集在病床前的这群人。"很抱歉,家属探视时间已经结束了,"她以轻松愉快的语气宣告道,"现在我得为格林先生注射吗啡了。"

"好好睡一觉吧,亲爱的。"戴维的母亲说完又吻了一下儿子,"我们等一会儿再回来看你。"

弗雷迪朝老格林先生和格林太太微微一笑,"如果你们不介意的话,我想坐在这儿陪着他,直到他睡着了为止。"

"当然可以,亲爱的。"格林太太用一只戴着手套的手轻轻拍了拍他的脸颊,"你真是太好了,他能有你这样一位朋友可真是幸运啊。"她说完便和老格林先生一起走出了病房。

弗雷迪俯身盯着戴维。"你可真把我吓得不轻。"他轻声说道。

"对不起。"戴维因体内吗啡的作用,开始有些昏昏欲睡。

"我只想告诉你一件事,那就是:我爱你。"

"我……也……爱……你……"戴维断断续续地应道。

当他俩的嘴唇触到一起时,老格林先生正好折回病房来取他先前落下的公文包。眼前的这一幕令他震惊不已,也觉得难以置信。随即他因怒火中烧而涨红了脸,两只手也开始颤抖起来。"你给我出去!"他对弗雷迪怒喝道。

"先生,我……"

"出去!不然我就动手把你拽出去!"

弗雷迪低垂着头走出了病房。

"戴维……"父亲开口道。

不过戴维却在此时把头转向了身体一侧。他让父亲以为他因吗啡的作用而昏睡了过去,以至于完全不知道眼前刚发生了什么。

· · · · — — — · — — · ·

奥贝格先生下班回家后,通常都选择独自在餐厅享用丰盛的晚餐。他从不和自己的女儿一起用餐。事实上,他似乎总是尽可能地避开她。即便是在父女俩偶尔有些互动的时候,玛姬也发现他总是红着脸,而且态度非常生硬。玛姬本人与雇主的交流也仅限于早晚的日常问候而已,诸如"早上好,先生"以及"晚上好,先生"。

一直等到奥贝格外出观看芭蕾舞剧的时候,玛姬才有机会再次采取行动。这一次,她从厨房里找来了一根肥肉馅灌注针——用以将腊肉片中的猪油灌注到烤肉中的工具。与此同时,她还在厨房里找到了一把手电筒。待她确定亚莉珊德拉已经在卧室里沉沉睡去并发出响亮的鼾声之后,才又一次——这已是第三次了——蹑手蹑脚地来到了男主人锁好了的书房门口。

她先将手电筒咬在齿间,然后着手用肥肉馅灌注针撬门锁。这针的形状和大小都非常适合用于执行此次任务。终于打开了,当锁舌"咔哒"一声弹开时,玛姬在心里感叹道。她轻轻推开厚重的橡木门,从门缝中溜了进去,接着悄无声息地关上了身后的门。

奥贝格的书房里光线很暗，整个房间都弥漫着烟味和皮革制品所散发出来的气味。玛姬的心"怦怦"地剧烈跳动着。尽管她认为这栋别墅里的人都对她毫无疑心，仅仅将她视为奥贝格小姐的陪伴者而已，可她却从以往所接受的训练中学到：凡事都要做好最坏的打算。

玛姬将手电筒握在手中，踩着地毯朝房间里的一张大办公桌走去。在这个过程中，她没有伸手去碰触书房里的任何物品。她还留心地搜寻着这里是否有被刻意留下的毛发或粉末——奥贝格或许会透过与之有关的蛛丝马迹，来判断是否有人动过自己的私物。

不过她没有在这里发现任何异常之处。不仅如此，奥贝格的办公桌可以说是整洁得有些过头了——桌面上看不到任何文件或档案，唯一摆放着的物品就只是一个银质相框而已。玛姬猜测，照片上的女人大概正是奥贝格已故的妻子。

一个由黑色皮革制成的标准型公文包就放在奥贝格的办公椅上。它是否装有某种小机关，好让其在被人以非正常方式打开时就会爆炸呢？它是否带有某种特殊的锁？

玛姬对其仔细察看一番之后，发现自己的担心是多余的，于是她如释重负地松了一口气，绷得过紧的神经也终于缓和了些。

她只用了一根发夹便轻而易举地撬开了公文包上的锁。

随即她在地毯上坐下，打开了面前的公文包。

她用牙齿咬住手电筒，两只手则忙着翻找包内的文件。它们大多都是来自"欢乐带来力量"组织①总部的信件和简报。

此外还有一些帝国委员会针对"严重的遗传性或先天性疾病"的科学研究记录表，以及来自各个医疗部门、运输部门、检验部门和统计办公室的简报——其内容与"处理对象"及各式各样的"治疗"费用有关。另外，包里还有一些由奥贝格从其他部门复印而来的信件和简报——其中涉及巴士司机的薪金、巴士维修费用、汽油费、医生及护士

---

① 是纳粹德国一个具有国家背景的大型休假组织。该组织是德国当时的劳工组织——德意志劳工阵线——的一部分。该组织成为了向德国人民宣扬国家社会主义优势性的一个工具。它也很快在 20 世纪 30 年代成为了世界上的最大旅游运营商。

的薪金。除此之外，还有一些与检查各项设施有关的通知，以及针对员工聚会和酒水饮料的特别预算。

她满眼看到的都是数字：当前成本计算、历史成本、对未来成本的预测。这些成本费用究竟与什么有关？

玛姬试着从这些资料中找出其组织总部的地址，结果却只找到了一个邮箱号：**柏林 101 信箱 W9**。这可真是太奇怪了。

玛姬有些困惑地摇了摇头。这些文字和数字并不能说明任何问题。只有提及医院名字——比方说"查立特医院"、医学研究所名字——诸如"哈达马尔研究所"以及"帝国的社区和养老院"之类的文字，才能表明其内容是跟"人"有关的。不过这一切资料都与战争没有任何关系——内中没有提及士兵、军需品、军工厂、部队调动，仅仅属于德国内政事务的范畴。

该死！玛姬心头突然涌起了一股特别失望且生气的情绪。她冒着极大的风险，却只换来了一丁点儿没什么价值的信息。自视甚高的奥贝格不过就是一名专门与文件打交道的中层官僚而已，而他所处理的文件对玛姬来说几乎没有半点用处。

不过，玛姬仍然用"特别行动委员会"为她配发的超小型间谍照相机——就是诺琳许久前在伦敦交给她的那一个——将尽可能多的资料都拍了下来。每按一次相机快门，她心中的失望情绪便又加深了一层。当她偶然看到一系列等待奥贝格批准的数学问题时，便暂时停止了拍照。第一个问题显得极其小儿科：**倘若一个工人阶级家庭修建一栋住宅需要花费 15 000 马克，而修建并经营一座精神病院的总费用为 6 000 000 马克。那么你能用修建并经营一座精神病院的费用来修建多少栋工人阶级家庭的住宅？**

只见奥贝格用红笔批示着：**很好，批准。**

玛姬摇了摇头。现在是时候回家了，霍尔普。她一面这样想着，一面将所有的资料都依照原样放回到公文包里。最后她锁好公文包，将其摆在原来的地方。

玛姬从奥贝格的书房里悄悄溜了出来，然后像幽灵一般，悄无声息地上楼回到了自己的房间里。

．．．．．———．——．．

第二天早上，戴维刚一睁开眼睛，就看到那名漂亮的年轻护士正站在他的病床边。"我需要为你测量一下生命体征。"她说着便开始检查他的脉搏，并将一根温度计放在他的舌头下面。"你的脉搏跳动很有力，这很好。"她以轻快的语气说道。片刻之后，她将戴维嘴里的温度计取出来看了看，"体温也很正常。看来你恢复得相当不错。"

戴维目光茫然地盯着别处。

"唔，"护士继续说道，"虽然这不关我的事，但我还是想告诉你，你的兄弟……你父母告诉我他其实并不是你的兄弟，他仍然待在候诊室里。他昨天晚上就睡在那儿的。我想，他从昨晚到现在还没有吃过任何东西。"

戴维避开她的目光，"他该走了。"

护士把一只手放在他的肩膀上，"如果你需要的话，我可以代你传话给他。"

"我父亲……"戴维最终还是把目光转过来与她对视了，"我不能……"她并没有将视线转开。戴维继续说道："我知道你在想什么。我虽然已经是个成年男人了，却仍然没办法勇敢面对自己的父亲。"

"我想的完全不是这回事。"她说，"我在想的是：这太艰难了。"

"艰难？"戴维重复道，"你具体指的是什么？被人刺伤？经历闪电战？打一场注定要失败的战争？有一对爱你却只能给你有条件的爱的父母？或是……"说到这儿，他明显压低了声音。于是她俯下身去，将耳朵凑到他的嘴边继续听着。只听戴维说："……有着那样的特殊偏好？"

"我只是在想，生活很艰难。"她回答道，"生活对我们每个人而言都很艰难，亲爱的。如果有人能陪在你身边的话，或许能轻松一点点。我稍后会再回来为你做检查的。"

．．．．．———．——．．

盖伊医院的自助餐厅里挤满了人。弗雷迪在这儿为自己买了一杯茶和一块吐司面包，随即四处张望着，试图在餐厅里找到一个空位。不一会儿，他发现本杰明·格林所坐的餐桌旁还有一把空着的椅子。

弗雷迪决定硬着头皮过去跟他聊一聊。"我能坐在这儿吗？"他问老格林先生，后者正神情阴郁地假装读着一份《泰晤士报》。

弗雷迪没有得到任何回应。

于是他在空位上坐了下来，开始搅拌自己的茶水。老格林先生对他完全置之不理。

"我知道我的出现令你感到不舒服了，"弗雷迪说，"对此我深表歉意。"

"我不妨跟你直说了吧，"老格林先生放下了手中的报纸，取下了老花镜，"你的出现不会激起我的任何情感，因为你对我来说什么都不是，你我毫无瓜葛。"

"我们都爱着他。"弗雷迪温和而坚定地说，"我只是想知道他现在怎么样了。"

"你爱他？那么你就应该从他生命中消失。"本杰明·格林厉声说道，随即将报纸折叠起来，"你得离开他！"

"不。"弗雷迪的态度非常坚决。

"不？"老格林先生往后推开自己的椅子，迅速站了起来，"如果你们不分开的话，那么他就永远也别想得到我的财产。"

"你或许能用钱买到他表面上的服从，但无法买到他的爱，"弗雷迪反驳道，"倘若你以此来要挟他的话，他会恨你的。对你来说，这岂不是得不偿失吗？"

"我可以以严重猥亵罪来控告你，"老格林先生低声说道，"你将会被捕入狱，还会被阉割。"

"那么你会将你儿子也置于同样的境地。"

老格林先生本想反驳，却又住口不言了。只见他戴上帽子，趾高气昂地走出了餐厅。

弗雷迪打开老格林先生留下来的《泰晤士报》，浏览着文章标题。报纸的内容大多关乎温斯顿·丘吉尔与富兰克林·德拉诺·罗斯福的会谈、《大西洋宪章》的八点原则声明以及美国是否最终会加入战争及何时加入等等。"噢，噢，噢，"弗雷迪一面喃喃自语，一面将报纸扔在一旁，"就差那么一点了。"

第十五章
再会戈培尔
ZAIHUI GEPEIER

这时玛姬看到奥贝格先生正以关切的眼神望着她，于是她迫使自己振作起精神，拿起刀叉，再度加入人们的谈话当中。

一旦戈培尔将玛姬为奥贝格先生工作的事情告诉了克拉拉，那么一切就都完了。盖世太保很快就会赶到这儿来捉拿她。

翌日，埃德蒙·霍尔普乘坐火车从布莱切利来到伦敦，然后在军情五处找到了休·汤普森。

他俩并肩坐在伦敦海德公园里的一张长凳上，看着一群身着白衣、头戴稻草帽的男孩在他们面前打板球。孩子们不时挥舞着手中的柳木球棒去击打一个红色的皮球，玩得不亦乐乎。天上的云彩渐渐失去了光彩，他们四周的光线随之暗淡下来。"结论是这样的，"埃德蒙开口说道，"你给我的那一行由数字和字母组成的序列，事实上并不是一个密码，而是一则描述信息。"

休有些惊讶地扬起了一侧眉毛。

"破译出来的内容是：赫斯想让斯特凡·克鲁格设法弄到大量的氟化物，并将其投放到伦敦的九个蓄水库中。"

"这会带来什么样的后果呢，霍尔普教授？"

"从前苏联人在古拉格劳改营的蓄水库中投放过氟化钠，其目的是为了更好地控制他们的囚犯。他们认为，多次少量地摄入氟化物，将会对人体大脑的某些区域产生毒害作用——从而令囚犯们更容易被其控制。我猜测，纳粹党从苏联人那里得知了这一信息。如今，赫斯指挥官……"他没好气地说出了这个名字，"想在我们的饮用水源中投放氟化钠，其目的极有可能是为了在德军入侵时能更好地控制英国人民。"

休下意识地用手指不住地将自己的头发往后捋，直到它们全都竖立起来。他说："这是真的吗？果真会产生这样的影响吗？"

埃德蒙看了看眼前这群无惧炎热、兴致勃勃地玩着板球的男孩们，潮湿的空气中充斥着他们高亢而激昂的喊叫声。埃德蒙回答道："目前尚不清楚。我曾与伦敦大学的英戈尔德教授——他是我国最杰出的化学家之一——交流过此事。我问他：假设我们的敌人将大量氟化钠投放到了伦敦的某个蓄水库中，将会产生怎样的后果。"

"他是怎么回答的？"休一边发问，一边用手帕擦拭着脸上的汗水。

"这几乎不会产生任何后果。唔，当大量氟化钠刚刚入水、尚未被稀释的时候，它们可能会杀死一些与之接触的植物，或许还会杀死一些鱼类。投放化学品的人必须得戴着护目眼镜、防毒面具和手套来完成工作。不过英戈尔德说，即便这些氟化钠可能会对伦敦的饮用水造成一些影响，其作用也是非常轻微的。"

"那么，对于来自古拉格劳动营及纳粹党方面的证据，他又是如何看待的呢？"

"事实上，他对此一笑置之。他说他对德国法本公司针对氟化钠所进行的研究曾有所耳闻，可是他认为那儿的科学家并不持有最客观的科研态度——甚至他们可能还与一家急于处理氟化物库存的化学公司存有合作关系，并从那笔交易中小赚了一笔。从英戈尔德所了解到的研究情况来看，人体摄入少量的氟化钠并不会对大脑产生任何影响——甚至也许还对预防龋齿有一定的益处。"说到这儿，埃德蒙脸上罕有地露出了一丝笑意，"英戈尔德还说，倘若真有人要在伦敦人的饮用水中加入一些氟化物的话，或许这对我们的口腔健康倒颇有些好处。"

这时他从兜里掏出一个银质扁酒瓶。打开瓶盖之后，他把酒瓶递给了休，可后者却摇了摇头。于是埃德蒙就着瓶口喝了一大口，然后默默地抬头望着天空的云朵。过了一会儿，他又开口问道："你有没有我闺女的消息？"

"她还在柏林。"说这话的时候，休觉得自己喉咙似乎哽住了似的。

"还在那里？可是……为什么呢？"

"说实话，我并不知道个中原委，先生。"

"她被俘获了吗？"

"我不这么认为。可是，你也知道，我对这件事并没有知情权。"

"唔。"

"好了，"休将手中的报纸折叠起来，"没别的事情了吧？"

"没有了。我只是有些好奇——对于与氟化物和蓄水库有关的这件事，你会如何处理呢？"

"你想问的是，我打算如何向……"休迟疑了片刻，"如何向克拉拉·赫斯证明克鲁格已经将氟化物投放进了指定的蓄水库中，对吧？"他的目光突然变得有些黯淡。只见他朝埃德蒙手中的酒瓶伸出了下巴，"霍尔普教授，你介意让我喝一口装在那瓶子里的液体吗？"

埃德蒙点了点头，随即将手中的扁酒瓶递了出去。

休只喝了一口，就将酒瓶递了回去，脸上带着略显严肃的笑容，"这么说吧，我有好几个点子，现在还不确定该用哪一个。"

"你知道吗……"埃德蒙又就着酒瓶喝了一口，"在温莎城堡的时候，我一直没有机会告诉你：我对于你的父亲，对于他被谋害致死这件事，一直都心怀歉意。"

听了这话，休感到有些震惊，"谢……谢谢你，先生。"

"此外，由于我的前妻也参与其中，这就更令我感到抱歉了。"埃德蒙说着又将酒瓶递给了休。

"其实你与这件事并无关系，先生。"休喝了一口之后，将瓶子递了回去。

"的确如此。"埃德蒙伸手拿回酒瓶，"可我还是感到抱歉。"

"对此我心怀感激。"

"你曾怀疑我是一名双重间谍，对吧？"

闻听此言，休的身体变得有些僵直，并未作出回应。

"请别再这样看待我了。"

休一时不知道该说什么。直到他看见埃德蒙的嘴角再度浮现出了一丝笑容，才鼓起勇气说道："先生，我向你保证，我以后再也不会那样看待你了。"

接下来，这两个男人就这么静静地坐着，一面观看着男孩们的板球比赛，一面来回传递着酒瓶。

· · · · · — — · — — ·

在奥贝格先生家的餐厅里，用来做装饰的物件大多以狩猎战利品——而非艺术品——为主。甚至连墙上挂着的几幅带框油画作品，也是以狩猎场景为主题来绘制的。此时此刻，奥贝格先生的猎物们正用一双双玻璃假眼俯瞰着聚集在餐厅里的客人——纳粹党的高级官员们及其各自的妻子。奥贝格先生家的众多仆人都在墙边站成几排，等候差遣。

玛姬穿着她参加"冰与火"舞会时所穿的礼服，戴着已故奥贝格夫人的珠宝首饰，坐在长餐桌的下首。当她赫然发现奥贝格先生请来的客人当中竟然包括戈培尔先生及其夫人之后，禁不住开始心惊胆战起来。自从她刚来德国至今，她还从来没像现在这样害怕过。她的两条腿在餐桌下面不住地颤抖着，为了不让自己的手抖动得太厉害，她甚至不得不将两只手紧紧地交握在一起。

到目前为止，客人们似乎并不怎么在意她，也没有人主动跟她攀谈，这反倒令她心怀感激。她以优雅的姿态默默地吃着盘子里的叉烧肉，偶尔也会适时地抬起头来，和众人一起微笑或大笑。这时，餐桌上首出现了一些小小的动静，原来是奥贝格先生起身祝酒了。"反犹排犹万岁！"他一面高喊，一面举起了手中的香槟酒杯。

在座的宾客们纷纷举起了手中的酒杯。"反犹排犹万岁！"他们齐声喊道。

玛姬随同众人一起举起了自己的杯子。她勉强跟着他们喊出了祝酒词，也在随后饮酒的时候竭力保持着脸上的笑容。

"不过，"戈培尔说道，"听希姆莱说，目前柏林仍然还有超过四千名犹太人，而且他们当中有许多人已经躲藏起来了。所以要彻底净化德意志帝国的人种，还有很长的一段路要走啊。"

奥贝格先生的脸因酒精的作用而变得绯红，现在他看起来兴致非常高昂，"我们终究会像驱赶老鼠一样把他们全都赶走的！"

戈培尔点了点头，"我听说，波兰的犹太人聚居区已经人满为患了。现在眼看寒冬就要来临……我在想，他们中的很多人应该熬不过这个冬天的。"

"我原本还以为英国人会投降呢。"奥贝格嘟囔着说。

"我们都是这么以为的，不过英国人至今仍在负隅顽抗。由于要对付英国的海军舰队,我们没法抽调足够多的船只用于运输。"戈培尔叹了口气,"要是我们能早点知道该如何处置数以百万计的犹太人的话,眼下这里的犹太人数量就不会如此之多了。"他停顿了一下,继续说道:"我们应该把目前留在柏林的犹太人送到苏联去,不过最好是能把他们全都杀掉。"

戈培尔话音刚落,众人便笑着再次互相碰起杯来,而玛姬却觉得胃里一阵抽搐。

"你的工作也是至关重要的,奥贝格先生。"待仆人们开始在餐后收拾碗碟时,戈培尔如是评价道。

"谢谢你这么说,先生。"奥贝格回应道,内心的喜悦令他的脸变得更红了。

"你在你的岗位上处理掉了相当多的杂种,是吧?"

"当然,"奥贝格回答道,"而且我们的工作正在以更有效率的方式继续开展着。"

"你说的没错!"说完这话,戈培尔转头看着玛姬,用他那富有穿透力的目光盯着玛姬的眼睛,"霍夫曼小姐,看来你最近非常热衷于各式社交活动哩。起初我在克拉拉·赫斯的派对上见到了你,现在你又出现在了奥贝格先生举办的晚宴上。请告诉我,你是否已经离开戈特利布·莱勒,转而投向奥贝格先生的怀抱了?"

这话引来了男人们的一阵笑声,女宾们则纷纷面露尴尬之色。

玛姬知道自己务必得小心行事。"我很高兴能在这里再次见到您和您的漂亮妻子,戈培尔先生。"她郑重其事地回答道,"如今我受雇于奥贝格先生。我的工作职责是陪伴他的女儿,而他非常仁慈地邀请我出席这次晚宴。"

戈培尔若有所思地眯缝着眼睛,"我们上次聊天的时候,你还和莱勒那小伙子在一起,而且正打算去竞聘戈林的秘书一职。"

玛姬勉强从唇间挤出了一丝笑意。"现在那两件事情的进展都很不顺利,先生。"她回答道。

"而接下来,你就消失得无影无踪了!"

玛姬拿起餐巾擦了擦嘴，以免被人看出自己的两只手正在抖个不停，"我一直都在这儿，先生。我非常享受和奥贝格小姐在一起的愉快时光，以及湖畔的清新空气。"

"你和赫斯夫人有过联系吗？"在仆人们开始将作为餐后甜点的巧克力香梨蛋糕端上餐桌的时候，戈培尔问道，"她似乎对你很感兴趣。"

玛姬大吃一惊，差点儿将手中的餐巾掉落在地，"没……没有，先生。"

待仆人将一个盘子摆在戈培尔面前之后，他又冷不防地说："她一直都在找你。"

"真……真的？"玛姬从嘴里勉强挤出了这几个字。

"是的。"戈培尔笑道，"你应该找个机会写封信给她。我想她会对此心怀感激的。"说着他示意一名仆人把他面前的空杯子收走，"我大概会在今天更晚的时候见到她。那时我会向她转达你的问候，并且让她知道你身在何处。"

玛姬失魂落魄地呆坐在餐桌下首。克拉拉为什么想要寻找"阿勃韦尔"一名低级职员的女朋友？她对什么事起疑了吗？她究竟知道了些什么？

这时玛姬看到奥贝格先生正以关切的眼神望着她，于是她迫使自己振作起精神，拿起刀叉，再度加入到了人们的谈话当中。一旦戈培尔将玛姬为奥贝格先生工作的事情告诉了克拉拉，那么一切就都完了。盖世太保很快就会赶到这儿来捉拿她。

· · · · · ━━━ ━━ · ·

在最后一名客人离开之后，奥贝格笑着对玛姬说："你今天表现得相当不错，亲爱的。"

此时的玛姬觉得自己随时都有可能因巨大的精神压力而丧失理智。她丝毫也不在意自己今晚的表现，心里唯一的想法就是要赶紧离开这里。她的伪装身份行将败露，所以得赶在天亮之前逃离此地。这样算来，她的时间已经不多了——最多也就只有几个小时而已。时间正在一分一秒地过去。"谢谢你,奥贝格先生。"她故作镇定地回应道。

"算我请求你了,"他说,"在我们共度了一个如此美好的夜晚之后,请直接称呼我古斯塔夫,好吗?还有,我可以叫你玛格丽塔吗?"

"当然可以了。"玛姬答道。她的心正在胸腔里狂跳不已。戈培尔现在是不是正通过电话将她为奥贝格先生工作的事情告诉克拉拉?接下来会发生什么呢?盖世太保会来敲门并把她带回他们的总部去接受审问吗?这本应该是明天早上才会发生的事情……可是如果克拉拉在今天晚上就接到了戈培尔的电话,那么纳粹党卫军的军官们会不会连夜就赶来敲门呢?

"你还想喝点什么吗,亲爱的?"奥贝格提议道,"或许我们可以去我的书房喝上一些科尼亚克白兰地?"

玛姬假装打了一个哈欠。"我觉得很累,恐怕无法奉陪了。"她转身准备离开。

可他却上前逼近了她,然后将她按压在墙上。他的呼吸滚烫,还带着一丝巧克力的气味。"你的头发可真美啊,"他喃喃低语着,并抬起一只手来轻抚她的脸颊,"我真想看看它们披散下来是什么样子的……"

玛姬赶紧挣脱了他的束缚。"很抱歉,我正在经历……"她绞尽脑汁思索了片刻之后,才想到了接下来这个词语的德语表达,"月经痛。现在不是合适的时机。"

说完这话,她颇为欣慰地从他脸上看出,他的激情似乎消减了不少。她趁机朝仆人专用楼梯走去,"晚安,古斯塔夫。"

"晚安,玛格丽塔。"他颇感遗憾地回应道。

· · · · · — — · — — ·

玛姬以尽可能稳重的步伐走上楼梯,回到了自己的房间里。

不过,当她一关上房门并将其锁好,便立即以狂热的劲头开始行动起来。她首先取下了借来的珠宝,脱掉了身上的晚礼服,然后换上了一件平平无奇的棉布连衣裙,还在外面套上了一件开襟羊毛衫。接下来,她按照在集训营里学来的方法，将一件衬衫卷起来从背后塞到了羊毛衫下面，好让它看起来像是一个老妇人隆起的背部。

她从裙摆褶边处的秘密口袋里取出了一块丝织物，上面写着她的联络代码。她划燃一根火柴，点燃了插在绿色玻璃烛台上的一根蜡烛，继而将手中的丝织物放在火上烧了起来。接下来，她将丝织物彻底燃烧之后所生成的一部分灰烬放入一个装了些水的盆子里，让其与水充分混合。然后，她用手指蘸上浸湿的灰烬，将其涂抹在自己满头的铜红色卷发上，好将其本色遮蔽起来。除此之外，她还将一些干灰涂抹在了眼睛和颧骨下方。做完这一系列事情之后，她戴上帽子和手套，拿起了那块尚未织完的围巾和装着间谍照相机的"米尔德索特"香烟盒子。她知道，自己先前在奥贝格的书房里所拍摄的那些照片，其实并无多大价值，那么她应该冒着可能会被人发现的风险而带上这个相机吗？

一不做，二不休。既然要做，就做到底吧。她一面这样想着，一面将编织物和香烟盒子都塞进了手提包里。

她将手提包的带子套在脖子上，打开窗户爬了出去，纵身跳到了下一层楼的屋顶。这其实是一段很高的距离，可她已别无选择了。待她从剧烈的撞击中恢复过来之后，沿着一堵方格篱笆往下爬。落地之后，她环顾了一下四周，确定没人看到自己，随即便一路狂奔起来。隔壁邻居家的院子里有一条用铁链拴起来的狗，它被玛姬所发出的动静声惊得狂吠不止。

一直跑到地铁站之后，玛姬才减慢了速度。她模仿着关节炎患者的行走姿势，拖着脚步，缓慢而费力地往前挪动。她始终低头看着地面，试图让自己的呼吸保持平稳的节奏。吸气、呼气，霍尔普……吸气、呼气……就像"索利"教你的那样……

就在玛姬乘坐的列车刚刚驶出地铁站的时候，一辆纳粹党卫军的厢型车驶入了奥贝格先生家的车道。

第十六章
虎口脱险
HUKOUTUOXIAN

伴随着一声尖厉的刹车声和一大团蒸汽，又一趟列车停在了玛姬面前的铁轨上。这时她意识到，上一班列车已载着那身穿黑衣的跟踪者，驶到离她好几英里之外的地方去了。她登上车厢，任由车门在她身后"砰"的一声关紧了。

玛姬回到柏林米特区之后，发现这里已经变了模样。连日来英国皇家空军的夜间空袭对更多的建筑物造成了破坏——其中一些甚至已经被彻底夷为平地，其余的也遭到了严重的毁损。朝阳的光辉正透过布满尘埃的阴霾空气，照射在这满目疮痍的景象之上。微风中夹杂着一股刺鼻的烟味，远处的空袭警报正急促地响个不停。

玛姬暗中打量着街上的行人。她意识到，这些柏林市民的内心景况一定已经发生了极大的转变。当她初来此地时，他们的神情是那么地自信安稳，可如今却有了饱经忧患的沧桑感。她还从他们的目光中看到了一丝恐慌和对现实的无奈领悟——对他们而言，战争已经不再是想象中的虚无概念，而是切切实实发生在自己身边的一场灾难。

一方面，她为这些人感到难过。因为对于痛失亲友、在防空洞里过夜、亲眼看到自己心爱的城市遇袭时的感觉，她实在是再清楚不过了。

但从另一方面来看，正是这些看似无辜的平民给了希特勒绝对的权力。他们未对《纽伦堡法案》提出任何质疑，让其得以顺利通过，并且他们还对纳粹党在"水晶之夜"的恐怖行径视若无睹。他们当中还有一些人——抑或是许多人？——像奥贝格先生一样，满心盼望着将犹太人彻底逐出柏林。或是像奥贝格先生的女儿一样，被灌输并相信为德国孕育未来的战士是自己的责任和殊荣。眼下的逃亡令玛姬无比恐慌，可一想到自己毕竟已经离开了奥贝格家那偷来的别墅，她便感受到了些许安慰。此时她心中最大的渴望就是能早日回到伦敦去。

玛姬用力地摇了摇头。要专心一点，她在心里责备自己。眼下纳粹党卫军肯定正在四处搜寻她，而她得赶在自己被人发现之前，先与德法奇夫人取得联系。还有戈特利布，一想到他，玛姬的心便怦怦直跳，戈特利布应该可以帮助我。

她来到了戈特利布的公寓套房门前，一遍又一遍地按响门铃，可是却无人前来应门。她靠在门边等待了足足十五秒，可是门内依然没有任何动静。于是她下楼来到街边，朝他的窗户扔了一枚小鹅卵石。

公寓楼上的一扇窗户打开了。"快走开！"戈特利布的声音从上面传了下来。

"让我进去！"玛姬回喊道，"你得……"

"我不认识你。"窗户"砰"的一声关上了。

一股愤怒的火焰从她心底里腾地蹿了上来。一时间，她曾听到过的德语脏话全都从嘴里涌了出来，可是戈特利布的窗户却再也没有打开过。

这时玛姬看到了那位坐在长凳上做编织活儿的女人。于是她深吸了一口气，走到了马路对面。她来到那女人近旁，在一小段距离之处坐了下来。

那女人主动挪到了离玛姬更近的地方。"你的男朋友是个相当冷酷的人，"她压低声音说道，"我曾观看过他的一场拳击比赛——他先设法在不出一拳的情况下耗尽对手的体能，然后在第十回合时给了对方重重的制胜一击。不过，你别为此太介怀。"

"他不是我的男朋友。如果他决意不再理我的话，"玛姬对于刚刚听到的事情非常介怀，"你得告诉他们，我的身份败露了，现在已经踏上了逃亡之路。我在想……你应该……"

能为我提供藏身之所吧？已到嘴边的话被她硬生生地吞回肚子里。

"不行，孩子。"那女人摇了摇头，"很抱歉，我没法做到。"

"那么你有没有同伴可以帮我呢？"

"没有。"

"我知道了。"这下可好，玛姬心想，我正处于性命堪忧的险境当中，可在鸡叫之前，我已经被拒绝了三次。①这时，玛姬看到一个身穿黑色风衣的男人正渐渐走近她们。他并不像普通的柏林人那样盯着地面

---

① 在《圣经》中，耶稣曾预言使徒彼得会在鸡叫之前三次不认主，后来预言果真应验。

快步行走，而是边走边一一打量着周围的每一个人。难道他是在找我？

"再见。"说完这话，玛姬以一种与自己的乔装打扮相符合的姿态缓缓站起身来。

老妇人头也不抬地盯着自己手中的编织物，点了点头说："祝你好运。"

· · · · ——— · —— · ·

在"阿勒韦尔"楼内，克拉拉·赫斯坐在自己的办公室里恼怒万分，"他们找不到她了？这究竟是怎么回事？"

电话线另一头的戈培尔倒显得镇定自若，"当我向她提到你时，她肯定起了疑心。而当我们再度前往奥贝格家中时，她已经离开了。然后我们派了一些人到戈特利布·莱勒的住处去找她。他们当中有人声称自己在莱勒所住的公寓楼附近看到她了，却让她给溜掉了。"

克拉拉用几根手指指尖被涂成红色的长指甲在办公桌上敲打着，"这么说，她肯定是间谍无疑了。"

"奥贝格称，在她去应聘戈林的打字员一职时，她的所有身份证明文件都已经通过审核了。不过，我对此做了一些更深入的调查——由于她并没有得到面试的机会，所以事实上他们并没有对她的文件进行过任何核查。"

克拉拉将银白色的电话线紧紧地缠绕在手指上，以至于手指的皮肤都被勒得有些发白，"把戈特利布·莱勒带来接受讯问。"

"是由你来讯问他，还是由党卫军来进行？"

"让我亲自来讯问他。"

· · · · ——— · —— · ·

没过多久，玛姬便发现那名身着黑色风衣的男人正在跟踪自己。

她略微加快了行走的步伐，不过仍然维持着跛行的姿态，同时也确保让自己不至于走得太快，以免引来更多人的注意。尽管如此，她还必须得竭力压制住心里那股想要立刻拔腿就跑的冲动。这时，她在一家肉铺的橱窗前停下了脚步，好看看那个男人是不是还跟在自己身后。

他的确还在。

她又走得更快了一些，没过多久便来到了"三角"地铁站的出入口，而那个男人仍然不依不饶地紧跟在她身后。不一会儿，玛姬登上了站台，忐忑不安地等着列车进站。待列车来了之后，她先挪到车门旁侧，以便为下车的乘客们留出通道，随即她抬脚跨上了列车。

身着黑衣的跟踪者登上了她后面的那一节车厢。

就在列车快要启动的当儿，玛姬突然咕哝道："噢，不！我忘了带我的定量配给卡了！"她奋力推开人群，迅速挤到了车门旁边。就在车门行将关闭的一刹那，她赶紧钻出门缝，一下子跳回到站台上。

站稳之后，她回头看向那名跟踪者——他已意识到自己竟让她溜掉了，眼里似是要喷出火来。列车开走之后，玛姬的视线落到了铁轨的另一侧。只见几名纳粹卫兵正朝一群人吼叫着，吩咐他们将各自的行李放在站台的一头，然后再到站台另一头排队。身穿制服的卫兵们手中各牵着一只戴了皮项圈的大狗，低沉而响亮的狗吠声在地铁站的几面花砖墙间回荡着。被卫兵聚集起来的一群人中有男有女，有老有少，有富有穷。他们当中有些人看起来和其他人素不相识，有些人却是彼此的家人。人群中还有一些幼童正在号啕大哭。

"我口渴了，妈妈。"一个留着深色卷发的小女孩哭喊着说，"我想喝水！"

女孩的母亲转身向一名卫兵询问："我能为我女儿找些水来喝吗？"

"不行！"他怒喝道，随即用手中的枪托猛地撞向她的脸。

这女人踉跄着跌倒在地，抬起一只手来捂住了自己的脸。血顺着她的鼻子往下流淌。"我没事的，妈妈。"小女孩对母亲说。这时她已经止住了哭，也已全然忘记自己想要喝水这件事了。她和她母亲像是在一瞬间互换了彼此所扮演的角色，现在轮到她来安慰母亲了，"没事的，妈妈。"

他们是犹太人，玛姬突然意识到。她当然听说过柏林的犹太人被遣往犹太区或劳动营去的情形。可当她亲眼目睹的时候，却仍然觉得触目惊心。

这时又有列车进站了。车头后面拖着一串四四方方、呈铁锈红色的车厢。这压根儿就不是客运列车，而是用来运送牲畜的列车。

玛姬瞪着惊恐的眼睛，看着那群犹太人纷纷登上列车。玛姬还在人群中搜寻到了向母亲要水喝的那名小女孩的身影，并在她上车前朝她投去了最后的一瞥。待他们全都上车之后，玛姬发现每一节车厢里似乎都挤进了好几百人。

"别再看了。"一名年轻女人在玛姬身旁轻声说道。她是一名金发女郎，扎着一条粗辫子，双颊呈粉红色，脸上的表情略显尴尬。

那趟列车上没有厕所，玛姬意识到，也没有水。如果它是要开往波兰的某个犹太区，那么得花上好几天才能抵达目的地……玛姬实在没法将自己的视线转开。

伴随着一声尖厉的刹车声和一大团蒸汽，又一趟列车停在了玛姬面前的铁轨上。这时她意识到，上一班列车已载着那身穿黑衣的跟踪者，驶到离她好几英里之外的地方去了。她登上车厢，任由车门在她身后"砰"的一声关紧了。

. . . . ━━━ . ━━ . .

戈特利布知道，他得赶紧离开自己的公寓，情况十分紧急。

他以最快的速度将自己的文件、钱包和念珠放进了衣服口袋里，再戴上一顶黑帽子，并将帽檐拉低以遮住自己的脸，然后打开门准备离开。

不料几名纳粹党卫军的军官已经守在了门外。一见戈特利布开门出来，领头的军官立刻掏出了自己的枪。"你给我回到屋里去。"他发号施令道。

这时，住在走廊对面的凯勒夫人拖着脚步来到自家门边，将门打开了一道小缝，往外窥探着。她的狗开始狂吠。"嘘……安静点，凯撒！"她告诫道。她透过门缝看到，纳粹党卫军军官们跟着戈特利布进到了他的公寓套房，随即那里面传出了一声枪响。

片刻的寂静之后，凯勒夫人又听到对面传来了咒骂声和打砸家具的声音。随后她看到其中一名军官打开门，将戈特利布的十字架扔到了走廊上。凯撒在她脚边低垂着头，在惧怕中发出了"呜呜"的哀鸣声。

凯勒夫人轻轻把门关上，插上门闩，并挂上了防盗链。"过来，凯撒，"她一面轻声说着，一面蹲下来拍了拍小狗的脑袋，"现在我给你吃点东西，好吗？"

. . . . . ——— . —— . .

对于自己接下来该干什么，玛姬心里并没有明确的计划。随着列车驶过一个又一个车站，她始终弯腰驼背、一动不动地坐着。她知道，一直这么待在列车上，实在是一种疯狂而愚蠢的举动——盖世太保随时都有可能来到车厢里要求查看她的身份证明文件。

你得振作起来。等你回到伦敦之后，再将压抑已久的情绪痛痛快快地发泄出来吧，可现在还不是时候……她抬起头来看了看地铁的行车路线图，随即便意识到这趟车正在往北行驶。再过两站，列车就会抵达勃兰登堡门附近的波茨坦广场站，那里是四条地铁线路的交会处。她得在那里下车。这样一来，试图搜寻她的人就更难寻觅她的踪迹了。

玛姬在波茨坦广场站下了车。她始终低垂着头，脚步迈得很快。接下来，她又登上了下一趟进站的列车。当列车行驶到勃兰登堡门时，她发现自己竟然又来到了柏林市中心的米特区。

对了，查立特医院就在米特区。

而伊利斯就在查立特医院工作。

她能在不被人跟踪的情况下前往查立特医院吗？可我眼下已经黔驴技穷、别无他法了……接下来，她又搭乘一班列车来到了柏林中央火车站。下车之后，她从墙上铺着瓷砖的车站走出来，步入了正午耀眼的阳光之下。她看到车站外面伫立着一个公共电话亭，于是快步朝它走去。她打开电话亭的门，进到里面之后又将门重新关上。玛姬用颤抖的双手从手提包里翻出了几枚硬币，拿起了有着黑、银两种颜色的电话听筒。待她往投币孔里塞入了一枚硬币之后，拨通了伊利斯的工作电话——她那同母异父的妹妹曾在克拉拉的生日派对上,将这个号码写在一页纸上交给了她,而她已经将其牢牢地记在了脑子里。

"请为我转接米特区的查立特医院。"她对接线员说。快接电话,快接电话,快接电话!玛姬在心里迫切地催促道。

电话那头终于传来了一个声音:"你好,这里是查立特医院。"

"你好,"玛姬说,"能让伊利斯·赫斯接电话吗?她是一名护士。"

"请稍等,我这就为你转接。"

片刻的静寂之后,听筒里传来了另一个声音:"你好,这里是四楼的护士站。"

"你好,我想跟伊利斯·赫斯护士通话。"

"我不太确定她今天有没有来上班。"

"你能帮我确认一下吗?我有一些家庭紧急情况想要告诉她。"噢,这的确是"家庭"紧急情况呢,伊利斯。

又经过了一段漫长的等待之后,玛姬总算听到了一个让她备感安慰的声音,"喂?"

"伊利斯!我是玛格丽塔——玛格丽塔·霍夫曼。"

"我听出你的声音来了!"

"你还记得你曾说过,我无论有什么需要都可以给你打电话吗?"

"天哪!你受伤了吗?"伊利斯的声音听起来实在暖人肺腑。

"不是的。不过我需要你把我带进查立特医院去。我稍后再把具体情况解释给你听。"

伊利斯在电话另一头沉默了许久,时间长到以至于令玛姬以为对方已经挂断了电话。在一阵电流干扰声之后,伊利斯的声音终于再度响起:"你到医院后门来找我吧。我会尽快赶到的。"

. . . . . ——— . —— . .

玛姬在炙热的阳光下朝汉诺威大街对面走去,这时她身后突然传来了一个声音,"站住!"

她以饱受病痛折磨的关节炎患者所特有的姿态,艰难而迟缓地转过身去。

　　来者是一名警察。他看起来相当年轻，留着一头金发，脸上布满了痘痕。他看起来应该还不到十四岁吧？以他的年龄，还不能被派往东部战线去，玛姬意识到了这一点。"让我看看你的身份证明文件！"他命令玛姬。

　　玛姬始终低垂着头。她一面在心里默默祈祷，希望自己伪装出来的关节疾患、灰白色头发及驼背能够骗过他的眼睛。可另一方面，她也清楚知道，她的脸绝对没法鱼目混珠。不过，她同时也抱着一丝侥幸的心理：年轻人通常应该不会仔细察看一位老人的眼睛吧？在这纷乱芜杂的心绪中，玛姬的呼吸变得越来越急促。

　　她用戴着手套的手掏出了自己的钱包，然后在里面翻找相关的文件。在这个过程中，她的手一直在微微地颤抖着——她希望对方会以为这不过是由于年老体衰所导致的一种症状而已。玛姬知道自己已经惊动了纳粹党卫军，那么地方警局的情况又如何呢？她眼下所面临的仅仅是一次随机的例行检查呢，还是为了寻找她本人而进行的特别搜查？

　　这名年轻警察打开玛姬的身份证明文件之后，似乎过了一辈子那么久，他才终于开口说道："噢，没事了。抱歉给你添麻烦了，亲爱的夫人。祝你今天过得愉快！"

　　"谢谢。"玛姬头也不抬地回了一句，并在心里暗自庆幸自己戴了这么一顶有宽大帽檐的帽子。

　　她略微颤抖着深呼吸了几次，好让自己镇定下来，接着便拖着脚步继续朝马路对面走去了。

· · · · —— — · —— · ·

　　伊利斯果真信守承诺，她几乎和玛姬在同一时间赶到了查立特医院的后门。由于她是一路跑着过来的，所以此时还在大口大口地喘着粗气。

　　"我的上帝啊！"伊利斯一见到玛姬便惊喊起来，同时抬起一只手来捂住了胸口。玛姬知道自己现在的模样有多狼狈——灰头土脸、全身战栗、眼球充血，更不用说被涂抹成灰白色的头发和高高隆起的驼背了，所以伊利斯的反应完全在她的意料之中。

"不好意思，我现在遇到了一点麻烦……"

伊利斯四下张望了一番，确信她俩并没有引来任何异样的目光。只见她伸出一只手臂来搂着玛姬的双肩，好让人以为她正在帮助一位年长的病人，"跟我来吧。不过看在上帝的分上，你得一直把头低着才行。"

玛姬拖着脚步，跟着伊利斯穿过医院里的一条条走廊，来到了一个紧急疏散楼梯跟前。她俩沿着阶梯往上爬，楼梯尽头处有一扇门，门背后就是伊利斯和弗里达常去的屋顶。

"我们先在这儿待一会儿吧，没人能看见我们。"伊利斯说。听了这话，早已精疲力竭的玛姬在屋顶找了一块小小的阴凉处颓然坐了下来，背倚着墙。伊利斯也在她身旁坐下。

"如果我不是走投无路的话，是不会来麻烦你的。"玛姬说，"事实上，我需要一个藏身之处。我想，你或许能够帮我躲藏起来，也许还能帮助我离开德国。"

"发生什么事了？"由于过度紧张和担忧，伊利斯原本红润的圆脸一时间竟变得血色全无。

玛姬突然感到一阵内疚。她究竟要让多少无辜之人卷入自己的麻烦当中？"你对这件事知道得越少，就对你越好。我想再次申明一下，如果我还有别的选择的话，是绝不会来给你添麻烦的……"

"是利希特神父让你来找我的？"伊利斯打断了她。

"什么？"玛姬一脸困惑。利希特神父是谁？"不是的。"她摇了摇头，"我只是觉得……唔，你待我非常友善……"而且你是我同母异父的妹妹……

"弗里达跟你讲过关于我的事吗？"

玛姬皱着眉头问道："弗里达是谁？"

"算了，没什么。好了，我不知道我能不能帮助你离开这儿，不过我肯定能帮你藏起来。我们可以先把你的头发剪短，再把它们染成……"

"不,"玛姬坚持道,"我必须离开德国的缘由很复杂,并非因为我是犹太人。"说完她又用英语补充,"你瞧,我其实并不是德国人,我是英国人。"

伊利斯目瞪口呆地望着玛姬。"噢,不,"她惊喊道,"不!"她的脸变得更加苍白了。

"这是真的。"玛姬坚定地说。

接下来发生的事情是玛姬始料未及的。只见伊利斯突然大笑不止,由于她笑得太厉害,甚至还打起嗝来。"不!"伊利斯笑得喘不过气来,"不!这个玩笑太好笑了!肯定是医院里的哪个护士派你来捉弄我的……"

"我很抱歉,"玛姬说,"可这的确是事实。我知道这听起来确实难以置信,可是……"

伊利斯笑得更厉害了,甚至已接近于歇斯底里的程度,"你……你是一名间谍?"

噢,你真不愧是我同母异父的妹妹。"是的。"

"不,这不可能,我肯定是在做梦,"伊利斯说,"我得让自己赶紧清醒过来。"

"我知道这对你来说很难接受。"玛姬说。相信我,我真的明白你的感受。

伊利斯伸出手来,握住了玛姬的手,"放心,我会尽一切所能来帮助你离开这里。"

"那么,你能把我藏起来吗?然后再帮我找一台无线电收发装置,行吗?"

"当然可以,"伊利斯憔悴的脸蛋上又绽放出了笑容,"没问题。现在,我得赶在别人发现我们之前,先找个地方把你藏起来。"

这时,通往屋顶的门突然被打开了,她俩的神经也一下子绷紧了。不过当伊利斯看到来者是弗里达时,便又松了一口气。

"你和谁在一块儿啊?"弗里达喊道。

"不要紧,"伊利斯安抚玛姬,"她是自己人。"随即她对弗里达说,

"她是我的朋友，一个需要帮助的朋友。"

弗里达皱着眉头说："你打算把她也带到你家里去吗？你又找到一只迷失的小猫？"

伊利斯连日来所承受的压力终于在这时候爆发了出来，"我想提醒你，弗里达，别忘了你丈夫也是我的'迷失小猫'中的一员！"

"可是你在行动之前并没有把事情彻底地想清楚，伊利斯！至于那名飞行员，大家最终认定，他之所以从医院溜走，是因为他是一名逃兵。可你在带走他的时候，甚至想都没有想过他留下的那张空床将意味着什么。而且，我整日不断地被纳粹党卫军骚扰，他们总是想从我嘴里打探出恩斯特的去向。你到底有没有计划过，该如何把他们从你家阁楼转送到更安全的地点？而如今，你又想让……"弗里达以蔑视的眼神看了玛姬一眼，"她也和他们挤在一块儿吗？"

玛姬的心跳一下子加快了。

"那你要我怎么做呢，弗里达？拒绝为她提供避难所吗？如果我不收留她的话，她就必死无疑了！"

弗里达的脸上突然浮现出了一丝略显奇怪的笑意，"唔，那么我真为自己已和魔鬼订立契约而感到开心啊。"

"这是什么意思，和魔鬼订立契约？"

"就是把我心爱的丈夫托付给你，"弗里达没好气地说，"并且相信你能好好照顾他。"

"弗里达……"

"别再说了！"这名金发女郎将一只瘦削并且布满青筋的手举向空中，"我们之间没什么好说的了。"说完她就从门口走了出去，"砰"的一声关上了身后的门。

伊利斯和玛姬面面相觑。

玛姬能从伊利斯眼里看出，此时她正承受着巨大的精神压力。"已经没有多余的地方来让我藏身了吗？"玛姬感觉自己的最后一线希望就要落空了，"我不想将你或任何人置于险境当中。"

伊利斯把自己的手放在玛姬的手上。"不是的，"她说，"总会有足够多的空间来容纳需要帮助之人。"

· · · · ——— ·—— · ·

在圣海德维格教堂,伊利斯领着玛姬径直来到了利希特神父的办公室。他从办公桌上的文件中抬起头来,望着她俩。

"我已经猜到今天会见到你了,伊利斯,"神父说,"请把门关上吧。"

"神父,这位是玛格丽塔·霍夫曼小姐……"

神父顿时扬起了眉毛,一双眼睛在镜片后面瞪得大大的,"你就是玛格丽塔·霍夫曼?"

玛姬怔了一下,脑子飞快地运转起来。这个男人是谁啊?他怎么会知道她的名字呢?虽说他戴着神父的领圈和帽子,可这并不意味着他就一定是站在她们这一边的……

"是的,怎么了?"伊利斯应道。

利希特神父站起身来,"我很高兴见到你,霍夫曼小姐。伊利斯,你怎么会想到把她带到这儿来呢?"

"我只是在想,或许我能把她藏起来,就像我藏……"说到这儿,她突然住口,转变了话题,"不过神父,这次我也需要你的帮助。"

"我的孩子们啊,此事我们得从长计议。"他将双手合十,"不过在我们开始讨论之前,我建议我们所有人先一起祷告。"说完他低下了头,并且闭上了眼睛。玛姬和伊利斯也照做了。

"主啊!使我做你的和平之子,
　在憎恨之处,播下仁爱;
　在伤痕之处,播下宽恕;
　在怀疑之处,播下信心;
　在绝望之处,播下盼望;
　在幽暗之处,播下光明;
　在忧愁之处,播下欢愉。"

"主啊！使我少为自己求，
少求受安慰，但求安慰人；
少求被了解，但求了解人；
少求爱，但求全心付出爱。"

"因为
在赦免时，我们便蒙赦免；
在舍弃时，我们便有所得；
在死亡时，我们便得重生。"

"好了，"祷告结束后，神父如是说道，"现在我们来讨论一下，我们该如何处理眼下这个可说是相当不同寻常的情况。"

. . . . — — — . — — . .

在休的任务中，还剩下最后一个部分尚未完成。那就是：设法令克拉拉·赫斯相信"海神行动"已经成功完成了。马斯特曼的计划是由休来执行属于克鲁格的任务，或者说，至少让这个任务看起来已经执行完毕了。

接下来，休得用模板在一些大木箱的表面漆上骷髅标志，以及如下警示性标语：

危险！摄入有毒！

不得入口、入眼或接触皮肤。操作时务必佩戴防护面罩。

待上述工作完成之后，他将为这些箱子拍摄一些照片，然后把照片发给身在柏林的赫斯，证明克鲁格的任务已顺利完成。

不过，此时休的心里另有一些别的计划。

他需要一名搭档来协助自己完成这些计划。只见他拿起绿色胶木制成的电话听筒,给他在军情五处的朋友马克·斯坦迪希拨出了一通电话。"我需要你的帮助,老兄,"他说,"今晚你能暂时撇下妻子和孩子,出来陪陪我吗?"

"怎么了?"马克回答道,"你真的想出来找乐子,而不是围着你的女朋友打转吗?"马克曾在爱尔兰共和军爆炸案及温莎城堡一案中与休并肩作战——他对休与玛姬的关系知道得一清二楚,"那我们今晚就去'玫瑰与王冠'酒吧喝啤酒吧?"

"先去'玫瑰与王冠',然后我们再去找乐子,"休说,"找很多乐子。好了,就这么说定了。"

. . . . ——. ——. .

休和马克在"玫瑰与王冠"酒吧畅饮了数不清有多少罐的啤酒之后,来到了指定的库房——等着由休来上漆的大木箱就放在里面。这时,两个年轻人已经醉得不轻。

这间库房相当宽敞,里面的空气可不怎么新鲜。休按下了一个开关,天花板上的荧光灯全都亮了起来。马克的脖子上挂了一个由"二十委员会"配发的相机,两只手里还各拿着一罐"巴克利"烈性啤酒。休拿起了一块模板、一罐黑色油漆和一把漆刷。

"那么,现在我们要怎么做呢?"醉醺醺的马克有些站立不稳,"我们要把模板上的图案和文字印在箱子表面,然后再拍些照片来蒙蔽赫斯?"

休咧嘴笑了笑,他也有些步履蹒跚起来,"我还有一些更……有意思的想法。"

他将油漆罐放在地上,撬开了盖子。罐子里装着亮闪闪的黑色油漆,内中散发出一股亚麻籽油的气味。他把漆刷伸进浓稠的黑漆里蘸了一下,"现在,我亲爱的朋友马克,我会让你看看我的'即兴表演'——这是借用玛姬的说法。"

马克退后了几步,看着休开始在各个箱子表面刷上油漆。随着时间一分一秒过去，马克的一双眼睛越瞪越大。"你不是在开玩笑吧?"他终于提出了抗议，"我们不是应该用指定的模板给它们刷上油漆吗?"

"不，"强压着的怒火令休的眼神也随之阴郁起来，"我决定不这么做了。"

马克不由得举起了双手，"你一定是在开玩笑。你这样做无异于是在断送自己的职业生涯啊。"

"她杀了我父亲，"休幽幽地说，"还差点儿暗杀了国王并绑架了公主。"

"可她毕竟是玛姬的母亲啊。"马克口舌不甚利索地说道。

"没错，可她抛弃了玛姬。相信我，如果玛姬知道了我正在做的事情，她一定会表示赞同的。我的父亲——愿他的在天之灵能够安息——也一样。"他再度将刷子伸进油漆罐里蘸了一下，随即迅速将其取出。在这个过程中，他无意间将几滴黑色的油漆甩到了自己身上，"你把相机准备好!"

"你真是疯了!"马克就着手中的啤酒罐大喝了几口，将另一罐啤酒递给了他的朋友。"你要把拍下的照片交给马斯特曼，再由他设法让远在柏林的克拉拉·赫斯看到，然后……"

"然后我就终于能报仇了。或者说至少能小报一仇了。"

马克叹了一口气。他醉得太厉害，以至于已经没有力气继续跟休争论下去，"唔，你想怎么做就怎么做吧。"

"我的朋友……"休的脸上展露出了一个狂野而邪恶的笑容，"现在我又想到了一个绝妙的点子。"

第十七章

逃生计划

TAOSHENG JIHUA

她伸手接过来之后,迅速将其打开,心满意足地开始查看内中的照片。印入她眼帘的第一张照片是一个大木箱,其上赫然印着黑色的潦草字迹:
你于1914年在伦敦谋杀了休·汤普森先生。
看到这些文字后,她只是不动声色地眨了眨眼。

"阿勃韦尔"的负责人威廉·卡纳里斯上将拿起自己办公桌上的电话听筒，按下了"1"字键，以呼叫他的秘书，"你告诉赫斯女士，让她立刻到我办公室来。"

卡纳里斯在大多数人眼里都是一名极其神秘的人物。如今他已满头白发，一对浓密的眉毛也全白了，整个人看起来风度高雅、仪态翩翩。从表面上看，他是军事情报组织"阿勃韦尔"的头儿，可事实上，他却并未得到希特勒及大多数纳粹高级官员——包括党卫队副总指挥莱因哈德·海德里希、外交部长约阿希姆·冯·里宾特洛甫及他在"阿勃韦尔"的下属克拉拉·赫斯的信任。

事实上，卡纳里斯是暗中参与"德国抵抗运动"的成员之一。1939年9月，当这位上将前往波兰进行访问时，曾亲眼目睹了纳粹党卫军在那里犯下的残忍暴行。他还从"阿勃韦尔"的一些特工口中得知，希特勒本人曾直接下令在波兰全境实施为数不少的大规模屠杀事件。

在恐惧和震惊之余，卡纳里斯开始秘密参与反希特勒的抵抗运动。他将自己伪装成一名忠诚的纳粹分子，然后沿着仕途之路往上爬，最终得以被委任为"阿勃韦尔"的负责人，并借机招募了一批与其志同道合、决心推翻纳粹统治的有识之士。

卡纳里斯时常利用职务之便，对纳粹所搜集到的各种情报及假情报进行控制。从表面上看，他是克拉拉·赫斯的上级，可由于后者与希特勒及戈培尔之间存有千丝万缕的关联，他实则并无实权对她进行管辖。不过，基于眼下的情形，恐怕连这两位平素常为她撑腰的大人物也帮不了她了。

在等待克拉拉·赫斯的时间里，卡纳里斯任由自己沉浸在即将摆脱她的喜悦当中。

．．．．．———．——．．

克拉拉·赫斯并不常被卡纳里斯召唤。一直以来她都站在约阿希姆·冯·里宾特洛甫那一边，并在"阿勃韦尔"的政治和政策方面与卡纳里斯持对立态度——并且她也深知这位上将并不是自己的仰慕者。克拉拉往自己脸上扑了一些粉，然后又在唇上涂抹了一层深红色的口红。虽然内心带着几分不情愿，可她仍大步流星地朝卡纳里斯的办公室走去，并在自己身后留下了香奈儿五号香水的淡淡香气。

曾经的舞台表演经验，让她深谙隐藏内心恐惧的技巧，于是她高昂着头走进了卡纳里斯的办公室。后者一见到她，立即从宽大的办公桌后面站起身来，"希特勒万岁！"

"希特勒万岁！"

"请坐下吧，赫斯夫人。"

克拉拉落座后，挪了挪穿着高跟鞋的双脚，将两条裹着长筒丝袜的腿摆出了最优美的姿态。卡纳里斯也坐了下来，拿起了办公桌上的一个文件夹。"我们收到了一些照片，是你在英国的手下寄来的。"他说。

克拉拉面露微笑。她已经与克鲁格联系过了，并且知道一切都进展得非常顺利。"太好了，"她说，"我能看看那些照片吗？"

卡纳里斯将手中的文件夹递给克拉拉。她伸手接过来之后，迅速将其打开，心满意足地开始查看内中的照片。印入她眼帘的第一张照片是一个大木箱，其上赫然印着黑色的潦草字迹：**你于1914年在伦敦谋杀了休·汤普森先生**。看到这些文字后，她只是不动声色地眨了眨眼。

在接下来的一张张照片里，她看到的全是表面印着各式私人信息的木箱：**我已长大并接替了他的位置**。

我们曾在温莎城堡智胜了你，而现在我们又再度胜过了你。她一张张地翻阅着照片，神情依然平静，让人丝毫不能从她的脸上看出内心的想法。

紧接着，她看到了一张休本人的黑白照片。照片是从他的背后进行拍摄的，只见他的裤子被拉了下来，而他正用自己瘦削而白皙的臀部正对着镜头。

克拉拉合上文件夹，重重地咽了一口唾液。她把文件夹放回办公桌，并将其推回到卡纳里斯面前。后者伸手接过文件夹，随即戴上了一副眼镜，"克拉拉，鉴于你在温莎城堡的失利和眼下这搞砸了的任务，恐怕……"

"我派出的间谍叛变了。"克拉拉插嘴道，"他太软弱了，立场不够坚定……"

"可这次任务归你管，你得承担全部责任。"

"我希望他们能将他绞死，"她声色俱厉地说，"没必要在他身上浪费子弹。"

"克拉拉……"卡纳里斯将手中的文件夹放进了办公桌的抽屉里，并将其锁上，"我为自己不得不将接下来的这些话告诉你而感到抱歉：你已经犯了太多的错误。你身为女人，却在属于男人的战场上打拼，这本身就不恰当……"

"你别妄下结论！"克拉拉非常气恼地站起身来，"这事得交给戈培尔来定夺！"

卡纳里斯以一种对待孩童或小狗般的温和而坚定的语气回应道："已经结束了，克拉拉。我很抱歉。我已经跟戈培尔沟通过了。事实上，他在这件事上的看法竟与我不谋而合。"说完，他伸手按下了电话机上的一个按钮。

两名纳粹卫兵很快出现在了办公室门口。卡纳里斯朝他们点了点头，"请护送赫斯夫人上到那辆等着载她回家的车上。"

"我得先去一趟我的办公室，"她坚持道，"我今天晚上要去歌剧院，所以我得换身衣服。"

"你做事还真是有始有终呢。"卡纳里斯叹了口气说，"好吧，你可以先回你的办公室。"他又朝候在门口的卫兵点了点头，"等她换好衣服之后，你们让司机直接把她送到柏林歌剧院去。"说完他又转头看向克拉拉，"接下来我们会把你办公室里的私人物品打包好，尽快送到你家里去。"

她脸上带着一丝神秘莫测、近乎怜悯的笑意，眯缝着眼睛看向他，"遵命。"接着她便转身扬长而去。

. . . . ━━━ . ━━ . .

在圣海德维格教堂，伊利斯和利希特神父一致认为：玛姬应该去伊利斯家的阁楼里暂时躲藏起来。伊利斯说："我把阁楼清理和打扫出来，原本是为了藏匿那些孩子……"

"孩子？"玛姬有些不解地问道。

"他们是'儿童安乐死计划'的实施对象。"伊利斯解释说。

"什么？"玛姬感到更加困惑。孩子？安乐死？

"我本来不该告诉你这些事的，可是我实在受不了继续把这个秘密藏在心里了。纳粹党的医生们正在杀害被其判定为'不宜继续存活'的孩子们——失明的、耳聋的、患癫痫病的、患精神分裂症的……"

"等等……"伊利斯所讲的可怕之事，令玛姬突然想起了什么，"没错，戈特利布曾跟我讲过……关于盲人和聋哑人……可是，你怎么会和这些事扯上关系呢？"

"我曾在医院里见过那些孩子，"伊利斯说，"我见过他们当中一些人接受诊疗的情形。而且我还亲眼看到他们被送上黑色的巴士，并被带去诸如哈达马尔研究所之类的地方。在那里，他们被……"说到这儿，伊利斯突然住口，并重重地咽下一口唾沫。片刻之后，她又重新开口说道："我是一名目击者。眼下纳粹抵抗组织需要一些证据，以便公开谴责并废止这项由希特勒亲自批准的计划，而我正在设法搜集可作为证据的档案资料。"

玛姬不禁浑身一震，她想到了自己在奥贝格的办公室里发现的那些文件。或许，她在诸多简报中所看到的"处理对象"一词其实就指代的是孩子们。

她的头脑如同刚解开了一道数学方程式一样，顿时变得豁然开朗。"奥贝格先生就是那个计划的负责人，"她一面整理着思绪，一面缓缓说道,"至少是财务方面的负责人。"

"奥贝格先生?"伊利斯有些惊讶。

"是的。"玛姬若有所思地应道,"从表面上看,他是在负责'党和国家事务'的行政办公室工作。我看过他所负责的文件——其中涉及许多跟所谓的'处理对象'有关的信息。诸如'处理对象'被巴士送往哈达马尔研究所之类的地方。实质上,他负责的是……"说到这儿玛姬不禁有些不寒而栗,"那个可怕计划的具体实施环节,诸如支付巴士司机的薪金、维修巴士、给巴士加油……"玛姬掏出自己的手提包,找到了里面的"米尔德索特"香烟盒子。

"我们当中有一些人……"伊利斯看了看神父利希特,后者朝她点了点头,"希望能将这些丧失人性的人及其所作所为都曝光在天日之下。利希特神父和一些主教已就此事向教皇求助。可是根据德国政府1933年与罗马教廷签订的协定,天主教会不得对希特勒的政权进行任何干涉。或者说,我们至少不能在缺乏确凿证据的情况下,对其进行干涉。因为倘若没有证据的话,他们肯定会对其罪行予以否认。不过如果我们掌握了证据……"

倘若伊利斯所提到的这一小撮德国人能将纳粹的暴行曝光在其本国人民面前,那么玛姬所掌握的照片在他们手上,就比在英国人手上还能发挥更大的作用。因为如果是由英国人来曝光这些照片,德国民众或许会认为这不过是英国人出于政治动机的宣传而已。可倘若照片是由德国人——而且是神职人员——来曝光的话……

玛姬在心里默默地做出了一个决定。"这个给你们,"她从包里取出了间谍照相机,将相机里的胶卷暗盒拉了出来,"我设法拍到了一些奥贝格的文件,其内容主要与成本费用和'处理对象'有关。我想,它们或许对你们有用。"

利希特神父从她手里接过了胶卷暗盒。"感谢上帝,"他说,"当然,也要感谢你。"

伊利斯一把挽住玛姬的胳膊,"现在我们去你的藏身之处吧,接下来我们再好好地为你策划一个逃生计划。"

克拉拉·赫斯精神恍惚地走进了自己的办公室,然后将护送她回来的两名卫兵关在门外,还锁上了门。

现在是时候面对现实了:她的婚姻早就亮起了红灯。她和女儿之间的关系极其疏远淡薄。她的容颜日渐苍老。如今,她唯一能指望的东西——她的工作和她在纳粹党内的地位——也没了。不过她还有一些朋友——位高权重的朋友,而且今晚还有歌剧可以欣赏……

她为自己倒了一些杜松子酒。一饮而尽之后,她又倒了更多来喝。她唇上的口红沾了一些在牙齿上,下眼圈糊上了脱落的睫毛膏。不知不觉间,她已经空腹喝下了好些酒,人也变得不大清醒了。这时她往戈培尔的办公室拨出了一通电话:"我今天晚上会在歌剧院见到你,是吧,亲爱的?迈尔斯今晚将在你最喜欢的《罗恩格林》中担任指挥……"

戈培尔在电话那头清了清嗓子,"克拉拉,我知道你今天在卡纳里斯那儿遭遇了什么。我认为你最好能……"他暂停了一下,试着对自己的措辞进行一番推敲,"……在接下来的一段时间里保持低调。说不定还可以离开柏林去休个假。"

"什么?"

"拜托了,克拉拉……"

她眯缝着眼睛,语气坚定地说:"告诉我这是怎么回事。"

"现在,你已经……噢,我该怎么说好呢?……你已经在元首那里失宠了。我认为你现在越少出现在聚光灯下就越好。你也知道他是多么地反复无常。"

他仍继续往下说着:"你最好能安安静静地待在家里。对你来说,要孕育自己的孩子或许已经太迟了,但你也许可以考虑去'生命之源家园'领养一个孩子?"

一直以来都被人如众星捧月般追捧、倾慕、敬畏着的克拉拉,此时竟因内心的狂怒而一时有些语塞。不过她正是凭着自己凡事都不感情用事的特质,才一步步爬到了今天的位置,眼下也一样。"唔,谢谢你的建议，约瑟夫。"她对着话筒嗲声嗲气地说，"经过你的提点，我才发现自己还有好多事情需要思考呢。噢，我还想起了一件事……你知道玛格丽塔·霍夫曼的下落吗？"

"不知道，"戈培尔回答道，"自从她那天夜里从奥贝格家失踪之后，一直都去向不明。我们已经派人前去搜寻她了。别担心，我们会找到她的。"

"那么莱勒呢？"

"他起初拒绝被捕，随即又朝自己开了一枪。"

"你的意思是说他死了？"

"是的。可是，他的死好像令你感到有些心烦意乱，这是为什么呢？"

"也许我们只能借着他才能找到其背后那个更大的阻力环，这就是原因所在！"说完这话，克拉拉重重地放下了听筒。

她不会低着头在耻辱中度日，不会离开柏林，也不会收养任何孩子以求获得希特勒为尽忠职守的母亲们所准备的"德意志母亲十字奖章"①。

她拉开办公桌抽屉，从中取出了一支小手枪，这枪的枪柄由珍珠母贝制成。她在离开之前，还得先把阁楼里的未竟事务给处理了。

· · · · · ——— · —— · ·

伊利斯带着玛姬——后者仍顶着一头灰白色的头发和背上的隆起物——偷偷潜入家门，然后又领着她找到了家中的仆人专用楼梯。

"你在家里为人提供藏身之所，时间有多久了啊？"玛姬一面踮起脚尖上楼，一面问道。

---

① 希特勒采取了许多社会措施来鼓励纳粹德国的人口增长，其中一项措施就是提倡发扬纳粹的"为母之道"，这项措施通过铺天盖地的宣传攻势来要求妇女们尽可能地扩大家庭人口的数量。1938 年 12 月 16 日，希特勒制定了一项对所谓"为母之道"的新的奖励措施，尤其是对人口数量众多的家庭将予以重奖。这项奖励就是为拥有相应资格的妇女颁发"德意志母亲十字奖章"，分为三个等级：铜制（三级）、银质（二级）和金质（一级）。

"就从我母亲举办生日派对那天才开始的。事实上，我在那天晚上偷偷地带回了第一个人。"

玛姬吃惊地扬起了一侧眉毛，"你竟然在克拉拉·赫斯的派对上把一个人带回家里藏了起来？当时有那么多纳粹党人在场啊！"她从齿间吹出了一声口哨，"按英国人的话来说，你可真是'吃了秤砣铁了心'了啊，伊利斯。"

"'吃了秤砣铁了心'是什么意思呢？"

"等我们得以从这里脱身的时候，我再解释给你听。"玛姬突然停下脚步，一把握住了伊利斯的手，"你会和我们一起走，对吧？我们所有人都要一起离开柏林？"

"我也不确定，"伊利斯回答道，"目前我最大的愿望是能尽快让你们三个人得以离开这儿。至于说我自己……唔，我爱我的国家，尽管眼下这里的境况已经非常糟糕了，可我还是爱它。如果我离开了……"

"那么谁来收拾残局呢？"玛姬帮她补充道。她已经意识到伊利斯将会无惧危险，坚持留在柏林。"我明白了，"她说，"在你目睹了发生在这里的一切事情之后，你还想成为一名修女吗？"

"我时常想起自己曾在托马斯·阿奎所著的《神学大全》中看到过的一些文字。"

"抱歉，"玛姬说，"我对这本著作并不熟悉。"

"圣徒托马斯在书中写道：这世上既有全能的上帝，也有邪恶的魔鬼存在——因为全能的上帝拥有足够的能力令魔鬼改邪归正——只是我们并不确切知道他将在何时以及如何完成这样的举动。"

玛姬耸了耸肩，"如果这世上真有一位能将邪恶变为美好的上帝，我希望他能快点行动。"

· · · · ━━━ · ━━ ·

在伊利斯家的阁楼里，约翰坐在扶手椅上，恩斯特躺卧在地上的垫子上，两人都在读着各自手中的书。

伊利斯以事先约定好的敲门方式敲了敲门，随即将门打开。"先生们，我们有新客人了。"她说。玛姬跟着她进到门里。

玛姬看到坐在扶手椅上的男人从自己正读着的书页抬起头来。"约翰？"她大吃一惊。

他一脸困惑地眨了眨眼。

"天哪！"她解开自己的帽子，将其取下来扔在地上，随即放下了头发。她的头发披散下来之后，内中的红发更加显而易见。

他一下子瞪大了眼睛，"你是……玛姬？"

"约翰。"她向前迈进了一步，"你……你还好吗？"

他从扶手椅上站了起来，"我……你是怎么找到我的？"

玛姬和约翰就这样彼此对视了许久。

玛姬的心里像是打翻了五味瓶似的，一时间百感交集。最后，她终于义无反顾地抬脚朝他走去。就在她快要来到他身边时，却不小心被地毯的边缘绊了一下，一只膝盖重重地跪倒在地。

"噢！"她痛得喊出声来，发现自己竟站不起来了。

"小心一点。"约翰也跪在地上，向她伸出了自己的手。他的手看起来比玛姬记忆中的样子更为瘦削了，玛姬甚至还能看到手部皮肤下面的条条青筋。她竭力抑制住已经开始在眼眶里打转的热泪，一把握住了他的手。

"你看起来可真糟啊。"约翰一面感叹着，一面拉着她站起来，还用手指拂掉了她脸上的灰尘。

"你看起来还更糟。"玛姬反驳道。她说的是实话。约翰的头发已经变得斑白，眼睛下面有着明显的黑眼圈。巨大的精神压力令他的双肩耷拉了下来，背也不再硬挺了。"你看起来像是刚经历了一场恶战，或诸如此类的灾祸。"

"我遭遇的是后者。"

玛姬伸出双臂环抱着他。他身上散发出温暖而又带点肥皂清香的气息，和玛姬记忆中的约翰别无二致。他的身材依然精瘦而结实。他紧紧地搂着她，以至于她几乎有些喘不过气来。他俩都没有说话，可是两人之间却似有电流在涌动，令玛姬禁不住浑身颤抖起来。

他们一起坐在床上，十字紧扣，两张脸上都带着泪。"我们都以为……我也以为……"玛姬艰难地开口说道。

"你们以为我已经死了？"约翰紧握着她的手，不愿放开，"我差点儿就死了。可是我从未停止爱你。我也从未想过要放弃你。多亏了伊利斯……"

"天哪！"玛姬悲叹着，将自己的脸埋在了他的颈窝，然后伸手紧紧拥抱着他。噢，他就在这里，仍以血肉之躯——而非触不可及的幽灵——真实存在着。

"我爱你，玛姬。"他一面轻抚着她的头发，一面低声呢喃着，"我从来没有停止过爱你。"

泪水蜇疼了玛姬的眼脸。她想到了他们为约翰举办的追悼会。

"我也爱你。我想我们需要好好谈谈。不过，我们首先得设法从这里逃出去。"

恩斯特咧开嘴笑着说："显而易见，你们俩互相认识。"

伊利斯动容地擦拭了一下早已满是泪痕的脸，清了清嗓子说："我很抱歉打断你们，不过我们得赶紧行动起来。我有一个计划——我其实已经在脑子里对其斟酌了好一阵子了，我原本是想等约翰彻底康复之后再告诉你们的。"

"是什么计划？"约翰问道。

"你们知道，我父亲是柏林歌剧院的指挥，"她说，"他时常随歌剧团去外地演出，通常是在德国境内，不过有时候也会去奥地利。而这一次，他要去的地方是瑞士。"

"倘若我们要跟着歌剧团去那儿的话，得需要证件才行。"

"那倒不一定。"伊利斯深吸了一口气，"我有办法让你们离开柏林，离开德国，然后抵达瑞士。"

"是吗？这要怎么实现呢？"玛姬问道。

"请听我说，我的想法是把你们藏在歌剧团的乐器箱里——就是那些用来存放低音大提琴和定音鼓的大箱子，然后随着它们被运到苏黎世去。"

恩斯特、约翰和玛姬听了这个提议，个个都惊得目瞪口呆。"那些箱子能装得下我们吗？"待回过神来之后，玛姬如是问道。

"噢，可以的，"伊利斯点了点头，"过去我经常和朋友们在那些箱子里躲藏玩耍，我知道它们的体积应该能容纳得了一个成年人的身体。"

"那我们在里面能呼吸吗？"恩斯特问。

"我们得在箱子上凿些洞来透气。"

玛姬皱着眉头问："你真的认为你父亲会赞同你的计划？你母亲不是纳粹党内的高级官员吗？"

"是的，"伊利斯说，"你还记得他们在我母亲开生日派对那天的争吵吗？母亲的纳粹党身份令他们的关系非常紧张。其实，这也是我父亲不常待在家里的原因之一——我母亲变成了一个让我父亲难以忍受和接纳的人。在过去的几个星期里，他虽然一直住在家里，可却没和我母亲同卧一榻，总是睡在一间客房里。"紧接着，她以坚决的语气继续说道："再说了，在你们平安抵达瑞士之前，我没必要让他知道我们做了些什么。除此之外，我们还有别的选择吗？"

伊利斯的计划令玛姬感动而佩服。她真没想到这位同母异父的妹妹竟能想出如此好的点子来——尽管其中也蕴藏着危险。玛姬笑着说："我喜欢这个计划。我们现在就行动起来吧。"

. . . . . ——— . ——— . .

克拉拉·赫斯就站在他们隔壁的房间里，耳朵紧贴在将两个房间隔开的薄墙上。她刚刚听到的谈话内容令她意识到，她得根据眼下的最新信息赶紧改变自己的原定计划。

她踮起脚尖走到楼梯口，蹑手蹑脚地走下了阶梯。现在是时候出发去歌剧院了。

第十八章

真相近在咫尺
ZHENXIANG JINZAIZHICHI

伊利斯找到了那台无线电收发机,把它带到了阁楼上。玛姬从她手中接过这台装置,将其轻放在地上,然后打开了开关。尽管这台装置是德文版的,而且跟她以前用过的并不一样,不过它们却有着相同的部件:接收器、发射器以及电源供应器。

柏林歌剧院是一座相当宏伟的建筑，门前矗立着几根高耸的大圆柱，几面红色的纳粹旗帜被阵阵热风吹得噼啪作响。对伊利斯来说，这里仿佛是她的第二个家。自打她刚学会走路开始，就时常到这儿来观看由父亲指挥的歌剧排练或正式演出。

柏林歌剧院

伊利斯绕过正门，来到了歌剧院后面的后台入口。"你好，本茨先生。"她大声地向值班守卫打着招呼。本茨先生是一名已经谢顶的老年男子，正眯缝着眼睛、透过夹鼻眼镜阅读着纳粹党每周出版一次的《先锋报》。

"你好啊，亲爱的小姐，"马丁·本茨抬起手来，轻轻触碰了一下假想中的帽子，向伊利斯回应道，"你是来这里找你爸爸的吗？他们现在正在排练——在108B号房间。"

"谢谢你，本茨先生。"她略微欠身，朝对方行了个屈膝礼——这是他们多年来约定俗成的见面礼节，"很高兴再次见到你。"

伊利斯快步穿过歌剧院内的一条长走廊，径直来到了排练室门口。她看到父亲正站在一个小杂用箱上挥舞着指挥棒。他面前的乐谱架上摆放着一本厚厚的乐谱，其上有一些用铅笔做的标记。

管弦乐队刚演奏完《罗恩格林》的序曲，小提琴的高音延音如天籁般回荡着。只见赫斯压低指挥棒，保持原有姿势停顿了几秒钟，然后才回到了现实当中。待他从小杂用箱上下来之后，很快就发现了女儿。"伊利斯！"他张开双臂喊道。

"爸爸！"伊利斯像个小女孩一样，迎着父亲欢天喜地地跑了过去。

"你是来和我一起吃午饭的吗，我的小天使？"他问道，着手收拾起乐谱来。小提琴手们三三两两地聚集在一起聊着天，开着玩笑，并将手中的乐器放回箱子里。

"不是的，爸爸。我想求你一件事。准确地说，是好几件事。"

"你尽管说出来吧，小天使！"

"首先，我想来观看今天晚上的演出。"

他像挥舞魔杖一般舞动着手中的指挥棒，最后用其顶端轻轻敲打了一下她的头，"满足你的愿望是我的职责所在！"

"还有，我想带三个朋友和我一同来歌剧院。"

"当然可以。我会为你们准备好四张包厢座位的票。"

"另外，我还想跟着你一起去苏黎世。"

"什么？"赫斯有些惊讶，"你是说今天晚上吗？"

"没错，就在今晚。"伊利斯回答道，"我想……"她究竟该告诉他多少实情呢？"唔，是这样的，我想暂时和妈妈、还有医院保持一段距离。我认为，换个环境，再呼吸一点山上的清新空气，应该对我大有好处。"

"当然可以了，小天使。我会去为你买好火车票。你和我一起坐头等舱，旅途将会非常舒适惬意！"说完他吻了吻伊利斯的额头。

"谢谢你！"伊利斯脑子里已经开始盘算自己接下来要做什么了，

"我们今晚见吧。你真是天底下最好的爸爸！"

. . . . . ——— . —— . .

伊利斯刚一回到位于格鲁内瓦尔德的家中，便迅速而有效地行动起来了。

她先给医院打了一个电话，声称自己病得很重，在接下来的几天里都没法去上班了。然后她从父亲的衣橱里选出了两套正式西装，又从母亲的硕大衣橱里挑出了一件长礼服和一顶金色的假发。

在确保家中没人注意到自己之后，她拿上这些衣服，沿着楼梯上到了阁楼，然后以事先约定好的敲门方式敲了敲门。恩斯特为她打开了门。"我们要去歌剧院了！"她满心喜乐地宣布道，同时递出了手中的衣服，"然后我们就去瑞士。"

"什么？今天晚上就走吗？"玛姬问道。

"现在就走？"约翰补充道。

"是的，"伊利斯说，"你们准备好了吗？"

离开这里很危险，可留下来却更加危险。玛姬思索了片刻之后说："首先我们得找到一台无线电收发装置。"

伊利斯的脸色有些发白。她已经把这件事彻底忘到了九霄云外。

"别担心，"玛姬安慰道，"你母亲的办公桌下面就有一台。"

. . . . . ——— . —— . .

伊利斯找到了那台无线电收发机，把它带到了阁楼上。玛姬从她手中接过这台装置，将其轻放在地上，然后打开了开关。尽管这台装置是德文版的，而且跟她以前用过的并不一样，不过它们却有着相同的部件：接收器、发射器以及电源供应器。她对发射器上的摩尔斯电键进行了一番操作，并接通了一些连接线。完成后，她将收发机悬挂在窗户外面。

"天哪，"约翰不由得感叹道，"你可真是名副其实的间谍啊。"

玛姬转身轻轻拍打了一下他的脸颊，"没错。"她在无线电收发机后面坐了下来，打开它的电源，只见指示灯一下子就被点亮了。她戴上耳机，深吸了一口气。她开始回想自己与诺琳曾在位于贝克街的"特别行动委员会"办公室展开的那段对话。诺琳给了她一首"诗"，实则是《独立宣言》中的一段话——"人人生而平等，造物主赋予他们若干不可让与的权利，其中包括生存权、自由权和追求幸福的权利。"她从中挑选了五个词语来构成一个紧急联络代码：equalrightslifelibertyhapp，这串代码中的字母将与字母表中的字母一一对应。

在经历了战时柏林如同地狱般的光景之后，玛姬的"诗"中所提及的"生命"、"自由"、"权利"——尤其是"追求幸福的权利"——似乎已成了遥不可及的镜花水月。玛姬轻轻地敲打出了她的代码，并且提出了一项请求，希望次日中午有人能在瑞士苏黎世火车站来接走他们三人。

"你认为他们收到了吗？"伊利斯问道。她的脸色非常苍白。

"我希望如此。"玛姬说着便断开了先前接上的连接线，让收发机恢复成了最初的模样。

"那我们怎么才能知道他们有没有收到呢？"

"我们可以收听英国广播公司的音乐曲目。他们如果收到了，就会播放《一只夜莺在伯克利广场歌唱》。"

"我一直都很喜欢听薇拉·琳恩的歌。"约翰笑嘻嘻地说着，伸出手将玛姬从地上拉了起来。

"这可真令我感到开心，"玛姬吻了吻他的手，"因为我也很喜欢这首歌。"

· · · · · — — — · — — ·

"你们的身形尺寸很接近。"伊利斯在自己的浴室里将克拉拉的白色真丝垂褶礼服递给玛姬，嘴角露出了一丝自嘲的笑意。由于她自己体形丰满，所以每次借穿母亲的衣服时，总是觉得它们过于窄小。"你们的身材简直跟姐妹俩一样相似。"伊利斯满意地说。

噢，你离真相只有一步之遥了，伊利斯，玛姬心想。不过你无论如何也猜不出真相究竟是什么。

为了尊重玛姬的隐私，伊利斯让她独自待在浴室里洗净了头发上的灰烬，并换上了克拉拉的礼服。伊利斯去到自己的房间里换上了一件粉色的塔夫绸礼服。待她换好衣服之后，来到了玛尔蒂的镀金笼子跟前。"我不知道我会在什么时候回来，小家伙。"她对笼子里的鸽子喃喃说道。后者歪着头，盯着她看。

伊利斯打开了卧室的窗户。"我也有可能回不来了，所以现在我要放你自由。"她打开了笼子的门，"好了，快飞吧！"

弗里达的鸽子继续坐在它的栖木上，把头歪向身体一侧，用一双乌黑而闪亮的眼睛打量着伊利斯。

不一会儿，玛尔蒂从栖木上一跃而下，来到了打开着的笼子门边。给了伊利斯长久的最后一瞥之后，它扑打着翅膀飞向窗外。它停留在窗边的一棵苹果树上，对着伊利斯发出了一连串的啼啭，随即朝着铅灰色的天空渐渐飞远了。

"祝你好运，小鸟儿。"伊利斯低声说道。她知道，只要自己能确保恩斯特是安全的，那么弗里达一定不会介意她放飞玛尔蒂这件事。

· · · · — — — · — — · ·

他们在阁楼将无线电收发机调至英国广播公司的广播频率，然后将耳朵贴近喇叭。最后，他们终于在嘈杂的电流干扰声中听到了一个极其细微的声音，那是一句献辞，旨在表明他们先前发送的信息已在伦敦被收悉，"我们要把这首歌献给霍尔普阁下。"在一段婉转的长笛演奏之后，薇拉·琳恩的歌声传了出来："一只夜莺在伯克利广场歌唱……"

玛姬和约翰四目相对。"你也喜欢这首歌？"他带着笑意在她耳边低语道。

玛姬闭上双眼，靠在他的怀里，"是的。"

"那么，看来我们得把这首歌选为我们的婚礼伴奏了，亲爱的。"

她笑着在他脖子上轻啄了一下。"我们快要回家了。"她呢喃着说。两人吻在了一起。

"咔哒"一声响，门被打开了。"家里现在有仆人在，"伊利斯轻声说道，"如果有人问起你们是什么时候来我家的，我们就说你们刚来一会儿，而且来的时候没被任何人注意到。还有，你们来了之后，就一直待在我的房间里没出去。"她用护士对待病人时那种耐心而又细致的态度继续说道，"从现在开始，你们的伪装身份是德国的贵族，歌剧开始前，你们聚在我家小酌了几杯香槟酒。约翰，你得保持沉默。倘若有人问你什么，我会向他解释说你是一名德国空军飞行员，由于患上了炮弹休克症，所以暂时无法开口讲话。

"等大家都准备好了之后，我们就下楼去吧。我家的司机会开车载我们去歌剧院。票已经准备好了，待会儿我们直接去售票处取票就行了。"她依次看了看面前的几张脸，"你们准备好了吗？"

"准备好了。"恩斯特回答道。

第十九章

克拉拉·赫斯
KELALA·HESI

在第一次世界大战期间,当纳粹"司克辛"集团试图拉她入伙的时候,她自然是毫不犹豫地接受了。他们需要她,而她自己也有着被人需要及被人认可的强烈渴求。就这样,间谍活动和音乐演唱如同毒品一般,令她深陷其中、欲罢不能,而她也借着它们摆脱了以往生活的阴影。

柏林歌剧院的新巴洛克风格剧场装潢考究，深红色、乳白色和金色三种颜色交相辉映。四个朋友并排坐在剧场的包厢座位上，聆听着瓦格纳为《罗恩格林》中"天鹅骑士"那一幕谱写的优雅序曲，或者说他们正努力这样做——剧场里身着军礼服的纳粹党卫军军官和驻守在各个出口的武装警卫令他们没法不分心。

克拉拉在后台一面踱步，一面思忖着。倘若她不能再做歌手，也不能成为受宠于元首的纳粹高官，那么她只能成为一名投靠英国的叛徒。英国人一定会欢迎她以及她所知道的那些秘密。这样一来，她依然能在历史舞台上成为一名带有传奇色彩且受人称颂的女主角。

"等我离开之后，他们会想念我的。"她喃喃自语道，"约瑟夫一定会为他推我出局而后悔不已的。就让他们等着瞧吧。"

在克拉拉还是个孩子时，经常得面对双亲的争吵。她父亲是一名粗暴而又残酷的律师，身为退役芭蕾舞演员的母亲则过着放纵的生活。后来她的父母离了婚——这在当时是一宗影响力极大的丑闻——而她在法庭上选择与母亲同住。然而她万万没想到的是，母亲竟会在不久之后死于梅毒。由于母亲亡故，父亲又拒绝接纳她，年幼的克拉拉被送去了祖母位于奥地利的农场。她在那儿勉强能混口饱饭。后来，她凭借着自己从娘胎里带来的金嗓子，总算得以脱离原本惨淡凄凉的环境。也正是借着这副金嗓子，她得到了大多数人都无法企及的名声与财富。

在第一次世界大战期间，当纳粹"司克辛"集团试图拉她入伙的时候，她自然是毫不犹豫地接受了。他们需要她，而她自己也有着被人需要及被人认可的强烈渴求。就这样，间谍活动和音乐演唱如同毒品一般，令她深陷其中、欲罢不能，而她也借着它们摆脱了以往生活的阴影。可她不曾想到的是，过去永远不可能被人彻底遗忘。

由于她是剧团指挥的妻子，所以即便她贸然出现在后台，也不会引来任何人的干涉。"需要我为你搬张椅子过来吗，亲爱的夫人？"一名舞台监督问道。

"不用了。"她挥了挥手，漫不经心地回应道，依旧沉浸在思考中。

克拉拉以犀利的目光扫视了一下观众席的包厢座位区。她一下子就在自己通常选择的座位上发现了伊利斯，还有那名犹太男人和飞行员。这时克拉拉颇为警觉地将眼睛眯缝了起来——那个和他们坐在一起的女人是谁？她看起来简直就像克拉拉本人的复制品一般——身材高挑、一头金发。克拉拉不禁感到一阵眩晕，仿佛看到了一个幽灵似的。还有，那女人身上穿的礼服是克拉拉的吗？莫非她是……玛格丽塔？

玛格丽塔此时就坐在伊利斯身旁。伊利斯认识玛格丽塔吗？伊利斯还知道些什么？她那愚蠢的女儿究竟将自己搅进了怎样的乱局当中？克拉拉曾在自己的书房里发现伊利斯和玛格丽塔待在一块儿……或许弗里达并未完全透露或并不完全知道伊利斯所做的全部事情。此时虽不情愿，但克拉拉却不由自主地在心里涌起了一丝对女儿的敬意。

她伸手摸了摸手提包里的枪。它还安然躺卧在那儿，准备在关键时刻发挥作用。

· · · · ——— · —— · ·

当整出歌剧的最后一个音符消失之后，整个剧场都响起了雷鸣般的掌声。伊利斯低语道："快跟我来。"其余三人跟着她走下疏散楼梯，来到了一扇门前。伊利斯打开了门，里面是一道通往后台区域的斜坡。穿着演出服、带着妆容的演员们正因刚才在聚光灯下的卖力演出而汗水淋漓。他们体内的高水平肾上腺素尚未消退，正兴奋地彼此交谈着。

伊利斯认出了其中一名舞台监督，他从头到脚全都穿着黑色的服装。"你好，舒尔茨先生，你知道我父亲在哪里吗？"她开口问道。后者指了指身后一扇关闭着的门。"我们走吧。"伊利斯通知其余三人。

一行人来到了乐手云集的排练室。"我们到这儿来干什么？"玛姬低声问道。

"他们正在打包，因为他们今晚就要搭乘火车前往苏黎世。你就等着瞧好了，"伊利斯压低声音回应道，"相信我吧。"

玛姬发现自己当真发自内心地对这位同母异父的妹妹充满了信任。

伊利斯看到父亲正与乐队的首席小提琴手聊得热火朝天。"请容许我打断你们一下，"她将一只手放在了迈尔斯的手臂上。"我们能借用一下你的办公室吗？我的一位朋友得打一个电话。"她指着玛姬、恩斯特和约翰，对父亲如是说道。

"当然可以了，我的小天使。"迈尔斯心不在焉地回应道，"给你钥匙。"

"谢谢你，爸爸。"伊利斯朝她的三位朋友挥手示意，"跟我来！"

. . . . ——— . —— . .

迈尔斯·赫斯的办公室很宽敞，地上铺着厚厚的地毯，墙上挂着装饰油画，家具上都铺着天鹅绒垫子。办公室的窗户下面正好是御林广场。伊利斯打开灯，径直朝她父亲的办公桌跑去。"噢，它在这里！"她惊喊道。

她的反应令玛姬、约翰和恩斯特三人都有些摸不着头脑。

伊利斯跪在地上，打开了一个皮革材质、边角钉有加固木条的"日默瓦"牌大行李箱。箱子表面贴着印有不同酒店标志的贴纸：伦敦朗豪酒店、开罗米娜会所酒店、巴黎特里亚农之旅酒店……

"父亲每次出差的时候都会把他的管弦乐谱放在这个行李箱里面，"她解释道，随即打开了厚重的箱盖，开始将一叠叠捆绑好的乐谱从中取出，并一一堆放在办公桌下面，"这个箱子很大，因为我父亲总是喜欢将每一种乐器的乐谱都装在里面，以备不时之需。唔，来吧，帮我把这些乐谱都取出来！"

"可是这个箱子至多只能容纳我们当中的一个人啊。"玛姬提醒道。

"确切地说，它只能容纳你一个人，"伊利斯对玛姬说，"因为你是三人当中个头最小的一个。"

他们不过花了几分钟的时间便将行李箱彻底清空了。"请等等。"

玛姬说。她从手提包里掏出一支钢笔，在箱子侧面戳出了一些孔洞。随后她又在办公室里找了一堆报纸放进箱子里。她红着脸说："当我在间谍营接受集训的时候，大伙儿都认为我憋尿挺厉害的，希望他们的看法是正确的。"

伊利斯神情严肃地凝视着玛姬，"你准备好了吗？"

"已经准备好了。"玛姬毅然回答道，"如果可以的话……等我们到了苏黎世，我想和你谈谈。我们得好好谈一谈。"

"你想和我谈什么？"伊利斯看起来一头雾水。

无论玛姬想把真相告诉伊利斯的愿望有多强烈，她也清楚知道，现在还不是做这件事的时候。"等这段过了以后再说吧……我们现在要考虑的事情已经够多了。"她和约翰亲吻道别，随即钻进行李箱里，把身子弯折了起来。

伊利斯吻了吻她的面颊，"祝你好运，亲爱的玛姬。等我们所有人都上了火车，并且在火车开动之后，我会再来看看你们的情况。"

说完这话，伊利斯合上了行李箱的盖子。

． ． ． ． ． ━━ ． ━━ ． ．

伊利斯领着约翰和恩斯特回到了现已空无一人的排练室，然后为他俩各找到一个大小合适的乐器箱。两个男人打开各自的箱子，在其上戳出了透气孔，继而将内中的乐器取出并放到了一个储物柜里。伊利斯走过去将排练室的门锁上，协助约翰钻进了一个竖琴箱，而恩斯特则进到了一个装定音鼓的箱子里。这两个大箱子底部都带有滚轮。

任务的第一阶段到此业已完成，伊利斯转而去寻找父亲。她看到他正与一名她认识的男人聊天。此人是沃尔弗里德·鲍尔先生，他是一位著名的军火制造商。伊利斯满脸带笑地溜到父亲身旁站定。

"哇哦！"只听得鲍尔先生惊呼道，"这位就是你那可爱的女儿吧，她都已经长得这么大了啊！"

"没错。"迈尔斯不无骄傲地点了点头，"而且我很乐意告诉你，她是一名护士，在查立特医院工作。"

"那么如果我以后遇到什么紧急医疗事故的话，就知道该给谁打电话了！"鲍尔先生因自己的机智笑话而开怀大笑起来。不过伊利斯可没被他的笑话逗笑。这时她隐隐嗅到了一丝香奈儿五号香水的气味，于是一转头，看到母亲已经来到了他们近旁。

"嗨，亲爱的，"迈尔斯吻了吻妻子戴着手套的手，"我可没想到你今天晚上会过来。"

"赫斯夫人，您看起来真是一如既往地美啊，"鲍尔先生边说边弯腰亲吻她的另一只手，"要是今晚由您来演唱埃尔莎的戏份就好了。不过依您在纳粹党内的作风来看，您和奥特鲁德倒更为相似。"

"谢谢你。"克拉拉涂着深红色口红的嘴唇展露出了一个笃定的笑容。

"嗨，妈妈。"伊利斯的脸上血色全无，她实在没料到母亲竟会出现在这里。

"亲爱的，"克拉拉看着丈夫，"现在我们可以出发了吗？"

"出发？"伊利斯不由自主地屏住了呼吸，"你要和我们一起走吗？"

"当然了，宝贝儿，"她柔声说道，伸出一只手来轻抚着伊利斯的脸颊，"无论如何我也不想错过这趟旅行。"

第二十章

背叛
BEIPAN

她一路尾随着女儿前行,只是始终与之保持着一段距离,以确保自己不至于出现在伊利斯的视线之内。当她看到伊利斯与年轻的卫兵一起跳摇摆舞的场景时,不禁因女儿竟胆敢跳这被禁止的舞步而惊骇不已。

赫斯一家坐在列车头等车厢的红色天鹅绒座椅上，车厢的隔间门上方贴着一个纳粹骷髅标志。克拉拉将身旁的遮光窗帘合上，打开了暗光灯。

在窗帘被合上之前，伊利斯看到车窗外一直有卫兵在巡逻。她重重地咽下一口口水，将一双戴着手套的手交叠着放在大腿上。不一会儿，列车发动了引擎，伴随着车轮和轨道摩擦所发出的"嘎吱"声，以及烟囱喷出滚滚汽浪和浓烟时的"嘶嘶"声，列车很快驶离了车站。她在自己胸前画了一个十字，然后闭上双眼，开始为藏在行李车厢内的三个朋友默祷。她希望他们所藏身的箱子都受到了搬运工人的温柔对待，而她也认为自己在这件事上极有可能如愿以偿——尽管德国人未必会善待人类，但对于那些用以演奏瓦格纳歌剧的乐器，他们大抵会怀着敬意，当心地去对待。

"我看你好像还戴着你的十字架哩，宝贝儿。"克拉拉在隆隆作响的引擎运转声中说道，并揭开了脸上的面纱，将其掀到帽子后头去了。由于车窗被遮光窗帘遮蔽得严严实实，所以车厢里的空气很闷。克拉拉又说："你的纳粹十字形项链去哪儿了？你应该知道，我可为它花了好大一笔钱呢。"

"它和我现在穿的连衣裙不太搭配。"伊利斯设法为自己辩解。此时她正在心里暗自琢磨着：母亲脸上为什么洋溢着蒙娜丽莎似的微笑？她为什么要和我们一道离开柏林？

"那可真是太可惜了。"克拉拉嘟囔着说。

车厢的隔间门上响起了一记敲门声。"指挥家先生！赫斯夫人！赫斯小姐！"一名列车员打开门后朝他们鞠了一躬，"我在这里听候你们的吩咐。你们需要我为你们送些饮料过来吗？"

"请给我一杯白兰地。"克拉拉不假思索地说。

迈尔斯思忖片刻之后说:"我要一杯咖啡。"

"请给我一瓶芬达汽水。"伊利斯说。她一直在想着行李车厢里的三位朋友,她知道他们一定很渴了。

待列车员离开之后,克拉拉带着讥讽的笑意对伊利斯说:"你得当心一点,碳酸饮料可能会给你带来麻烦。"

"什么?"伊利斯有些吃惊。难道母亲已经读懂了她的心思?

"别那么紧张,宝贝儿,"克拉拉笑着拍了拍年轻女孩的膝盖,"我指的是你的腰围。碳酸饮料的含糖量那么高……难道你不觉得你身上的连衣裙显得略微紧了些吗?我认为你再瘦些就更好了。"

听了这话,伊利斯才又恢复了正常的呼吸节奏,"我知道了,妈妈。"

. . . . . —— —. —— .

玛姬蜷缩在有着丝质内衬的行李箱里,缓慢地呼吸着,并试图让自己放松下来。她在比尤利庄园曾学到过,可以用数数的方法来让自己在危险的境况中保持平静。于是她便数起数来,从一数到一百,再到一千,然后再从头数起。她试着不去想自己正在抽筋的双腿和渐渐变干的嘴唇,也努力不去考虑来自膀胱的压力。我今天怎么会让自己喝那么多水呢?她开始默念起圆周率来——待她凭着记忆数到了小数点后几乎一百位时,又转而开始默想费马定理的证明过程。

工人们在搬运她所容身的行李箱时,动作可不怎么轻柔,不过还好她没受伤,而她对此着实心存感恩。尽管她在箱子里并不能听到太多来自外界的声音,但她能感觉到列车的引擎已经启动了。我们很快就能到瑞士了,她思忖着。我真希望约翰和恩斯特都没事——希望他们没在搬运过程中受伤,或遇到什么比这更糟的事情。

待在这个漆黑又局促的密闭空间里,她觉得自己仿佛置身于一个狭小的棺材里似的。别想那些没用的了,霍尔普。还是继续思索如何证明费马定理吧。当整数 $n > 2$ 时,关于 x, y, z 的方程 $x^n + y^n = z^n$ 没有正整数解。那么为了证明这一点……

. . . . ——. —. .

时间一分一秒地过去了，好几个小时过去了，列车在夜晚的德国乡村飞驰着。

迈尔斯将头往后靠在带有白色花边的头枕上，很快就发出了柔和的鼾声。

克拉拉脱下帽子和鞋子，将一双裹着长筒袜的腿盘起来压在身子底下，"试着小睡一会儿吧，宝贝儿，"她建议道，"毕竟等我们到了瑞士之后，还得疯狂购物呢。"

伊利斯顺从地闭上了眼睛，却竭力让自己保持清醒。待她听到母亲的呼吸节律发生改变时，便悄悄站起身来，抓起那瓶芬达汽水和一个开瓶器，蹑手蹑脚地溜出了隔间。她沿着车厢的通道快速行走着，用一只手扶着车厢壁以保持身体平衡。夜已经很深了，大多数的乘客都在睡觉，没人留意到她。同时，她也没有引起车上卫兵们的注意。

当她快要走出行李车厢前面的最后一节乘客车厢时，有人突然挡住了她的去路。此人是一个身着列车员制服的年轻男子。确切地说，他不过是个大男孩而已，恐怕还没到该长胡子的年龄呢。只见他正低头盯着自己的两只脚，一面念念有词地数着数，一面练习着舞步。伊利斯一眼便认出了他所跳的舞步——这是摇摆舞中最基本的舞步。他一面迈着舞步，一面用两只手臂比画出搂着一名假想舞伴的动作。

当他无意中抬起头来的时候，发现伊利斯正盯着自己看，顿时窘迫得满脸通红，"你到这后面来干什么？"

"你跳得不错嘛，"伊利斯说，"我……我是一名乐手，我落了一些东西在我的乐器箱里，现在正要去取。"

他的脸变得更红了。"你不能去行李车厢，这是被禁止的。再说了，乐手们不是应该把乐器都带在自己身边吗？"他又补充道。这倒是真的，那些使用小型乐器的乐手们的确是这样做的。柏林歌剧院甚至还为每一名大提琴手额外买了一张火车票，以便他们能将自己的乐器带在身边。

"可是，你知道吗，"伊利斯用力地眨了眨眼，"我是演奏竖琴的。我可没法把那么大的一个家伙带在身边呢，所以就只好把它放在后面的行李车厢里了。"

"可你为什么拿着一瓶汽水呢？"

伊利斯可没料到他会问这个。她又眨了眨眼，"今晚的演出可让我渴坏了。"

她说的话并不能让这个男孩信服，"把你的身份证明文件给我看看。"

伊利斯笑了笑，"让我来教教你正确的舞步吧。"她将汽水瓶放在地上，抓起男孩的一只手，将其放在自己的腰间，随即又抬起自己的手臂搂住了他的背。"五六七八……"她开始轻声数起了节拍。

他们就这么跳起舞来，男孩看起来有些尴尬。"瞧，这其实也不像你想的那么难，"伊利斯说，"当你迈出摇摆步时，腰的扭动幅度别太大了。对了，就是这样。很好！"接下来，他俩的舞步配合得更加和谐了，"现在把你的肩膀再挺起来一点，没错，这就对了！"这下他们和着伊利斯数出的节拍，跳出了近乎完美的舞步。男孩在舞蹈的结束环节带着她转了个圈。可他却没怎么处理好，以至于一时间两人的舞步都有些乱了。

"看来收尾的部分还得另开一堂课来专门练习，"伊利斯笑着说，"我想我现在可以进去了吧？"

男孩对她展露出了一个容光焕发的笑容，"别在里面待得太久。"当他说出最后一个字时，声音有些嘶哑。

"继续练习吧。"伊利斯以漫不经心的姿势拿起自己的汽水，"你很快就能学会如何举起舞伴及进行后空翻的。"

她轻轻推开了通往行李车厢的门，抬脚走了进去。车厢里非常昏暗，唯一的光源不过是头顶上的一盏蓝色荧光灯而已。伊利斯在堆得满地都是的行李之间穿梭着，最终来到了她父亲的行李箱跟前。她弯起手指，用指关节轻轻地敲了敲箱子表面，然后打开铜扣，掀开了箱盖。

"噢，谢天谢地，你终于来了。"玛姬低声说道，同时坐直了身子。

她一面转动脖子，一面环顾着四周的情形，"约翰和恩斯特怎么样了啊？"

"我正要去看看他们呢，"伊利斯回答道，"你还好吗？"

玛姬伸展了一下手臂，然后试着站直了腿，不禁面露痛苦之色，"我没事。我们去找他们吧。"

她俩一起搜寻着原本用来存放竖琴和定音鼓的箱子。找到之后，她们赶紧打开箱盖，让约翰和恩斯特也出来舒展了一下四肢。

"你们还好吗？"伊利斯关切地问道。

"我想喝点水。"约翰说。他在阴影里看起来宛如一个幽灵。

"我只带来了汽水。"伊利斯举起了芬达汽水瓶和开瓶器，"为了不引起任何人的怀疑，我只能带这个来给你们喝了。"

她打开了汽水瓶，随即将它递给玛姬，可玛姬却转手将其递给了约翰。"你是伤员，你先喝吧。"玛姬提醒道。

"可你刚经历了长途劳顿的奔逃。"他柔声说，又将汽水瓶递回给玛姬。

恩斯特不由得嘟囔起来："噢，你俩何不来个深情的接吻，以此来缓解口渴之苦呢？"说完他一把抓起汽水瓶，将瓶口凑到嘴边，喝了一大口。

约翰和玛姬也轮流喝了些汽水。这对情侣各自坐在一个行李箱上面，一脸傻笑地对视着。毕竟他们已经在回家的路上了。

"还有多久才能到？"约翰问道。

伊利斯看了看手表。"还有大约六个小时，"她答道，"恐怕现在你们得回到各自的藏身之所去了。不过等我下次再见到你们时，你们已经自由了。"她莞尔一笑，"这可真像是电影中的情节啊，不是吗？"

"不过剪辑师总是会将电影里那些冗长无聊的情节给剪掉，不是吗？"玛姬一面说着，一面回到了自己的行李箱里。

恩斯特抬脚跨入了乐器箱，"不过，比起坐着火车被送去布痕瓦尔德集中营，我倒更宁愿待在一个定音鼓箱子里前往苏黎世去。"

听了这话，所有人都默不作声了。

"唔，倘若把我们的这段经历拍成电影，由海蒂·拉玛来扮演玛姬，由吉恩·蒂尔尼来扮演我的话，她们一定会展现出无穷的魅力。"伊利斯低声说道，"不过眼下我们还是姑且把全副精力都集中在前往瑞士这件事上吧。"

．．．．．———．——．．

克拉拉不过是装作睡着了而已，其实她非常清楚地知道伊利斯已经离开了他们所在的车厢隔间。

她一路尾随着女儿前行，只是始终与之保持着一段距离，以确保自己不至于出现在伊利斯的视线之内。当她看到伊利斯与年轻的卫兵一起跳摇摆舞的场景时，不禁因女儿竟胆敢跳这被禁止的舞步而惊骇不已。待伊利斯步入行李车厢之后，她便躲在隐蔽处观望着。不一会儿，她看到伊利斯从行李车厢走了出来，并沿着乘客车厢的通道往回走，这才意识到自己的女儿做了什么——她肯定是将那三个人藏在乐器箱里了。伊利斯竟能凭着一己之力将她的朋友们藏匿起来！只有上帝才知道这孩子的内心会因此而体会到多大的喜乐。

克拉拉可没时间同那名卫兵跳舞。"给你。"她盯着他那双瞪得圆圆的蓝眼睛，将几张德国马克塞进他手中，"你给我待在外面。"他惊得目瞪口呆，一句话也说不出来，只是默默地看着她大摇大摆地走进了行李车厢。

这里遍地都是乐器箱。

她从左边开始，将地上的箱子一一打开。每每发现内中并无异常之后，她又怀着受挫的情绪，粗暴地将其关上。

玛姬在自己的箱子里听到了外面的动静。她意识到有人正在将车厢里的箱子逐一打开进行检视，同时她也能确定那个人并不是伊利斯，而且那个人很快就会来到她所藏身的箱子跟前。关于如何应对类似于此的情况，她在脑子里回想着自己在英国阿里赛格集训营里所学到的内容。你得保持镇定，小姑娘！她想起了那名苏格兰教练以抑扬顿挫的语气说出的教导之辞。无论你遇到什么情况，都要保持镇定！绝不能精神

崩溃!

她认为,一动不动地等待似乎显得过于被动。无论外面那个人是谁,对方终究是会找到她的。在这种情况下,她所具备的唯一优势,便是出其不意地主动出击。待她听出那人已来到离自己很近的地方时,用尽全身的力气将行李箱的盖子从里面猛地掀开。那名搜索者跟跄着后退了几步,随即重重地跌坐在地,背靠在一个锥形的日默瓦行李箱上。

"赫斯夫人?"玛姬喃喃地说,"克拉拉?"在看到克拉拉脸上的表情之后,她又说道:"母亲?"

"玛格丽特·霍尔普,"克拉拉扬起一侧嘴角,展露出了一个笑容,"你现在一定有满腹的问题要问。不过,首先你得知道这一点——我从来不曾想过要伤害你。"

"我的确有一个问题想问你,"玛姬说,她竭力让自己的头脑保持冷静,以便想出办法来阻止克拉拉找到约翰和恩斯特。赶快想啊,玛姬,快想啊!你得让她开口说话,从而将她拖住。最后,她终于开口问道:"你为什么要生下我?"

克拉拉摇了摇头,"我不过是奉'司克辛'集团的命令行事罢了。他们认为这样能巩固我和你父亲的关系——仅仅和他结婚还不够。"

"这么说,我之所以来到这个世界,不过是因为纳粹'司克辛'的指令使然?"

"是的,这是我的任务的一部分。"克拉拉用一只手揉了揉太阳穴。

"可是你却离开了英国。"

"如果我留下来的话,你将永远置身于险境当中。而且我知道你父亲一定会好好照顾你的。"

玛姬苦笑了一下,"唔,这可不一定。还有,关于那起交通事故……你是如何令所有人都相信你已经在事故中丧生了的?"

克拉拉不无得意地笑着说:"我收买了一名在陈尸所工作的职员。他将一名女性死者资料上的信息篡改成了我的。死者是一个金发的年轻妓女,生前没有家人,也没有朋友,所以此事做得神不知鬼不觉。自那之后,我就离开伦敦去了格里姆斯比市,在那里……"

"一艘U型潜艇①把你接走了。"

"哇哦，没错。"克拉拉说。

"你还打算以同样的方式带走伊丽莎白公主。"玛姬突然意识到了这一点。

"你怎么知道的？"

"因为我当时就在那儿跟她待在一起。"

克拉拉有些吃惊地扬起了一侧眉毛，随即打开了自己的手提包。借着车厢里的蓝色荧光灯所发出的微光，玛姬看到她从包里掏出了一把有着珍珠母贝枪柄的手枪。只听她继续说道："我的那个人生阶段现在已经结束了。"说着她便将手中的枪举了起来。

"你要朝我开枪吗？"玛姬问道。

克拉拉打量着她，摇了摇头。

"带上我和你一起去伦敦，"她把枪递给玛姬，"我对他们来说会非常有用的。"

玛姬接过了她手中的枪，可一时有些摸不着头脑。"你想去伦敦？"她将信将疑地问，"他们会在那儿把你绞死的。"

"不会的。"克拉拉坚定地说，"我手上掌握了他们所需的大量珍贵信息。"

伴随着一阵轻微的动静声，那名年轻的卫兵走进了行李车厢。他迅速拔出抢来，打量着面前的两个女人，"这是……？"

"天哪。"他压低声音，打开了手中那把瓦尔特手枪的保险。

"把你的枪放下。"玛姬平静地说。

"不。"男孩的眼神中充满了恐惧。他开始倒退着朝车厢门走去，玛姬非常清楚他打算做什么——先关上车厢门，插上门闩，然后再向人求助。这样一来，玛姬和她的另外两名朋友将于列车抵达两国边境前几小时被全数捕获。

---

① 德国U型潜艇是"二战"中最神秘的武器，偷袭是它唯一的战术，因此U型潜艇又被称作"海上之狼"。

"别走!"她喊道,"求你了,请不要走。"紧接着她向前迈进了一步,"我不想朝你开枪。我也不想伤害你。"

他用手中的枪瞄准玛姬的胸口,飞快地扣下了扳机。随着"砰"的一声枪响,玛姬的丝质礼服上顿时出现了一团殷红如玫瑰的血渍,并迅速晕染开来。而就在同一时刻,她振作起精神,用克拉拉给她的枪对准年轻的卫兵,连开了三枪。由于她是训练有素的特工,所以枪法实在是无可挑剔。第一枪击中了男孩的额头正中,后两枪则击中了他的心脏。

子弹的冲击力令年轻卫兵的身体失去了平衡。他眼里的生命气息渐渐消失殆尽,随即瘫倒在地。

玛姬的白色真丝礼服几乎被完全染成了红色——上面有她自己的血,也有那名年轻卫兵中弹时喷溅出来的血。谁能想到人体内的血竟然会有如此之多。

伊利斯回到了位于头等车厢的隔间,却发现母亲并不在那儿,于是便折返回来。待她推开行李车厢的门,看到眼前的场景之后,惊得站在原地无法动弹。

"好极了,亲爱的,你可真不愧是你母亲的女儿。"克拉拉看着玛姬赞叹道。她一转头看到了伊利斯,"啊,伊利斯,你也来加入我们了,这可真是太好了。"

"你杀死了他,"伊利斯以尖厉的嗓音指着玛姬喊道,"你竟然杀死了他。"然后她问克拉拉,"你在这里做什么?"

"难道你还不知道吗?你朋友弗里达背叛了你,她向我揭发了你在阁楼里做的那些勾当。"

玛姬大口喘着粗气,因身上的枪伤而痛得跪倒在地,她的礼服下摆完全浸泡在了一摊黏稠而殷红的血水里。

玛姬杀死了他。她杀死了一个男人——确切地说是一个男孩。她之所以这么做,是因为她曾接受过这方面的训练——她不过是遵循"索利"的教导而行罢了。"别对德国人手下留情!""索利"曾在比尤利庄园说过这样的话,而他那低沉响亮的声音此刻正萦绕在玛姬耳边。可是玛姬不曾想到，这个被她杀死的德国人竟如此年轻，如此不堪一击。"伊利斯，"面对着惊恐万状的伊利斯，玛姬的声音越来越微弱，"我……"

伊利斯依然处于震惊状态，不过她先后将恩斯特和约翰从他们所藏身的乐器箱里放了出来。恩斯特迅速评估了一下眼前的情况，快步来到玛姬身边，脱下了自己的外套。"有我在，你不会死的。"他坚定地说，同时用手中的外套压住了玛姬身上的弹孔，"我是一名医生。我们离成功脱逃只有一步之遥了。"约翰跪在玛姬身旁，紧紧地握住了她的一只手。

"你在这里做什么？"伊利斯再次问克拉拉。

"我要跟着你同母异父的姐姐一起去伦敦，宝贝儿。现在是时候开始我人生的第三幕了。"

玛姬抬起头来看向伊利斯，只见后者惊讶无比地张大了嘴，还瞪圆了眼睛，像看着一个怪物似的盯着自己。就在两人目光交会的那一刹那，玛姬体力不支，瘫倒在地。

第二十一章
神父被捕
SHENFU BEIBU

当纳粹党卫军意识到他们没法从神父嘴里得到任何信息时，便决定将他送到达豪集中营去。这天纳粹党卫军用厢型车押送着至少二十名囚犯前往格鲁内瓦尔德火车站，利希特神父就是其中之一。

玛姬睁开了眼睛，满眼所及之处全都是白茫茫的一片。她虽然浑身乏力，但内心却平静而又喜乐。在短短的一瞬间，她竟不知自己身在何处，甚至忘了自己是谁。不过片时之后，所有的回忆便如潮水般地全都涌入了她的脑海。

她环顾了一下四周，看到了白色的寝具、涂着白色瓷漆的窗框、四面白墙、白色的窗帘，还看到了在窗外湛蓝色天空中飘荡着的几朵白云。周围一片寂静，刚洗净的床上用品所散发出的清新气息弥漫在空气中。她整个人因体内吗啡的作用而有些迷糊。就在这时，她看到一名身着白大褂的年长护士正朝自己走来。来者神情友善，身材丰腴。"请问你是霍尔普小姐吗？"护士彬彬有礼地问道。

玛姬点了点头。没想到这样一个小小的举动却在她全身上下引发了一连串的疼痛反应，疼痛的中心似乎就在腹部。

护士来到玛姬的病床前站定，她的灰白色头发上戴着一顶白燕尾帽。"霍尔普小姐，"她用法语说道，"现在你正置身于瑞士苏黎世大学医学院的病房里。你的右侧肋骨受了枪伤，所以你得好好休息一段时间。不过医生们认为你最终应该能痊愈的。"

"其他人怎么样了？"玛姬虚弱无力地问道。

"他们都还活着。斯特林先生和克莱因医生已经回到伦敦了，赫斯小姐回柏林去了。"

噢，伊利斯！玛姬想道。当伊利斯看到玛姬射杀了那个男孩时所流露出的惊骇且憎恶的神情，以及当她得知她俩是同母异父的姐妹时吃惊不已的模样，都在此时一一浮现在了玛姬眼前。

玛姬转过脸去，"那赫斯夫人呢？"

护士摇了摇头，"这里有一位从英国来的先生。我想，他会把其余的事情告诉你的。"

"我……我在这里待了多长时间了?"

"你是昨天被送过来的。"

一想到发生在列车上的那一幕幕场景,玛姬迄今仍心有余悸。我现在成什么样子了?她在心里想着。她低下头来看了看自己的双手,现在它们已经被洗净了,可她似乎仍感觉得到手上沾有滚烫且黏稠的鲜血。她突然一把抓过放在床头柜上的搪瓷盆,对着它呕吐了起来。她的胃里空空如也,所以吐出的都是苦涩的黑色胆汁。

在玛姬剧烈呕吐的过程中,那位护士一直用两只手扶着她的双肩。待玛姬缓过气之后,护士又为玛姬端来了一杯凉水,并用一块湿毛巾为玛姬擦了擦脸,然后将一块枕头塞在她背后。"击中你的那枚子弹现在仍在你的身体里面。"护士提醒她。玛姬伸手摸到了自己身上的弹孔,又将手指伸到里面去探了探。没错,她能摸到那枚嵌在肉里的子弹。"医生将在今天晚些时候为你取出子弹。"护士继续说道,"别担心,这不过是个小手术而已。"

"不用了。"

护士一脸吃惊地望着她,"不用了?"

玛姬脸上的神情坚定而决绝,"我已经决定了,就让它留在里面吧。"

这时,一个人影出现在了病房门口。来者是弗兰克·纳尔逊先生,他是"特别行动委员会"的主任。"请让我们单独待一会儿。"他一面取下头上的圆顶硬礼帽,一面对护士说。"需要我为你做些什么吗,霍尔普小姐?你想喝点水吗?需要我去医院的自助餐厅为你带一杯茶过来吗?"

玛姬想起来了,在她从伦敦临行前,纳尔逊先生曾让自己为他沏过一杯茶。如今,那件事仿佛已经过了一辈子那么久了。噢,这整个事态是如何发展到这一步的呀?她想道。不过,此时她的内心已不能感受到丝毫快乐,只剩下了全然的麻木。

纳尔逊关上门,病房里就只有他和玛姬两个人了,"利希特神父将你拍摄的那些包含大量信息的照片全都交给了冯·普赖辛格主教和克莱门斯·奥格斯特·格拉夫·冯·盖伦主教。"

"那么主教们将会怎么做呢？"

"他们会在今天的大弥撒仪式上演讲，届时他们将把实情公布出来。纳粹抵抗组织的成员们今晚就会前往德国全境，派发关于本次演讲内容的宣传单，同时还会造访德国军方，让他们也知道真相。如此一来，希特勒及其同党谋杀孩童的秘密将会大白于天下。"

"戈特利布·莱勒怎么样了？"玛姬并不怎么在乎自己的安危，但她却清楚知道戈特利布和利希特神父这两位英勇之士的处境有多么危险。

"说到莱勒，我很难过地告诉你，他已死于纳粹之手。或者，更确切地说，他是在纳粹党卫军找上门去的时候自杀的。比起被纳粹严刑逼供来说，他更宁愿选择前者。另外，据我们所知，利希特神父目前仍是安全的。"

戈特利布已经死了？"可他是一名天主教徒啊。他应该不会自杀的，因为他把自杀视为一种不可饶恕的大罪。"

"他之所以这样做，是为了拯救整个秘密抵抗组织。"

"可是根据天主教的教义，他这样做是会下地狱的。"

纳尔逊耸了耸肩，"或许在莱勒看来，他在柏林所经历的一切比地狱中的景况还更糟。不管怎么说，上帝在对他施行审判时，无疑会考虑到他为大局着想的动机，对吧？"

玛姬沉默不语。戈特利布死了。列车上的那个德国男孩也死了。她在地铁站见到过的犹太小女孩和她的妈妈大概也死了。伊利斯……一想到这个名字，她不由得感到一阵痛楚袭上心头。纳尔逊从床头柜上的搪瓷水壶里倒了一杯水递给她，可她挥了挥手，表示自己目前还不想喝水。

"霍尔普小姐，"纳尔逊开口说道，"你把你获取的信息交给莱勒所在的纳粹抵抗组织，这实在是再正确不过的决定。倘若我们将这些信息在英国公开出来，我们非但不能从中得到太大的益处，反而还会招致适得其反的效果——民众会认为这不过是一种政治宣传手段，对其予以忽略。可是，一旦它们能为德国的纳粹抵抗组织所用，再加之德国的主教们也开始积极揭露纳粹的作为……那么这些信息就发挥了极其重大的作用。你所做的，虽然违反了我们的规则，不过这的确是一记妙招。你干得不错！"

"我不在乎这算不算得上是妙招。"玛姬强忍着在眼眶里打转的泪水，"那些基于残忍的'人道主义死亡计划'而进行的谋杀，已经停止了吗？"

"还没有。"纳尔逊回答道，"不过依照目前的情况来看，用不了几天，它就会被官方宣告终止的。但是在非官方的层面上……"他耸了耸肩，"希特勒和他的同党什么事都能干得出来。我相信如今你也深知这一点了。"说完，他带着略显悲伤的笑容望着玛姬。

玛姬仰头望着病房里的天花板，被泪水模糊了双眼。她满脑子想着奥贝格的文件中所提到的"处理对象"——那些可怜的孩子们，想着已经死去的戈特利布、依然还活着的伊利斯和约翰、逃亡中的克拉拉……

"那么……"玛姬一时不知道该如何称呼她接下来要提到的这个人，"……赫斯夫人怎么样了？"

纳尔逊拖动一把金属椅子，在玛姬的病床旁坐下了。"赫斯夫人平安无事。"他回答道，"她是纳粹党的高级官员，在柏林拥有庞大的人脉关系网。她本该回德国去的，不过她却有意投靠我们。"

"什么？"玛姬简直不敢确定自己的耳朵。

"我们也很惊讶。毕竟，她曾被列入了丘吉尔的头号通缉犯名单。不过在她那个破坏伦敦饮用水源的阴谋失败之后……"

"破坏伦敦饮用水源的阴谋？"

纳尔逊笑了笑，"这可是机密信息，霍尔普小姐，恐怕我不能将其详情告知于你。不过我可以明确地告诉你，克拉拉·赫斯目前正被拘留在英国。确切地说，她已经被送到了伦敦塔里，而她将在那儿接受审问。"

"那她以后会怎么样呢？"

"她将会被监禁起来。倘若她愿意为我们工作的话，方能保住自己的性命。不然……"

两人都静默地思索着，倘若克拉拉拒绝合作，等待她的将会是怎样的命运。纳尔逊从衣兜里掏出了一个银色的香烟盒和一个打火机，"你介意我在这儿抽支烟吗？"

"没问题，我不介意。"

他点燃一支香烟，随后盯着香烟顶部阴燃的部分看了好一会儿，才开口说道："她还提出了一个非同寻常的请求。"

"是什么请求？"

"她希望能由你来对她进行审问，霍尔普小姐。"

"我？"

"没错，是你。"

玛姬不由得沉默了。

"坦白地说，我怀疑这是她玩的一种花招，"纳尔逊继续往下说，"丘吉尔先生也是这样想的。不过，在你跟她谈话之前，我们没法知道她的葫芦里究竟卖的什么药。"

"我是不会跟她说话的，"玛姬没好气地说，"我甚至希望自己永远不要再见到她。你明白我的意思吗？"

纳尔逊将手中的烟头丢进了床头柜上的一个杯子里。烟头一碰到杯子里的水，发出了"嘶嘶"的声响。这时纳尔逊站起身来，"你现在好好休息吧，霍尔普小姐。今天你先放松放松，我们已经为你订好了明晚飞回英国的航班。"说完，他转身准备离开。

"我不会跟她说话的，决不！"

"放轻松一点，霍尔普小姐。"他在病房门口减慢步速，如是说道。

"等等！"她喊了一声，"约翰怎么样了？"

"斯特林先生很好。事实上，他已经返回伦敦了。"

"那恩斯特呢？"

"我们设法让他也去了伦敦。"

"伊利斯呢?"玛姬用很小的声音问道,"她真的已经回柏林去了吗?"如果伊利斯已经回到了柏林,那我就没机会跟她说话并向她解释……

纳尔逊点了点头,"没错,她认为柏林需要她。"

听了这话,玛姬以为自己眼里会涌出泪水。可是她的眼眶却依然干涩不已。"好了,你走吧。"她说。纳尔逊还在她的病房门口踌躇着,玛姬一把抓起床头柜上的杯子,朝纳尔逊扔去。杯里的水和烟灰全都飞溅了出来。"快走!"

· · · · ——— · —— · ·

伊利斯坐在圣海德维格教堂里的一张靠背长椅上,参加大弥撒仪式。

教堂里已经挤满了人——女人们都穿上了她们最好的礼服裙,并戴上了帽子,男人们全都西装革履。不时有人对幼童们发出"嘘"声,示意他们安静下来。空气中弥漫着蜡烛和香燃烧的气味。教堂的窗户上全都钉着木板,室外的光线通过木板边缘的缝隙透了一些进来,照在教堂的地板上、靠背长椅上以及会众成员们的脸上。

当冯·普赖辛格主教站起来准备演讲的时候,人群中响起了阵阵窃窃私语的声音。

主教站在教堂的穹顶之下开始演讲。他刚一开口,伊利斯就知道他要谈论什么了——他已从利希特神父那里获知了关于查立特医院和哈达马尔研究所的机密信息,而他已经决定要对"人道主义死亡计划"进行公开谴责。

主教接下来的讲话内容也同样直言不讳。在演讲快要结束的时候,他提到:"上帝的神圣诫命之一'不可杀人'已被打破。倘若这种大规模的屠杀行为不仅被容忍,而且还被允许继续施行下去,那么我们德国就有祸了,而且全人类都有祸了。"

整间教堂里的听众都面露震惊之色,一时间鸦雀无声。

女人们的脸颊上有泪水在流淌,男人们神情肃穆、面色苍白。坐在后排的一名老年妇女甚至晕厥在地。两名接待员赶紧上前把她扶了起来，然后把她带到教堂外面去呼吸一点新鲜空气。

冯·普赖辛格主教将双手合十，"让我们开始祷告吧。"

伊利斯跪在地上，低垂着头。她为格蕾特尔祷告，为她在巴士上所见到的那名耳聋的小男孩祷告，也为所有惨遭杀害的孩子们祷告。

她原本还想为玛姬和母亲祷告的，可着实想不出该说什么好。

冯·普赖辛格主教的演讲内容被印成传单，并在柏林境内广为分发。克莱门斯·奥格斯特·格拉夫·冯·盖伦主教及天主教会其余高层人士也纷纷举办演讲，公然抵制"人道主义死亡计划"，而他们的演讲内容也被印成了传单，并在德国各地派发。

英国宣传部从利希特神父所属的秘密抵抗组织那儿得来了一些演讲传单，他们对传单进行了大量复制，并将其空投到了德国各城市及各个德国占领区，好让那里的人们都知道德国政府正在杀害无辜孩童。自此之后，哈达马尔及其他一些用来施行"人道主义死亡计划"的地点频发暴乱。

阿道夫·希特勒将在位于慕尼黑的"宫廷酿酒屋"①发表演讲，他曾于1920年在同一地点颁布了纳粹党的纲领性文件——《二十五点纲领》。当年他的听众们为他欢呼喝彩，然而眼下——二十年后的今天，人们却板着脸，默默地等待着他们的元首。

聚集在"宫廷酿酒屋"内的纳粹党高层们情绪极为低落。"我的元首，"戈培尔开口道，"你确定你现在要这样做吗？"戈培尔非常清楚地知道人们为何在此时聚集起来。他们中的大多数人都曾有过一些亲戚或朋友死于哈达马尔研究所或其余医学研究所，且无一例外地收到了装在黑色骨灰瓮里的死者骨灰。

"我的人民需要我，"希特勒回答道，他将一绺垂在额前的头发拂向脑后，"或许他们自己并没有意识到这一点，但他们的确需要我。"

戈培尔知道自己不该对此予以反驳。"是的，我的元首。"他低头

---

① 德国慕尼黑的一个酿酒厂，由州政府拥有。历史上它曾是巴伐利亚王国的皇家酿酒厂。

附和道。

希特勒大步走上了阳台。

下方的人群突然安静下来。不一会儿,从人群后部发出了一记柔和的嘘声。

紧接着,人群中的嘘声此起彼伏地响了起来,音量也越来越大,"嘘!嘘!"希特勒对他的听众怒目而视,以为他们会被自己的目光所慑服,从而停止他们正在做的事情。可是他们并没有停下来,而他也渐渐失去了镇定。

他用自己特有的具备催眠作用的目光打量着人群,可这一次没有人被他的眼神所蛊惑,也没有人感到害怕。

他们迎着他的目光继续发出嘘声。

元首张开嘴想要说些什么,转瞬却又闭口不言了。人群中的嘘声仍在继续,而且一浪高过一浪。突然间,希特勒硬生生地转过身去,快步离开了阳台。

待人们意识到发生了什么之后,都开始欢呼起来。他们为冯·普赖辛格主教而欢呼,为冯·盖伦主教而欢呼,也为他们自己而欢呼。他们坚持了自己的立场,他们拯救了自己的亲人和朋友们。在他们离开"宫廷酿酒屋"之前,没有忘记彼此庆贺一番:"安乐死计划将会终止,我们的孩子安全了。"

希特勒将戈培尔、鲍曼、海德里希和希姆莱召集至"宫廷酿酒屋"内。"我想逮捕并处死冯·普赖辛格主教!"元首以尖锐刺耳的声音喊道,还歇斯底里地踱着步子。他将两只手背在身后,用力地将十指紧扣在一起,连指关节也有些发白了。他狂怒不已,额上青筋暴突。

他突然停下脚步,挥手将桌面上的物品用力一拂——台灯、青铜雕像和茶杯全都掉在地上摔碎了。随后他又猛地拉开了储物柜的门,再重重地将其推过去关上,以此来宣泄内心的暴怒。

"我的元首,"戈培尔以带有安抚性质的口吻提议道,"你想喝杯茶吗?"

"不!我只想立刻将冯·盖伦主教和其余的神职人员全都给铐

起来!"

"我想站在同事和朋友的立场给你一点建议。首先,我认为你目前的想法是不明智的。"戈培尔的脸因为内心的惧怕而有些苍白。

希特勒跌坐在一把椅子上,将头埋在两只手里。他对大众心理的错误预期,令他备感愤怒和受伤。此时此刻他的感受,与一个向来受人溺爱的孩子生平第一次受到责罚时的心情极其相似。

"他们竟然对我发出嘘声,"他喃喃地说,"我的子民竟然对我发出嘘声。这样的事从来不曾发生过!他们怎么能对我做出这样的事情来?"他的眼睛里流露出了憎恨和受伤的目光,"我可是他们的元首啊!"

"如果我们逮捕并处死冯·普赖辛格主教、冯·盖伦主教和其他高层神职人员的话,"戈培尔说,"他们就成了殉道者。你也知道,我们的巴伐利亚州拥有极其强大的宗教基础。倘若那些主教遭遇不测,你就有可能失去相当大的一部分支持力量,也有可能会失去罗马教皇的支持。目前他尚且保持沉默,不过……"

希特勒坐直了身子,"教皇会继续缄默下去的,他向来如此。那么,你的建议是什么?"

"我们可以公开宣布废止'人道主义死亡计划'。当然,它将以秘密的方式继续施行下去。那些神职人员显然对种族优生学乃至经济学都一窍不通,可是目前我们得通过在表面上让步的方式来安抚他们。"

希特勒笑了笑,"我们会给他们一点颜色看看的……"

"是的,我的元首。等我们赢得了战争的胜利,就能好好教训他们了。"

"等这一两代人逝去之后,德国将不再有神职人员,而耶稣也将被人所遗忘。"希特勒原本紧绷着的身体渐渐开始放松下来。他继续对戈培尔说:"圣海德维格教堂的神父,就是和冯·普赖辛格主教共事的那一个,他叫什么名字?"

"他是约翰·利希特神父,我的元首。"

希特勒将两只手摆成了拱顶形状,"总得有人为这件事付出代价。倘若现在还轮不到主教,那么就让那名神父来吧。立刻下令逮捕他!"

莱因哈德·海德里希拥有许多头衔：党卫队副总指挥、警察上将、帝国安全办公室主席以及波希米亚和摩拉维亚保护国①长官。此外，他也是一名运动好手——击剑、拳击、越野跑样样精通。只要有可能，他总是喜欢让自己动起来。正是由于他本人的这一爱好，再加之保密的需要，他常常喜欢骑在马背上与人进行会谈。

现在天色尚早，人们还没开始一天的工作，可是天气却已经有些热了。蜘蛛在草丛上织了好些网，凝结在蛛网上的露珠晶莹剔透，闪着微光。海德里希与人称"犹太人的沙皇"的阿道夫·艾希曼一起策马奔走蒂尔加藤公园的树丛。两人都身着传统骑马装：表面覆盖着黑色天鹅绒的头盔、类似西装的骑士服、马裤、耐磨的皮手套、黑色长筒马靴和一端有握圈的短马鞭。他俩各骑着一匹血统高贵的种马。

"昨天我见过戈林，"海德里希坐在他的名贵马鞍上说道，"他想知道我们在处理关于犹太人的问题上进展如何了。"只见他紧抿着嘴唇，"你也知道，这事儿没那么好办。没有任何国家愿意收容他们，甚至连英国也是如此。至于国力雄厚的美国，我们曾用圣路易斯号客轮遣送了一些犹太人去那儿，可自那之后他们便不再同意收容更多数量的犹太人了。"

艾希曼用马靴的鞋跟踢了一下马腹，好让自己能跟上海德里希，"我曾设法将三千名犹太人偷偷运去了英国。不过，你也知道，与整体的犹太人数量相较，这不过是沧海一粟而已。"

"我们的马达加斯加项目进行得怎么样了？"海德里希问道。

"我们原以为能轻松战败英国，所以才策划了这个项目，可谁也没想到英国竟能负隅顽抗这么久。眼下我们要对付英国的海军舰队，所以没法抽调足够多的船只来运送犹太人。"艾希曼的马发出了一声嘶鸣，

---

① 是纳粹德国在捷克斯洛伐克西部（今捷克共和国，但不包括当时德裔人占多数的苏台德区）建立的傀儡政权。1939年3月15日由希特勒亲自宣布成立，并随着纳粹德国投降而灭亡。

向后转动了一下耳朵，同时加快了步速。

"波兰的'种族清洗'工作进行得如何啊？"

"事实上，效率不太高——对犹太人进行枪杀是非常耗时的工作，且在无形中增加了行刑士兵的精神压力，有损士气。可不管怎么说，鉴于犹太人的数量非常巨大，倘若我们不能将其赶走，就必须得找到合宜的方式来对待他们。"

海德里希拉了拉自己身下那匹马的缰绳，试图让它慢下来。这马有些不情愿地甩着尾巴，但最终还是服从了主人。海德里希说："你来给我讲讲'人道主义死亡计划'的情况。"

艾希曼耸了耸肩，"这个计划已经被公开废止了。当然，它仍在暗中继续进行着。如今那些被判定为'不宜继续存活'的犹太人皆以秘密的方式被毒药毒死或被饿死——而不是像从前那样被毒气熏死。"

海德里希若有所思地说："我们何不对'人道主义死亡计划'进行一番改进呢？我们或许能想办法提高效率。"

"请继续说下去。"

"比方说，倘若我们采用起效更快、效果更强劲的毒物，我们就能以更快的速度灭绝犹太人了。"

"我们可以在这件事上求助于梅内克公司，"艾希曼说，"我听说他们正用一种名为齐克隆B的强效药剂，在布痕瓦尔德集中营的吉普赛人身上进行实验。我们将来或许可以借助这种药剂来实施'人道主义死亡计划'，不过问题的症结在于我们应该采用什么方式来使用这种药剂。"

海德里希鞭打了一下马肚子，"唔，难道这不正是我们获取'生存空间'[①]的原因所在吗？"

"此话怎讲？"

"我们的大多数集中营都在波兰境内，而它们不同于哈达马尔研究所之类的场所——因为它们虽受我们控制，但却远离德国人的居住地

[①] 德国法西斯侵略扩张理论中的术语。认为国家是一种有生命的机体，要有能满足它生长和发展的"生存空间"，这个"生存空间"就是能不断扩大的领土和殖民地。希特勒就是以争取"生存空间"为借口，发动了第二次世界大战。

点。这些集中营能为我们提供足够大的空间、足够隐秘的环境来除掉大量的犹太人，而且不会引来喜欢说教者的说三道四。它们之于我们，就如同西大荒之于美国一样。"

"很好，这实在是个好主意！"海德里希拍了拍艾希曼的后背，脸上露出了胜利者的笑容，"当然，对于你的提议，我们还得与元首本人及其领导班子进行一番讨论。与此同时，我们要安排库尔特·格尔斯坦①及其余德国科学家为此制定出具体的实施方案。我想尽快知道一些确切的数字。比如：你的提议得过多久才能被付诸实行？我们每天能用这个方案除掉多少犹太人？等等。"

他们用长筒马靴的鞋跟用力踢了踢马腹，转回马厩所在的方向，一路疾驰起来。"一旦我了解到了你想知道的数字，并且获取了元首的准允，就能召开一场会议了——我认为万湖的那栋官方别墅不失为绝佳会议地点。难道你不这样认为吗？"艾希曼说，"我们可以找一个周末去那儿开会。"说着他不禁露出了笑意，"我敢确定的是，等战争结束后，那栋别墅就是我的了。"

. . . . . ——— . —— . .

纳粹党卫军逮捕了利希特神父，然后将他带到了位于阿布雷契亲王大街八号的盖世太保总部。"看看那个戴着复活节圆帽的神父！"当戴着手铐的神父走进来的时候，一名纳粹党卫军军官指着利希特头上的黑色四角帽喊道。

盖世太保具有最高警察权，不受法律的任何约束，可以随意采取行动，对每个德国人均有生杀予夺之权。利希特神父接受了讯问之后，又被遣送至盖世太保位于柏林市中心的监狱——这里的一扇扇窗户里时常

---

① 库尔特·格尔斯坦是20世纪30年代德国的一位天才工程师。他是虔诚的基督教徒，并未轻易受纳粹政体的蒙骗。相反，尽管他也是纳粹分子，但却从事宣扬基督教信仰的活动。1940年12月，令家人和朋友吃惊的是，他采取了另一种抵抗策略：申请加入武装党卫队，决心成为纳粹精英中的告密者。他认为，如果纳粹分子可以渗透到教会团体，暗中监视虔诚的教徒，那么他也可以渗入党卫队，如实报告流传已久的杀害精神病人的事件。后来他写道："我只有一个愿望：清楚地了解整个机制，然后向全国公布！"

传出凄厉的叫喊声——接受更进一步的审问。

经历了一系列的严酷考验之后，利希特神父依然没有吐露半点与其所属秘密抵抗组织有关的情况。当他被送回牢房的时候，浑身赤裸，满身都是瘀伤和鲜血。此时他唯一能做的，就只有跪下来向他的上帝祷告。

当纳粹党卫军意识到他们没法从神父嘴里得到任何信息时，便决定将他送到达豪集中营去。这天纳粹党卫军用厢型车押送着至少二十名囚犯前往格鲁内瓦尔德火车站，利希特神父就是其中之一。

"快点，快点。"囚犯们从厢型车的后厢爬出来的时候，一名纳粹党卫军的军官对他们嘟哝道。他还用手中的警棍敲打其中一些囚犯，好让他们行动得更迅速一些。

囚犯们在火车站的站台排成一列，等待列车进站。站在囚犯们当中的利希特神父始终低头看着地上。"把帽子取下来！取下你的帽子，神父！"

利希特神父依旧低头看着面前的铁轨，丝毫不为所动。

先前朝他喊话的军官用手中的警棍戳了一下神父头上的黑色四角帽，它从他头上掉了下去。帽子随风在空中转了好几个圈，最后落在了一条铁轨上。

列车正好驶入了站台，车轮从帽子上碾压而过。利希特转身看着那名纳粹党卫军军官，"愿上帝与你同在，我的孩子。"

军官朝神父眨了眨眼。他多年来在天主教学校的学习经历和望弥撒的经历，令以下这些话从他嘴里习惯性地脱口而出："愿上帝也与你同在，神父。"

第二十二章

我从未停止爱你
WO CONGWEI TINGZHI AINI

"那颗子弹还在里面,"她说,
随即用两只胳膊肘支撑着自己坐了起来,
"我决定把它留在身体里面。"
"你为什们要这么做呢?"
"因为它是我……在柏林的纪念品。"她轻声回答道。

戴维的父母将儿子从盖伊医院接回他位于骑士桥街的公寓里。老格林先生帮助儿子在刚铺好的床上躺下，格林夫人俯身关切地问道："你还好吗，宝贝儿？你想吃一粒止痛药吗？要不要喝点水，或是喝杯茶？"

"我想喝一杯茶，妈妈，谢谢你。"戴维说道。待母亲离开去沏茶之后，戴维的床边就只剩下了父亲一人。

"爸爸，我的眼镜在你那儿吗？"

老格林先生从胸前的暗袋里取出一副金属丝框眼镜，将其交给戴维，"这副眼镜先前是由你的……唔，莱特先生……替你保管着的，后来他让我把眼镜转交给你。"

戴维把眼镜架在鼻梁上，"噢，这下好多了，我能把你看得很清楚了。"

父子俩在静默中共处了一会儿，直到格林夫人端着茶盘走了回来，"来吧，宝贝儿。"她倒了一杯茶，递给戴维。

"谢谢你，妈妈。"

格林夫人略微流露出了紧张的神色，而老格林先生也心神不宁地站起身来，"现在我们最好让你好好休息一下，亲爱的。"

戴维放下手中的茶杯，"我有一件事想要告诉你们二位。"此言一出，父母在原地呆呆地站住了。

"我遭遇了一件很不幸的事情，这件事简直糟得不能再糟了。不过我经受住了这场大患难，并从中平安地走了出来。如今，我比以前更加清晰地认识到了自己生命中最重要的是什么。近段时间以来，我们都深刻体会到了生命的无常。一次突如其来的空袭，或是一个恼怒而凶暴的陌生人，都能在转瞬之间给我们的生活带来翻天覆地的变化。"

"戴维……"老格林先生试着开口插话。

"慢着，请让我先把话说完，爸爸。我必须把我的心里话说出来。迄今为止——哪怕是在战争时期——我的生命都是由一个接一个纵情享乐的派对和舞会堆砌出来的。我曾以为，我的生活必须得以同样的方式和水准继续维持下去。可是后来，我却遭遇不测，几近丧命。在那样的时刻，我感到有些迷失。你们知道那时我脑子里一直想着谁吗？是你，还有妈妈，以及我的朋友们。当然……是的，还有弗雷迪。"

"噢，看在上帝的分上，你别再往下说了。"老格林先生转身准备离开。

"等等，本杰明，"格林夫人说，"让他把话说完吧。"

"谢谢你这么说，妈妈。"戴维深吸了一口气，"在我已享受过我的公寓、我的车、我的旅途以及我的派对之后，如今我才发现，原来这些都不是生命中真正重要的东西。真正重要的是人。对我来说，弗雷迪是我生命中的重中之重。我爱他，而且他也爱我。如果我会因此而失去我的信托基金和你们的遗产，我也认命了。我自己有工作，我能养活自己。而且我还能过上自己真正想要的那种生活。"

老格林先生实在听不下去了，"你会因此而被逮捕的！更糟的是……"

"谢谢你的关心，爸爸，这是我的真心话。弗雷迪和我会小心行事的。在伦敦有很多像我们这样的人，我们大家都非常、非常谨慎，而且我们可以生活得充实而有意义，"这时戴维想到了凯伊和黛芙妮，"并且充满喜乐。"

"噢，戴维……"格林夫人哭出声来，伸出手去抚摸儿子的头发。

"我很抱歉，可这就是我为自己选择的生活。无论结果是什么，我都会认定这条路走下去的。"说完他翻了个身，"现在，请让我好好地睡上一觉吧。"

· · · · — — — · — — · ·

回到伦敦之后，玛姬对自己的工作进行了一番汇报，然后接连休息了好几天。她知道还有一件事正等着自己去完成。毋庸置疑，她想和约翰在一起。那么，在她和约翰的关系有进一步发展之前，她还得去做一件事，那就是和休分手。

她给休打了电话，约他跟自己见个面。她选择了一处中规中矩的见面地点，那里是圣尔敏酒店——一座位于威斯敏斯特区、具有安妮女王建筑风格的酒店——内的卡克斯顿酒吧。她提早到了酒吧，在一张小桌子跟前坐了下来。不一会儿，休来到她身后，将两只手分别放在她的双肩上。"嗨，玛姬。"他把嘴凑到她耳边打招呼。

然而玛姬竟迅速站了起来，并猛地转过身去——似乎准备制服自己身后的"不速之客"。她的这番举动引来了酒吧里其他客人惊异的目光，一时间四周鸦雀无声。

"是我啦！"休举起双手调皮地笑了笑，"很抱歉吓到你了。"

"噢，没关系。"玛姬这才放松下来，伸出手臂拥抱对方。两人互吻面颊之后便坐了下来。一名侍者来到他们跟前，两人点了红杜松子酒。待侍者离开之后，他们陷入到沉默当中。玛姬从自己的手提包里取出了一支香烟和一个打火机。

"你从什么时候开始抽烟了？"休有些吃惊地问道。

"从柏林回来之后就开始了。"她点燃了手中的香烟。

笼罩着二人的沉默，渐渐变得有些令人不大自在起来。"很高兴见到你，休。"玛姬终于开口，并将手中的香烟暂时搁置在烟灰缸的边缘。她受过伤的地方仍疼得厉害，得拼命忍着才能让自己不至于因为疼痛而掉泪，可这实在不是一件容易的事情。

侍者为他们端来了红杜松子酒。"谢谢。"休对侍者说。他转而看向玛姬，"我也很高兴见到你。我一直在担心你。"

"我不过是在做……"玛姬重新拿起那支点燃的香烟，将烟灰抖落进了桌上的铅晶质玻璃烟灰缸里，"……我的工作而已，只是它碰巧花费了比预期略长的时间。"

接下来两人又再度陷入到令人尴尬的沉默之中。休喝了几口杯里的酒。"唔，"他说，"我听说约翰还活着。这真是太好了。"

"是的。得知此事真是太令人吃惊了。细细想来，我在这趟行程中所遇到的令人震惊的事情还真不少呢。"

"我听说你见到了和你同母异父的妹妹，还有，克拉拉·赫斯现在被监禁在英国。"

玛姬虚弱地笑了笑，"我听说那件事和你有一些关联。我从前还没发现原来你还挺……上相的。我真想看看当她看到你发的那些照片时，脸上是什么表情呢。"

休清了清嗓子，把领带弄松了一点。"呃，是的，嗯……"他端起自己的酒杯，"不过这也不是什么光彩的事情。"

"我可不这么认为。"玛姬反驳道，"你的确没有完全按章办事，但事情的结果却非常令人满意。"她又笑了笑，"我真希望自己当时也在场。"

"我也觉得要是当时你也在就更好了。"休咧开嘴笑道，"那件事实在令人感到痛快。不过，我也因此而失去了工作。马斯特曼怒不可遏，差点儿把我送去伦敦塔斩首。"

"那弗莱恩呢？他应该会愿意再次接纳你吧？这样一来，你和马克就又能在一起工作了。我敢肯定，他一定很想念你。"

"唉，不行——我不能再回军情五处去工作了。我那'不顾后果的鲁莽行径'和'执行公务时感情用事的不专业表现'，令我被列入了情报部门的黑名单。"

"我很抱歉。"

"这又不是你的错。"

"接下来你打算做什么呢？"

"我很可能会去参军。"休扬起了一侧眉毛，"我或许会加入英国皇家空军。你应该知道，近来飞行员很受女性们青睐呢。"

玛姬咬了咬嘴唇。在此番相见之前，她几乎已经忘了休有多么英俊了。可她处理眼前这件事绝不能拖泥带水，"我有一件事得和你谈谈……"

"听我说，玛姬，"休握住她的一只手说，"你就按你的意愿来行事好了。我不会妨碍你的。"

玛姬的眼眶里盈满了热泪,"你从来都没有妨碍过我啊,休。"

"你尽可以优先考虑你和约翰的关系。可我,一直都愿意做你的'备胎'。"

"你不应该成为任何人的'备胎',休,"她语气强烈地抗议道,"我绝不会这样看待你的。"她在烟灰缸里摁灭了烟头,喝完了自己杯里剩下的酒,然后便站起身来,吻了吻休的面颊,迅速离开了。

休张开嘴想要说些什么,却又闭上了。他坐着摇了摇头,重重地咽下一口唾沫。"先是丢了工作,现在女朋友也没了。这下可好,"他喃喃地自言自语,"这实在是好极了。"

这时他身后传来了一个声音,"这个座位有人吗?"问话者是一名高个子年轻男人。此人留着一头棕色卷发,系着一个深红色领结,胸袋里塞着一张红色的双头装饰方巾。

休转头看了一眼,随即耸了耸肩说:"你随便坐吧。"

棕发男人在休的桌边坐了下来。"让我请你喝一杯酒吧,"他说,"你看起来需要借酒浇浇愁。"

"没错。"休仔细打量着眼前这位陌生人:他身上有着剑桥或牛津毕业生所特有的自信和优越感。他或许很富有,而且很可能出身名门。休开口问道:"我该怎么称呼你呢?"

对方朝休伸出一只手,"我是金·菲尔比。"

. . . . — — . — — . .

由于约翰的父母之前认为他已经死了,所以他们取消了儿子租住公寓的租约。这样一来,约翰回到伦敦之后就没地方可住了。后来,一名来自英国皇家空军的飞行员将自己公寓小套间二楼的一个房间提供给他暂住,他总算又有了安身之所。这栋公寓小套间位于诺丁山一条绿树成荫的街道上。

夜里很晚了,玛姬按过门铃之后,爬上楼梯,来到了约翰的房间门口。

约翰打开了门。只见他胡子拉碴,双眼凹陷,脸上流露出疲惫而悲伤的神情。可他一见到玛姬，立刻两眼放光，整张脸都变得神采奕奕，"噢，你好啊。"

玛姬笑着回应道："嗨，你好！"

约翰拉着玛姬的手，领她进了房间。这是一个长条形房间，里面摆放着几样簇绒皮革家具，橡木地板上铺着破旧的波斯地毯，窗边垂挂着厚厚的遮光窗帘。房间里相当凌乱——书本、用镀金画框装裱起来的蚀刻版画、来自中国的青花瓷花瓶乱放一气。不过玛姬对周围的环境丝毫也不在意。

他们长久而又深情地亲吻着彼此，直到玛姬觉得膝盖有些乏力，略微有些站立不稳为止。约翰一把将她拥入自己怀中，"终于……"

他们沿着狭窄的过道来到了卧室。待两人在约翰的床上躺下之后，一面接吻，一面开始宽衣解带。

约翰朝她倾过身来，用一根手指的指尖缓缓地划过她的脸颊轮廓。玛姬试着说些什么，但却不能成言。于是她伸出双臂，紧紧地拥抱着他。

摆在壁炉架上的时钟嘀嗒作响，一阵微风透过半开的窗户吹了进来。这时约翰的一只手从玛姬的肋旁拂过。"噢！"她突然大叫了一声。

他赶紧从她身上起来，"噢，对不起——我弄痛你了吗？"

"那颗子弹还在里面，"她说，随即用两只胳膊肘支撑着自己坐了起来，"我决定把它留在身体里面。"

"你为什么要这么做呢？"

"因为它是我……在柏林的纪念品。"她轻声回答道。

"那我也给你看看我缝针的地方吧。"他掀开了身上的背心，"这是我因肾脏破裂而接受手术时留下的。我相信它会随着时间的流逝而变得没那么明显，但那里始终会有一道疤痕。"

两人又重新躺回床上，默默地回想着各自所经历的可怕事情，以及留在自己身体和心灵的疤痕。他们还想到了在柏林、在前往苏黎世的那趟火车上所共同经历的一切。约翰低声说："我不想再次陷入孤单的境地了。"

"你不会再孤单了。"玛姬温柔地回应道,"我会一直陪着你。"

"我想让你知道,"他又说道,"一切都……呃……处于正常运转状态。"

"什么?"

"我想说的是,我在飞机迫降时所受的那些伤……都已经复原了。我的身体机能一切正常。"

"噢,"玛姬说,"那可真是太好了。"

两个年轻人都很疲惫。"知道你一切都好,令我很开心,"她说,"那么,我们何不现在好好睡上一觉,等明天再来测试一番呢?"

"噢,太好了。"约翰说,"我期待我们的第一次会很特别。"他侧身用一只手臂搂着玛姬,将自己的脸埋进她的头发里,很快就入睡了。他睡得很不安稳,时常在噩梦中大喊,可他的手却始终搂着玛姬。玛姬比他迟一些睡着,她听到从头顶上方传来的飞机轰鸣声,实在很难让自己放松下来。

· · · · · ━━━ · ━━ · ·

第二天早上,约翰一醒来便开始亲吻玛姬的嘴唇。"在我们开始之前……唔……我得告诉你一件事。"玛姬喃喃地说。

"是什么事啊?"他漫不经心地应道,开始亲吻她的肩胛骨。

"在你……被宣告死亡之后,我和另一个人约会过。"

"什么?"

"他叫休·汤普森,是负责在温莎城堡那次任务中与我联络的人。昨天晚上我刚刚与他分手了。"

"什么?"约翰重复道。他从床上坐起,在卧室里踱起步来。突然间,他停下了脚步,转过身来面对着她,"你……你是在跟我开玩笑吗?"

"我很抱歉,约翰,可这的确是事实。我本想早一点告诉你的,可总是找不到合适的时机。现在我已经与他分手了。"

"你刚开始和他在一起的时候……"约翰的脸上充斥着怒气,"我正在地狱般的柏林——那里就是一个实实在在的地狱。在那样的处境之下，我只有想着你，才能勉强保持理智，才能有活下去的动力。可你呢，你正安然无恙地待在英国，和别人谈情说爱……"

玛姬也从床上下来了，走到他面前，"我很抱歉，约翰。"

"你和他睡觉了吗？"

玛姬看不出自己有任何撒谎的理由，"是的。"

他将头猛地往后一仰，如同突然被她打了一拳似的，"你的第一次给了他？"

等等，我为什么要表现得好像自己真的做错了什么似的？

"当时我们所有人都以为你已经死了，约翰！"

约翰走到壁炉跟前，一把握住拨火棍的把手，将其举了起来，然后重重地敲向墙壁。墙面上的灰泥层一下子就出现了许多裂纹，紧接着他又敲了一次，只见一大块灰泥从墙上掉落下来，连里面的砖块也暴露无遗。他转过身去面对着玛姬，"而你只用了五分钟的时间，就从失去我的痛苦中走出来了吧？"

"我从未停止爱你。"玛姬委屈地说，眼里盈满了泪水。

"当我置身于那地狱般的境况中时，只有想到你，我才能继续忍耐下去，也才有了努力求生的勇气。"

他在如此艰难的情况下还一直想着我，可我却……如此迅速地移情别恋了。"对不起，我很抱歉。我唯一能为自己辩解的理由，就是我刚才所说的：当时我们都以为你已经死了。"

约翰继续在卧室里踱着步，还将两只手的手指全都插进自己的头发里，反复往后摩挲，直到每一根头发都竖立起来，"而且你还杀了人！你蓄意而残忍地射杀了一个男人！这让我觉得，你已经不再是我过去所认识的那个玛姬了。"

约翰的这番话瞬间点燃了玛姬心中的愤怒之火，"你凭什么论断我？你自己也杀死了不少人。只不过那时候你是在飞机上，所以没法亲眼目睹他们死去时的惨状罢了。从这方面来看，你也比我崇高不了多少……"

约翰再次将手中的拨火棍敲向墙壁。伴随着一声巨响，更多的灰泥从墙上掉落在地，一大片砖墙都露了出来。"我希望你能马上离开这里。"他转身对玛姬说。

玛姬突然感到自己对约翰充满了惧怕，而他脸上那种陌生的表情也令她胆战心寒。他的眼里不再有爱，不再有快乐，甚至连活力也荡然无存。她想要找回从前那个自大、易怒、爱嘲弄人的约翰，更想找回从前的自己。可是他们都已经见过也做过太多事情，没法再让自己变回从前的样子了。同时，他们对彼此也有了更全面、更深入的认识，要想找回从前那份天真的情愫，已是不可能的事了。

她抬手抹掉了眼里的泪水，站直了身子。"我也正有此意。"她说。

第二十三章
连数学也背叛了我
LIAN SHUXUE YE BEIPAN LE WO

"我真希望自己是个简简单单的女孩。"玛姬说,"那样的话,我就能及时地消除自己的全部野心。可现在已经来不及了。我已经为了满足自己的野心而付出了太多,也因此给自己带来了不必要的伤痛。如今,我成了一个内心千疮百孔的人。"

查莉已经怀有将近九个月的身孕。她原本俊俏的脸变得有些浮肿，不过眉眼之间却散发着母性的光彩。此时她正在公寓厨房里忙个不停，浑身仍散发着她所特有的独断而干练的气息。"坐下，你快坐下，玛姬。"她一面发出爽朗的笑声，一面试着将一条围裙系在胸前，可最终还是放弃了这一举动。"现在我什么都穿不下了，"她抱怨道，"你先坐会儿，等我沏好了茶，我们再好好地聊会儿天。"

"我也希望如此。可是鉴于我的工作性质，我什么都不能说。"

"唔，"查莉心情愉快地摆弄着茶具，"那么你何不跟我说说你目前的感受呢？这应该与国家机密无关，对吧？"

"可是，以你目前的状况……"

"噢，别在乎这个。说真的，如果能有事情可想、可做的话，我会感觉更好一些的。倘若让我一直这样无所事事地坐着，我会受不了的。"查莉说着，将水壶里的开水倒进茶壶，然后将茶壶放上托盘并端到桌上，"好了，现在把你脑子里的想法都说出来，让你的老室友听听吧。"她递给玛姬一杯茶，并已经留意到老朋友的脸上正流露出既愤怒又受伤的神情。

"目前我的精神状态不大好，"玛姬坦白道，"我真想痛哭一场，也想通过睡觉来逃离现实。我不想说话，不想吃东西，也不想跨出房门半步。我觉得我变成了一个连自己都不认识的人。"

"既然你见到了太多你不想见到的事情，"查莉喝了一口茶，坦率地说，"那么你当然会有被魔鬼附体的感觉。"

玛姬"扑哧"一声笑了，"差不多就是这种感觉。"

"你要知道，我们都曾体会过类似的感受。"查莉从前在大奥蒙德街医院做过护士，所以她当然清楚知道类似魔鬼附体的感觉是怎么回事。

"我已经不再是从前那个单纯的小女孩了。"玛姬摇了摇头,"那时的我,没被魔鬼附体,一直只想寻找快乐。我从小到大都成绩优异,凡事都做得尽善尽美——可这对我的人生有什么益处吗?可以说是毫无用处。你还记得那对双胞胎吗?"去年夏天,一对名叫安娜贝拉·威盖特和克拉贝拉·威盖特的双胞胎姐妹与玛姬、查莉住在一起。玛姬有些严肃地笑了笑,"她们都是相当单纯的女孩,脑子里只想着跟男孩或服饰有关的事情……"

"看起来的确如此,"查莉附和道,不过她话锋一转,"可你并不知道她们的心里和脑子里究竟装着什么。"

"我真希望自己是个简简单单的女孩。"玛姬说,"那样的话,我就能及时地消除自己的全部野心。可现在已经来不及了。我已经为了满足自己的野心而付出了太多,也因此给自己带来了不必要的伤痛。如今,我成了一个内心千疮百孔的人。"

"我曾在一些从战场回来的士兵身上看到过与你类似的心理状况,玛姬,"查莉朝她伸出一只手,"我们称之为'炮弹休克'。别担心,时间是一剂良药,它能治愈一切伤痛。"

"我现在想到了狄更斯的作品《圣诞颂歌》。作者相信老吝啬鬼斯克鲁奇和小蒂姆最终都会得救。可倘若将他们置身于纳粹德国,小蒂姆将会被毒气杀死,尸体会被扔进焚尸炉里烧毁;而斯克鲁奇,他会被遣送至波兰的一所集中营。"

"我听说你的身体里面还留着一枚子弹。亲爱的,无论是纯粹站在朋友的立场,还是以护士所具备的专业视角来看,我都想告诉你:你不应该把它留在自己体内。"查莉语重心长地说。

玛姬伸手摸了摸中枪的部位,"我会让它留在那儿的。"

"看在上帝的分上,你为什么要这么做啊?"

"查莉,它与一些我不能告诉你的可怕事情有关。在我的余生里,我都会因那些事而感到内疚,我甚至会把它们带进我的坟墓里去。因为我所见过、我所做过的事情,我现在已经成了一具行尸走肉。我的心已经死了。我对任何事情都失去了感觉。我觉得自己就像一个支离破碎的玩偶，我想用胶水把自己重新黏合起来，可是一点用都没有。"

"那么你还有兴趣研究数学吗？"

"噢，数学。我过去一直都觉得数学是非常可靠的！二加二总是等于四……在数学的世界里，一切问题都有答案。尼采曾说'上帝已死'——可如今对我来说，科学也已经死了，或者说至少被玷污或歪曲了。"

甚至连数学和科学也背叛了我，玛姬心想。那些狂傲的人啊，他们竟滥用科学……这时她想起了自己在奥贝格的资料里所看到的那个数学问题——与工人阶级家庭的住宅和精神病院有关，她不由得将头埋在两只手里痛哭起来。伴随着她每一次竭力抑制着的啜泣，她的双肩也会猛地抖动一下。现在她连数学和科学也不敢再信任了。

查莉由着玛姬通过痛哭来释放自己压抑已久的情感。片刻之后，她开口问道："接下来你打算做什么？"

"我没有任何打算，每天都过得百无聊赖。"玛姬抬起手来拭去了脸上的泪水，"我发现其实我还挺适应这样过日子的，我每天都会收听电台节目《又是那个人》，不时找人发一下牢骚，累了就打会儿盹。"

"那你的工作怎么办呢？"

"我的工作？"玛姬耸了耸肩，"以我目前的状况，我对任何人都不再有用了。"

"噢，他们总不至于因为你正饱受精神创伤之苦，就炒你鱿鱼吧？你毕竟是在执行他们委派给你的任务时才有此遭遇的啊。"

玛姬摇了摇头，"我只顾着说自己的事，都忘了问问你的情况，真对不起。"

"没关系，亲爱的，"查莉说，"我们都是老朋友了，别这么见外。"

玛姬低头看了看查莉，她的腹部已经高高隆起，"眼下你和奈杰尔就要把一个全新的生命带到这个世界来了。"

查莉用两只手温柔地抚摸着肚子，"我感觉很激动，同时又有一点害怕。"

"别担心了，"玛姬说，"你和奈杰尔肯定会成为非常棒的父母。"

"玛姬，"查莉说，"我知道我的要求或许有些过分……可我还是想说，等孩子出生后，我们想举行洗礼，然后再办一场派对。我知道你心里不好受……可我们还是想邀请你来。"

玛姬激动地拥抱着老朋友，"我会尽最大努力来参加的，亲爱的查莉。"

第二十四章

"谋杀者俱乐部"
"MOUSHAZHE JULEBU"

"与怪物战斗的人,应当小心自己不要成了怪物。"玛姬起身整理了一下裙摆,"倘若我们对自己的道德指南针弃之不顾,这岂不是意味着我们已经输掉了?"

如果乘坐地铁的话，只需六站就能从威斯敏斯特主教座堂到达邮差公园——玛姬此行要去的地方正是这里，而不是去参加奈杰尔和查莉为他们的新生宝宝所举办的洗礼。

邮差公园实则是伦敦中心的一小块绿地，离圣保罗大教堂非常近。这样一个小小的、卑微的角落常常被这座城市里奔忙的人们所遗忘。这里之所以被命名为"邮差公园"，是因为这附近的邮差们常常在此地吃午餐。园中树荫下隐藏着一座"舍生取义英雄纪念亭"，它是用美丽的手绘磁砖拼凑而成的。纪念亭的瓷砖上印着简短如诗句般的文字，它们细细地记录着这座城市里平凡的人们牺牲生命、拯救他人的英勇事迹。

弗莱恩提出要和玛姬见个面，而他指定的见面地点正是邮差公园的"舍生取义英雄纪念亭"。尽管这个公园离弗利特街很近，可园中依然非常宁静。空气中有些凉意，芳草和泥土在阳光的照射下，散发着淡淡的清新气息。弗莱恩坐在一张长凳上，阅读着手中的《泰晤士报》。一看到玛姬，他便迅速站起身来。他看起来跟从前没有任何变化，虽说上了年纪，但颇有些广受女影迷所喜爱的男演员的风范——他的头发梳得光溜溜的，身上的西装熨得笔挺，脚下穿着一双被擦得亮闪闪的意大利手工皮鞋。他的眼睛也与以往别无二致：灰色的眼珠中流露出坚定锐利的目光。

"这里挺不错的。"玛姬在弗莱恩身边坐下，掏出了一支香烟。

弗莱恩也重新坐下来，掏出自己的打火机来为玛姬点火。打火机的轮子与打火石摩擦，一小团蓝黄色的火焰冒了出来。"谢谢你。"玛姬吸了一口烟嘴，两人一同看着香烟顶端渐渐燃成了红色。

"你从什么时候开始抽烟了？"弗莱恩这才问道。

"你从什么时候开始如此关心我的个人生活习惯了？"她反问道，

随即又说,"自打我从柏林回来之后,就开始吸烟了。"

"我知道了,"弗莱恩若有所思地说,"谢谢你同意来这儿见我。"

"我有选择的自由吗?"玛姬看起来非常疲惫——整张脸都十分憔悴,眼睛下面有着明显的眼袋。她已经失去了年轻人通常所具备的生命活力。

"你当然有了。不过因为我是最初把你带入间谍战的人,所以,我觉得自己对你负有一些责任。"弗莱恩为自己点燃了一支香烟,"你还好吗?"

"我正试着走出情绪的低谷,一小时接一小时地熬过去。噢,不,应该这样说,我每一分每一秒都在忍受煎熬。"

说完后,她没去看弗莱恩的眼睛,而是阅读着纪念亭中瓷砖上的文字。"来自贝斯沃特的威廉·唐纳德享年十九岁。这名铁路职员为救出一名不慎在莱亚河落水、并被水草缠住的女士而溺水身亡。卒于1876年7月16日。"她朗声阅读着,"消防员乔治·李在克勒肯维尔的一场大火中,扛着一名不省人事的女孩逃出火海,其间他屡跌屡起,从未放弃,最终因伤势过重而丧生。卒于1876年7月26日。来自贝思纳尔格林的伊丽莎白·博克索尔享年十七岁。她为将一名孩童从奔逃的马背上救下来,受伤丧命。卒于1888年6月20日。"玛姬轻轻地喷了一下鼻息,"这些以死亡为主题的文字还真有些可怕呢,不是吗?"

"事实上,"弗莱恩表示不同意,"我认为它们很美。"

"我以前还没发现,原来你竟有着如此残忍的性格,彼得。"

"和这些可怜的人们相比,你并没有失去生命,玛姬。不过我想让你知道,我明白你做出的牺牲有多大。而且你现在仍在做出牺牲,将来也还会继续做出牺牲的。"

她终于直视着他的眼睛说话了,"其实你一直都知道真相,难道不是吗?你和丘吉尔都知道。"

她在提及丘吉尔的名字时,已经省去了"先生"这个称谓。

"正是由于我父亲和母亲,我起初才会受雇成为一名秘书,后来我才能成为一名间谍,再后来我才会被派遣至柏林执行任务。我其实是你们用以引诱克拉拉上钩的诱饵。"她转头继续望着瓷砖上的文字,却无法再专注地阅读那些冗长的英雄事迹,"你们俩都利用了我。而比这更糟的是,我竟任由你们这样做。从前我是一个蛮有野心的年轻人,无比看重事业,我也想成为一名爱国者。"她的嘴唇略微向上弯曲,挤出了一丝带有自嘲意味的笑意,"呵!"

"玛姬,"弗莱恩寻思着该如何措辞才恰当,"我曾希冀你永远都不会知道真相。可现在我看出,你显然已经知道了。那么,现在你要做的,就是学会如何面对现实。"

"唔,我自有我的办法来'面对现实'——我要辞职。"她把抽完半截的香烟扔在地上,用鞋跟狠狠地踩踏了几下。

弗莱恩叹了口气,"事情没那么简单,玛姬。"

"噢,那么我可以帮你们把事情简化。我要辞职,我要退出,我要一走了之。你们可以另请别人来从那个女人嘴里套话,因为我绝不会再跟她多说半句话了。"

"我不确定除了你之外,还有没有人能完成这个任务。她说她只愿意接受你的讯问。倘若她一直三缄其口的话,就得面临被处死的下场。"

"此事与我无关!我说过我要辞职了,你还记得吗?"

"你不能辞职,玛姬。"弗莱恩说,"你现在仍是一名间谍,你是我们这个大家庭的一份子。"

"你还敢跟我谈论'家庭'!"

"当你最初为丘吉尔工作的时候,你当然是非常聪明的,不过却有些盲目,也不大成熟。坦率地讲,那时我并不确定你是否符合情报工作者的必备条件——诸如熟练的情报处理能力、高超的求生技能,等等。不过,你在柏林执行任务时的表现却令我对你刮目相看。我们都认为你已经成为了一名称职且优秀的情报人员。看看现在的你吧,你如此坚强、能干、而且……没错,还有冷酷。你应该为自己的进步而感到骄傲。"

"我不想变得冷酷,"玛姬回嘴道,"我从来都不希望自己会变成一个冷酷的人。事实上,我倒希望自己是一个满腹怜悯的人呢。"

"我明白你现在有些心烦意乱。可是等我们赢得这场战争之后,你会发现这一切都是值得的。"

"听我说,彼得,"玛姬以沉痛的语气说道,"我已经改变了。我做了一些我从前未曾想过自己会去做的事情。我杀了一个人,准确地说,是一个男孩。他已经死了——就死在我的手上!当时我满手都沾上了他的鲜血,我在有生之年都会不住地想起他来。"

"可他是我们的敌人。"

"胡说!他只是一个男孩而已!一个男孩,一个吓坏了的小男孩,他原本还有漫长的人生路要走……"

"可他想要杀了你啊。"

"那是因为他不得不这样做,是因为他被强行灌输了这样的想法。这就是我们目前这个世界的景况。倘若在几年前,我和他兴许还能做朋友呢。"

"而我们今天正在为实现那样的目标而努力奋斗。"弗莱恩争辩道,"不过,眼下你得……暂且让自己变成一个铁石心肠的人。我们没有时间让内疚、同情、怜悯这类情绪在心中泛滥。我们必须放下自己的道德指南针,并付出一切代价来赢得战争的胜利。"

"与怪物战斗的人,应当小心自己不要成了怪物。"玛姬起身整理了一下裙摆,"倘若我们对自己的道德指南针弃之不顾,这岂不是意味着我们已经输掉了?"她眨了眨眼,抑制住了快要流出眼眶的热泪,"我已经失去了一个妹妹。她认为我是一个怪物。我还失去了戈特利布……"她的声音突然变得有些沙哑,"戈特利布已经死了,是我害死他的。"

"不是的。"弗莱恩摇了摇头,"戈特利布之所以自杀,只因他是一名纳粹抵抗组织的成员,而他又暴露了自己的身份。"

"他当时不希望我留在柏林,也不想让我为奥贝格工作。"

"倘若你没为奥贝格工作,你就没法找到那些有用的文件并将其交给柏林的纳粹抵抗组织。"

"我害他失去了生命,"玛姬神思恍惚地坚持道,"火车上那个男孩也一样。"

弗莱恩向后靠在椅背上,凝视着自己手中那支香烟的火焰,"如今我们都是同一个俱乐部的成员了,玛姬。没有哪一个心智健全的人会愿意加入其中,我们都是在不知不觉中成为会员的。如今我们都得勇敢地正视现实。"

"你指的是'谋杀者俱乐部'吧。没错,如今我已经成了它的正式会员。这对我们来说可真是值得庆贺的事情啊。我们是不是应该握个手呢?或者你们是不是应该为我颁发一张会员证,或者一枚勋章?"

"你需要一些时间来让自己复原。"

"我实在是太累了。"她颓然坐回长椅上,"难道你不明白吗?我体内的每一块肌肉、每一根骨头都感到精疲力竭。"随即她又补充道,"那个男孩的脸总是不断地跳出来,出现在我眼前。"

"我明白,"他说,"你说的我都明白。可是我们需要你。"

她伸出一根手指,指着他说:"你们无非是想利用我与克拉拉之间的特殊纽带罢了。"

"我们需要的是你本人。"

"可我并不需要你们。我已经跟纳尔逊爵士谈过了,我打算回到阿里赛格的集训营去。我想我能在那里找回内心的平静。我可以在那里对新学员进行体格训练,还可以沿着苏格兰的海岸线奔跑。目前我能做的就只有这些了。"

"这样当然很好。我想,沿着海岸线奔跑的确可以帮助你理清思绪。不过我会跟你保持联系的。"

"不,别跟我联系,我是说真的。"

"听我说,玛姬·霍尔普。我的年纪比你大得多,我曾见过许多你甚至根本想象不到的事情。我也曾做过一些令我恨不得用自己的头去撞墙并号啕大哭的事情。我知道我因冷酷、老谋深算——你也可以称之为'无情无义'——而背负着骂名。我做事只凭理智,全然不顾内心的感受——自然也将自己的良知抛诸九霄云外。在这场战争中,我相信我对你的判断从一开始就是对的。"

玛姬冷笑着说："别这么恭维我，彼得。如果是在几个月前，这些话或许还能对我起到一些作用，可我现在已经不再想成为'斗士'了。所以，请别再说了。谢谢。"

弗莱恩站起身来，朝玛姬伸出自己的右手，"我本不想采用如此文绉绉的措辞，可眼下这句话却能最确切地表达我的观点：我们每个人都得背负起属于自己的十字架。"

玛姬脸上终于绽放出了一丝笑意。她站起来跟布莱恩握了握手——他的手特别温暖而有力。

"去苏格兰吧，"弗莱恩拍了拍玛姬的背，"去帮助那些受训者变得更强大，也让自己的头脑变得更加清醒。几个月后，我会再给你打电话的。那时我们再看看你恢复得怎么样了。噢——你还得把那枚子弹取出来。"

听了这话，玛姬不由自主地伸手摸了摸中枪的部位，"你是怎么知道这件事的？"

弗莱恩用鞋底踩了踩刚扔下的烟头，"我在情报部门工作，我的职责就是了解各种信息。你把子弹留在身体里面，实属不智之举。"

"我现在已经喜欢上它了。"

"你很勇敢，玛姬，我不得不承认这一点。"

"噢，彼得，请别这么说。我讨厌别人说我勇敢。在我看来，这个词只适用于像波丽安娜①那样的姑娘。即便我曾经与她有几分相似之处，可如今你再也没法从我身上找到一丁点儿与她相似的特质了。"

"给自己一些时间来复原吧。"他用手轻触了一下头上的帽子。玛姬朝他点了点头。两人以严肃的目光对视良久，之后各自转身朝着不同的方向走去了。

---

① 美国小说家爱莲娜·霍奇曼·波特的小说《少女波丽安娜》中的人物。她是一个充满乐观思想并以其感染着身边之人的女孩。

第二十五章
左右为难
ZUOYOU WEINAN

玛姬知道,他这样搂着自己是不对的。
可与此同时,她又觉得这种感觉非常美妙。
她不大清楚此时自己究竟对休怀有怎样的感觉。
可她知道,倘若她任由他这么做的话,
那将会向他传达一些错误的信息。

洗礼晚宴的举办地点是查莉和奈杰尔所住的公寓。宴会办得简单而朴实，宾客们在席间可以享用淡茶、伍尔顿馅饼和夹馅小圆面包。就在晚宴进行到快一半时，响起了一阵敲门声。奈杰尔前去开门，看到门外站着玛姬。

"对不起，我来晚了。"她带着歉意说道，并踮起脚尖吻了吻奈杰尔的一侧脸颊。待她取下自己的手套和帽子之后，奈杰尔伸手接了过去。"而且我错过了洗礼仪式，真是抱歉。"

"我们很高兴你能过来，玛姬。"查莉给了朋友一个热情的拥抱。

"谢谢！"玛姬语气轻快地回应道，随即递给查莉一个用金色包装纸裹起来的礼物，"这是送给格里芬的洗礼礼物。可爱的小宝贝在哪儿啊？"

"小家伙这会儿睡得正香呢，"查莉领着玛姬来到餐桌旁，"今天这个大日子可把他累坏了。你想喝点什么吗？茶水怎么样？"围坐在桌边的分别是约翰、戴维、弗雷迪、恩斯特，还有老格林先生及夫人。男士们一看到玛姬便纷纷起身向她致意。

"很高兴再次见到大家。"玛姬略显拘谨地跟众人打招呼。她留意到桌上放着一个空了的香槟酒瓶，"我想喝一杯香槟，可以吗？"

"马上就来，亲爱的！"奈杰尔快活地回应道。

"快坐下吧，宝贝儿。"查莉说。玛姬顺从地在铺着亚麻布的餐桌边坐了下来，她身旁是恩斯特，对面坐着戴维和弗雷迪。接着，她留意到约翰面若冰霜、神情严肃。玛姬猜想，在他即将飞赴战场的时候，脸上想必也带着同样的表情吧。

"我们刚才正在谈论恩斯特接下来的打算，"戴维看出玛姬有些不自在，于是试图说些话来活跃一下气氛，"身为外科医生，他主动提出要奔赴前线去为伤员提供医疗服务。"

"恩斯特,你是一名犹太人,对吗?"老格林先生问道。

"是的,先生。"恩斯特回答道,"要不是伊利斯和玛姬,我现在恐怕已经被送到集中营去了,或者比这还更糟。还有,全凭你儿子在唐宁街10号的人脉关系,我才能够去前线,并用我的专业技能救助英国士兵。"

"戴维,"老格林先生问道,"真是这样的吗?你真的做了这样的安排?"

"我看不出任何应该让恩斯特受困于俘虏收容所的理由,所以我替他在首相先生面前美言了几句。"

格林夫妇意味深长地彼此对视了一眼。"你救了一个犹太人。"戴维的父亲说。

母亲情绪激动地用一只手捂住胸口,"这可真是一项善举。"

"这实在是太好了,恩斯特。"玛姬开口说道,同时接过了奈杰尔递来的一杯香槟。

"你应该还有家人仍留在柏林吧?"老格林先生问道。

"本杰明,"格林夫人对丈夫发出警告,"他或许并不想谈论这个。"

"不要紧的,我并不避讳谈论此事。"恩斯特说,"没错,我那漂亮而勇敢的妻子还留在柏林。她叫弗里达。"

"弗里达?"格林夫人略微皱起了额头,"这显然不是一个犹太名字吧?"

"对,"恩斯特说,"弗里达是一名金发碧眼的路德会教徒。正因为如此,我认为并祈求她的处境应该是安全的。另外,戴维已经设法让她知道我是安全的。"

"唔,"格林夫人若有所思地望着丈夫,"看来这真是一个美丽的新世界啊,不是吗?"

戴维笑着说:"约翰也回要唐宁街10号了,是吧,伙计?"

"我未来的打算……还不完全确定。"他避开了玛姬的目光,"不过,是的,我的确会先回唐宁街10号去工作。"

戴维再度开口，打破了一阵令人难堪的沉默，"你接下来有什么打算呢，玛格丽特？能跟我们说说吗？"

"我已经决定要去苏格兰了，"玛姬回答道，随即将杯里剩下的香槟酒一口气全喝下了，"让自己好好地休个假。"

"唔，你理当享受这样的假期。"查莉伸出一只手去，紧紧握住了玛姬的手。

"好了，"玛姬竭力尝试着转变话题，"快把我送给格里芬的礼物拆开来看看吧。"

查莉撕开金色的包装纸，露出了里面的蓝色帽子和围巾。"噢，它们真可爱！"查莉惊叹道，"是你亲手织的吗？"

玛姬点了点头。

戴维倾身看了看查莉手中的礼物，"我看到好几处漏针的地方，玛格丽特。当然，我这么说，并不意味着我能比你织得更好。"

"不是漏针，戴维——事实上，那是我刻意织出的摩尔斯电码。"

"噢！"查莉说，"太棒了！这些密码是什么意思？"

"唔，"玛姬说，"帽子上的密码是：格里芬·奈杰尔·拉德洛，出生于1941年9月1日。至于围巾，因为有更大的空间可以利用，所以我就在上面织出了一首克里斯蒂娜·罗塞蒂的诗。"玛姬随即吟诵道："谁曾见过风的面貌？谁也没见过，不论你或我；但在树叶震动之际，风正从那里吹过。谁曾见过风的面孔？谁也没见过，不论你或我；但在树梢低垂之际，风正从那里经过。"

查莉欣喜地点了点头，"有朝一日你或许也会拥有自己的宗教信仰！"

"也许吧。"玛姬有些遗憾地笑了笑，"我们的首相先生曾说过的一句话，倒蛮符合我目前的情况的。他曾说，他即便不能成为教堂的柱子，也一定会成为其飞拱。"

这时奈杰尔清了清嗓子，"感谢各位今天前来与我们一同庆祝小格里芬加入天主教大家庭。与此同时，也让我们为大家能欢聚一堂而举杯庆贺吧！为在座的基督徒、犹太教徒和不可知论者干杯，也为英国人和德国人干杯!"

玛姬看着戴维和弗雷迪,并朝他俩眨了眨眼,也为有"特殊偏好"和没有"特殊偏好"的人干杯吧!她在心里想道。戴维也朝她会心地眨了眨眼。两人就这么心照不宣地交流着。毕竟,查莉和奈杰尔——更别提恩斯特了——还不知道戴维的秘密呢。

奈杰尔为每个人的酒杯里都重新斟满了香槟酒,查莉将抹了人造奶油的面包和苹果布丁端上了餐桌。待众人如风卷残云般地将桌上的食物一扫而尽之后,查莉很想伸个大大的懒腰,释放一下这辛劳的一天所带来的疲惫感,但她最终还是忍住了。

"我在想,"格林夫人善解人意地提议道,"我们应该让这对年轻的父母歇息一下了。我来负责清洗碗盘吧,亲爱的,"她对查莉说,"你可以去床上躺一会儿。"

"霍尔普小姐,再见。"约翰起身向玛姬告别。

噢,如今我们的关系已倒退到他以"霍尔普小姐"来称呼我的地步。玛姬朝他点了点头,"斯特林先生,再见。"好吧,我们就此把这段关系做个了结吧,玛姬想道,心脏在胸腔里剧烈地跳动着。

她意识到,自己在只吃了几口蛋糕、几近空腹的情况下喝下的那些香槟酒已经迅速在体内发挥作用了。现在她觉得头晕眼花,颇有几分醉意。在她看来,屋子里的一切似乎都以奇怪的角度倾斜着。

众宾客都聚集在门厅,与查莉和奈杰尔亲吻道别。"这是你的东西,玛姬。"查莉将玛姬的帽子和手套递给了她。

大家出门之后,戴维的父母和恩斯特便分别与其余的人告别,先行离开了。这样一来,公寓大楼前的人行道上就只剩下戴维和弗雷迪、玛姬和约翰四个人了。"有谁想去'玫瑰与王冠'再喝上一杯吗?"戴维开口打破了沉默。

"哇哦,戴维·格林,看来你真想把我灌醉了才肯罢休呢!"玛姬勉强笑着应道,声音像极了电影《乱世佳人》的女主角斯佳丽·奥哈拉醉酒时的语气。

"我的肝脏还未痊愈,所以我暂时不能喝酒,不过应该会有人代我喝的。"戴维将一只手臂伸给了她,"咱们走吧?"

. . . . ——— . —— . .

"玫瑰与王冠"酒吧是他们在唐宁街 10 号共事时常常光顾的地方。戴维叫来侍者,为大家点了饮料。玛姬一口喝掉了自己的啤酒,随即又伸手取过戴维面前的酒杯,将其举到嘴边一饮而尽。她将酒杯重重地放在桌上,一时间感觉眩晕不已。"再帮我点一杯酒好吗,宝贝儿?"她对戴维说。接着她又对在座的所有人说:"我想我需要出去待一会儿,我,我需要呼吸一点新鲜空气。"她摇晃着身子站了起来。出于礼节,弗雷迪、戴维和约翰也从各自的座位上站起身来。

"你需要我陪你出去吗,玛姬?"弗雷迪体贴地问她。

"噢,不用了,亲爱的弗雷迪,我没事。我出去待一两分钟就回来,主要是因为这里有些闷,憋得我透不过气来。"说着她伸手握住了弗雷迪的一只手臂,"我有说过我是多么为你感到开心吗,弗雷迪?"她有些含糊不清地说,"爱情……看到人们拥有爱情,真是一件令人愉快的事情。我喜欢爱情。"说完她在对方脸颊上印上了响亮的一吻,然后小心翼翼地朝酒吧门口走去。

休正坐在酒吧门口的长凳上。

"你怎么在这儿?"玛姬惊呼道,并当心地维持着身体的平衡,在他身边坐了下来,"你在这里做什么呢?"

"你还记得我最擅长的工作就是找人吗?"他回答道,"在你离开之前,我想跟你见上一面。我听说你要去苏格兰了,我只是想跟你道个别。"

"唔,呃……看来伦敦每一个认识我的人都知道我开始吸烟了,也知道我把一枚子弹留在了身体里面,还知道我即将动身前往苏格兰。"

他以关切的目光细细打量着她,"你还好吗?"

"我只是略微喝多了点,而且在喝酒前没吃什么东西……"

"这两件事凑在一起可不大妙。"休用一只手臂将她揽入自己怀里。

玛姬知道,他这样搂着自己是不对的。可与此同时,她又觉得这种感觉非常美妙。她不大清楚此时自己究竟对休怀有怎样的感觉。可她知道，倘若她任由他这么做的话，那将会向他传达一些错误的信息。虽然她对休仍有感觉，可她并不想利用他来疗愈与约翰分手所带来的伤痛。不管怎么说，此时玛姬的心里真的乱极了。

"玛姬，求你了。"他满怀深情地在她耳边呢喃着。

他身上散发着好闻的气息，像是月桂油的味道。被他这样搂着，也让玛姬觉得舒服而安心。可是，这对他来说并不公平。她的心已破碎，整个人都垮掉了，如今的她对任何人来说都毫无用处。

"求你了。"休重复道，同时将她搂得更紧了些。

"别这样，休。"玛姬清楚无误地说道。由于酒精的作用，她的胃里开始如排山倒海般翻腾起来。她的意识也开始渐渐变得模糊，眼前浮现出了一张张人脸：她的母亲、伊利斯、戈特利布、火车上的德国男孩、犹太小女孩……

"我爱你，玛姬。"休用柔软的嘴唇亲吻着她的脸颊，继而又开始吻她的脖子。玛姬突然感到一阵恐慌袭上心头。她这才意识到自己醉得有多厉害，也发现了眼前的情况是如此的失控。这样下去不会有什么好结果的。

"休，我说了别这样！"玛姬一把将他推开。

突然间，一个高高的身影出现在她身旁，"这位女士已经表明自己的立场了。"

来者正是约翰，只见他怒气冲冲地瞪着休。休也不甘示弱，起身迎着他的目光瞪了回去。

玛姬感觉自己的胃里翻滚得比先前更厉害了。"我想我就要吐出来了。"她大声说。紧接着她感觉胃部猛地痉挛了一下，便赶紧弯下身子呕吐起来。吐完之后，她依然弯着腰——她不知道自己会不会因突然坐直而晕厥过去，也不知道自己是不是真的想直起身子来面对眼前的情况。没过一会儿，她的胃又剧烈收缩了一下，于是她再次剧烈呕吐起来。

缓过来之后，约翰伸手轻轻地握住玛姬的一只手臂，扶着她站了起来，又领着她来到了酒吧附近的一条小巷子里。"如果你还想吐的话，就在这没人的地方吐吧。"他喃喃地说，并用一只手臂搂住了玛姬的肩膀，另一只手将她的头发拂到脑后。休一言不发，跟在他俩身后。

玛姬又接连呕吐了两次。待她的胃已经被彻底排空之后，她颓然坐在地上，背靠着墙。

"给你。"约翰掏出自己的手帕递给了她。

"谢谢。"玛姬喃喃地说，接过手帕，擦拭着嘴唇和下巴。她感到一阵突如其来的倦意，以至于她连为自己眼下的处境感到羞耻的力气都没有了，可她却深知那该来的羞耻感终究还是会来的。她留意到休仍然还未离开。这么说，我的两任前男友都目睹了我先前的丑态吗？太好了。这可实在是好极了。

玛姬呻吟了一下，抬头看向约翰。只见他面无表情，正低头用一双深色的眼睛看着自己。休则在一旁踱着步。她将自己发烫而隐隐作痛的头埋进了双手里。

"我很抱歉。"她叹了口气说。

"这里就交给我来处理吧。"约翰告诉休。

"不，得由我来照顾她。"休反驳道。

"我说了让我来。"

"你究竟是谁啊？"休质问道。

约翰的鼻孔向外张开，"约翰·斯特林。"

休吃惊地张大了嘴。"你就是……"他绞尽脑汁地思索着，"你就是那个我们以为……以为已经死了的人。"

约翰严肃地笑了笑，"我看过关于我的报道，那实在是夸大其词了。"

"那么，你们俩现在又在一起了？"

"没有！"玛姬坐在地上插话道，"没有，我们并没有在一起。"

"唔，那么就由我来送她回家吧。"休说。

"不行。"约翰咬牙切齿地说，"我已经说过了，接下来的事情交给我来处理。"

"我拜托你们了，请让我独自待会儿吧……"

"你在这里守着她，我现在去为她取些东西。"约翰对休说。

玛姬的头脑并不十分清醒，不过她仍能意识到：自己的羞耻感被越来越严重的头痛困扰所遮蔽了——这倒不失为一件值得庆幸的事情。"这么说，他就是约翰了。"休终于开口说道。

"是的。"玛姬的嘴里勉强挤出了这两个字。

"我知道了。"

约翰带着玛姬的帽子、手套和一杯水回来了。"来，把这个喝了吧。"他对玛姬说。玛姬却摇了摇头。她倒宁愿继续保持着身体不适的现状，因为这起码能让她停止思考——她已经看出来了，眼下思考对她并无任何益处。"来吧，喝了这杯水！"约翰以命令式的口吻说道。

玛姬接过水杯，可它却在手中滑了一下，杯子里的水洒了好些在她腿上。随即她听到了一个声音——仿佛来自于某个极其遥远的地方，"看看你现在都做了些什么？把自己灌醉，然后又当众出丑？当我几乎在柏林丧命的时候，你和休就在一起做着这样的事情吗？"

玛姬呻吟着说，"不是的……"

"喂！"休反驳道，"自从你伤了她的心之后，她才变成这样的。"

"我？"约翰厉声问，"我伤了她的心？"

"没错，而现在她又伤了我的心。这下子你高兴了吧？"

"高兴？如今谁会觉得高兴？"

约翰一把抓住休的领子，对准他的脸挥出一拳。休踉跄着倒退了几步，撞上了身后的墙。待他重新站稳之后，又冲上前去，和约翰在小巷子里扭打在一起。

"喂！"玛姬试着站起身来，"快住手！这实在是太……"

玛姬坐在这条闷热的小巷里，听着身旁两个男人叫喊着互殴的声音，头痛越来越加剧了。这时她的胃又开始抽搐，眼前也天旋地转起来。她知道自己就要晕厥过去了。果不其然，几秒钟后，她一下子倒在地上，一侧脸颊贴着地面，意识渐渐变得模糊。

在她彻底失去意识之前，仿佛听到了约翰的声音——抑或是休的声音？——在说，"噢，该死！"

第二十六章

第二次圣临
DIERCI SHENGLIN

事实上,千百年来,
有许多的人都曾有过与她相似的感受。
她不自觉地将手滑向了自己的侧腹部,
触到了埋藏在皮肤下面的那颗子弹。
她让自己重新振作起来,准备好迎接将临的一切考验。

玛姬睁开了眼睛，只见四周光线非常暗淡。她还觉得又热又闷，不过还好的是，她发现自己身上穿着干净的睡衣，而且正躺在自己床上。

遮光窗帘是拉上的，不过她的卧室门却是开着的。透过门缝，她能隐约瞥见公寓内的其他房间还亮着灯。她摇了摇头，不知道自己究竟昏睡了多久。

她觉得头很痛，而且全身都在痛，内心也备感伤痛。她试着在床上坐起身来，却因好几处肌肉被拉扯着作痛，不得不呻吟着放弃了，最终只得颓然躺倒在床上。这时，她听得一个声音在说话："把这个喝了吧。"她眯缝着眼睛，待目光在黑暗中重新聚焦之后，才看到了坐在她床边一把条纹扶手椅上的戴维，后者正伸手将一杯水递给她。她顺从地接过水杯，将里面的水一饮而尽。

"真是个好孩子。"戴维说。

喝完水后，她将空杯子递还给戴维，这一连串看似简单的动作却足以令她感到精疲力竭。戴维身旁的茶几上放着一个带保温罩的茶壶和一个茶杯，只见他取下保温罩，将壶里那热气腾腾、香气四溢的茶水倒了一些在茶杯里，然后将茶杯递给了她。

此时此刻，玛姬在心里暗自发誓，从今以后再也不嘲弄英国人对茶的嗜好了。"谢谢你，戴维。"她的声音非常低哑，听起来仿佛许久都不曾说过话似的。

"别客气。"他回应道。

这时弗雷迪来到了门口，斜倚在门框上，"你醒过来了？"

玛姬努力挤出了一丝笑容。"是的，"她哑着嗓子回答道，"我猜，是你们两位将我完好无损地带回到这里来的吧？谢谢你们。"

弗雷迪给了她一个飞吻，随即便走开了。

"我不得不承认,玛格丽特,你可真是把我们吓坏了。"戴维对她说,"我还从没见你醉得那么厉害过。确切地说,我甚至连你喝得微醺的样子都没见过。"

"我知道,我知道……"

"唔,关于喝酒这件事,我想给你一些非常中肯的建议。从今往后,你在喝酒前务必记得要先吃点东西垫垫肚子,然后要将酒和清水交替着喝下去。"伴随着戴维的说话声,弗雷迪在厨房清洗碗碟的声音也传了过来。戴维最后又说:"你想和我谈谈吗?"

"谈什么?"

"谈谈你究竟是怎么了,或是谈谈约翰、休、你母亲、柏林、你那不辞而别的父亲,等等。"

玛姬重新躺回枕头上,将被单拉起来盖住了自己的头。"不,"她叹了口气,"我不想谈这些。我永远都不想谈论这些事。"

"那么就等你准备好了再说吧。"戴维说,"还有,我认为痛痛快快地大哭一场或许对你大有裨益。"

她将头从被单里探了出来,"我没法哭……我哭不出来。"

"或许这只是暂时的,"戴维说完,起身朝门口走去,"可你终有一天会哭出来的。关乎约翰,或许他显得固执而又迟钝,可他并没有生你的气。他只是……唔,他只是在生气而已。他终究会冷静下来的,而且他也能对发生在你身边的那些事情有更清楚的认识。"

"戴维?"就在戴维刚走出房门的时候,玛姬喊道,"你自己的事情怎么样了?我指的是跟你父母、弗雷迪,还有这套公寓有关的那件事。"

"看起来这件事的结局还算不错,至少目前暂且如此。我想出的计谋以失败告终,而我父母仍然不赞同我和弗雷迪的关系——他们只愿将其视为'友谊'而已。不过,他们决定对我们的关系睁一只眼闭一只眼,任由一切都维持现状。"

"真的吗?"玛姬掀开被单,用两只手肘将自己的身体支撑了起来,"是什么令他们改变了原有的想法呢?"

"事实上,是恩斯特。"戴维笑着说,"你也知道,让犹太人移民到英国并非易事,更别提来自德国的犹太人了。不过我托了一些关系,而且由于恩斯特是一名外科医生,他也有意愿成为军医,所以政府已经批准他从事救治伤员的工作。"

"可是你仍然没有结婚啊,"玛姬说,"而且也不大可能生养孩子。"

"犹太圣书《塔木德》的37a条提出了一个问题:为什么上帝只创造了亚当一个人?回答是:上帝这样做,是要告诉我们,正如亚当就是整个人类,我们应看待每个人如同他是全人类。换句话说,杀人一命如毁灭世界,救人一命如拯救世界。"

"这么说,你其实拯救了全世界。"

戴维耸了耸肩,"我不过是做了我所能做的而已。"他走回玛姬的床边坐下,"你应该知道,玛姬,我绝不可能爱上任何女人。既然我知道自己已经走上了一条少有人走的不寻常之路,那么我能尽早地认清自己本来的样子,并且坚持真我,倒不失为一件好事。尽管我所选择的这条路并非没有危险,可是只要我在公开场合谨言慎行的话,我和弗雷迪应该是可以平安无事的。"说完他站起身来,"噢,对了,你父亲给你打过电话。"

"你指的是那个我几乎不认识的、名义上的父亲吗?"

"正是!我在电话里告诉他,你的身体已经基本康复了。"

"我可不想跟他说话。无论我要做什么,他总是想让我放弃,而且他常把一句话挂在嘴边:'我早就告诉过你事情会变成这样的。'"说着她朝戴维露出了一个严肃的微笑,"从前我以为自己已经洞悉了万事,其实我什么都不知道。"

"在这几年疯狂的岁月里,人人都会有这样的感觉,而且将来我们还会面临更多无法预知的事情。不过,别忘了首相先生曾说过的一句话:'继续努力,永不懈怠。'或许有朝一日一切都会好起来的。"

"唔,你说的话让我想起了一句谚语:'谋事在人,成事在天。'"

"嗯,我想表达的就是这个意思。对了,等你可以下床了,我就烤吐司给你吃吧。"

"谢谢你,戴维——感谢你为我所做的一切。"

· · · · · ——— · —— · ·

　　这天傍晚，玛姬乘坐地铁来到了尤斯顿火车站，她将继续搭乘火车连夜赶到威廉堡，随即再前往阿里赛格———一座位于苏格兰西海岸的小镇。"特别行动委员会"集训营的总部就位于阿里赛格，玛姬此次将以教练而非学员的身份回到那里。

　　火车站的月台上只亮着几盏蓝色的防空灯，光线十分暗淡。空气很闷热，每隔几分钟夜空中就会划过一道闪电，而且玛姬还听到了从远处传来的"隆隆"雷声。伴随着一声尖厉的刹车声和一大团蒸汽，一趟列车终于驶入月台，停在了玛姬面前的铁轨上。她把两个贴好标签的行李箱交给了一名身穿制服的行李搬运工，抬脚登上了列车。

　　车厢里挤满了前去参加各类集训的新学员，他们当中有男有女，有士兵也有平民，大家彼此大声交谈和笑闹着。玛姬沿着被香烟烟雾所笼罩的车厢通道往前走，想要找到一个空位坐下。沿途偶尔会有一些身穿制服的男人冲她吹响口哨或发出夸张的尖叫声，可她对其一概置之不理。

　　她找到了一个空隔间，便在布满灰尘的天鹅绒坐垫上坐了下来。一声尖厉的汽笛鸣响过后，列车开始启动，朝着苏格兰进发。

　　当列车长敲响了玛姬所在的隔间门，准备验票时，她竟被吓了一大跳，心脏在胸腔里怦怦狂跳，满脑子都想着自己在柏林乘坐一趟趟列车时的画面。不过她表面上仍然维持着镇定，伸手将车票交给了列车长。后者漫不经心地检过票后就迅速走开了，丝毫未曾留意到玛姬那双微微发颤的手。

　　她用力地眨了眨眼，似是想要清除此时浮现在脑海里的回忆。她脱下手套，从随身带着的手提包里翻找出了一本书——这是她在威尔斯利学院上英国文学课时所用的教材。她对这本书中的一首诗熟记在心，但对其含义却向来都不甚明了。由于这首诗常常萦绕在她心头，所以她想在此时再次看看自己能否读懂。于是她翻开了泛黄的书页。

《第二次圣临》

在不断扩展的循环中旋转、旋转,
猎鹰已听不到驯鹰者的呼唤;
万物都已解体,中心难再维系;
世界一片混沌,
血染的潮流横溢,
到处都有纯洁的礼仪被淹没;
好人都缺乏信念,
而坏人却狂热到极点。

无疑,某种启示即将来临,
无疑,第二次圣临就要来临,
第二次圣临!这话语尚未出口,
从宇宙之灵中出来一个巨大的影像,
扰乱了我的视线:
沙漠中某地,
一个狮身人面的影像浮现,
目光宛如太阳一般空洞无情,
它正迟缓地迈步前行,
四周笼罩着盘旋的愤怒的沙漠之鸟的阴影。
黑暗再次降临;
但现在我知,
摇篮边的梦魇惊破,
两千年石头般的沉睡,
它的时刻终又来临,
什么样的巨兽缓缓地走向伯利恒去投胎?

车窗外的城市景观渐渐融入到了夜色之中,她一遍又一遍地反复默读着书中的诗句。英国文学向来都令她望而生畏，它不像数学那样总有一个正确的答案。文字总是灵活多变，且被赋予了多重含义。此时的玛姬，却因眼前的文字而得到了一丝奇妙的慰藉。

尽管诗中的文字显得凄惨而黯淡，可它们却以神奇的方式舒缓了她内心深处的痛苦。这首诗的作者是爱尔兰诗人叶芝，他写这首诗的时候正值第一次世界大战结束之际。当时诗人的祖国爱尔兰正处于动荡与流血冲突之中，西半球旧有的秩序被战争撕得粉碎。惨烈的战争似乎预示着旧有的基督教文明的终结，一个可怕的新时代即将来临……那时的诗人与今天的玛姬有着同样的感受。事实上，千百年来，有许多的人都曾有过与她相似的感受。

她不自觉地将手滑向了自己的侧腹部，触到了埋藏在皮肤下面的那颗子弹。她让自己重新振作起来，准备好迎接将临的一切考验。

. . . . ——— . —— . .

克拉拉·赫斯成了伦敦塔"王后排屋"的新住客，她的住处正好就在斯特凡·克鲁格的隔壁。

她的脸上没有化妆，长发披散下来，身上穿着监狱统一发放的连身裤，这令她看起来比在柏林的时候年轻了好几岁，甚至释放出了些许少女般的气息。现在她正坐在一张小木桌旁，低着头在一本日记上奋笔疾书。

当两名守卫向她宣告埃德蒙·霍尔普前来探视她的时候，她的脸上似乎并没有流露出丝毫惊讶的神色。埃德蒙刚一进门，克拉拉便朝他展露出了一个温暖而灿烂的笑容。

可他并没有以笑容来回报她。只见他默默地摘掉了头上的帽子，却并没有要坐下的意思。

"你好，埃德蒙。"克拉拉站起身来，赤脚踩在冰冷的石头地板上朝他走去。

他并未作出任何回应，只是目不转睛地盯着她看，似乎无法将脑海中亡妻的形象与站在自己眼前的这个女人扯上任何关系。

"别这样盯着我看了,亲爱的,"她终于开口道,"或者你起码也该眨眨眼啊,不然就显得太失礼了吧。"

埃德蒙最终还是开口说话了,不过他把声音压得极低,"这里有一些位高权重的大人物认为你已经转而投向了我方阵营,并将乐意为我们效劳。他们相信他们可以利用你来达成目的,可我本人却对此持怀疑态度。"

克拉拉张开嘴正要说话,埃德蒙却举起一只手来试图阻止她开口,"你绝不会再见到她的。对此我深信不疑。"

"噢,埃德蒙,"她像猫咪一样伸了个懒腰,"她会回来的。你就等着瞧吧。"

埃德蒙将已到嘴边的话又咽了回去,转身大步走出了房门,同时喊了一声:"守卫!"他身后的门随即被重重地关上了。随后,克拉拉听到门外传来了十五把门锁一一被锁上的声音。

克拉拉转而走到窗边,望着窗外的泰晤士河与伦敦塔桥,嘴边浮现出了一丝令人不易察觉的微笑。

写作背景

忘记死者就等同于让他们又死了一次。

——埃利·维瑟尔

同《丘吉尔的秘书》及《伊丽莎白的间谍》一样，这本《柏林黑名单》并非真实的历史记录，我在创作本书时也并无还原真实历史的意图——这纯粹是一部虚构出来的小说。

尽管如此，我在写作本书的过程中，仍参考了大量的历史资料。以下书籍对我描写1941年柏林的情形起到了很大的帮助作用：理查德·巴西特所著《希特勒的间谍首领威廉·卡纳里斯之谜》，安东尼·比弗尔所著《柏林沦陷1945》，迈克尔·伯利所著《道义冲突：二战中的善与恶及宗教和政治冲突》，马丁·戴维森所著《完美的纳粹：揭开我祖父过去的秘密》，布莱恩·拉德所著《柏林幽灵：城市景观中的德国历史》，埃里克·拉尔森所著《野兽花园：爱、恐惧和一个在希特勒治下柏林的美国家庭》，埃里克·梅塔克萨斯所著《迪特里希·潘霍华：牧师、烈士、先知、间谍》，罗杰·穆尔豪斯所著《战争中的柏林》以及安德鲁·纳戈尔斯基所著《希特勒的土地：美国人亲历的纳粹疯狂之路》。

在写作跟"儿童安乐死计划"——或称"人道主义死亡计划"，且在战后被更名为"T4行动"——有关的内容时，我参考了以下书目：埃德文·布莱克所著《对抗弱者的战争：优生学及美国的创造优等民族运动》，克里斯托弗·布朗宁所著《种族灭绝方案的起源：1939年9月—1942年3月纳粹屠杀犹太人政策的演变》，G.K.切斯特顿所著《优生学及其他罪恶》，苏珊娜·埃文斯所著《被遗忘的罪行：大屠杀与身心障碍者》，亨利·弗莱德兰德所著《纳粹种族灭绝大屠杀的起源：从安乐死计划到最终解决方案》，丹尼尔·乔纳·戈德哈根所著《道德审判：天主教会在犹太人大屠杀中所扮演的角色及其未竟之责任》，迈克尔·菲尔所著《天主教会及犹太人大屠杀 1930—1965》，理查德·罗德所著《死亡使者：党卫军特别行动队及大屠杀》以及基塔·瑟伦利所著《进入黑暗：良心的测试》。

在写作跟"特别行动委员会"的间谍工作及"二十委员会"有关的内容时，我参考了以下书目：由罗德里克·贝利所推荐的《特工手册：战时武器、小发明及伪装物》，由马克·博德索尔、黛博拉·布里斯科及彼得·汤普森合著的《关于伦敦 150 个间谍点的内幕指南》，特里·克罗迪所著《特别行动委员会特工：丘吉尔的秘密战士》，萨拉·赫尔姆所著《秘密生活：薇拉行动及失踪的二战特工》，伊丽莎白·麦金托什所著《间谍姐妹情》及《战略情报局的女间谍》，本·麦金太尔所著《曲折的间谍之路：真实的间谍故事》及《爱与背叛》，利奥·马克斯所著《在丝绸与氰化物之间：密码战争 1941—1945》，玛德琳·马森所著《克莉丝汀：特别行动委员会特工及丘吉尔最喜爱的间谍》，帕特里克·奥唐纳所著《特工、间谍及破坏分子》以及由丹尼斯·里格登所推荐的《如何成为一名间谍：二战特别行动委员会培训手册》。

在写作跟"布莱切利公园"有关的内容时，我参考了以下书籍：马里恩·希尔所著《布莱切利公园的人们：丘吉尔手下从来不会大笑的鹅》以及由 F. H. 欣斯利与艾伦·斯崔普所编写的《译码员：布莱切利公园内幕》。在写作跟密码破译有关的内容时，以下这本书给了我无可比拟的帮助：西蒙·辛格所著《密码故事：从古埃及到量子密码学的密码科学》。

许多电影及纪录片同样也给了我极大的帮助，其中包括：《巴巴罗萨行动》，《传奇罪恶之城：柏林》，由莱尼·雷芬斯塔尔执导的《德意志的胜利》，《挂在扭曲十字架上的潘霍华：迪特里希·潘霍华的生命、定罪及殉难》以及《第九日》。

· · · · · ——— · —— · ·

书中的约翰·利希特神父是一个虚构的人物，但却是我受现实中一个真实人物的启发所创造出来的，原型是伯恩哈德·利希滕贝格神父。他是德国罗马天主教会的一名神父，二战期间在柏林的圣海德维格大教堂供职。在"水晶之夜"之后，利希滕贝格神父每天都在教堂的晚祷仪式时公开为犹太人祷告："我在此为身陷纳粹集中营的神职人员、为犹太人、也为所有的非雅利安人祷告。以往所发生的事情，我们是知道的；明天将会发生什么，我们无从知晓；当下正在发生的事情，我们得心存忍耐。犹太人的会堂正在被烧毁，那里也是上帝的家。"

利希滕贝格神父曾给纳粹德国的医学主任写过一封信，以此对"T4 行动"提出抗议：**我身为全人类的一员，身为一名基督徒、一名神父、一名德国公民，现向在德意志帝国担任主任医师一职的你宣告：你对那些在你的命令和准允之下发生的一切罪行负有极大的责任，而位于德国人民头顶那片高天之上的上帝将会对你施行报应**。后来他被逮捕和审问，继而被遣往达豪集中营，最终死于遣送途中。

1996 年，教皇约翰·保罗二世在访问德国期间，为已故的伯恩哈德·利希滕贝格神父行了宣福礼（此为天主教仪式，是天主教会追封已过世人的一种仪式，用意在于尊崇其德行、信仰足以升上天堂。它是封圣的第三个阶位。经过宣福的人，就可以享有"真福者"的称号，其位阶仅次于圣人。天主教徒相信，以真福者的名号祷告，真福者将会为你向天主说情）。而追封伯恩哈德·利希滕贝格神父为圣人的过程仍在进行当中。他的坟墓位于柏林圣海德维格大教堂的地下墓室当中。

· · · · · ——— · —— · ·

书中的康拉德·冯·普赖辛格主教及克莱门斯·奥格斯特·格拉夫·冯·盖伦主教（两位主教于二战后被晋升为红衣主教）也在现实中有原型可循。他们均顶住了极大的压力，对纳粹的"T4 行动"进行了公开抨击。康拉德·冯·普赖辛格主教在二战期间担任柏林的主教，他曾直言不讳地对纳粹的统治提出了批评："我们落入了'罪犯兼蠢货'的网罗之中。"康拉德·冯·普赖辛格主教还在其1941年的一次布道中重申了对纳粹杀害身患疾病或体弱者的行径持反对意见。

克莱门斯·奥格斯特·格拉夫·冯·盖伦主教是战时明斯特的主教，曾对希特勒及纳粹党提出过公开批评。同时，他也曾公然反对"T4行动"。在其1941年8月3日的布道中，他对纳粹驱逐及杀害精神病患者的行径进行了抨击。"这些都是我们的同类，是我们的兄弟姐妹，"他如是说道，"或许他们的生命没有什么价值，可是这并不足以成为对其进行杀戮的理由。"

・・・・ーーー・ーー・・

事实上，当阿道夫·希特勒试图在"宫廷酿酒屋"发表演讲时曾被听众起哄——因为他们已经从德国主教们（诸如康拉德·冯·普赖辛格主教及克莱门斯·奥格斯特·格拉夫·冯·盖伦主教）那里得知了一些情况，从而愤慨不已。根据基塔·瑟伦利所著《进入黑暗》一书的描述，这是希特勒唯一一次被人起哄。在那之后，他在表面上终止了"T4行动"，却将其改为在暗中继续执行：将那些被判定为"不宜继续存活"的孩童以秘密的方式毒死或饿死——而不是像从前那样用毒气熏死。在德国投降三周之后，最后一批孩子在已被美军占领的巴伐利亚州的一家医院里惨遭杀害。

从"纽伦堡审判"中所呈现的证据来看，共有275 000人在"T4行动"中丧命。该行动以杀害幼童为开端，后来逐渐将杀害对象扩大至青少年及年长者，同时也包括"混血儿"——犹太人及雅利安人的后代。

希特勒于1939年9月1日（二战正式爆发之日）签署了一份"安乐死法令"，他授权菲力普·鲍赫勒及卡尔·博兰特在德国全境展开"T4行动"。他在信中写道：**全国领袖菲力普·鲍赫勒及卡尔·博兰特医生奉命授权给指定姓名的医生，让他们在对患有不治之症——在现有医疗条件下——的病人进行全面而细致的检查之后，有权决定是否对其**

施行人道主义死亡计划。

　　　　·　·　·　·　·　——·——·

　　我曾在美国费城参观过由纳粹大屠杀纪念馆所举办的巡回展览，其主题为"致命药物：创造优等民族"。此次展览由苏珊·巴克拉克博士组织，它向人们展示了纳粹政权如何通过所谓的"种族优生"政策来改变人类的基因组成。我也曾参观过位于华盛顿的纳粹大屠杀纪念馆，并因一系列以"纳粹的欺骗性宣传"为主题的展品而深受触动。

　　我还得以在柏林参观万湖会议纪念馆、万湖利伯曼别墅、凯绥·柯勒惠支博物馆、德国历史博物馆、犹太人大屠杀纪念馆及恐怖刑场纪念馆。

　　蒂尔加滕大街四号原有的建筑已在战时被炸毁，不过原址的人行道旁竖立着一块纪念碑，上面写着：

　　蒂尔加滕大街四号——纪念被遗忘的受害者。纳粹于1940年在此组织了其第一次大屠杀行动。"T4行动"即得名于此地址的首字母缩写。

　　自1939年至1945年，大约有二十万人惨遭杀害。他们被判定为"不值得活的生命"，他们的死被称为"人道主义死亡"。他们当中一些人在位于格拉芬埃克、勃兰登堡、哈特海姆、皮尔纳、贝恩堡及哈达马尔的毒气室中被毒气熏死；另一些人则被枪决、饿死或毒死。

　　对其行凶者为学者、医生、护士、司法人员、警察等。受害者均来自精神病治疗机构、儿童医院、老年福利机构、军事医院及俘虏收容所。受害者的人数相当庞大，但受到应有处罚的行凶者却寥寥无几。

　　历史学家们找到了"T4行动"与犹太人大屠杀之间的关联。杰拉尔德·瑞特林格在其著作《最终解决方案的早期历史》中分析了"T4行动"的相关人员及毒气室技术与最终屠杀方案的直接关系，并特别提到了1942年1月召开的万湖会议。

　　历史学家劳尔·希尔伯格在其著作《欧洲犹太人的毁灭1985年修订版》中也提到了"T4行动"与随后的犹太人灭绝行动之间的关联：

"人道主义死亡计划"实则预示了死亡集中营中的"最终解决方案"。

此外，迈克尔·伯利、沃尔夫冈·维佩曼及亨利·弗莱德兰德在其合著的《种族主义国家：德国 1933—1945》一书中提到："T4 行动"与"最终解决方案"之间在人员、技术及程序等诸多方面都有关联，它们的本质是相同的。这三位历史学家还在书中提到，杀害身心残疾者及犹太人，实则是纳粹的种族乌托邦计划的两个基本要素——前者是为了清除德国种族中的"堕落及有缺陷因素"，后者旨在"摧毁终极敌人"。

· · · · — — · — — ·

"二战"结束后，卡尔·博兰特医生与另外二十二名战犯在德国纽伦堡的正义宫接受审讯——该次审讯被正式命名为"纽伦堡审判"。博兰特被判有罪，与另外六名医生一同被处以绞刑。

听巴山夜雨　品渝州书香
壹PAGE最新外版图书

2012年星云奖最佳长篇小说
《2312》　［美］金·斯坦利·鲁宾逊 著　余凌 译
重庆出版社　　定价：48.00元

内容简介：距今300年后的太阳系各行星，早已除却荒凉与肃杀，成为拥有高度文明的人类定居点。在量子计算机的辅助下，各行星城市已极度智能化，个人生活也与"酷立方"——一种高度集成的微型量子计算机——紧密相连，或佩戴于手腕，或植于皮下；搭乘由小行星改造而成的"特拉瑞"可在各行星间自由来往。然而，一次针对水星"终结者"城的突然袭击却打破了昔日的宁静。与此同时，金星上的秘密组织正在进行智能机器人工程，并密谋对金星发动类似袭击，以达到加速金星自转的目的。来自水星的斯婉、土星的瓦赫拉姆和星际调查局的热奈特调查官决心找出幕后黑手……

第42届土星奖最佳科幻剧集原著
《黑松镇》　［美］布莱克·克劳奇 著　曾雅雯 译
重庆出版社　　定价：96.00元（全三册）

内容简介：美国特勤局特工伊桑，奉命来到黑松镇寻找失踪的两名特工。他发现小镇并不大：维多利亚风格的建筑物，整齐划一的街道，和睦相处的邻里，这里的一切显得完美无缺，但他却无法和外界取得任何联系……

作为律师，我唯一不能保密的是：你告诉我你要在将来某个时间犯罪
《最后的不在场证明》　［美］大卫·埃利斯 著　曾雅雯 译
重庆出版社　　定价：48.00元

詹姆斯是一个略显古怪的家伙，过着离群索居的生活。因为担心自己将成为警方眼中的"城北连环杀手"，而他没法提供任何一起案件的不在场证明，便委托律师詹森为自己辩护。詹森对此并没有想得太多，但很快就在调查中发现：在这些连环谋杀案中被陷害的对象并非詹姆斯，而是詹森自己！

詹森没法在不违背律师誓言的条件下阻止这名连环杀手的杀戮行动，并证明自己的清白，他必须亲自去查明有关连环杀手詹姆斯的真相，以及自己为何会被对方陷害的原因……